재조일본인과 식민지 조선의 문화 2

이 저서는 2007년 정부(교육과학기술부)의 재원으로 한국연구재단의 지원을 받아 수행된 연구임(NRF-2007-362-A00019).

일본학총서 31
식민지 일본어 문학·문화시리즈 33

재조일본인과 식민지 조선의 문화 2

과경 일본어 문학·문화연구회
김계자·이선윤·이충호 편저

역락

머리말

　본서『재조일본인과 식민지 조선의 문화 2』는 제국 일본과 식민지 조선 사이의 문화적 역학이라는 관점에서 과경(跨境)적 문학 텍스트 및 문화적 표상을 조명하고자 기획된 연구서이다.

　번역 및 창작을 통해 식민지 조선의 일본어 문학과 문화를 생산한 주체는 조선인과 재조일본인이었다. 한반도에 이주를 시작한 재조일본인의 표상은 식민 전기부터 미디어 상에 그 모습을 드러내기 시작하면서 점차 제국의 식민자로서의 일본인상으로 고착화되어갔다. 조선으로 이동한 재조일본인, 또는 일본을 무대로 활동한 조선인에 대한 시선을 재고하는 것은 식민지와 제국의 경계지역에 위치했던 과경적 문화인들의 다양한 면면과 그들에 의한 창작 텍스트가 갖는 중층적인 성격을 전면에 드러내어 일국 중심의 문학사, 문화사의 한계를 넘어서고자 하는 시도이기도 하다.

　본서는 크게 제1부 '식민지 조선의 일본어문학', 제2부 '재조일본인과 조선 표상', 제3부 '재조일본인의 문화 활동'으로 구성되어 있으며, 각 장의 내용은 다음과 같다.

　제1부「식민지 조선의 일본어문학」은 식민지 조선에서 일본어로 발표된 문학작품을 추적해 일국 문학에 수렴되지 않고 확장되는 '일본어문학'의 경계에 대한 사유를 이끌어내고 있다.

　정병호의「일본 메이지(明治)문학사와 한반도 재조일본인 문학의 경계」는 20세기에 확립된 일본문학사에서 조선으로 이동한 일본인이 어떻게 그려졌는지를 파악하고 문제점을 적시해 문학사의 통합적 기술의 대응논리를 고찰한 것이다. 즉, 이러한 일본인의 삶은 조선에서 간행된 <일본어 문학>을 읽지 않으면 그 진상을 파악할 수 없기 때문에 일본 국내뿐만 아니라 국외에서 간행된 것도 문학사로 포섭해 일국의 경계를 넘는 <일본어 문학사>의 모색과 구축이 중요함을 역설하고 있다.

김효순의 「한일병합 전후 어문정책과 조선문예물 번역 양상 연구」는 한일병합 전후시기 조선에서 발행된 주요잡지에 번역, 게재된 조선문예물의 특징을 분석한 것이다. 즉, 첫째, 조선어 장려정책에 따라 다양한 조선문예물이 번역되었다는 점, 둘째, 조선사회와의 교류, 식민생활의 정착에 필요한 정보로서 조선사회의 실상, 풍속, 사상 등을 전달하는 것이 목적이었다는 점, 셋째, 초역(抄譯)이나 의역이라는 실용주의적, 기능주의적 방법을 채택하고 있다는 점, 넷째, 외국어로서의 조선어 학습 필요성 감소에 따라 1914년 이후에는 급격히 감소하고 있음을 밝히고 있다.

김계자의 「일본 프롤레타리아문학잡지 『전진』과 조선인의 문학」은 1920년대 식민지 조선인의 글이 가장 많이 실렸던 일본 프롤레타리아문학잡지 『전진(進め)』에 대해 살펴보고, 그 속에 그려져 있는 재일, 재만조선인의 문학 활동을 분석하고 있다. 민족 간의 차별을 넘어 일본과 프롤레타리아 국제주의를 표방하며 계급적 연대를 모색해간 식민지 조선의 무산자 연대가 동상이몽의 상상력 속에서도 계급적이고 동시에 민족적인 투쟁을 펼친 활동을 고찰하고 있다.

이현진은 「일제강점기에 간행된 <조선동화집> 연구—1920년대 동화집을 중심으로—」에서 1920년대 조선총독부를 비롯한 일본의 문인들에 의해 출판된 <조선동화집(朝鮮童話集)>과 한국의 심의린(沈宜麟)에 의해 출판된 한글판 최초의 <조선동화집(朝鮮童話集)>을 비교분석하고 있다. 1920년대는 일본에서 아동문학의 성장기이고, 식민지 조선이 이에 영향을 받아 아동문학이 시작되는 시기였다. 일본은 민족동화정책의 일환으로 아동에 주목하여 <조선동화집(朝鮮童話集)>의 출판에 착수한 반면, 심의린의 『조선동화대집』에서는 '식민지 조선'이라는 시대적 상황을 염두에 두고서 동화의 전개가 사실적이고 해학적으로 그려지고 있었다.

김욱의 「유진오의 일본어문학에 나타난 조선적 가치의 재고(再考)」는 식민지기 조선인 작가 유진오가 일본어 소설 「남곡선생」에서 '조선적인 것'을 그려낸 방식을 고찰하고 있다. 특히, 일제 당국이 조선을 대표하는 인물로 주목했던 엘리트 지식인으로서 유진오가 조선의 대변자라는 의식을 내면화한 점에 주목해, 서구의 근대적 가치관을 대타항으로 하여 조선의 정신적 미덕을 긍정적인 이미지로 이끌어내고 있음을 확인하고, 부정적으로 표상되었던 조선적 가치의 재고를 촉구했다.

제2부 「재조일본인과 조선 표상」에서는 근대기 재조일본인이 그린 식민지 조선의 표상과, 한반도로 이동하여 타자와 조우함으로써 근대 일본인으로서의 자아를 재구축해간 재조일본인들이 표상된 문화예술론 및 미디어 언설을 다루고 있다.

김보현의 「단카(短歌)로 보는 재조일본인의 삶과 조선 표상―『조선풍토가집(朝鮮風土歌集)(1935)』을 중심으로―」는 20세기에 들어와 본격적으로 연구되기 시작한 재조일본인의 문학, 즉 '외지(外地) 일본어문학' 연구물 중의 하나이다. 일제강점기 한반도에서 간행된 가집(歌集)은 총 22권으로 확인되는데, 그중에서도 본 글은 1935년 이치야마 모리오(市山盛雄)가 편찬한 '조선풍토가집(朝鮮風土歌集)'을 대상으로, 단카에 투영된 조선 표상과 재조일본인의 생활에 대해 분석하였다. 그 결과 재조일본인의 조선에서의 생활, 그리고 조선 문화에 관한 표상은 동화와 배제라는 이중성을 가지고 있었음을 알 수 있었다. 그러나 한편으로는 재조일본인의 조선 문화에 대한 긍정적인 시선과 애착을 읊은 구(句) 등을 통해, 일반적인 식민지 이데올로기에서 벗어난 재조일본인 개개인의 진솔한 조선에서의 생활과 하나로 정립할 수 없는 다양한 조선표상이 존재하였음을 발견할 수 있었다.

양지영의 「식민지 조선의 문화 만들기 운동과 야나기 무네요시−'조선색'과 '조선미'를 둘러싼 담론을 중심으로−」는 1920년대와 30년대 조선의 문화운동 중 야나기 무네요시와 아사카와 형제의 활동에 주목하여 식민지기 조선문화 만들기 운동 속에서 유용되었던 '조선색'과 '조선미'에 대해 비교분석하였다. 조선의 문화운동 속에서 '조선색'은 조선의 문화를 특정한 형태로 이미지화하는 하나의 방법으로 유행어처럼 사용되었다. 그러나 이 글에서는 조선민족미술관 설립을 위해 활동했던 야나기 무네요시가 '조선미'를 통해 조선예술의 미적가치를 제시하며 미적 영역에서 보편적인 조선문화를 사유하는 하나의 가능성을 제시하고 있음을 고찰한다. 또한 이러한 야나기와 아사카와 형제의 활동이 지배자와 피지배자의 경계를 월경하면서 조선의 문화를 해석하고 만들어가는 또 다른 공간을 형성하고 있음을 밝히고 있다.

엄인경은 「일본 전통 시가로 보는 20세기 초 재조일본인의 생활상−잡지 『조선의 실업(朝鮮の實業)』(1905~07)의 '문원(文苑)'난을 통하여−」에서 일본에 의해 강제 병합되기 이전인 1905년부터 1907년까지 부산에서 간행된 일본어 잡지 『조선의 실업(朝鮮の實業)』의 '문원(文苑)'난을 대상으로, 당시 단카(短歌)나 하이쿠(俳句)와 같은 일본의 전통 시가가 그려낸 재조일본인의 일상과 자화상을 천착하였다. 20세기 초 문학결사를 기반으로 한 전통시가 작품들을 통해, 불안감과 소외감, 조선(인)에 관한 차별적 표상과 우

월감 등의 착종을 당시 재조일본인들의 정서로써 파악하고 초기 '일본어
시가 문학'적 특징도 규명하였다.

이선윤은 「1880년 전후 일본 소신문이 그리는 왜관 및 재조일본인상
－『요미우리신문』과 『아사히신문』을 중심으로－」에서 강화도사건 등의
보도를 통해 조선의 '위치'에 대한 관심이 폭발적으로 증폭되어가기 시
작한 19세기 중후반 일본의 조선 관련 대중신문 기사를 조명하였다. 조
선의 '위치'에 대한 일본인 독자의 관심을, 대중이 이해하기 쉬운 문장을
통해 효과적으로 이끌어 내기 시작한 소신문은, 타자로서의 조선과 대면
하는 근대 초기의 일본의 모습을 두 나라의 경계적 지역에서의 조우와
충돌에 관한 보도를 통해 생생하게 전달했다. 이 글에서 중점적으로 다룬
1880년 전후의 재조일본인 및 부산 왜관 지역에 대한 『요미우리신문』과
『아사히신문』의 기사에는, 이후의 여타 부정적 재조일본인상과는 다른
적극적인 행위자로서의 모습과, 위협으로서의 조선이라는 위치성이 표상
되어 있다.

제3부 「재조일본인의 문화 활동」에서는 일제강점기 식민지조선에서 활
동했던 재조일본인들의 문화 활동을 고찰하고 있다.

나카무라 시즈요는 「『조선공론』 게재 「봄의 괴담 경성의 새벽 2시(春宵
怪談京城の丑滿刻)」의 연구－재경성일본인의 타자의식을 중심으로－」에서 식
민지시기 재조선 일본인에 의해 발간된 일본어 잡지 『조선 공론(朝鮮公論)』에
실린 괴담과 탐정소설의 분석을 통해 식민지 조선에서의 일본어 대중문
예의 특징과 그 오락성에 대해 고찰하고 있다. 식민지시기 조선에서 일
본어로 쓰인 '괴담'과 '탐정소설'의 오락적 특성은 당대 경성의 잡지 기
자들에 의한 아마추어 문예 활동을 통해 형성된 것이라 할 수 있는데,

전문적인 문예 작가가 존재하지 않았던 식민지 조선의 문화 사정으로 인해 당시 괴담이나 탐정소설을 비롯한 일본어 문예물은 주로 잡지기자 등 아마추어 문필가들을 통해 이루어졌다. 이들 일본인의 아마추어리즘은 잡지 동인들에 의한 '탐정 취미 모임' 활동을 촉진시켰고, 나아가 '괴담' 또는 '탐정소설'이라는 장르적 경계를 넘나들며 '재미'에 주안점을 둔 오락적 읽을거리를 더욱 활성화시켰다.

　이충호는 「식민지 일본어잡지 속의 <미신>-『경무휘보』의 <미신> 관련 기사를 중심으로-」에서 식민지 조선에서 발간된 일본어잡지의 <미신>관련 기사를 식민지 경찰의 기관지인 『경무휘보』를 중심으로 고찰하고 있는데, 식민지기에 실시된 방대한 양의 민속관련 구관조사나 개인적인 조사와 연구의 성과물들이 대중적인 읽을거리로 탈바꿈되어 세상에 모습을 드러낸 것이 일본어 잡지의 <미신>관련 기사이고, 그중에서 특히 총독부와 경찰의 입장을 대변하고 선전하고 있던 것이 경찰의 기관지인 『경무휘보』라는 것을 밝히고 있다. 『경무휘보』에는 <위생경찰>이라는 식민지만의 독특한 제도와 맞물려 질병과 관련된 <미신>을 다수 소개하고 있는데, 이들 기사를 통하여 총독부가 식민지 지배를 위해 시행한 다양한 위생정책의 일환으로 민속적인 치료행위 중에서 특히 그 폐해가 심하다고 판단된 것은 <미신>으로 간주하여 대중들에게 어떤 방식으로 선전해 갔는지를 파악하고 있다.

　함충범은 「영화 <하와이 말레이 해전>과 <사랑과 맹세>의 주인공 설정에 대한 비교 분석 : 제국-식민지에서의 국책 반영 양상을 중심으로」에서 태평양전쟁 시기 일제의 군사정책을 반영한 일본영화 <하와이 말레이 해전>(1942)과 조선영화 <사랑과 맹세>(1945)를 비교분석하고 있다. 이들 작품은 모두 소년 주인공을 전면에 내세워 비슷한 연령대를 위시한 대중의 전쟁 참여와 협조를 꾀하고 있는데, <하와이 말레이 해전>의 기이치와 <사랑과 맹세>의 에이류는 가정 요소의 결핍 및 주변인물과의 관계를 통해 일본 국민 및 군인으로 거듭나고 있다는 점에서 궤를 같이하지만, 세부적인 면에서는 일본에서 제작된 <하와이 말레이 해전>과 조선에서 제작된 <사랑과 맹세> 간에 여러 가지 차이점이 보이기도 하는데, 이는 당시 일본과 조선, 일본인과 조선인이 처한 시대적 배경 및 역사적 상황이 동일하지 않았기 때문이다.

홍선영은 「1910년대 재부산 일본어신문과 일본인 연극」에서 1910년 대 전후의 시기에 부산지역에 이입된 일본연극에 관한 조사를 토대로 일본인이 경영하는 극장의 흥행내용, 일본인 극단의 연극활동, 공연내용을 밝혀 언어·문화를 달리하는 지역에서의 이문화(異文化) 간의 접촉과 충돌을 고찰하고 있다. 1910년 전후의 부산은 일본의 시모노세키와 연결하는 연락선 항로 개설과 서울·부산을 잇는 경부선 개통으로 조선 최대의 항구도시로 부상하게 되고, 부산지역을 중심으로 형성된 일본인이 경영하는 극장을 중심으로 일본인극단과 흥행단이 신파극, 가부키, 죠루리(淨瑠璃), 나니와부시(浪花節), 연쇄극, 활동사진, 다이도게(大道芸) 등 다양한 장르의 무대공연이 이루어지고 있었다.

이상과 같이 본서는 재조일본인과 식민지 조선의 문화라는 주제를 다룬 이상의 글들을 통해 식민지와 제국간의 문화적 역학관계가 단방향적인 흐름만이 아닌 끊임없는 교차의 구도임을 보여준다. 재조선 일본인과 재일 조선인이라는 과경적 존재들이 일본어라는 언어를 통해 표현해낸 다양한 문학, 문화적 담론을 연구하는 작업은 근현대 문화사의 재구성을 위한 기반 확장 및 학제적 연구의 시도라는 측면에서도 깊은 의의를 갖는다.

본 연구서는 '과경 일본어 문학·문화연구회'의 정례 연구회 및 콜로키엄의 성과물이라고 할 수 있다. 김계자, 이선윤, 이충호 세 명의 편자는 연구회 및 콜로키엄에서 촉발된 문제의식을 바탕으로 본서를 공동 기획, 편집하였다. 항상 본 연구회를 이끌어주시며 늘 후학들에 대한 격려와 조언을 아끼지 않으시는 정병호 교수님과 일본연구센터 서승원 소장님을 비롯하여, 연구 방향성에 대한 끊임없는 고민으로 연구회의 든든한 버팀목이 되고 계신 김효순, 유재진, 엄인경 교수님, 그리고 정례 콜로키엄에 열정적으로 참여하시고 이번 공동연구서에 옥고를 내어주신 본 연구회의 멤버 한 분 한 분께 깊은 감사의 마음을 전한다. 마지막으로 본서의 편집과 출간을 위해 세심하게 애써주신 도서출판 역락의 오정대 편집자님께 감사 말씀을 드린다.

2015년 봄

김계자, 이선윤, 이충호

차례

제1부

식민지 조선의
일본어문학

제1장

일본 메이지(明治)문학사와
한반도 재조일본인 문학의 경계

정병호

1. 들어가며

국문학 전통과 대작가 및 대작품 중심의 문학주의에 입각한 <일본문학사>의 문제를 둘러싸고 이에 대한 문제제기가 이루어진 것은 대략 1900년대 후반기 이후의 문제이다. 이러한 경향은 '1990년 말 무렵부터 이른바 국민국가론이나 포스트콜로니얼비평의 관점으로부터 문학연구의 융성에 수반하여 「국문학」개념에 관한 비판적 검토'가 이루어지면서 '「문학연구」의 제도성'[1]을 문제시하기 시작한 학계의 움직임 속에서 일어난 현상이다. 특히 일국중심주의와 정전(正典) 중심의 문학주의로 인해 그동안 문학사 기술에서 배제되어 있었던 다양한 영역의 문학현상에 대한 문

---

1) 笹沼俊曉, 『「國文學」の思想－その繁榮と終焉－』, 學術出版會, 2006, p.13.

제의식이 한층 깊어졌다. 특히 일본문학사에서는 2000년 전후하여 이러한 문맥을 일본 이외의 지역, 즉 <외지>에서 쓰인 일본어 문학에 대한 연구가 점증하면서 이러한 문학사와 그 기술대상의 문제점이 전면적으로 표출되었다.[2] 그런데 이렇게 일본어 문학이 <일본문학사>의 기술대상에서 배제되어 온 이유를 이 글에서는 1890년대 이후 쓰인 동시대 메이지문학사를 통해 고찰함으로써 <메이지문학사>의 경계를 재검토하기로 한다.

1890년부터 시작된 <일본문학사> 편찬 붐은 주로 에도(江戶)시대까지의 전근대문학을 그 대상으로 하였지만 동시대문학인 메이지(明治)문학에 대한 서술도 점차 그 사정권에 들어오게 된다. 일본 최초의 동시대문학사라 할 수 있는 오와다 다테키(大和田建樹)의 『메이지문학사(明治文學史)』(博文館, 1894)가 바로 이에 해당한다. 그런데 이 『메이지문학사』는 오늘날 명백히 문학적 장르로 간주하고 있는 '소설계'나 '희곡각본', '신체시' 등에 관한 기술뿐 아니라 "넓은 의미의 문학을 대표하는 신문지"[3]나 각종 '잡지'를 비롯해, '역사' '지리풍속' '수신교훈' '경제' '정사(政事)' '과학' '개화주의'(pp.28-30)에 관한 저서까지 망라하여 서술하고 있다.

그런데 이보다 12년 뒤에 나온 이와시로 준타로(岩城準太郎)의 『메이지문학사(明治文學史)』(育英社, 1906)를 보면 '문학사상'란 등에 위와 같은 학문서나 '신문잡지' 등의 소개가 있기는 하지만 이는 단지 배경으로만 기능하며 실제로 '소설, 시가, 희곡'을 중심으로 한 기술이 이루어진다. 이는 "이 책에 수록한 문학은 순문학에 한정한다. 또한 순문학에 있어서도 이

---

2) '일본은 아시아와 어떻게 교제해 왔는지, 일본인은 아시아인들과 어떻게 관계해 왔는 지'(p.459)라는 문제의식을 통해 <외지>의 일본어 문학의 단상을 일국문학사(川西政明, 『昭和文學史』, 講談社, 2001)에 담아내는 경우도 2000년대에 들어와서이다.

3) 大和田建樹, 『明治文學史』, 博文館, 1894, p.206.

른바 미문, 기행문 내지 한시, 한문 등은 생략"[4]한다는 논리에 근거하고 있다고 할 수 있다. 이는 1914년에 간행된 시마무라 호게쓰(島村抱月)의 「메이지문학약사(明治文學略史)」에는 '문학예술'[5]이라는 의식이 분명히 드러나 있으며 이러한 관념의 흐름을 계승·강화하고 있다.

불과 10여 년 만에 동시대문학사 기술에 이러한 차이를 보인 이유는 어디에 있는 것일까? 이런 차이는 위의 인용문에서 알 수 있듯이 어떠한 문학관에 근거하여 문학사를 기술할 것인지, 나아가 이에 기반한 서술대상의 취사선택과 밀접한 연관을 가지고 있다고 볼 수 있다. 즉 전자의 경우는 "넓은 의미의 문학"까지 포괄하고 있는 1890년대의 문학관[6]을 그대로 보여주고 있으며 후자는 "순문학"이라는 개념어가 제시하고 있듯이 미문학 중심의 순문학 개념이 도입되고 있음을 잘 보여주고 있다.[7]

그런데 이러한 순문학 개념이 강조되면 될수록 근대문학은 위의 이와시로 준타로가 "대표적 작가 및 대표적 저작을 취하여 문학발전의 자취를 따라 가"겠다는 취지에서 "다수의 작가 작품을 모두 채록할 여유가 없음을 유감스럽게 여긴다"[8]는 지적처럼 점차 대표적인 대작가나 대작품 중심의 문학사 기술이 이루어지게 된다. 비록 시대에 따라서 그 문학

---

4) 岩城準太郎, 『明治文學史』, 育英社, 1906, '緒言' p.4. 이 『메이지문학사』는 상징시, 자연주의, 사생문, 나쓰메 소세키 등의 활동을 담은 형태로 1909년에 증보판을 간행한다.
5) 島村抱月, 「明治文學略史」, 『懷疑と沈默の傍より』, 新潮社, 1914, p.113.
6) "1890년대부터 1900년대에 걸쳐 다양한 「문학」논쟁이 행해졌는데 「문학」의 광의와 협의가 뒤섞여 논의는 혼란된 경우가 많았다."(鈴木貞美, 『「日本文學」の成立』, 作品社, 2009, p.107)는 스즈키 사다미의 논증에서 볼 수 있듯이 이 당시 문학관은 인문학을 의미하는 광의의 문학에서 언어예술을 의미하는 협의의 문학까지 다양한 스펙트럼을 보여주고 있었으며 문학사도 이러한 스펙트럼의 변화를 잘 반영하고 있었다.
7) 정병호, 「<일본문학사>의 공리주의와 문학의 제도화」(한국일본어문학회, 『일본어문학』, 2005)에서는 塩井雨江, 高橋龍雄『新體 日本文學史』(普及社, 1902)에서 "문학의 정의"를 "사람들의 정적(情的) 상상을 문자로 나타낸 것이다"(p.1)라는 점에 주목해 1900년대 초에 그러한 개념이 형성되었음을 논하고 있다.
8) 岩城準太郎, 『明治文學史』, '緒言', p.4.

적 관념과 강조점이 달라지고는 있으나 크게는 이러한 전대의 문학사가 모방되어 그것이 하나의 전통으로 굳어지게 된다.[9] 즉 문학사 기술은 그 카테고리에 들어 있지 않은 여타의 문학현상을 배제하면서 하나의 국문학 전통으로 박제화 되면서 20세기를 통해 일국문학사로서 정착하게 된다. 특히 이러한 관습으로 인해 최근 일본이나 한국, 대만 등에서 상당한 연구성과를 내고 있는 이른바 식민지 일본어문학에 대한 조망을 방기하고 있었던 커다란 이유이기도 하다.

따라서 본 논문은 20세기에 확립된 주류문학사에서 대작가나 대작품으로 인정을 받고 있는 작품군에서 다루고 있는 메이지 후기의 조선으로 이동하는 일본인상을 어떻게 그리고 있는지를 파악하고자 한다. 이들 작품의 분석을 통해 이들 작품의 한계를 현재 일본문학사의 한계로 포착함으로써 이들 문학사의 경계를 한반도(또는 <외지>) 일본어문학으로까지 확대하고자 한다. 그리고 이들 주류 문학과 같은 소재를 사용하고 있는 한반도의 일본어문학과 비교함으로써 20세기 초 이동하는 재조일본인의 궤적에 대한 문학적 표상을 분절적 기술로 그치고 있는 종래 문학사의 문제를 직시하여 문학사의 통합적 기술의 대응논리를 고찰하고자 한다.

---

9) 하루오 시라네는 '탈식민주의 비평가들은, 관제(official) 내셔널리즘 또는 국가 내셔널리즘의 결과인 지배적 정전이 광범위한 문화적 동질성의식, 즉 서로 다른 개인이나 집단을 통합하는 권위 혹은 표준의 중심을 만들어낸 동시에, 특정한 젠더·계급·하위집단의 정체성을 부정함으로써 수탈 또는 정치적 지배의 도구가 될 수 있다'고 주장한다(『창조된 고전』, 소명출판, 2002, p.39).

2. 메이지 시대 일본문학 속 월경하는 일본인

러일전쟁 이후가 되면 일본의 식민지 개척에 편승하여 '한국경영', '만주경영', '대륙경영'이라는 콜로니얼 슬로건 하에서 수많은 일본인들이 정치적 이유로 인해 혹은 새로운 경제적 기회와 이국에서의 직업을 찾아서 본격적으로 한반도와 만주로 건너가게 된다. 당시 일본 내 문학작품도 이러한 시대적 움직임을 포착하여 일본에서 조선, 또는 만주에 건너가려는 사람들의 이야기가 적지 않은 작품들 속에 묘사되어 있다.

이는 오늘날 흔히 우리가 일본근대문학의 대작가로 알고 있는 문학자들의 작품 속에서도 빈출되고 있는데 메이지시대 작품들 중 상당히 초기의 작품으로 구니기다 돗포(國木田獨步)의 「소년의 비애(少年の悲哀)」(1902)를 들 수 있다. 이 작품은 17년 전 주인공이 12살이었을 때 머슴인 도쿠지로(德次郎)에 이끌려 간 유곽에서 단지 하나 남은 혈육이었던 남동생과 헤어지고 그를 그리워하던 한 창부와의 짧은 만남의 이야기를 그린 소설이다. 19살이나 20살 정도 되는 그 창부는 어릴 때 부모님을 여의고 의지하고 있었던 남동생과 4년 전에 헤어져 그 행방조차 알지 못한 채 그리워하고 있었던 것이다. 그러던 차 조선으로 팔려가기 며칠 전 남동생과 닮은 주인공을 꼭 한번 만나 동생에 대한 회한의 정을 풀려고 한다는 스토리로 이루어져 있다.[10]

그런데 주인공은 17년이 지나서도 그날의 광경을 잊지 못하고 '잊으려 해도 잊지 못하고', '지금도 여전히 가련한 여자의 얼굴이 눈앞에 어

---

10) 이광수의 동명소설 「소년의 비애」도 이 소설의 영향권에 있었음을 논하고 있는 丁貴連은 일본 내 창부의 수출과 식민지의 공창제도의 실시와 연관하여 논하고 있다(「時代の「悲哀」としての「少年の悲哀」 —國木田獨步「少年の悲哀」と李光洙「少年の悲哀」—」, 『宇都宮大學國際學部研究論集』 第21号, 2006, p.9).

른거리'[11]고 있으며 이러한 경험을 어린 시절의 하나의 슬픔으로 간직하고 있는 것이다. 그러나,

> 유랑의 여인네는 조선에 떠돌아 건넌 후 다시금 어느 곳 끝에서 방랑하며 그 덧없는 생애를 보내고 있는지, 그렇지 않으면 이미 이 세상을 떠나 오히려 정숙(靜肅)한 죽음의 세계로 갔는지 나는 물론 알지 못하며 도쿠지로(德二郎)도 모르는 것 같다.(p.92)

라는 이 작품의 마지막 구절을 보면 17년이 지난 지금까지도 소년시대의 슬픔의 잔상으로 남아 있는 그 여인의 삶과 행적에 대해 주인공은 물론, 그를 소개했던 머슴인 도쿠지로조차도 그 어떤 정보와 지식을 가지고 있지 못하다. 그도 그럴 것이 이 당시 메이지문학에서 언급되고 있는, 조선으로 건너가는 일본인들의 이야기는 지리적으로 조선이라는 공간적 경계를 넘지 못하고 있기 때문이다.

그런데 구니키다 돗포를 포함하여 작은 교과서용 <일본문학사>에서 항상 등장하는 일본근대문학의 대작가의 작품 중에는 조선이나 중국대륙으로 건너가는 일본인의 묘사를 흔치 않게 목도할 수 있다. 예를 들면 사실주의 소설의 효시작을 쓴 후타바테이 시메이(二葉亭四迷), 일본자연주의의 대가 오구리 후요(小栗風葉), 일본근대문학의 최고작가가 일컬어지는 나쓰메 소세키(夏目漱石)의 다음 작품들이 이에 해당한다.

> ① 박사는 (…중략…)어떤가 오노(小野)군, 지나(支那)에 한번 가 볼 마음은 없는가라고 데쓰야(哲也)에게 우선 의심의 눈살을 찌푸리고 이번에 라며, 가벼운 어조로 계속 말하는 바를 들으니 청나라는 직례

---

11) 國木田獨步, 「少年の悲哀」, 『少年の悲哀』, 改造社, 1929, p.92. 초출년은 1902년.

성(直隷省)의 모부(某府)에 전문학교가 창설될 것인데 신임의 제조
(提調) 채(蔡) 아무개라는 자가 그 교원초빙을 위해 일부러 도항해
와서 박사는 곧 그 인선을 위탁받았다는 이야기로(…하략…)(二葉亭
四迷, 『其面影』, 1906)

② 하야오(速男)가, "여동생으로부터 상담을 받았는데, 이번에 지나인의
여학교가 만주에 들어설 것 같은데 자네의 숙부님인 공작이 여교사
의 이 인선을 의뢰받았다는 사실이 신문에 나왔다고 해, 나는 생각
이 미치지 못했지만…… 그래서 오노(小野)가 세상없어도 자기가 파
견되어 가고 싶다고 하므로 자네에게 공작에게 부탁해 달라고 하는
데 어떤가?" (小栗風葉, 『青春』, 1906)

③ 그런데 그의 생활은 학교를 나온 이래 단지 전차를 타는 것과 소개
장을 받아 알지 못하는 사람을 방문하는 정도이고 그 외에 뭐라고
특별히 내세워 말할 수 있을 만한 소설은 하나도 없었다. 그는 매일
보는 하숙의 하녀 얼굴에 아주 질려 있었다. 적어도 이 단조함을 깨
기 위해 만철(滿鐵) 쪽이 가능하다던가, 조선 쪽이 성사된다던가 하면
아직 의식(衣食)의 길 이외에 약간의 자극을 얻을 수 있지만,(…하략…)
(夏目漱石, 『彼岸過迄』, 1912)

④ 따라서 부부인 혼다(本多)씨에 관한 지식은 매우 부족했다. 단지 아
들이 한 사람 있는데 그가 조선의 통감부라든가 하는 곳에서 훌륭
한 관리가 되어 있기 때문에 매월 그쪽에서 보내는 생활비로 편하
게 지낼 수 있다는 것만을 출입하는 상인 중 어떤 자로부터 들었
다.(夏目漱石, 『門』, 1910)

　이들 작품은 예외 없이 이른바 일본문학의 '정전(正典)'에 해당하는 작
품들이라 할 수 있다. 이들 작품 중에서 '내지' 일본에서 '외지'인 조선
이나 만주로 건너가려고 하는 동기를 보면 그 이유는 다양하다. 예를 들
면 아내의 여동생을 사랑하다 이윽고 파탄자로 몰락한 수재 출신의 교사
인 오노 데쓰야가 중국 텐진(天津)으로 건너간다는 ①의 후타바테이 시메
이의 작품이 잘 드러내 주듯이 불륜 또는 연애·결혼의 실패나 실의(失意),

또는 현실공간으로서의 도쿄생활에 대한 회의 등으로 현실도피하는 경우
(①, ②)가 이에 해당한다. 그리고 이외에도 나쓰메 소세키의 『문(門)』과 같
이 이미 조선이나 만주에 건너가 식민지를 성공을 위한 약속의 땅으로
포착하고 있는 경우(④), 이러한 인식이 토대가 되겠지만 실직이나 경제
적인 곤궁을 상정하여 조선이나 만주에 건널 선택지를 생각하는 경우(앞
의 『소년의 비애』나 ③) 등이 이에 해당한다.

　　그러나 작품세계에서 주인공들은 그렇게 생각은 하고 있어도 실제 조
선이나 만주로 건너가지 못하는 경우도 적지 않고, 조선이나 만주에 건
너간 이후 사건의 전개를 보이는 예는 거의 없다.[12] <일본문학사>의
'정전'에 해당하는 이상의 작품은 '내지'에서 식민지나 '외지'로 향하고
자 하는 당시 일본인의 시세를 재빨리 포착하고는 있어도 실제 그곳으로
건너간 일본인의 삶이 어떻게 전개되었는지는 전혀 재현하지 못하고 있
는 셈이다. 물론 "그는 지나(支那)뿐 아니라 처음에는 조선, 만주로 건너
가 인천에도 가고 경성에도 가고 목포, 웨이하이웨이(威海衛), 그리고 톄링
(鐵嶺)까지도 갔다. 지나 중에서 가장 마음에 든 곳은 남경(南京)이었다."[13]
라는 구절이 들어 있는 시마자키 도손(島崎藤村)의 「배(船)」와 같이 조선이
나 중국을 경험한 주인공이 등장하는 경우도 없는 것은 아니다. 그러나
이 작품도 조선이나 중국에서의 활약, 생활상이 작품에 거의 등장하지

---

12) 1911년 간행된 다카하마 교시(高浜虛子)의 『조선(朝鮮)』은 그해 조선을 방문한 경험을
　토대로 하여 만들어진 여행담 성격의 작품인데 조선의 재조일본인과 조선인의 삶이
　전경화되어 있다는 의미에서 위의 작품들과는 다소 다른 측면을 가진다. 이 작품은
　"해협을 건너 조선의 토지를 디디고 나서 완전히 모순된 두 가지 생각" 즉, "쇠망한
　국민을 불쌍히 여기는 마음"과 "이 발전력이 위대한 국민을 탐미(嘆美)하는 기분"(『高
　浜虛子全集 5』, 改造社, 1934, pp.28-29.)을 가지고 기술했다는 측면에서 이 당시 식민지
　를 바라보는 작가의 이중적 단면이 잘 나타나 있다.
13) 島崎藤村, 「船」, 『島崎藤村全集 4』, 筑摩書房, 1981, p.282. 초출년과 초출지는 1911년 8월
　29일-9월 8일, 『시사신보(時事新報)』.

않으며 오히려 이들 지역을 다녀온 주인공이 현재 일본에서 경험하고 있는 내용이 작품 스토리의 중심축이 되고 있다.

이상과 같은 작품세계의 후일담이라고도 할 수 있는, 조선이나 만주에 건너간 '내지' 일본인의 '도한(渡韓)' 이야기는 <일본문학사>에서는 말소되어 있지만 당시 한국에서 발행되고 있었던 다양한 일본어 신문이나 잡지에 게재된 문학작품에 그러한 전모가 기록되어 있다. 최근 포스트콜로니얼 연구나 문화연구 등에서 특정한 테마를 중심으로 문학작품이 여타 신문·잡지 등의 미디어 자료, 교과서나 사회학 및 역사적인 자료를 횡단하여 읽히는 점을 염두에 두면 <일본문학사>에 서술된 작품만으로는 이 '내지' 일본인의 '도한' 이야기는 완성되지 못하였다고 할 수 있다. 나아가 <일본문학사>에서 이 당시의 '도한' 이야기는 단절·파편화되어 있으며 당시 식민지주의에 수반된 '도한'하는 일본인이라는 역사 / 서사의 전모를 파악하는 일은 불가능하다. 이는 단절된 <일국문학사>의 확장과 월경을 통해서 접근할 수밖에 없는 것이다.

3. 재조일본인의 도한(渡韓)과 그들 생의 궤적으로서 일본어 문학

1876년 부산, 인천, 원산이 개항되어 정치적, 경제적 이유 등으로 한반도에서 일본인의 거주지가 확대되면서 이른바 재조일본인들의 삶의 궤적은 다양한 문학장르로 표현되기 시작하였다.

이들 문학은 구니키다 돗포의 『소년의 비애』에서 "유랑의 여인네"가 "조선에 떠돌아 건넌 후" 어떤 "생애를 보내고 있는지" 주인공도 도쿠지로(德二郎)도 알지 못한다고 한 이들의 생애를 고스란히 담아내 다양한 삶의 단면을 형상화시키고 있다. 특히, 『소년의 비애』에서 그렸던 예기나 창부의 이야기는 적어도 1910년대까지 한반도에서 창작된 일본어 문학 중 가장 주요한 테마였다. 예를 들면 한반도에서 가장 초기에 간행된 일본어잡지 중 하나인 『한반도(韓半島)』(韓半島社, 1903.11-1906.5, 전 5호)를 보면 그러한 소재적인 특징이 잘 드러나 있는데 이의 이해를 돕기 위해 다음 졸고의 인용문을 보도록 한다.

> 그런데 한반도를 배경으로 쓰인 이 소설작품들을 내용이나 소재의 측면에서 본다면, 가장 눈에 띄는 특징으로 예기(藝妓)들이 있는 요리점이나 기루(妓樓)가 등장하거나 유곽과 관계가 없는 경우라도 예기들의 사랑과 운명이 소설 스토리의 중심축을 이루고 있다는 점을 들 수 있다.14)

이러한 작품들은 일일이 열거하기 어려울 정도로 많은데, 예를 들면 경성굴지의 미인인 예기 오스즈(お鈴)가 한 남자의 첩이 되었다가 배신을 당하고 다시 기루(妓樓)로 돌아가게 된다는 『소설 첩(小說 圍もの)』(제1권 제1호), 경인(京仁)지역의 전도유망한 점원 이노우에(井上)가 인천의 예기를 아내로 삼으려는 소동을 그린 『설빔차림 모습(はつ姿)』(제1권 제2호), 재조일본인과 한인청년 사이에서 방황하다 결국 도쿄로 돌아간다는 한 예기의 비련을 그린 『두 사람의 아내(ふたり妻)』(제2권 제1호), 은행 지배인의 첩이 되라는 제안을 거절하고 고학청년과의 사랑을 그린 예기 오엔(お艶)의 「무정(情しらず)」(제2권 제3호), 시키시마루(敷島樓)의 예기 와카무라사키(若紫)의 유부남 사업가와 나누는 사랑과

---

14) 정병호·엄인경, 「러일전쟁 전후 한반도의 일본어잡지와 일본어 문학의 성립-『한국교통회지(韓國交通會誌)』(1902~03) ; 『『한반도(韓半島)』(1903~06)의 문예물을 중심으로-」, 한국일본학회, 『일본학보』, 제92집, 2012.8, p.178.

이별을 그린 「가는 봄(ゆく春)」(제2권 제3호) 등이 이에 해당한다.

이들 작품들에 등장하는 비련의 예기들은 그 누구도 『소년의 비애』에서 조선에 건너간 히로인이 될 가능성이 있으며 이러한 측면에서는 그녀들은 일본의 주류작가들이 그린 작품에서 담아내지 못한 조선에 건너간 일본인들의 삶을 형상화하고 있다고 볼 수 있다. 이들은 모두 경제적인 곤궁으로 인해 조선에 팔려 왔거나 자기의지로 조선에 온 재조일본인의 유형에 해당할 것이다.

> ① 나는 남산 공원에서 한양 공원을 향해 난 새 길을 걸었다. 6월도 끝나갈 무렵, 일 년 중에 해가 가장 길다는 하지 전날 오후 2시의 강한 햇빛은 기름진 소나무 사이로 새 흙을 비추고, 또한 반짝반짝 눈을 향해 따갑게 내리쬔다. 땀이 줄줄 흐른다. (…중략…)조선인 3명이 그 그늘 안에 숨어 널부러져 자고 있었다. 돌을 던져도 꼼짝도 하지 않을 것처럼 보인다. 나는 지친 다리를 무의식적으로 그늘이 드리워진 아름다운 풀 위에 내던졌다.15)
>
> ② 아아 정말 싫다 싫어. 난 왜 이런 조선 변두리에 왔을까. 그야 내가 오고 싶다고 사모님께 부탁해서 온 거지만, 이제 와서 돌이켜보니 정말 내가 바보였다. 월급도 도쿄에 있을 때보다 더 많이 받을 줄 알고 왔지만, 그것도 이곳 사정을 몰라서 그랬던 거고. 조금 익숙해진 다음에 다른 집 식모들한테 물어보니 웬걸 모두 나보다 두 세배는 받는다네.16)

이들 재조일본인들은 일본어잡지의 '문예란'을 통해 첫 번째 인용문에서 보는 바와 같이 이국 조선의 풍광과 풍물, 그리고 타자 조선인을 관찰하여 이들을 형상화 하거나 두 번째 인용문처럼 재조일본인 자신들의

---

15) 岩佐蘆人, 「暑い日」(『朝鮮』 第42号, 1911.8), p.72.
16) 鹿島龍濱, 「身勝手」(『朝鮮』 第3卷 第2号, 1909.4.), p.79.

삶을 문예의 형태로 조형하여 일본어 문학을 소비해 갔던 것이다. 물론 한반도에서 간행된 일본어 문학 중 모두가 조선 내 재조일본인들의 시각을 그린 것은 아니고 도쿄 등 일본 내 문필가가 일본 내를 무대로 설정하여 '내지'의 사건을 그린 경우도 적지는 않다.[17) 그러나 한반도 일본어 문학은 '내지'의 대작가의 작품들에는 보이지 않는 식민지 조선의 현실과 풍광을 작품무대로 하여 다양한 이질적·혼종적 요소를 자양분으로 하여 새로운 문학적 세계를 구축해 갔다.

내용적으로는 이와 같이 새로운 정착지인 한반도에서 조선의 풍광, 풍속, 조선인에 대한 응시와 재조일본인의 일상적인 삶뿐만 아니라 당시 일본의 "콜로니얼 담론에 입각한 제국일본을 구가하"[18)는 다양한 작품, 조선 및 조선인에 대한 차별적이고 멸시적인 태도 등 다양한 시각의 작품이 존재하고 있다. 또한 이러한 콜로니얼 담론과는 대치되는 "당시 한국으로 향하는 일본인 이민자의 비애와 불안, 외로움에 가득 찬 느낌을 묘사하"[19)고 있는 작품들도 이들 일본어 문학의 특징 중 하나이다. 이와 같이 이 당시 한반도의 일본어 문학은 다양하고 이질적인 요소를 동시에 내포하면서 식민지문학을 구축해 갔던 것이다.

특히 이 당시 일본어 문학은 단지 소설이나 평론, 에세이 등 산문 장르에 한정되지 않고 근대정형시, 한시, 단카, 하이쿠에 이르기까지 다양한 장르를 통해 한반도 내 재조일본인들의 삶을 노래하였다.

---

17) 이런 경우는 작자명 앞에 도쿄(東京) 등 일본에서 쓰인 작품이라는 걸 표시하는 경우도 많았다.

18) 정병호, 「근대초기 한국 내 일본어 문학의 형성과 문예란의 제국주의－『朝鮮』(1908-11)·『朝鮮(滿韓)之實業』(1905-14)의 문예란과 그 역할을 중심으로」(중앙대 외국학연구소 『외국학연구』 제14권 1호, 2010.6), p.401.

19) 정병호, 「근대초기 한국 내 일본어 문학의 형성과 문예란의 제국주의－『朝鮮』(1908-11)·『朝鮮(滿韓)之實業』(1905-14)의 문예란과 그 역할을 중심으로」, p.407.

① 고려인들도 더불어 축하하는 기원절[20]

(高麗人も共に祝する紀元節) 巴狂

② 정원이 널리 보이는 온돌이여 서늘하도다[21]

(庭廣う見るオンドルや冷かに) 名池

③ 아침 해가 떠 물결에 반사되니 금색도 되고 은색도 될 수 있는 강
물의 빛이로다[22]

(朝日かけ浪にうつりてこかねなししろかねなせる水のいろかな)

④ 구룡포 곁 강마을 머리에 / 원근의 정경 어둑한데 쓸쓸함을 머금고
있구나 / 지는 해는 강물에 반사되어 푸른 피처럼 보이고 / 세찬 바
람은 만군의 말이 강을 건너는 듯 세차구나(九龍浦上水村頭 遠近景情
暗結愁 落照映江如碧血 疾風萬騎似渡流)[23]

위의 노래 중 첫 번째 하이쿠(俳句)는 부산에서 간행된 최초의 종합잡
지『조선평론(朝鮮評論)』의 '문원(文苑)'란에 들어 있는 작품이다. 이 작품에
대해 '우리의 이상적인 조선관을 읊었'다고 나와 있듯이 이미 조선이 일
본의 식민지가 되기 이전에 조선인과 더불어 기원절을 축하하는 내용을
읊으며 이에 대한 감상을 적은 글이다. 두 번째와 세 번째 작품은 일본
어 종합잡지『조선(朝鮮)』에 실린 하이쿠와 단카이다. 하이쿠의 경우 조선
의 가옥 온돌방의 풍광이 잘 나타나 있고 단카는 '인천'으로 여행 갔을
때 서해 바다 풍광을 보고 느낀 서경을 노래하고 있다. 한편 네 번째 인
용문은 구룡포의 경관을 노래한 한시인데 한시 또한 당시 일본어 잡지
문예란에서 빈번히 읊어지고 있었던 문학 장르였다.

주류문학사에 실린 메이지기 문학 작품에서 그 단서는 제기했지만 충

---

20) 其主人,「絶影書屋小集」,『朝鮮評論』第1卷 第1号, 1904.2.11, p.21.

21)「俳句 秋雜吟」,『朝鮮』第2卷 第1号, 1908.9, p.78.

22) 中嶋和子,「庭の萩生」,『朝鮮』第2卷 第4号, 1908.12, p.76.

23) 鬼山子,「朔北漫賦」,『朝鮮』第25号, 1910.3, p.69.

분히 담아내지 못한 조선으로 건너온 일본인들의 행적과 그 삶의 단면은 이상과 같이 일본어 잡지 문예란 속에서 다양한 스펙트럼을 띠며 전개되고 있었다. 이는 문학 장르의 측면에서건 내용적 측면에서건 다면적 형태를 갖추고 이상에서 살펴보았듯이 비교적 활발한 전개과정을 보이고 있었다.

4. 한반도 '일본어 잡지' 문예란과 일본어 문학의 전개양상

이상에서 본 바와 같이 메이지 시대 일본인들이 <도한>하는 과정이나 <도한>하고 나서 조선에서의 생활과 삶의 이력은 중등교육 등에서 교과서용으로 사용되는 얇은 <일본문학사>는 물론 연구자들을 대상으로 쓰인 대규모 <일본문학사>에도 전혀 언급되지 않았다. 이러한 재조일본인들의 행보와 삶의 이력은 조선에서 간행된 <일본어 문학> 작품을 읽지 않으면 그 진상의 기본적인 정보조차도 알 수가 없는 것이다.

그런데 메이지 시대에 해당하는 1912년까지 이러한 식민지 일본어 문학의 발표장은 주로 일본어신문, 잡지 등의 미디어 공간이었다. 일찍부터 '도한문학'의 존재와 그 양상에 대한 분석을 시도한 허석은 부산, 서울, 인천에서 각각 간행된 『조선일보(朝鮮日報)』·『경성신보(京城新報)』·『조선신문(朝鮮新聞)』 등 1900년대 초 일본어신문 속 도한문학 작품목록24)을 제시하면서 메이지 시대 한반도에서 간행된 '일곱 종'의 일본어 잡지를

---

24) 허석, 「韓國에서의 日本文學 研究의 諸問題에 대해서−渡韓文學의 '존재'에 초점을 맞추어」, 한국일본어문학 『일본어문학』 제13집, 2002.6, p.75.

제시하고 있다. 그리고 "이들 잡지 중에서 거류일본인의 문학적 작품을 싣고 있는 것이, 월간 『조선』과 잡지명을 변경해서 이것을 계승한 월간 『조선과 만주』에 지나지 않고, 다른 잡지는 그들의 문학적 산물의 게재 의 흔적을 발견하기 어렵"(p.65)다고 언급하고 있다. 그러나 실제 1912년 까지 한반도에 존재했던 일본어 잡지의 숫자는 이보다 훨씬 많아 적어도 '70종' 이상의 다양한 장르의 잡지가 확인되고 있으며25) 당시 문학 작품 을 싣고 있었던 일본어 잡지도 이보다 훨씬 많았다. 예를 들면 필자가 조사한 자료에 의하면 당시 많은 일본어 잡지들 중에서 대략 12종류의 일본어 잡지 속에 '문예란'이 별도로 마련되어 있거나 별도의 문예관련 난을 마련하지 않았다고 하더라도 문예관련 작품을 싣고 있다. 이들 잡 지명, 간행기관 및 간행년도, 그리고 문예관련 기사나 잡지의 성격을 정 리하여 제시하면 [표 1]과 같다.

[표 1] ⟨메이지 문학사⟩에 해당하는 기간 한반도에서 문예작품을 싣고 있는 잡지 목록

잡지명	간행 관련 정보	문예관련 내용
韓國交通會誌	韓國交通會, 京城印刷社. 京城. 1902-03, 전5호	'소설', '문예잡조', '문원', '만록'란을 중심 으로 소설, 시, 에세이, 하이쿠, 단카, 한시, 문학평론 등 수많은 문학작품을 게재
韓半島	韓半島社, 京城. 1903-06	
韓國研究會談話錄	鹽川十溪生 外著, 韓國研究會, 京城. 1902-1905	고정적인 문예란은 없었지만, 水原紀行, 漢文學, 會報, 京釜間往復旅行談 등 기행 위주 의 글들을 게재
朝鮮評論	朝鮮評論社. 釜山, 1904	「문원(文苑)」란을 독립적으로 설치하여 단카 (短歌)・하이쿠(俳句)・시(詩)・한시(漢詩)・ 소설・수필・평론 등을 지속적으로 게재
朝鮮之實業	朝鮮實業協會編. 釜山, 1905-07	
滿韓之實業	滿韓實業協會, 京城. 1908-14	

---

25) 고려대학교 일본연구센터 토대연구사업단, 『한반도・만주 일본어문헌(1876-1945) 목록 집』, 도서출판 문, 2011.2 참조.

잡지명	간행 관련 정보	문예관련 내용
韓國中央農會報	朝鮮農會 編, 京城, 1907-10	雜報, 韓文 등 게재
富之朝鮮	實業之大阪社京城支局, 京城, 1907-10	
朝鮮	朝鮮雜誌社, 日韓書房, 京城, 1908-11	「문예(文芸)」란을 독립적으로 설치하여 단카(短歌)·하이쿠(俳句)·시(詩)·한시(漢詩)·소설·수필·평론, 조선문학 번역 등을 지속적으로 게재하였는데 초기 최대의 한반도 <일본어 문학>의 발표 공간이었다.
朝鮮及滿洲	朝鮮雜誌社·朝鮮及滿州社, 1912-41	
東京外國語學校韓國校友會 會報	東京外國語學校韓國校友會 編, 京城, 1908-12	11호부터 문예란적인 성격의 「詞苑」란이 마련되어 다수의 시가, 시문, 狂歌 등이 실려 있다.
警務月報	朝鮮總督府警務總監部 編, 京城, 1910-12	鼠の話/螺炎(8호), 蠅の話(15호) 등의 강연이나 소감, 隱語集(16호), 學問の標準(34호), 釋迦の言行(35호), 趣味生活(37호), 德川家康の人格(38호)와 같은 글도 지속적으로 게재

이들 일본어 잡지 중 『한국교통회지』는 한반도 내 "일본우체국 관계자들의 상호협력과 우정(郵政) 사업의 발달을 위해"26) 창간되었고 『한반도』는 "한국 정보의 제공을 통해 일본인의 한국으로의 이주를 촉진"(p. ix)하려는 목적에서 간행된 "재한 일본인 사회에서 발간한 최초의 종합잡지"27)이다. 전자는 논설, 교통사료, 한국사정, 만록(漫錄), 각지통신, 휘보 등으로 구성되어 있으며 후자는 풍속인정, 소설, 문예잡조(雜俎), 가정음악, 실업, 교통과 안내, 근시요록(近時要錄), 문원, 종교 등의 내용으로 이루어져 있다.28)

---

26) 단국대 동양학연구소, 「韓國交通會誌 해제」, 『改化期 在韓日本人 雜誌資料集 : 韓國交通會誌』 제앤씨, 2006, p. vii.
27) 단국대 동양학연구소, 「韓半島 해제」, 『改化期 在韓日本人 雜誌資料集 : 韓半島』, 제이앤씨, 2006, p. vii.

한편 부산에서 1호와 2호만 간행된 『조선평론』은 "동양평화"와 "조선의 부식(扶植)"이라는 논리에 근거하여 "재조선 일본국민의 여론을 대표하고 국가백년의 장계(長計)를 수립하여 그 지침이 되"[29]고자 하였으며 '사설(社說)', '논설(論說)', '평론(評論)', '총담(叢談)', '인물월단(人物月旦)', '사전(史傳)', '문원(文苑)', '잡록(雜錄)', '조사(調査)', '잡보(雜報)', '편집일지(編輯日誌)' 등으로 구성하여 비교적 종합잡지의 체재를 갖추고자 하였다. 이의 후속잡지인 『조선의 실업』은 "잡지명에 걸맞게 주로 상업적・경제적 입장에서 일본과 재한 일본인사회의 이익과 식민경영을 도모한다는 취지에서 간행되었지만 이 잡지도 예외 없이 문명론에 입각한 식민지화의 정당화"[30]를 주장하고 있다. 『조선의 실업(朝鮮之實業)』 30호 간행 이후 제31호에서 주간(主幹) 우치다 다케사부로(內田竹三郎)의 명의로 '본회의 사업을 더 한층 만주로 확장하여'[31] '조선실업협회'를 '만한실업협회'로 바꾸고 잡지명을 『조선의 실업』에서 『만한의 실업』으로 개명하고 이를 회원들에게 알리게 된다.

이후 초기 한반도 <일본어 문학>의 최대의 발표공간이었던 『조선』은 "한국인에 대해서는 우리들의 보호권의 진의를 꾸준히 역설하고 또한 세계에 대해서는 대한(對韓)정책을 변호하고 통감부를 보호함을 굳이 거절하지 않는 바이다. 게다가 우리 정부와 통감부 자체에 대해서는 극력

---

28) 정병호・엄인경, 「러일전쟁 전후 한반도의 일본어잡지와 일본어 문학의 성립-『한국교통회지(韓國交通會誌)』(1902~03)와 『한반도(韓半島)』(1903~06)의 문예물을 중심으로-」, 한국일본학회 『일본학보』 제92집, 2012.8, p.176. 이들 잡지 속의 <일본어 문학>에 대해서도 이 논문 참조 『한반도』와 『조선지실업』의 <일본어 문학>은 박광현, 「조선 거주 일본인의 일본어 문학의 형성과 (비)동시대성-『韓半島』와 『朝鮮之實業』의 문예란을 중심으로」, 단국대학교일본연구소, 『일본학연구』 제31집, 2010.9 참조.

29) 「宣言」, 『朝鮮評論』 第1号, 朝鮮評論社, 1904.2.11 표지.

30) 정병호, 「근대초기 한국 내 일본어 문학의 형성과 문예란의 제국주의-『朝鮮』(1908-11)・『朝鮮(滿韓)之實業』(1905-14)의 문예란과 그 역할을 중심으로」, p.389. 잡지 『조선』 및 『조선지실업』의 문예란에 관한 것은 이 논문 참조

31) 「謹告」, 『滿韓之實業』, 滿韓實業協會, 1908.1.1.

고언과 비평의 입장을 취한다."32)는 취지에서 간행되었으며 당시의 한반
도에서 일본의 콜로니얼 담론을 가장 적극적으로 제시하고 이의 실현에
노력하였다. 이 잡지는 '時事評論', '논설', '잡산', '문예', '실업자료', '조
선문제', '인물평판기', '주장', '방문록' 등으로 구성하여 가장 종합잡지의
체재를 취하였으며 1912년『조선 및 만주』33)로 잡지명을 개명하게 된다.
한편『경무월보』는 초기에 주로 법령과 경찰 업무에 관한 기사가 거의 대부
분이었으나 점차 강연, 잡보, 잡록, 명소고적 등의 난이 생기고 교양 내용을
다룬 글도 지속적으로 게재하였다. 총독부 경무통감부가 설치된 1910년부터
제1호-제39호까지 간행되고 제40호부터는『경무휘보(警務彙報)』로 개칭되어
1944년까지 오랜 기간 수많은 문예물이 실린 잡지이다.

이와 같이 이미 <메이지 문학사>가 해당하는 1910년대 초반에 이르
기까지 한반도에는 다양한 일본어 잡지를 통해 <일본어 문학>이 상당히
다양한 장르를 통해 발표되고 있음을 확인할 수 있다. 그런데 이러한 잡
지들은 1910년대『조선공론(朝鮮公論)』(朝鮮公論社, 1913-43, 1卷 1號-32卷 11号)이
나『경성학해(京城學海)』(京城學海社 編, 京城學海社, 京城, 1913-14) 등 문예란을
실은 일본어 잡지들이 잇따라 창간된다.

이러한 현상은 한반도에서 시간의 경과와 더불어 일본어 매체의 형태가
다변화 되었다고 할 수 있는데 1920년대에 이르면 일본고전시가 장르인
단카(短歌), 하이쿠(俳句), 센류(川柳) 등의 전문문학잡지와 작품집이 다량으로
간행되기에 이른다. 1920년대 현존본만을 대상으로 했을 때에도 단카(短歌)

---

32) 「第二卷の一号に題す」,『朝鮮』第2卷 第1号, 1908.9.1, p.1.
33) 이에 대한 선행연구는 정병호, 「1910년대 한반도 내 일본어 잡지의 간행과 <일본어
문학> 연구-『조선 및 만주』(朝鮮及滿州)의 「문예」 관련기사를 중심으로-」, 한국일본
근대학회『일본근대학』제87집, 2011.5, p.149-166 ; 박광현, 「1910년대『조선』(『조선급
만주』)의 문예면과 "식민 문단"의 형성」, 한국비교문학회,『비교문학』Vol.52, 2010 등
이 있다.

잡지 『진인(眞人)』(제2권 제1호-제21권 제3호, 市山盛雄/細井子之助 編, 京城 / 東京, 眞人社, 1924.1-1943.3), 센류잡지 『게이린 센류(ケイリン川柳)』(제2호-제3호, 橫山巖 編, 京城, 鷄林川柳社, 1922.11-12)를 비롯하여 다양한 일본전통시가 잡지34)가 간행되어 한반도 일본어 문학의 중심적인 역할을 수행하기에 이른다.

이렇듯 이 당시 한반도에서 간행된 일본어 잡지는 당시 재조일본인들의 문학적 표현의 창구이자 식민지 일본어 문학의 보고 역할을 담당하고 있었다. 그렇지만 다소 문맥과 의도는 다르지만 일본어 문학으로 표현된 '한국의 시제(詩題)'가 '일본문학 메이지편의 일사업'35)이 되어야 한다는 『조선지실업』 '문원'란의 주장은 그 어떤 <메이지문학사>에도 반영되거나 표현되지 못하고 오랫 동안 일본문학사에서 배제된 대상으로 남아 있었다고 할 수 있다.

5. 결론

서론에서 살펴보았듯이 오와다 다테키의 『메이지문학사』(1894)에서 이와시로 준타로의 『메이지문학사』(1906), 그리고 시마무라 호게쓰의 「메이지문학약사」(1914)로 이어지는 1890년대부터 1910년대의 동시대 <메이지 문학사>의 변화는 문학개념에 관한 인식과 문학사 기술대상의 차이였다고 할 수 있다. 이러한 개념의 변화는 인문학이나 학문 등을 포괄하던 문학개념에서 산문문학, 운문문학, 극문학의 대표 장르로 '소설, 시가,

---

34) 이에 대해서는 정병호·엄인경 편, 『한반도 간행 일본전통시가 자료집』(이회문화사, 2013.3)의 '간행사' 참조.
35) 高濱天我, 「韓國の詩題」, 『朝鮮之實業』 第9号, p.8.

희곡'을 전면에 배치하고 이를 '문학예술'이나 '순문학'이라는 관점에서 대작가 중심의 정전(正典)이 구축되는 과정을 잘 보여주고 있다고 하겠다.

물론 그렇다고 해서 문학사 기술의 대상이 단지 '순문학'이나 '문학예술'이라는 잣대를 통해 선별되는 것은 아니다. 문학사의 선별 대상에서 당시 시대나 문학계가 요청하는 다양한 필요성과 문단의 사정, 대학의 문학연구 관습 등 다양한 요인들이 고려될 수 있을 것이다. 그러나 적어도 이들의 선별대상에는 오와다 다테키나 이와시로 준타로가 당시 『메이지문학사』를 쓸 당시 적어도 공유하고 있었던 공감대, 즉 문학사란 '일본', '일본인', '일본어', '일본문화'를 "일체(一體)의 것"으로 파악하여 이를 "전제로 한 『일본문학』이라는 개념"36)이 바로 그것이다. 이러한 인식 위에서 형성된 국문학의 관습과 이 토대에 근거하여 형성된 이른바 정전(대작가) 중심의 문학사 기술이 한마디로 말하면 20세기의 일국문학사라 할 수 있다. 이로 인해 당시 식민지주의 열기와 경제적인 삶의 수단 획득을 위해 수많은 일본인이 한반도나 대륙으로 건너와 그들의 현지 삶과 사고와 감정을 문학적으로 형상화한 작품들은 <메이지 문학사>의 한 부분으로 시민권을 얻을 수 없었던 셈이다.

이상에서처럼 메이지 시기 일본인들이 조선에 건너오는 과정이나 그 이후 조선에서 보낸 생활과 삶의 이력은 조선에서 간행된 <일본어 문학>을 읽지 않으면 그 진상의 기본적인 정보조차도 알 수가 없다. 이와 같은 의미에서 이 시기 조선으로 건너와 조선에서 삶을 영위한 이야기의 전모를 탐색하기 위해서도 '내지' 일본에서 간행된 정전뿐만 아니라 일본의 밖, 즉 '외지'에서 간행된 것도 <문학사>의 일영역으로서 위치 지

---

36) 小森陽一, 『<ゆらぎ>の日本文學』, NHKブックス, 1998, p.16과 pp.286-287 참고.

워야 할 것이다. 이를 위해서는 기존 일국문학사로 영위되어 온 <일본 문학사>의 경계를 뛰어 넘는 새로운 형태의 <일본어 문학사> 영역의 모색과 구축이 무엇보다도 중요하다고 할 수 있겠다. 이러한 개척을 위해서도 한국의 일본문학계에서 비교적 최근에 활발한 연구가 이루어지고 있지만 이 당시 일본어 잡지의 발굴과 이곳에 실린 일본어 문학에 대한 기초적 자료분석은 물론 이들 작품이 가지고 있는 내적 / 시대적 문맥에 관한 포괄적 연구가 필요하다고 하겠다.

제 2장

한일병합 전후 어문정책과 조선문예물 번역 양상 연구

『조선(급만주)』, 『조선(만한)지실업』, 『조선공론』을 중심으로

김효순

1. 서론

21세기의 국제정세는 20세기 말의 냉전구조 해체, 급속히 심화·확산되는 글로벌리즘, 그에 대응하는 지역주의에 대한 기대가 상호작용하며 복잡하게 전개되고 있다. 이러한 국제정세 속에서 번역(통역)의 역할은 문화의 번역, 번역의 문화라는 담론을 확산시키며 국제사회에서 나날이 그 중요성이 더해지고 있다. 그중에서도 서구문명을 일본을 통해 받아들인 한국의 근대화 과정을 생각해 보면 한일간에 이루어진 번역의 역할의 중요성은 아무리 강조해도 지나치지 않을 것이다.

그러한 상황은 한국 출판 시장에서 번역 도서가 차지하는 비중에도 그대로 드러나고 있다. 한국에서 연간 총 발행되는 신간 도서 가운데 번

역 도서가 차지하는 비율은 1990년대 중반(1995년, 1996년)까지만 해도 15%대였던 것이 해마다 늘어나 2006년 기준으로 23%로 10년 사이에 무려 두 배 가까이 늘어났고, 2012년에는 25.7%로 늘어났다. 한국에서 출판되는 도서 중 약 세 권 중 한 권 정도가 번역도서인 셈이다. 또한 번역서의 출발 텍스트를 국가별로 살펴보면, 2012년을 기준으로 했을 때 총 발행부수 중 전체 일본이 39%로 가장 높았다.[1]

그러나 한편 문화개방이 이루어진 1990년대 후반 이후 나타나기 시작한 한류현상의 일환으로 최근에는 한국의 드라마나 영화의 원작, 인터넷 소설 등이 일본어로 활발하게 번역되고 있으며, 이러한 현상은 최근 연구자들의 주목의 대상[2]이 되고 있다. 하지만 한일 / 일한 번역에 존재하는 역사적, 문화적 콘텍스트에 관한 연구는 연구사도 길지 않고, 그 연구 대상도 해방 이후의 번역 현황에 치중되어 있다.[3] 그러나 사실 한일 / 일한번역에 존재하는 정치성은 식민시기의 번역에 가장 노골적으로 드러나 있다고 할 수 있다. 즉 조선문예물의 일본어번역을 통한 식민지 지(知)의 획득과정, 주체, 구체적인 목적 등은 한일간의 정치, 경제적 상황, 그에 따른 언어정책이나 문화정책에 따라 달라지며, 특히 한반도에서 발행된 일본어 잡지에 게재된 조선문예물은 재조일본인을 주된 독자로 상정하고 있다는 점에서, 식민지 본국 일본에서 출판된 조선문예물의 번역과는 다른 양상을 보인다. 이와 같은 사실에 주목하여 2000년대 이후에는

---

1) 대한출판 문화협회 홈페이지(http://www.kpa21.or.kr) '주요 국가별·분야별 번역 출판 현황(2012)' 참조.
2) 박미정, 「인터넷소설의 '속어' 한일번역 분석」(『일어일문학연구』 제81집, 한국일어일문학회, 2012.8.)
3) 윤상인, 김근성, 강우원용, 이한정 지음, 『일본문학 번역 60년 현황과 분석 : 1945-2005』(소명출판 2008년 07월)는 제목에 나타난 바와 같이 1945년 이후의 일한 번역 현황을 개괄, 분석하고 있다.

식민지시기의 번역 양상과 의의를 규명하고자 하는 연구가 시작되었지
만, 그것은 식민지 초기4)나 1940년대,5) 혹은 특정 작가6)에 한정되어 있
는 등, 개별 연구에 머물고 있다.

이와 같은 문제의식에서 식민지시기를 어문정책의 변화에 따라 제1기 :
정한론의 대두에서 청일전쟁 · 러일전쟁 전후시대, 제2기 : 한일병합 전
후시대, 제3기 : 1920~30년대 문화정책 시대, 제4기 : 1930~40년대 초
기 총동원체제기의 네 시기로 구분하여 조선문예물의 번역의 양상을 통시
적으로 고찰하는 연구를 진행하고 있다. 이 글에서는 그중 제2기에 해당하
는 한일병합 전후기7)에 조선에서 발행된 주요잡지『조선지실업(朝鮮之實業)』
(1905.5~1907.12),『만한지실업(滿韓之實業)』(1907.12~1914.6),『조선(및)만주(朝鮮
(及滿州))』(1908.3~1941.1), 『조선공론(朝鮮公論)』(1913.4~1944.11)을 중심으로
번역의 주체, 목적, 대상, 방법 등의 양상을 검토해 보고자 한다.

---

4) 정병호,「1910년 전후의 한반도 <일본어문학>과 조선문예물의 번역」,『日本近代文學硏
究』第34輯, 한국일본근대학회, 2011.10.

5) 윤대석,「1940년대 한국문학에서의 번역」,『民族文學史硏究』第33輯, 민족문학사학회,
2007 ; 서은주,「일본문학의 언표화와 식민지 문학의 내면」,『상허학보』제22집, 상허학
회, 2007.

6) 윤상인,「번역과 제국의 기억-김소운의『조선시집』에 대한 전후 일본의 평가에 대해-」,
『일본비평』제2집, 서울대학교 일본연구소, 2010.2 ; 양동국,「제국 일본 속의 <조선
시 붐>」,『아시아문화연구』제23집, 경원대학교 아시아문화연구소, 2011 ; 황호덕,「제
국 일본과 번역 (없는) 정치-루쉰 · 룽잉쭝 · 김사량, '阿Q'적 삶과 주권」,『대동문화연
구』제63집, 성균관대학교 대동문화연구원, 2008 ; 박지영,「'번역불가능성'의 심연-식
민지시기 김소운의 전래동요 번역(일역)을 중심으로-」, 2010 ; 任容澤,『金素雲『朝鮮詩
集』の世界-祖國喪失者の詩心-」, 中公親書, 2000 등.

7) 근대이후부터 식민지기간 동안의 조선문예물 번역의 양상 중 그 제1기에 해당하는 청
일전쟁 · 러일전쟁 전후기의 조선문예물 번역에 대해서는, 한반도 간행 최초의 일본어
종합잡지『한반도(韓半島)』(1903.1~1906.5)를 중심으로「한반도 간행 일본어잡지에 나
타난 조선문예물 번역에 관한 연구」(중앙대학교,『일본연구』제33집, 중앙대학교 일본
연구소, 2012.8)에서 검토한 바 있다.

2. 한일병합 전후 시기의 정치 · 경제적 상황과 어문정책

식민지시기 조선문예물의 번역사에 있어 이 시기는 러일전쟁에서 승리한 일본이 제1차 한일협약(1904), 제2차 한일협약(을사조약, 1905), 통감부의 설치(1906) 등을 통해 재정과 외교를 장악하고, 내정간섭과 행정권의 장악에 의해 영토와 세력을 확대하고자 하는 제국주의 색채를 노골화한 시기이다.

이를 좀 더 구체적으로 살펴보면 조선을 강제 병합한 일본은 조선총독부를 설치하여 천황의 지휘 하에 입법, 행정, 사법, 군사 통솔권을 장악하였고, 초대 총독 데라우치(寺內正毅)는 우리 민족에게 이성이 발달할 수 있는 교육기회를 주지 않는 것을 교육방침으로 삼았다. 이와 같은 취지와 교육방침으로, 데라우치는 1911년 8월에 전문 30조로 이루어진 제1차 <조선교육령>을 공포했다. 그 제5조는 '보통교육은 보통의 지식기능을 전수하고 특히 국민으로서의 성격을 함양하며 국어를 보급하는 것을 목적으로 한다(普通教育ハ普通ノ知識技能ヲ授ケ特ニ國民タルノ性格ヲ涵養シ國語ヲ普及スルコトヲ目的トス)'라고 그 목적을 명기하고 일본어 교육강화 정책을 폈고, 4년제 보통학교 주당수업시간 26~27시간 중에서 일본어는 10시간, 한국어는 한문을 포함하여 5~6시간에 불과하게 하였다. 그리고 조선어 및 한문시간 외에는 일본어로 교육을 실시하였다. 조선인들의 교육은 일본신민화(日本臣民化)의 토대가 되는 일본어의 보급, 이른바 충량(忠良)한 제국 신민과 그들의 부림을 잘 받는 실용적인 근로인 · 하급관리 · 사무원 양성을 목적으로 하는 것으로 한정되었다.

그럼에도 불구하고 조선총독부는 강점 직후 실질적으로 조선인을 교육하거나 조선인을 대상으로 행정업무를 담당해야 하는 일본인 교육자,

관리를 대상으로 한 조선어 강습을 실시하였다. 이는 조선어를 '보조적 의사소통 수단'으로 인식했기 때문이다. 그러나 정치, 치안유지를 위한 경찰 업무 등에서는 조선어를 사용하지 않았다. 그렇기 때문에 강점 초기 실질적으로 조선인을 통치하는 데에는 어려움이 따르게 되었다. 특히 강점 초기 일본어 해독자가 0.5%에 불과한 현실에서 일본어만으로 식민지의 교육과 행정을 처리하기에는 어려움이 있었다.

이와 같은 어문 및 교육 정책과 동시에 이 시기 일본의 조선지배강화에 의해 재조일본인의 수는 급증하였고, 그들을 대상으로 하여 『조선지실업／만한지실업』(1905.5～1907.12), 『조선(급만주)』(1908.3～1911.11), 『조선공론(朝鮮公論)』(1913.4～1944.11) 등 일본어 종합잡지가 창간되었다. 이들 잡지에는 <문예란>이 설치되었고, 그곳에는 한문, 한시, 소품, 소설을 물론이고 하이쿠, 단가, 센류 등 일본전통 문학장르가 중심적으로 지면을 차지했다. 동시에 그 안에는 다수의 조선문예물이 번역・게재되었다.

이 글에서는 이 시기에 일본제국이 취한 교육 문화정책과 관련하여 잡지에 게재된 이들 조선문예물이 어떻게 다루어지고 있는지, 각 잡지의 성격도 검토하며 살펴보겠다.

3. 한일병합 전후 시기의 조선문예물의 번역 양상

1) 『조선(급만주)』의 조선문예물 : 문학과 정보 자료로서의 인식의 공존

『조선』은 1908년 3월 샤쿠오 슌조(釋尾春芿)에 의해 창간되어 1941년 1월 (398호)까지 발행된 식민지 조선의 최장수 종합 잡지다. 한일병합 후에는

'대륙팽창의 제국주의적 지향성'8)이 작용하여 잡지의 제목을 『조선급만주』로 개제한다. 잡지의 구성은 주장, 시사평론, 논설, 인물품평, 잡찬(雜纂), 문예, 실업자료, 주요기사, 조선문답, 만주문답, 시사일지 등으로 이루어져 있다. 이 중 문예란은 소설, 여행기, 번역소설, 수필 등의 산문과 와카, 하이쿠, 한시 등 다양한 장르를 게재하고 있는데 그 가운데에는 [표 1]과 같이 조선문예물도 다수 게재되어 있다. 창간된 1908년에는 거의 매호 빠짐없이 조선문예물을 번역하여 게재하고 있고, 이후에도 1913년까지는 꾸준히 게재하고 있으나, 1914년 이후에는 급격히 줄고 있다. 그 장르도 조선의 가요, 시조, 이언, 고전소설, 민담, 설화 등 다양하다.

[표 1] 『조선(급만주)』(1908-1919)의 조선문예물 목록

연도	역자(필자)	揭載誌	제목(권호, 연월) 비고	揭載欄
1908	甘笑子	朝鮮	「朝鮮の歌謠(一)」(第1卷 第3号, 1908.5)	雜纂
	松尾目池	朝鮮	「靑邱野談」(第1卷 第3号, 1908.5)	雜纂
	松尾茂吉	朝鮮	「南薰太平歌(一)」(第1卷 第4号, 1908.6)	雜纂
	目池	朝鮮	「朝鮮の俚諺(一)」(第1卷 第5号, 1908.7)	時事評論
	目池	朝鮮	「朝鮮の俚諺(二)」(第1卷 第6号, 1908.8)	時事評論
	松尾茂吉	朝鮮	「南薰太平歌(二)」(第1卷 第6号, 1908.8)	文芸欄
	松尾茂吉	朝鮮	「南薰太平歌(三)」(第2卷 第2号, 1908.10)	文芸欄
	櫻岳	朝鮮	「朝鮮俚諺(一)」(第2卷 第3号, 1908.11)	雜纂
	徐書房	朝鮮	「朝鮮俚諺」(第2卷 第3号, 1908.11)	文芸欄
	松尾目池	朝鮮	「靑邱野談」(第2卷 第4号, 1908.12)	雜纂
	闇牛	朝鮮	「朝鮮の俗謠」(第2卷 第4号, 1908.12) 韓·日文同時	文芸欄

---

8) 임성모, 「월간 『조선급만주』 해제」, 日韓書房/朝鮮雜誌社/朝鮮及滿洲社, 『朝鮮及滿洲』 皓星社 / 語文學社, 1998~2005.

연도	역자(필자)	揭載誌	제목(권호, 연월)	揭載欄
			비고	
1909	薄田斬雲	朝鮮	「女將軍(白鶴伝)」 (第2卷 第6号, 1909.2)	雜纂
	薄田斬雲	朝鮮	「女將軍(白鶴伝)」 (第3卷 第1号, 1909.3)	文芸欄
	櫻岳	朝鮮	「朝鮮俚諺」 (第3卷 第2号, 1909.4)	富源
	櫻岳	朝鮮	「朝鮮俚諺」 (第3卷 第4号, 1909.6)	論說
	散人	朝鮮	「童謠五章」 (第4卷 第1号, 1909.9)	文芸欄
			韓・日文同時	
	闇牛散士	朝鮮	「朝鮮俗謠(承前)」 (第4卷 第2号, 1909.10)	文芸欄
			韓・日文同時	
1910	闇牛生	朝鮮	「朝鮮の歌一童謠一」 (第4卷 第5号, 1910.1)	文芸欄
			韓・日文同時	
	水戶坊	朝鮮	「兩班伝」 (第4卷 第5号, 1910.1)	雜纂
	闇牛散人	朝鮮	「朝鮮の歌 韓謠五」 (第4卷 第6号, 1910.2)	文芸欄
			韓・日文同時	
	散人	朝鮮	「韓謠」 (第26号, 1910.4)	文芸欄
			韓・日文同時	
	目池	朝鮮	「朝鮮の新体詩」 (第27号, 1910.5)	文芸欄
	闇牛散人	朝鮮	「韓謠」 (第28号, 1910.6)	文芸欄
			韓・日文同時	
	松尾目池	朝鮮	「東稗雜誦抄譯」 (第28号, 1910.6)	雜纂
	法學士淺見倫太郞[9]	朝鮮	「朝鮮文學作家錄」 (第33号, 1910.11)	研究
1911	淺見霞城 重譯	朝鮮	「朝鮮俗歌」 (第43号, 1911.9)	文芸欄
1912	文學士今西龍	朝鮮	「羽衣の說話」 (第48号, 1912.2)	研究
	望月桂軒	朝鮮	「貞婦春香傳」 (第49号, 1912.3)	文芸欄
			漢詩	
	文學士今西龍	朝鮮	「朝鮮と西藏との類似せる俗話」 (第58号, 1912.9)	研究

9) 조선의 법률연구가로 1916년에 일본조선 공동의 고적(古蹟) 조사에 참가한 인물.

연도	역자(필자)	掲載誌	제목(권호, 연월)	掲載欄
			비고	
1913	淺見生	朝鮮及滿州	「牛に關する朝鮮の昔噺及俚諺」 (第66号, 1913.1)	난 구분 없음
			高橋亨의 『朝鮮の物語集附俚諺』 (日韓書房, 1910)의 내용 참조하여 번역.	
	目池	朝鮮及滿州	「朝鮮名著」 (第67号, 1913.2)	난 구분 없음
			'진본『금오신화』의 한 이야기' 이생규장전(상)	
	淸家彩果	朝鮮及滿州	「朝鮮征伐に關する朝鮮の伝說」 (第70号, 1913.5)	난 구분 없음
			임진왜란 시 이여송(李如松)과 영의정 유성룡 관련 전설	
1914	松尾目池	朝鮮及滿州	「朝鮮の俚諺に見せる虎と日本の俚諺」 (第78号, 1914.1)	난 구분 없음
	中村鳥堂	朝鮮及滿州	「三國遺事脫解伝と種々の問題(一)」 (第86号, 1914.9)	난 구분 없음
	中村鳥堂	朝鮮及滿州	「三國遺事脫解伝と種々の問題(二)」 (第87号, 1914.10)	난 구분 없음
	中村鳥堂	朝鮮及滿州	「三國遺事脫解伝と種々の問題(三)」 (第89号, 1914.12)	난 구분 없음
1919	加藤生	朝鮮及滿州	「朝鮮の俗謠」 (第150号, 1919.12)	난 구분 없음

이상의 『조선(급만주)』에 게재된 조선문예물의 목록을 볼 때 눈에 띠
는 특징으로서는, 첫째 이 시기 문학론에서 일반적으로 보이는, 즉 중국
의 한문학(漢文學)에 압도되어 한국고유의 문학이 발달하지 못하고 겨우
하등사회나 부인사회에서 명맥을 유지하고 있다는 일종의 조선문학부재
론이 존재한다는 점이다. 예를 들어 간쇼시(甘笑子)의 '조선의 노래는 신운
(神韻) 있는 것은 거의 없고 비외(卑猥)한 것이 가장 많으며 특히 정가(情歌)
에 이르러서는 차마 들을 수 없는 가락 많다'[10]고 하는, 조선문예물에는

문학성이 부족하다는 인식이 일반적이다. 그럼에도 불구하고 동시에 조선의 가요를 번역, 소개하는 것의 의의는 '그 나라의 진정을 직사한 것이 많'아, '조선을 알고자 하는 자에게는' '좋은 재료'[11]라고 하거나 '한시를 직역하여 흥이 소연한 가운데에도 한 나라의 특징이 분명하기 때문에 세상 사람들이 참고로 할 만하다'[12]라는 인식, 즉 좋은 정보자료로서의 가치가 있다는 인식을 엿볼 수 있다. 그렇기 때문에 이언(俚諺)을 비롯한 미토보(水戶坊)의 「양반전(兩班伝)」(第4卷 第5号, 1910.1), 마쓰오 메이케(松尾目池)의 「동패락송초역(東稗雒誦抄譯)」[13](第28号, 1910.6)과 「청구야담(靑邱野談)」(第2卷 第4号, 1908.12)[14] 등 중요한 소설들조차 문예란에 게재되지 않고 <잡찬(雜纂)>란에 게재되고 있다. 물론 이 시기 문학의 개념이 오늘날과 달리 아직 유동적인 개념이라는 데서 연유하는 면도 있겠지만, <잡찬>란은 주로 조선의 풍속, 습관 등 실용적인 정보들로 구성되어 있다. 그만큼 조선의 문예물은 문학과 실용정보라는 두 가지 차원에서 다루어지고 있음을 알 수 있다. 이와 같이 조선문예물에 대한 인식이 유동적이었음은 우스다 잔운(薄田斬雲)이 번역한 「여장군(백학전)[(女將軍)(白鶴伝)]」[15]이 상(上)은 제2권 제6호(1909.2)의 잡찬란에, 하(下)는 제3권 제1호의 문예란에 게재되고 있는 사실에 단적으로 드러난다.

---

10) 甘笑子, 「朝鮮の歌謠(一)」, 『朝鮮』第1卷 第3号, 1908.5.
11) 甘笑子, 「朝鮮の歌謠(一)」, 『朝鮮』第1卷 第3号, 1908.5.
12) 松尾茂吉, 「南薰太平歌(一)」, 『朝鮮』第1卷 第4号, 1908.6, p.52.
13) 조선 후기 문인 노명흠(盧命欽 : 1713~1775)이 저술한 야담집. 편저 및 자세한 연대는 미상이나 조선 후기의 여러 한문단편집들 중 가장 오래된 것으로 추정된다.
14) 민담(民譚)과 야담을 소설 형식으로 기록한 조선 후기의 한문 야담집. 작자·연대 미상. 내용은 1700년에서 1800년까지의 현실을 사실적으로 그린 것으로 결구(結構)와 수법이 절묘하여 당시의 언어·풍속·관습 등을 연구하는 데 좋은 자료가 된다.
15) 남녀 주인공들이 가연(佳緣)을 맺을 때 교환한 신물(信物) '백학선'을 표제로 한 고전소설 『백학선전』을 번역한 작품.

그럼에도 불구하고 동시에 본지에는 조선문예물을 문예물로서 인식하는 시각이 있다는 점은 주목할 만하다. 메이케는 '다음 두 편의 시는 한국어잡지 『소년』에 실린 것을 번역해 여러분의 참고로 제공한다'[16]라고 하며, 「조선의 신체시(朝鮮の新体詩)」(第27號, 1910.5)가 최남선의 『태백시집』(1910 「소년」, 제2권)과 『태백산가』(1,2), 「태백산부」(新文館 1910/02)의 번역임을 밝히고 있다. 이들 최남선의 신체시는 '행과 연의 구조가 정형성을 완전히 탈피한 현대적 감각'[17]을 지닌 시로 평가받는 조선 최초의 근대적 자유시라 할 수 있다. 이것을 출판되자마자 곧 번역하여 게재한 것은 근대적 조선문예물에 대한 관심의 표명이라 할 수 있다.

이러한 조선문예물에 대한 인식은 번역의 태도나 방법과도 관련이 된다. 본지의 번역방법에서 눈에 띠는 점은 일본어와 함께 한국어를 병기하고 있는 경우가 많다는 점이다. 암우산사(闇牛散士) / 암우산인(闇牛散人) / 암우(闇牛)의 '조선 속요'의 번역이 그러한데, 그 취지를 역자는 다음과 같이 밝히고 있다.

> 여기에 원어를 덧붙이는 것은 번역문이 원래의 의미를 상하게 할 우려가 있기 때문이다. 「뿌리 업는 감나모」와 「남자리 꽁꽁」 두 편은 충청도 속요이다. 그래서 방언을 섞었다. 「세상세상」의 제목과 모두(冒頭)의 한 구절은, 실제로는 「꾀쟝꾀쟝」인데 ( )로 주를 달았다. 사견을 가지고 고쳐 썼다. 원래 속요의 수집은 용이해 보이고 그 열매 커 보이지만 그렇지 않다.[18]

'원래의 의미를 상하게 할 우려'에서 원어를 덧붙이고, 속요이므로 '방

16) 目池, 「朝鮮の新体詩」, 『朝鮮』 第27號, 1910.5, p.68.
17) 강홍기, 「六堂의 「太白山賦」와 「太白山의 四時」」, 『개신어문연구』 Vol.17, 2000, p.378.
18) 闇牛, 「朝鮮の俗謠」, 『朝鮮』 第2卷 第4号, 1908.12, p.72.

언을 섞었다'는 것은 이 시기의 번역에서 일반적인 요약 번역, 즉 문학
성과는 상관없이 그 안에서 민족성과 관련된 정보전달을 위주로 하는 번
역19)과는 현격히 다른 태도라 할 수 있다. 원문에 대한 존중보다는 자국
어에 대한 우월의식이 있을 때 가독성을 중시하여 의역의 방법을 택한다
고 하고 있는데, 이 시기 식민지 지의 구축의 일환20)으로 이루어진 조선
문예물의 번역은 그러한 요약 번역의 극단적 형태라 할 수 있다. 그런데
암우산사가 '「끠쟝끠쟝,」'에 데 '( )로 주를' 다는 이유도 사회적 문화적
차이를 설명함으로써 의미전달을 용이하게 하기 위한 목적이 아니라, 원
어의 뉘앙스를 충실히 전달하기 위한 방법이라고 밝히고 있는 것이다.
즉 원어인 조선문예물을 정보가 아니라 문학으로 번역하고자 하는 의식
을 엿볼 수 있다. 이와 같이 문학을 문학으로 번역하고자 하는 태도는
아사미 가조시게(淺見霞城重)의 번역태도에서도 엿볼 수 있다. 아사미 가조
시게는 땅다지기 노래(土搗歌)의 번역 경위와 방법에 대해 다음과 같이 밝
히고 언급하고 있다.

> 이 노래는 1890년 경성의 프랑스 영사관 건축 때 노동하는 노동자들의
> 노래를 필기한 것으로, 그 프랑스역 문장은 클랑씨 목록 427호에 실려 있
> 다. 지금 이것을 중역하여 7.5조 신체로 하였지만 애써 원문의 의의를 생각
> 하여 윤색을 많이 가하지 않았다. 노래속의 풍속을 서술하고 인정 활담무
> 위(活澹無爲)한 것을 유로하여 때때로 돈지기경(頓智奇警)한 표현이 있다.21)

---

19) 박진영은 『번역과 번안의 시대』(소명출판, 2011.8)에서 정보전달을 위주로 하는 실용
  적 번역은 요약이나 초역 등의 방법을 쓰고, 문학을 문학으로 옮기는 번역에서는 직
  역의 방법을 구사한다고 하고 있다.

20) 정병호는 「1910년 전후의 한반도 <일본어문학>과 조선문예물의 번역」(『日本近代文學
  研究』第34輯, 한국일본근대학회, 2011.10)에서, 초기 한일번역은 '식민지 경영에 도움
  이 되는 식민지 지(知)의 획득, 즉 조선연구라는 과제에 힘입은 바 컸다'(p.147)고 지적
  하고 있다.

21) 淺見霞城重譯, 「朝鮮俗歌」, 『朝鮮』第43号, 1911.9.

일반 서민의 노동요에 대해 '애써 원문의 의의를 생각하여 윤색을 많이 가하지 않았다'고 하는 번역태도와 '돈지기경(頓智奇警)22)한 표현이 있다'는 언급에서 당시 일반적이었던 정보자료로서의 조선문예 인식과는 다른 태도를 볼 수 있다.

이상과 같이 1908년에서 1919년 동안 『조선(급만주)』에는 식민지 조선에 대한 정보제공의 의미로서 조선의 문예물이 번역, 게재됨과 동시에 언어예술로서의 조선문예물에 대한 인식도 공존하고 있음을 알 수 있다. 이러한 인식이 있었기 때문에 이 잡지에서는 조선 문예물 소개에 적극적이었고, 조선의 가요, 속요, 동요, 시조, 이언(俚諺), 신체시(新体詩), 소설, 야담집(野談集), 속언 등 다양한 장르의 번역물을 게재하였던 것으로 보인다. 동시에 그 인식은 번역의 방법에도 드러나 원어의 의미와 뉘앙스에 충실한 번역을 위해 한국어를 병기한다든가 방언을 사용한다든가 ( )로 각주를 다는 방법을 구사하고 있다.

2) 『조선(만한)지실업』의 조선문예물 – 상업·교역상 정보와 해설·분석의 추가

『조선지실업』은 1905년 5월 우치다 다케사부로(內田竹三郎)에 의해 부산에서 창간된 조선실업협회의 기관지이다.23) 1907년 12월까지 제30호를 간행한 후 1908년부터는 잡지명을 『만한지실업』으로 개명하여 1914년

22) 민첩(敏捷)하고 뛰어난 재치가 있음.
23) 단국대학교 동양학 연구소 영인본 해제에 따르면 이 잡지에는 『조선평론』(1904.2~3)이라는 전신이 있다. 그러나 이에는 조선문예물이 게재되어 있지 않으므로 이 글에서는 거론하지 않는다.

12월까지 제94호 발행된다. 발행 목적을 '한반도가 우리의 보호세력범위
에 들었으니…… 신중한 방침과 면밀한 연구, 큰 각오로 한국의 부원(富
源) 개발에 힘써야 한다'고 하며, '한국부원을 개발하고 모국과 각종사업
의 연락을 원만하고 민활하게 할 것을 목적으로 한다'24)고 밝히고 있듯
이, 경제잡지의 성격을 띠고 있다.

  그럼에도 불구하고, 지면구성은 사설, 논설, 평론, 인물원단(人物月旦), 사전
(史傳), 문원(文苑),25) 잡록, 조사통계, 특별조사 등으로 구성되어 있고 종합잡
지의 형태를 띠고 있고 문예란까지 갖추고 있다. <문원(文苑)(=文園)>이란
'문장·작품을 모은 것. 문집(文集)'(『日本國語大辭典』)을 의미하며, 예로서는『문
원영화(文苑英華)』(982~987)가 있다. 이 서적은 '나라, 양말(梁末)에서 당(唐)·오
대(五代)까지의 시문을 모음 총집(總集)'이다.(『世界文學大事典』) 즉 '문장·작품'을
모은 것이지만 주로 '시문' 즉 운문을 일컫는 개념(俳句)이 중심이며, 간혹 신
체시(新体詩)가 들어가는 경우도 있다.26) 이와 같이 처음부터 문예란 즉 <문
원>란이 설정되어 있었지만『조선지실업』의 경우는 요시무라 신지(吉村眞治)의
「조선지풍속(朝鮮之風俗)」(『朝鮮之實業』 第1號, 1905.5, 論說講話), 미에다(三枝生)의 「한
국하등의 민정(韓國下等の民情)」(『朝鮮之實業』 第4號, 1905.8, 雜錄), 쇼난(湘南)의 「한국
풍속인정(韓國風俗人情)」(『朝鮮之實業』 第5號, 1905.9, 雜錄) 등 한국으로 건너와 사업
을 하는 데 필요한 정보 차원에서 한국의 풍속을 소개하는 내용이 <잡록>
에 실려 있을 뿐 조선문예물의 게재는 눈에 띄지 않는다. 다만 <문원>란에
로손(蘆村)의 「조선경영의 노래(朝鮮経營の歌)」(『朝鮮之實業』 第3號, 1905. 7), 계림어부

---

24)「朝鮮實業協會趣旨」,『朝鮮之實業』 第一号, 1905.5, p.15.
25) 졸고,「한반도 간행 일본어잡지에 나타난 조선문예물 번역에 관한 연구」,『일본연구』
    제33집, 중앙대학 일본연구소, 2012.8 참조.
26) 잡지『한반도(韓半島)』(1903.1-1906.5)의 <문원>란 역시 한시, 와카(和歌), 하이쿠(俳句)
    가 중심이며, 간혹 신체시(新体詩)가 들어가는 경우도 있다.

(鷄林漁夫)의 「한해어업의 노래(韓海漁業の歌)」(『朝鮮之實業』 第7號, 1905. 11) 등과 같은 시가 실려 있지만, 제목에서도 알 수 있듯이 도한을 장려하거나 동양 어업권을 얻기 위해 일본 어부들에게 분발하라고 촉구하는 내용의 창작시 이다. 특히 계림어부는 조선인으로 보이는 필명이지만, 노래의 화자는 조선에 진출한 일본인 어부로 파악된다.

『만한지실업』으로 개명한 후부터 종간까지 즉 1909년부터 1914년까지는 [표 2]와 같이 가요(시조), 「한국소화(韓國笑話)」, 「조선기문(朝鮮奇聞)」, 「조선고담(朝鮮古譚)」 등 다수의 조선문예물이 <잡록> 혹은 <문원>란에 게재되고 있다.

[표 2] 『조선(만한)지실업』(1907-1914)의 조선문예물 목록

연도	역자 (필자)	揭載誌	제목(권호, 연월) 내용 및 비고	揭載欄
1909	吉田郵便所長	滿韓之實業	韓國笑話 (第45號, 1909.6)	雜錄
	吉田郵便所長	滿韓之實業	韓國笑話 (第47號, 1909.9)	雜錄
		滿韓之實業	韓國笑話 (第48號, 1909.10) 문예로 보기에 어려움	文苑
		滿韓之實業	韓國笑話 (第50號, 1909.12) 조선속요(1) 시조 3수 포함	文苑
1910		滿韓之實業	淸韓笑話 (第51號, 1910.1)	文苑
		滿韓之實業	淸韓笑話 (第52號, 1910.2)	文苑
		滿韓之實業	淸韓笑話 (第53號, 1910.5)	雜錄
1913	超然生	滿韓之實業	朝鮮俳話 (第88號, 1913.6)	文苑
		滿韓之實業	朝鮮野談集より (第90號, 1913.8)	漫錄
	皷山生	滿韓之實業	朝鮮奇聞集 (第91號, 1913.9)	漫錄
	皷山生	滿韓之實業	朝鮮奇聞集 (第92號, 1913.10)	漫錄
	皷山生	滿韓之實業	朝鮮奇聞(4) (第94號, 1913.12)	漫錄

연도	역자 (필자)	揭載誌	제목(권호, 연월)	揭載欄
			내용 및 비고	
1914		滿韓之實業	朝鮮里歌の直譯 (第95號, 1914.1)	漫錄
	京城 鼓山生	滿韓之實業	朝鮮奇聞 (屠蘇草の話) (第95號, 1914.1)	漫錄
	SF生	滿韓之實業	朝鮮古譚 (第95號, 1914.1)	漫錄
			에피소드 모두 해설. 조선민족성을 분석	
		滿韓之實業	朝鮮奇聞集 (第96號, 1914.2)	漫錄
			에피소드 모두 해설, 민족성 분석	
	京城 鼓山生	滿韓之實業	朝鮮奇聞集(7) (第98號, 1914.4)	漫錄
			평주를 달아 이야기 교훈을 분석	
	隱披生	滿韓之實業	朝鮮の歌曲 (第99號, 1914.5)	漫錄
			상류가 : 상류사회	
			시조/탕류가 : 남녀사이/권주가	
	善笑子	滿韓之實業	朝鮮笑話 (第99號, 1914.5)	漫錄
	鼓山生	滿韓之實業	朝鮮奇聞集 (第99號, 1914.5)	漫錄
			해설 있음	

이 역시 간혹 「한국소화(韓國笑話)」(第50號, 1909.12)나, 「조선의 가곡(朝鮮の 歌曲)」(第99號, 1914.5)처럼 시조가 실려 있기도 하지만, 주로 야담이나 전설, 민담 등으로 조선에서 활동하는 일본인들에게 직접적으로 필요한 조선인의 민족성, 풍속, 습관 등에 관한 정보를 소개하는 측면이 강하다. 그렇기 때문에, <문원>란에 있지만 「한국소화(韓國笑話)」(第48號, 1909.10)처럼 조선 궁녀들이 파리를 사냥하는 모습을 그리거나, 함경남도 어느 산파가 배교를 했다는 이야기를 소개하는 등 문예물로 보기 힘든 것도 있다.

이와 같이 식민경영에 직접적으로 필요한 정보로서의 성격이 강하기 때문에 『만한지실업』의 번역은 내용 전달에 주안을 두는 번역방법을 취하고 있다. 예를 들어 「조선리가의 직역(朝鮮里歌の直譯)」(第95號, 1914.1)은 조선의 리가 즉 시조를 번역한 것이지만, 음수율을 무시하고 산문적으로

직역하는 방법을 취하고 있다. 더 흥미로운 것은 「조선기문(朝鮮奇聞)(4)」(第94號, 1913.12) 이후부터는 「조선기문」, 「조선고담(朝鮮古譚)」 등과 같이 일일이 이야기마다 역자의 해설, 주, 평주 등을 달아 내용을 추가하며 조선 민족의 민족성, 풍속, 습관 등의 특징을 분석하고 있다는 점이다. 예를 들어 「조선기문집(朝鮮奇聞集)」(第91號, 1913.9)은 삼남 지방에 있던 김영남에 관한 이야기이다. 그는 돈은 많으나 관리가 되지 못 한 것을 한으로 여겨 경성에 올라와 관리가 되기 위해 이승지 집에 머문다. 이승지는 3년 간 병사가 되게 해주겠다고 하며 돈을 뜯어낸다. 3년 동안 재산을 다 잃은 김영남은 꾀를 내어 이승지에게 재미있는 이야기를 하고 이승지는 그 이야기에 감탄하여 벼슬을 얻게 해 준다. 이에 대해 기자는 다음과 같이 부기하여 작품을 분석한다.

> \<해설\>기자 부기한다
> 이 이야기는 황당무계한 옛날이야기에 지나지 않는다. 하지만 이는 조선인의 풍속 일반이다. 관리는 선인의 생명이다. 관리가 되고 3년이 지나면 자손이 안락을 얻을 수 있다 하니 관리의 수렴(收斂)이 얼마나 심했는지 알 수 있다.
> ○매관 법도 조선에서 결코 이상하지 않다. 당연한 일이다. 오히려 그렇지 않은 것이 이례이다.
> ○언사에 꾸밈이 많고 약속을 지키지 않는다. 이 또한 선인의 악습관이다. 외교에 능숙하다는 것은 이를 두고 말함이다. 무사는 두 말 하지 않는다는 격언은 선인들에게 바라서는 안 되는 바이다. 설령 양반이라도 마음을 놓아서는 안 된다. 아니 오히려 상인에게 이 신요(信要)가 있을 것이다.
> ○풍자풍간(諷刺諷諫)은 이 또한 선인의 특기이다. 정면으로 일도양단, 단도직입적 언어는 결코 사용하지 않는다. 상대로 하여금 서서히 깨닫게 한다. 아마 이것이 상책중의 상책인 것 같다.
> ○독자는 이 이야기에서 위와 같은 사실들을 알기 바란다.[27]

이와 같이 『만한지실업』은 기업인들을 대상으로 하는 경제잡지로서의
성격이 강한 탓에 문예물을 풍속을 알 수 있는 자료로서 소개하고 있고,
그 방법도 의미 전달에 주안을 둔 직역의 방법을 취하거나 보통 역주 이
상의 해설, 평주, 부기 등의 방법을 동원하고 있음을 알 수 있다.

3) 『조선공론』의 조선문예물 : 인정과 풍속으로서의 조선기담

『조선공론(朝鮮公論)』은 1913년 4월 1일부터 1944년 11월 380호까지 발
행된 일본어종합잡지이다. 잡지를 창간한 마키야마 고조(牧山耕藏,1882~?)
는 1906년 와세다(早稻田)대학 정치경제학과를 졸업하고, 조선에 와서 통
감부 기관지 『경성일보』 창간에 관여한 인물이다. 1909년 퇴사하여 『일
본전보통신(日本電報通信)』 경성지국 주간을 역임하였으며, 1913년 도쿄에
서 조선공론사를 창립하고 『조선공론』을 발행한 것이다.

발간 목적은 '『조선공론』은 공명한 지위에 서서 직언, 직필할 것이며',
'조국으로 하여금 조선의 실상을 이해하게 하고 동시에 조선동포를 각성
시키고 당국의 시정에 헌신할 것'28)이라는 발간사에 잘 드러나는 바, 일
본인들에게 조선의 실상을 알리고 조선동포를 각성시키며 당국의 정책
실현에 기여하고자 하는 것이었음을 알 수 있다. 또한 『조선공론』의 찬
조자의 면면29)은 '조선통치에 대한 일본 지식인 집단의 비평을 지향하고
총독부 시민정택을 보좌한다는 명목을 잘 드러내는 인적 구성'이라는 평
가를 받고 있으며, '조선식민정책에 있어서 일본 중상층 지식층을 대변

---

27) 鼓山生, 「朝鮮奇聞集」, 『滿韓之實業』 第91號, 1913.9, p.44.
28) 「發刊の辭」, 『朝鮮公論』 第1卷 第4號, 1913.4, p.25.
29) 백작 오쿠마 시게노부(大隈重信), 중의원 의원 이누카이 쓰요시(犬養毅), 조선은행 총재
　　이치하라(市原誠宏), 시사신보 주단 이시카와(石河幹明), 오사카 전보통신사 사장 하마(濱
　　訓良), 조선신문 사장 하기타니(萩谷籌)夫), 다카다(高田早苗) 와사다대학 총장 등.

하는 성격'30)을 띠고 있다. 따라서 당초 정치잡지를 표방하여 총독부 고위 관료들의 식민통치에 관한 글, 재계와 산업계 지도자급 사람들이 조선의 산업에 대해 기고한 글, 그리고 일본 지식층과 정치가의 조선정책에 대한 건의, 일본 정계의 동향, 식민통치당국의 인물분석, 재조일본인 지식층의 조선정책에 대한 견해, 친일적 조선인사의 기고문 등을 실었으나, 차츰 일본 대중적 취향을 고려한 내용을 구성하게 되었다. 지면 구성은 일본 정계와 학계의 논설이나 논문류를 게재하는 <공론>, 조선의 산업과 정치 중심의 정보를 담은 <잡보>, 한시, 한문, 소설, 단가, 하이쿠 등 문예물을 게재한 <문예잡사>, <(공론)문예>, 화류계의 동향이나 스캔들 등 흥미위주의 기사를 담은 <사회기사>로 이루어져 있었다.

같은 시기 양대 일본어종합잡지였던 『조선(및)만주』에 게재된 조선의 문예물이 가요, 시조, 이언, 고전소설, 민담, 설화 등 다양했던데 비해, 『조선공론』의 조선문예물은 [표 3]과 같이 『조선기담집(朝鮮奇談集)』 연재물로 한정되어 있다. 게재 시기 또한 창간되었던 1913년으로 한정되고 있다.

[표 3] 『조선공론』(1913~1919)의 조선문예물 목록

연도	역자 (필자)	揭載誌	제목(권호, 연월)	揭載欄
1913	稻田春水	朝鮮公論	新羅催致遠の印象 (第1卷 第1號. 1913.4)	文藝雜事
	ポッソン	朝鮮公論	朝鮮奇談集 (第1卷 第1號. 1913.4)	文藝雜事
	一記者	朝鮮公論	朝鮮奇談集 (第1卷 第2號. 1913.5)	雜俎
	成島秋雪	朝鮮公論	朝鮮奇談集 (第1卷 第3號. 1913.6)	史實並に硏究
	成島秋雪	朝鮮公論	朝鮮奇談集 (第1卷 第4號. 1913.7)	社會記事
	木魂生	朝鮮公論	朝鮮の女―俚諺に現はれたる― (第1卷 第4號. 1913.7)	社會記事
	成島秋雪	朝鮮公論	朝鮮奇談集 (第1卷 第5號. 1913.8)	公論文藝
	成島秋雪	朝鮮公論	朝鮮奇談集 (第1卷 第6號. 1913.9)	公論文藝
	成島秋雪	朝鮮公論	朝鮮奇談集 (第1卷 第8號. 1913.11)	社會

30) 윤소영, 「『조선공론』해제」, 한일비교문화센터, 『朝鮮公論』全78卷, 어문학사, 2007.7, p. vii.

『조선기담집』의 내용은 역사적 일화나 우스갯거리, 민담 등으로 이루어져 있으며 <문예잡사>나 <공론문예> 등에 게재되기도 하고 <사회기사>나 <잡사>에 게재되기도 했다. 내용을 살펴보면, 예를 들어 포츠슌(ポツソン)의 『조선기담집』(第1卷 第1號, 1913.4)은 중이 과부를 탐하다가 후배중이 권한 콩물을 먹고 수모를 당한 우스갯거리를 소개하고 있으며, 나루시마 아키유키(成島秋雪)의 『조선기담집』(第1卷 第8號, 1913.11)은 청명교체기, 혹은 고려 조선교체기에 조공반(趙公胖)이 명황제에게 조선 국호를 받은 이야기와 황희(黃翼成) 정승이 옆집 아이에게 감을 따준 에피소드를 소개하고 있다. 즉 내용상 문학으로 인식했다기보다는 조선의 인정, 풍속 등을 소개하는 자료로 구성되었음을 알 수 있다. 특히 나루시마 아키유키의 『조선기담집』(第1卷 第5號, 1913.8)은 임진왜란 때 성세영이 딸을 히데이에(秀家)에게 시집보낸 이야기인데, 그 안에서 조선의 세시풍속도 함께 소개하고 있다. 이와 같은 인식은 속담을 소개하며 그에 나타난 조선 여성에 대한 사회적 인식을 분석하고 있는 「조선의 여자―속담에 나타난―(朝鮮の女―俚諺に現はれたる―)」(第1卷 第4號, 1913.7)에도 잘 나타나고 있다.

　　속담은 민중생활의 기조에 익숙한 표어의 결정이며, 또한 저급한 풍속시의 한 연을 이루고 있다고 할 수 있다. 우리들은 역사적으로 또는 전설적으로 신동포인 조선의 여성을 섬세하게 연구할 자격이 없지만, 현재 조선 민중들 사이에 회자되는 속담을 통해 그 여성을 상상해 볼 수 있다.[31]

이와 같이 『조선공론』에는 기담으로 한정된 조선문예물이 1913년 창간된 해에만 나타났다가 이후 그 모습을 보이지 않고 있고, 기담은 조선 사회의 인정이나 풍속, 사회적 인식 등을 알기 위한 자료로 소개되고 있

---

31) 木魂生, 「朝鮮の女―俚諺に現はれたる―」, 『朝鮮公論』 第1卷 第4號, 1913.7, p.146.

음을 알 수 있다. 번역의 방법 역시 들은 이야기를 작가가 재구성하여 소개하는 의역의 방법을 취하고 있음을 알 수 있다.

4. 한일병합 전후 시기 어문정책과 조선문예물 번역의 양상

이상 『조선(및)만주』, 『조선(만한)지실업』, 『조선공론』을 중심으로 조선문예물 번역의 양상을 살펴보았다. 그 내용을 정리해 보면 다음과 같다. 첫째, 이들 잡지는 모두 창간 당시부터 문예란을 설정하고 문예란 혹은 다른 지면에도 조선관련 문예물을 게재하고 있음을 알 수 있었다. 특히 한국 문예물 소개에 적극적이었던 곳은 잡지 『조선(급만주)』로, 이 잡지에는 조선의 가요, 속요, 동요, 시조, 이언(俚諺), 신체시(新体詩), 소설, 야담집(野談集), 속언 등 다양한 장르의 번역물이 게재되었다. 둘째, 이들 조선문예물들은 문예란에만 게재된 것이 아니라 <잡찬>, <잡록>, <잡조>, <연구>, <논설>, <사회> 등 다양한 지면에 할당됨으로써 순수하게 문예로서 인식된 것이 아니라 실용적 목적의 번역, 즉 식민정책의 실현이나 상업상의 실익 등을 추구하는 데 필요한 조선의 풍속, 인정, 사상 등에 대한 정보 제공의 자료로 인식되었음을 알 수 있다. 그 내용도 주로 소화, 기담, 야담, 민담 등 산문적 내용이 주를 이룬다. 특히 경제잡지의 성격이 강한 『조선(만한)지실업』이 그런 경향이 강함을 알 수 있었다. 따라서, 셋째 그 번역의 방법도 일일이 해설을 부기한다거나 운문인 시조를 산문으로 풀어서 번역을 하는 내용전달 위주의 번역 방법을 취하고 있었다. 넷째, 그에 반해 『조선(및)만주』의 경우는 장르도 다양하고 문예물에 대한 인식도 정보제공의 자료로서 뿐만 아니라 조선문예를 문예로 인식하고 있다는 사실은 주목할 만하다. 이러한 인식은 번역의 내용 만이 아니라 번역 방법에도 드러나 원문의 언어적 질감을 최대한 보존하기 위해 원문을 병기한다든가 방언을 그대로 살린다든가 의성어나 의태어에 주를 달아 설명하는 방식을 취하고 있음을 확인할 수 있었다.

그런데 주목할 만한 것은 모든 잡지에서 한일병합을 전후하여 1913, 4년까지 조선문예물이 다양하게 번역, 게재되다가 1914년 이후에는 급격히 감소하고, 이러한 현상이 문화정책을 펴는 1920년 이전까지 계속된다는 사실이다. 이러한 현상은 총독부의 조선어정책과 관련이 있을 것으로 추측된다. 한일강제 병합 이전의 조선어 정책은 일차적으로 제2외국어로서의 '조선어' 정책과 관련을 맺는다. 이 정책은 식민 지배라는 정치·경제적 동기를 바탕으로 하였다. 강제병합 직후부터는 '경찰', '행정', '교육' 등의 제반 분야에서 조선인을 직접 통치하는 사람들의 '조선어 사용 능력'이 필요하게 되었다. 특히 경찰 업무나 교육업무를 담당하는 일본 관료나 토지 조사 사업, 금융업 등에 종사하는 일본인들에게 조선어를 사용하는 능력은 매우 시급한 문제로 간주되었다. 이러한 차원에서 일본인을 대상으로 한 조선어 정책이 실행되기 시작하였다. 병합 초기 일본어를 구사하지 못하는 조선인을 가르치고 통치하기 위해 조선어 능력이 필요하였고 이를 뒷받침하기 위해 '보통학교 교감 강습회', '부군서기 강습회' 등 각종 강습회를 개최하며 그 취지를 다음과 같이 밝히고 있다.

> 제군이 종사하는 직무는 말할 것도 없이 조선인의 교육이기 때문에 조선어에 통달하는 것은 가장 필요한 바이니, 비단 생도 교육훈련 상에만 필요한 것이 아니라 부근 인민과 의사소통상 필수불가결한 것에 속한다. (諸君ノ從事スル職務ハ言フ迄モナク朝鮮人ノ敎育ナリ故ニ朝鮮語ニ通スルハ最モ必要トスル所ニシテ啻ニ生徒ノ敎育訓練上必要ナルノミナラス附近人民ト意思ノ疎通上缺ク可カラサルコトニ屬ス。)32)

단지 학생 교육에만 필요한 것이 아니라, '부근 인민과 의사소통상 필수불가결'하다는 표현에, 조선인 통치에 조선어능력이 얼마나 절실히 필요한 상황이었는지를 알 수 있게 하는 글이다. 즉 한일강제병합 전후시기 조선문예물의 꾸준한 게재는 이와 같은 조선 인문과의 의사소통에 필요한 언어와 정보를 획득하고자 하는 목적에 부합하는 일본어잡지의 지면 구성이었다고 추측해도 무리는 아닐 것이라 생각한다.

그러던 것이 허재영의 연구에 의하면, 1913년 이후의 강습회에서는 공립 보통학교 교원이나 부군 서기를 대상으로 한 강습회에서도 조선어 시간을 할당하지 않았는데, 이는 강점 직후 보조적 의사소통 수단으로 인정했던 조선어를 전면적으로 부정하고자 했기 때문으로 보인다.[33] 이러한 경향은 『수신서』 편찬 태도와도 일치한다. 병합 직후 병합 사실을 반영한 정정판 교과서를 펴낼 때 '수신서'와 '조선어독본'은 조선어로 펴냈으나, 1911년 8월에 제1차 <조선교육령>이 실시된 이후에는 조선어 판 '수신서'를 발행하지 않았다.

이와 같은 시대적 흐름은 데라우치 총독이 부임하면서 취한 무단정치와 교육방침이 구체적으로 드러난 현상이라 볼 수 있을 것이다. 앞에서 살펴본 바와 같이 데라우치는 1911년 8월에 제1차 <조선교육령>을 공포하며, 일본어 교육강화 정책을 폈고, 조선어 수업은 크게 감소하였으며, 조선어 및 한문시간 외에는 일본어로 교육을 실시하였다. 이러한 정책이 시차를 두고 반영된 것이 바로 조선어 강습회 감소, 조선어판 수신서 발행 중지, 일본어잡지의 조선문예물 게재 격감 등으로 나타났다고 할 수 있을 것이다.

---

32) 『朝鮮總督府官報』, 1911.9.14.
33) 허재영, 『일제강점기 어문 정책과 어문 생활』, 도서출판 경진, 2011, p.248.

5. 결론

이상 한일병합 전후기에 발행된『조선(급만주)』,『조선(만한)지실업』,『조선공론』의 조선문예물의 성격을 검토해 보았다. 식민지시기의 조선문예물은 기본적으로 식민지배를 위한 정책 실현이나 통치상의 편의를 위한 식민지 지의 구축의 일환으로 번역되었지만, 각 한일병합 전후시기의 번역 양상은 다음과 같은 특징을 보인다.

첫째, 한일병합 전후기에는 식민지배의 정책실현이나 통치상의 편의에 의해 조선어 장려정책이 실시되었고, 그에 따라 이 시기 잡지에는 모두 조선문예물이 다양하게 게재되었다고 할 수 있다. 따라서 둘째로, 이들 잡지에는 언어예술로서의 가치가 부재한다는 조선문예물에 대한 인식이 드러나 있으며, 조선사회와의 교류, 식민생활의 정착에 필요한 정보로써 조선사회의 실상, 풍속, 사상 등을 전달하는 것을 목적으로 번역을 하고 있음을 알 수 있었다. 셋째 실용주의적, 기능주의적 번역의 방법으로 초역이나 의역 등의 방법을 채택하고 있음을 알 수 있었다. 특히『조선지실업』은 경제잡지의 성격이 강하기 때문에 조선에서 기업활동을 하는데 필요한 상업상, 교역상의 정보차원에서 조선의 풍속, 인정 등을 소개하는 데 머문다. 그러나『만한지실업』으로 개명한 이후에는 조선의 가요(시조)뿐만 아니라 기담, 고담 등 조선의 문예물도 번역하여 게재한다. 그러나 이들 문예물은 현실적인 차원에서 재조선 일본인들의 경제, 교역 활동에 직접적으로 필요한 정보로서의 의미를 가지기 때문에 그 의미에 대한 상세한 해석을 함께 제공하는 번역방법을 구사하고 있다. 그럼에도 불구하고『조선(급만주)』에는 언어예술로서의 조선문예물에 대한 인식도 공존하고 있어 이것은 번역의 방법에도 영향을 미쳐, 원문의 가치를 손

상시키지 않으려는 방법, 즉 원문을 병기한다든가 방언을 그대로 사용한
다든가 운율을 살린다든가 그대로 직역을 하는 방법을 취하고 있음을 알
수 있었다.

　이상 세 잡지는 창간목적이나 시기에 따라 번역의 대상이나 방법, 목
적 등에 변화를 보이지만, 공통적으로 한일병합을 전후하여 1913, 4년까
지 조선문예물이 다양하게 번역, 게재되다가 1914년 이후에는 급격히 감
소하고 있음을 알 수 있다. 일제의 한국지배가 강화되면서 일본어가 국
어가 되고 보통학교에서 조선어 교육시간이 감소하여 '외국어로서의 조
선어를 학습할 필요성도 감소'함으로써, 시차를 두고 나타난 현상으로
판단된다. 특히 『조선공론』이 창간된 1913년 4월은 이미 데라우치의 무
단정치가 실행되어 언론통제가 심했던 시기로, 『조선공론』의 조선문예물
은 역사속의 에피소드나 민담 등 기담으로 한정되었고, 그것도 1913년
11월까지만 게재되었을 뿐임을 알 수 있다.

제3장

일본 프롤레타리아문학잡지 『전진』과 조선인의 문학

김계자

1. 동상이몽의 제국과 식민지 프롤레타리아문학 연대

일제강점기에 식민지 조선인이 식민 종주국의 일본인과 연대한다는 것이 과연 가능했을까? 민족 간의 차별을 넘어 프롤레타리아 국제주의를 표방하며 계급적 연대를 모색해간 일본과 조선의 무산자 연대라고 하는 것이 이에 대한 명쾌한 답을 줄 수 있는가? 결론부터 말하면, 제국과 식민지의 프롤레타리아 계급 연대라고 하는 것은 그 실현가능성이 매우 회의적이며 결국 동상이몽일 수밖에 없다는 사실이다. 왜냐하면 조선과 일본의 무산자의 처지가 다를 수밖에 없으며, 따라서 조선에서의 사회주의 운동은 민족 개념이 전제된 조국해방운동의 성격을 띠기 때문이다. 그렇다고 한다면, 일제강점기에 이른바 '내지'의 매체에 식민지 조선인이 글

을 쓴다는 것은 어디에서 그 의미를 찾을 수 있을까? 이 글은 이러한 문제에 대해 생각해보고자 하는 것으로, 일본인이 발행한 매체에 조선인의 글이 가장 많이 실린 프롤레타리아문학잡지『전진(進め)』을 통해 이를 구체적으로 살펴보고자 한다.

식민지 조선의 노동자들은 조국이 피식민 상태에 놓여있는 민족적인 문제와 일제의 경제 식민지로 전락해가는 속에서 노동력을 착취당하는 이중의 억압을 받고 있었다. 이러한 상황에 비판적으로 대항하고자 국내외에서 프롤레타리아문학 활동이 전개되었다.

1920~30년대에는 식민지 조선에서도 여러 종류의 사회주의 계열의 잡지가 나왔다. 1920년대의 예만 보더라도 조선노동공제회의 기관지『공제(共濟)』(1920년 9월 창간)를 비롯해,『신생활』(1922년 3월 창간),『신흥과학』(1927년 4월 창간),『사상운동』(1924년 3월 창간),『현계단(現階段)』(1928년 8월 창간),『조선문예』(1929년 5월 창간) 등이 있다. 또 1922년 12월에 창간호 발행허가를 신청했으나 결국 세 번에 걸쳐 발매 금지 처분되어 끝내 빛을 보지 못한 잡지『염군(焰群)』에 대한 기록이 남아 있으며, 조선에서 창간이 어려워 일본으로 건너가 창간된 잡지『이론투쟁』(1927년 3월 창간)과『예술운동』(카프 기관지, 1927년 11월 창간), 도쿄 유학생 중심의 문예잡지『제삼전선』(1927년 5월 창간) 등이 있다.[1] 그러나 이들 잡지는 일제 당국의 압수와 발금 등의 탄압으로 대부분이 단명하고, 발표무대를 잃은 식민지 조선인들은 당시 비교적 탄압이 덜했던 이른바 일본 '내지'의 프롤레타리아 잡지매체로 발표무대를 옮겨가게 된다.

사실, 식민지 조선에서 사회주의 이념이 수용되는 과정에는 주로 일

---

1) 최덕교 편저,『한국잡지백년 2』, 현암사, 2005. pp.340-357.

본에서 돌아온 유학생이 매개되어 있었다. 1920년대에 들어오면서 이
들을 중심으로 '흑우회(黑友會)'를 비롯한 다양한 사상 단체가 만들어
졌고, 1925년 8월에는 '조선프롤레타리아예술동맹(카프)'이 조직되기에 이르
렀다. 이후 1920년대 후반에서 1930년대 전반에 이르기까지 조선 문단에
서는 주로 프로문학 계열의 일본문학 언급이 많아진다.[2]

한편, 일본에서 활동하던 조선인의 독자적인 문학조직은 결성과 동시
에 탄압을 받으면서 활동에 곤란을 겪고 있었다. 이에 일본에서 활동한
조선인 문학자의 활로는 일본 프롤레타리아문학운동과의 조직적인 연대
를 확립함으로써 소생하게 되고 많은 가능성을 찾아가게 된다.[3] 이러한
문학 연대 속에서 재일조선인의 활동도 1920년대에 전성기를 누리다 일
제의 파시즘 체제가 강화되는 1930년대 중반 이후 쇠퇴의 일로를 걸은
일본 프롤레타리아문학 운동의 성쇠와 그 궤를 같이 하게 된다.[4]

일본 프롤레타리아문학잡지 속의 조선인 일본어 작품은 재일조선인,
재만조선인의 작품을 비롯해 조선에서 투고된 글도 있었다. 장르도 다양
해 시, 소설, 수필, 일기, 희곡, 평론 등 다양한 장르로 구성되어 있고, 콩
트 같은 짧은 글부터 비교적 긴 내용의 소설이나 평론에 이르기까지 다

---

2) 서은주, 「일본문학의 언표화와 식민지 문학의 내면」, 『제도로서의 한국 근대문학과 탈
식민성』, 소명출판, p.275.
3) 任展慧 著, 『日本における朝鮮人の文學の歷史−1945年まで−』, 法政大學出版局, 1994. p.165.
4) 1920년대 일본프로문학지에 관련한 조선인 문학활동에 대한 연구로는 이한창의 논고가
선구적이다. 이 글도 이한창의 논고에 시사 받은 바 크다(이한창, 「해방 전 재일조선인
사회주의자들의 문학활동−1920년대 일본 프로문학 잡지에 발표된 작품을 중심으로−」,
『일어일문학연구』, 2004.5). 또한, 당시 일본에서 활동한 프롤레타리아문학자를 개별적으로
고찰하고 있는 논문으로는 김태옥의 「정연규의 삶과 문학−1920년대 중반부터 1930년대
중반까지−」(『일본어문학』, 2008.3), 박경수의 「일제하 재일 문학인 김두용의 반제국주의
문학운동 연구−제3전선사에서 코프(KOPF)의 해체까지−」(『우리文學硏究』, 제25집, 2008)
와 「일제하 재일 문학인 김희명(金熙明)의 반제국주의 문학운동 연구−그의 시와 문학평
론을 중심으로」(『日本語文學』, 제37집, 2007) 등이 있다.

양한 형식으로 이루어져 있었다.[5]

그중에서 특히 잡지 『전진』에 실린 조선인의 글을 주목하고자 한다. 전술했듯이, 『전진』에는 식민지 조선인의 글이 다른 어떤 잡지매체보다 많이 실려 있다. 그리고 글이 투고된 지역과 글의 형식도 다양해, 조선인과 일본인의 프롤레타리아적 연계 상황을 구체적으로 살펴볼 수 있는 최적의 대상이라고 사료된다. 이들 조선인의 글에는 일본과는 다른 '제국'에 대한 상이한 관점, '재일조선인'이라는 특수한 입장에서의 일본과의 연대 방식을 모색해가는 일련의 과정, 그리고 만주로 이주해간 조선인이 일본인과 중국인 사이에서 느끼는 갈등 등, 다양한 항변의 목소리를 들을 수 있다.

이와 같이, 제국과 식민지의 경계를 넘어 일본과 조선의 프롤레타리아 계급이 연대한다고 하는 이상이 결국 동상이몽적 요소를 가진다고 인식하고 나면, 오히려 제국과 식민지라는 이항대립적인 구도로 포획되지 않는 다양한 의미망을 발견하게 된다. 특히, 재일조선인이나 재만조선인의 투고 글은 조선에서 투고된 글과는 성격이 다른 문제제기를 하고 있음을 알 수 있다. 즉, 혼종의 공간에서 제기되는 문제인데, 물론 1930년대 이후로 가면 조선인들의 일본어 글쓰기가 본격화되면서 이러한 내용은 장혁주나 김사량 등의 문학에서 볼 수 있듯이 수준 높은 서사로 발현된다. 그런데 1920년대는 아직 그 이전 단계로, 본격적인 문학자에 의하지 않아 정제되지 않은, 그렇기에 더욱 직설적인 이야기를 들을 수 있는 것이다. 1920년대에 조선인의 다양한 글이 실렸던 잡지 『전진』을 통해, 식민종주국의 매체에 식민지인이 글을 쓰는 것의 의미를 생각해보겠다.

---

5) 김계자 · 이민희 역, 『일본 프로문학지의 식민지 조선인 자료 선집』, 도서출판 문, 2012.3 참고

2. 일본 프롤레타리아문학잡지 『전진』

　『전진(進め)』(1923.2~1934.11)은 1920년대 일본 사회주의 운동의 고양 분위기를 잘 보여주고 있는 잡지로, 표지의 '전진'이라는 타이틀 위에 '(무산계급)전투잡지'라고 붉은 색 큰 글씨로 적혀 있다.6) 창간호 이래의 발행인은 후쿠다 교지(福田狂二, 1887~1971)로, 러일전쟁 당시 반전(反戰) 사회주의운동에 참여했으나 1933년 이후 우익으로 전향했다. 본 잡지의 특색은 다른 프로문학 잡지들과는 다르게 10년 이상에 걸쳐 장기적으로 간행되었고, 그 성격도 좌익에서 점차 중간파, 우익을 크게 바꿔가면서 다양한 이념의 글을 실었던 점이다. 그래서 "공산주의의 본류를 벗어나 리버럴리즘으로 변신했다"는 비난을 받기도 했다. 이렇듯 다른 프로문학매체에 비해 리버럴한 잡지 이미지 때문에 당시 식민지 조선인의 다양한성격의 글도 당국의 검열을 피해 실릴 수 있지 않았을까 추측된다.

　『전진』은 일본뿐만 아니라, 조선(부산, 안동, 원산을 비롯한 6개의 지국이 있었음), 만주 등에도 지국을 두고 각 지역의 소식을 폭넓게 실었다. 이 중에는 재일조선인들의 프롤레타리아운동 현황을 보고하는 글들이 많고, 재일조선인이 조선에 있는 동지에게 보내는 글도 실려 있다. 또 조선의각 지역의 실상을 일본을 비롯한 조선 외부에 알려 프롤레타리아운동을촉구하는 글도 있으며, 러시아나 서간도·북간도의 만주 일대, 그리고 일본에 흩어져있는 조선인들의 독립운동의 실상을 전체적으로 파악할 수있는 보고 성격의 평론이 실리기도 했다(김희명, 「조선사회운동소사 서설(3)」, 제3장 제3절 「독립운동의 진상」, 『전진』, 1927.9).

---

6) 잡지 『전진』에 대한 소개는 다나카 마사토(田中眞人)의 「해설」을 참고해 정리한 것이다 (「解說」『進め 解說總目次索引』, 不二出版, 1990.2. pp.1-11).

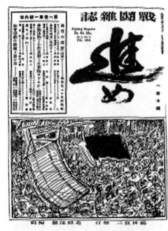

[그림 1] 『전진』 창간호 표지   [그림 2] 『전진』 창간호 목차

위의 창간호에서 보듯이 편집인은 기타하라 다쓰오(北原龍雄)로, 그가 창
간호 권두논문으로 쓴 「볼셰비즘의 일본화(ボルシエヴヰズムの日本化)」라는 글
에서도 짐작할 수 있듯이, 『전진』의 애초의 편집방침은 개인의 주체성에
입각한 혁명의 가능성을 주장한 아나코 생디칼리즘(anarcho syndicalism)과
대립해 러시아 혁명의 이론과 실천을 소개하면서 일본 노동운동의 조직
화를 꾀한 볼셰비즘(bolshevism)을 표방하고 나서 공산주의자의 기관지로서
기능했다. 그렇지만 한편에서는 잡지 발행을 위한 재정문제를 해결하기
위해 적극적으로 광고를 싣는 등, 지면 구성에 있어서는 실용주의 노선을
우선시했다. 그래서 1925년경에는 『전진』은 공산당과 적대적인 관계가
되기도 한다. 『전진』은 잠시 휴지기간을 두었다가 1930년대에 들어서면
서 신문형식으로 복간되기도 하지만, 다른 프롤레타리아문학잡지가 그랬
듯이 전시체제로 접어들면서 점차 기반을 잃고 종간을 맞이하게 된다.

3. 『전진』에 투고된 식민지 조선인의 글

잡지『전진』에는 식민지 조선인의 글도 다수 실렸는데, 시나 소설, 희곡, 평론 같은 창작뿐만 아니라 식민지 조선의 각 지방에서 일어난 사회주의 운동을 보고하는 보고서 형식의 짧은 글들이 다수 실렸다. 그리고 일본어가 아닌 한글 상태 그대로 실린 글도 다수 볼 수 있다.『전진』에 실린 조선인의 일본어 작품을 정리하면 아래의 표와 같다.

[표 1]『전진』에 실린 조선인 일본어작품 목록
(조선 각지에서 보낸 운동보고서나 판결문, 해설, 앙케이트 등은 제외)

게재년월	장르	작자	작품명	비고
1923.2	평론	金若水	日本に於ける協同戰線と民族	창간호
1923.5	평론	朱鐘健	メーデーと朝鮮の問題	
1923.5	평론	朱鐘健	特權政治への積極的對抗	
1925.8	감상	鄭然圭	[全土戰報]伸びて行く	
1925.12	평론	金熙明	朝鮮社會思想運動管見	
1926.10	평론	金熙明	共同戰線の一方向	
1926.11	평론	金熙明	帝國主義の植民地政策管見	
1926.12~ 1927.6	평론	金熙明	植民地政策裏面研究 (一)~(七)	
1927.7~9	평론	金熙明	朝鮮社會運動小史序說 (一)~(三)	
1927.8	평론	金斗山	朝鮮社會運動發達論	김희명 역
1928.1	평론	金熙明	プロレタリア芸術団体の分裂と對立	
1928.1	평론	金熙明	反動を倒せ	
1928.7	소설	金晃	おっぱらふやつ	
1928.8	소설	辛仁出	緋に染まる白衣	
1928.12	희곡	李貞植	彈壓政治の忠僕達-パントマイム	
1929.4~5	소설	金光旭	移住民	
1930.2	평론	申得龍	在日本朝鮮プロレタリアートの當面任務	

위의 표에서 보듯이, 1920년대 당시 김희명이 일본의 매체에서 활발한 활동을 보이고 있었음을 알 수 있다. 『전진』에 실린 그의 글의 대부분은 평론이다.

1923년 가을 대지진 피해를 입은 2천여 조선 무산계급이 학살당했다. 나는 그들의 학살원인이 단지 민족적 반역의 감정에 기초하는 것이라는 생각이 들어 매우 쓸쓸한 느낌이 들었다. 그들 중 혹자는 물론 XX 때문에, 혹자는 폭력 때문에 살해당했다. 그러나 잊을 수 없는 것, 놀라지 않을 수 없는 것은 무산자가 동일한 운명의 형제를 살육한 일이다. (…중략…) 조선의 소작쟁의는 일본의 그것처럼 단지 부르주아 대 프롤레타리아의 문제에 머무르지 않는다. 조선에서는 지주 즉 자본가가 대개 일본인이고 일본의 자본이기 때문에 그들의 쟁의는 단순한 노자(勞資) 투쟁 이외에 민족상의 감정 문제가 포함되어 있으므로 사건이 매우 전도되고 지도하는 고뇌도 좀처럼 여간하지 않다. (…중략…) 조선의 가장 큰 지주는 동양척식주식회사이다. 동척은 식민지 개척을 위해 설립된 착취기관의 하나로, 그 이상이 성취되어 조선 민족의 삼분의 일이 기아에 울부짖고 수십만의 농민이 농촌에서 추방되었다. 그들은 정처 없이 남만주 내지는 일본 내지를 향해 표백의 여행을 떠나야만 하는 운명이 되었다. 동척이 매년 행하고 있는 이민제도 및 불생산대출 등과 같은 악덕장사는 조선은행, 조선식산은행 및 동 지방금융조합과 함께 조선 농민을 착취하고 있기 때문에 조선의 사상운동이 자연히 반동적으로 되는 것은 극히 합법적인 사실이다. 즉 식민지의 반 자본주의운동 세력이 다른 것과 비교해서 보다 심각하고 농후한 이유이다.(김희명, 「조선사회사상운동 관견」, 『전진』, 1925.12)[7]

위의 김희명의 글에서 보면, 관동대지진 직후 일어난 일본인에 의한 조선인 학살 사건은 민족적인 감정에 기초하는 것으로, 동일한 운명의

---

7) 『전진』에 실린 본문 내용은 김계자·이민희 역의 앞의 책에서 인용한 것으로, 본문에는 초출 서지정보를 표기했다. 단, 밑줄은 인용자에 의한 것임.

무산자 계급이라고 하는 일반화된 개념이 얼마나 실효성이 없는지를 이야기하고 있다. 마찬가지로 조선에서 일어나고 있는 소작쟁의에 대해서도 부르주아 자본주의에 대항하는 프롤레타리아계급의 문제에 국한하지 않고, 조선의 수십만의 농민을 이농으로 내몰고 있는 일제에 대한 비판으로 연결시키고 있다. 김희명은 또, 식민지에서 관찰하면 민족의 개념이 관여하기 때문에 종주국의 프롤레타리아트를 부르주아라고 볼 수 있으며 지배계급과 동류라고 봤다(「공동전선의 한 방향」, 『전진』, 1926.10).

또한, 1930년 2월호에 실린 신득룡의 글을 보면, 재일조선인 노동운동에 초점이 맞춰져 있는데, 일본과 조선 이주민 사이의 갈등을 논하고 있다. 즉, 1928년 코민테른 12월 테제에 따른 일국일당(一國一黨) 원칙에 의해 조선의 노동운동이 일본의 노동연합인 '전국협의회'에 해소되어가는 과정에서의 투쟁을 이야기하고 있는데, 조선 민족주의를 부정해야하는 '재일본 조선 노동자 동맹의 당면 문제'에 대해 그 문제점을 논하고 있는 것이다.

이와 같이, 식민지 조선의 문제뿐만 아니라, 이주민으로서의 조선인이 당면한 문제들에 대해 김희명과 신득룡이 주요 논객으로 활동하고 있는 가운데, 1920년대 말이 되면 조선인의 일본어창작이 실리게 된다. [표 1]에서 보듯이, 세 편의 소설과 희곡이 한 편 실리는데, 이들 소설작품에 대해서 "문학성을 띠고 있"으나 "사건의 줄거리가 전형적인 내용이며" "작품의 구성상 파탄을 초래하는 약점을 가지고 있다"는 이한창의 선행연구가 있다.[8]

그러나 『전진』에 실린 일본어문학작품은 그 작품성을 운운하기 이전의 중요한 문제가 있음을 간과해서는 안 된다. 즉, 세 편의 소설은 전문

---

8) 이한창, 앞의 논문, p.365.

적인 작가에 의한 것이라기보다는 재일조선인으로서, 또 재만조선인으로서 일본과 만주에 거주하면서 쓴 이주민문학의 형태를 띠고 있다는 점이다. 장혁주가 1932년 4월에 『아귀도(餓鬼道)』를 『개조』에 투고해 입선하면서 조선 출신자에 의한 본격적인 일본어작품으로서 주목받게 되므로, 1920년대는 아직 전문 작가에 의한 일본어문학은 나오지 않은 상황이었다. 이러한 때에 일본과 만주 등지에서 이주민문학의 형태로 초기 일본어문학이 나왔다는 사실은 주목할 만하다. 이는 『전진』이 일본을 주요 근거지로 해서 조선과 만주 일대까지 포괄해 식민지인의 투고를 받았기에 가능했을 것이다. 물론 이들 식민지인의 글들이 일본인들의 글과 호응하고 상관되는 내용 구성을 보이는 것은 아니었다. 그 단적인 예를 김광욱의 「이주민」이 실린 1929년 5월호의 구성을 통해 확인할 수 있다.

[그림 3] 『전진』 1929년 5월호 목차

第七年第五号　一九二九（昭和四）年五月一日

メーデー歌　　表紙裏

総罷業をもって戦闘的メーデーを守れ

メーデーを闘争せよ――歴史的任務遂行の日だ　佐藤護郎　1

メーデーの思ひ出――政斫の族の事ども　下村静夫　2〜3

農民に土地と自由を与へよ！――篠旗をかざし　伊倉繁郎　4〜5
てメーデーに参加せよ

進め戦闘歌（『赤旗』の譜）　吉田源蔵　5

常に一歩もふみ出し得ない左翼――日和見主義　6〜7
者はかく戦ふ

朝鮮社会運動小史(I)（資料）　裴成竜、K・K・M訳　8〜9・21

故山本宣治氏闘争記録の警察行政の一頁

資本家地主政府の警察行政に関する質問　山本宣治　10〜14
秋田政府委員

（＊小文）

没落過程にある蕭介石　島津九義　10〜14

全国労農青年同盟東京府支部闘争方針書（草　　清党運動　15 10 14
案）（某紙）

（＊小答）

愛国無産党の出現と労農派の孤立――　下村静夫　16〜19
の功罪

労働移動のシーズンに蹂躙する悪人夫屋を警戒　加藤利蔵　20〜21
しろ――自由労働者諸君に

産業予備軍の話　加藤利蔵　22

移住民（創作）　金光旭　23〜27

社会主義運動思出話（其十）（待別読物）　岡野辰之介　28〜31

進め社だより　大阪同人　31 30

支局規定を申込め（＊社告）

위의 목차에서 보면, 배성룡의 자료 글과 김광욱의 창작 외에는 모두 일본인의 글로, 5월 1일 메이데이를 맞이하여 이와 관련한 기사가 많은 가운데, 창작으로서는 김광욱의 글이 유일함을 알 수 있다. 사실 『전진』은 평론 구성이 많고 창작은 소수이다. 내용으로 봐서 조선인은 조선에 관한 내용을, 그리고 일본인은 대부분이 일본 각지의 노동문제를 다루고 있을 뿐, 제국과 식민지 사이의 가교로서 지면이 기능적으로 구성된 것은 아님을 알 수 있다. 한 가지 흥미로운 사실은, 배성룡의 자료 글은 일본어 번역자가 명시되어 있는 반면, 김광욱의 창작은 번역자가 명시되어 있지 않다는 점이다. 즉, 김광욱 자신에 의한 일본어창작으로 추측해볼 수 있는 소지가 있다. 김광욱의 작품을 비롯해 『전진』에 실린 네 편의 창작에 대해 다음에서 구체적으로 살펴보겠다.

4. 식민지 조선인의 이주민문학

전술한 바와 같이, 『전진』에 실린 조선인의 글은 1923년 2월 창간호에 실린 김약수의 글에서부터 시작해 1930년 2월 신득룡의 평론을 끝으로, 이후 보고 형식의 짤막한 내용 외에는 찾아보기 힘들다. 이는 1930년대에 들어서면서 『전진』 자체의 발간이 불안정해지는 데에 기인하기도 하지만, 앞서 살펴본 신득룡의 글에서 알 수 있듯이 조선의 민족주의를 부정하는 코민테른 12월 테제 이후의 일본 사회운동의 논리는 목하 일제 치하에서 이중의 착취를 당하고 있던 조선 노동자들의 문제를 대변하기 어려운 점이 가장 컸을 것으로 생각된다. 그래서 1930년대 이후 일본 프롤레타리아문학 계열 자체의 쇠퇴와 궤를 같이 하며 식민지 조선인의 활동도 점차 줄어들게 된다. 그렇기 때문에 더욱 1920년대 말의 일본어창작은 희소가치가 있다고 볼 수 있다. 비록 짧고 문학성이 뛰어나지 않은 부분이 있다고 하더라도, 이들이 서사라는 형식을 취해 프로문학 담론의 방법화를 일본의 매체에서 시도했다는 사실은 중요하다.

『전진』에 실린 일본어 창작을 발표 순서대로 간단히 살펴보겠다. 우선, 김황의 「쫓아내는 놈(おっぱらふやつ)」은 도일(渡日)해 일본의 노동시장에서 노동력을 팔아야만 살 수 있는 조선인들에게 도일 금지 조치를 내리고 갖은 고문으로 재일조선인을 괴롭히는 일제에 대해 투쟁을 결심하는 내용으로, 시가 섞인 산문의 형태를 취하고 있는 단편이다.

신인출의 「진홍빛으로 물드는 백의(緋に染まる白衣)」는 세이키치(成吉, 원본에 'せいきち'로 독음이 붙어 있음)가 백의인(白衣人) 부락의 S서(署)에서 S인 형사에게 폭력적인 취조를 받고 "허물뿐인 반도" 조선을 벗어나 T도(都), 즉 일본의 동경으로 이동해 가는 과정이 그려져 있다. 그러나 일본에 건너가서도 고등계(高等係)에 끌려가 "미치광이처럼 S인인 것을 부정"하고 피로 물드는 백의를 끌어안고 가냘픈 반항의 절규로 소설은 끝이 난다. 이정식의 「탄압정치의 충복들-팬터마임(彈壓政治の忠僕達-パントマイム)」은 2막 구성의 짧은 희곡이지만, 1928년 식민지 조선을 무대로 벌어지는 조선 민중의 전면적인 투쟁의 모습을 형상화하고 있다.

『전진』에 실린 일본어 창작 중에 일정 길이를 가지고 가장 높은 서사성을 보이는 작품은 김광욱의 「이주민(移住民)」이라고 할 수 있다. 「이주민」은 1929년 4(1~2), 5(3~4)월 두 달에 걸쳐 연재된 단편소설로, 압록강 경계를 넘어 만주로 이주해간 재만(在滿) 조선인의 삶을 일본인과 중국인이 관련된 '이주민'의 문제로 초점화해 다루고 있다. 만주를 배경으로 하는 조선인에 의한 최초의 일본어 창작이라는 점에 우선 그 의의가 있다고 하겠다. 내용을 각 장별로 간단히 살펴보면 다음과 같다.

(1) C와 M의 국경수비대에 전임을 명받은 '그'가 보초를 서다가 붙잡은 "불령한 C인" 이영삼은 징역 3개월의 처분을 받은 도망자로 결국 수비대가 가한 폭력으로 죽게 된다. (2) 압록강을 건너 K섬으로 향하는 기차 안에 김일선 일가가 타고 있는데, N국과 합병한 이후 많은 C인이 이주해간 경로를 따라가며 거기서는 "C인이 N이민처럼 특권이 있어서 같은 자격과 대우를 받을 수 있다. 이는 고마운 대일본제국의 새로운 동포만이 가지는 세계적 영광"이라고 연설한 군청 관리의 말을 떠올리고는 "나는 소지주가 될 때까지는 조금도 그런 운동에는 참가하지 않겠다"고 김일선은 다짐한다. (3) 조선에서 요시다(吉田) 농장의 횡포로 어머니를 여의고 고향에서 내몰려 K섬으로 가고 있는 정희를 김일선이 기차에서 만나는데, 자초지종을 듣는 중에 정희가 이영삼의 장녀라는 사실이 밝혀진다. (4) 그로부터 4년이 지난 정월에, '이국인' 즉 중국인이 김일선을 찾아와 자신들의 국적으로 귀화하라고 종용하면서, 이와 함께 C인의 백의 착용을 금하고 그들의 의복을 착용해야 한다는 내용이 적힌 비밀문서를 던져주고는 다음과 같이 말한다.

> "당신네 쪽 사람들이 미워서가 아니라 사실은 N국이 이번에 새로운 내각 성립 이래 우리 만몽(滿蒙)에 대해 새로운 철도 계획을 세우고, 출병을 단행하고, 마구 당신네 사람들을 이쪽으로 이주하도록 해서 소위 만몽 적극정책에 의해 정치 경제상으로 만몽을 완전히 자신의 수중에 넣으려고 하고 있어……."
>
> "그래서 그 화를 입는 것은 우리로군요……."

여기서 말하는 'N국'은 일본으로, 중국인이 조선인 김일선을 찾아와 이야기하고 있는 장면이다. 일제가 자신들의 신민을 보호한다는 명분하에 재만조선인 문제에 간섭하고 조선인을 이용해 토지구입을 시도하는 등, 만주로의 세력 확대를 꾀하자 중국정부는 이에 대응해 각종 방법으로 재만조선인을 탄압했다. 특히 1920년대 후반에 들어서면서 일제의 만몽 적극정책 추진으로 인해 중국 당국은 조선인 구축(驅逐) 정책까지 내놓게 된다.9) 위의 인용에서 1920년대 후반 중국 정부와 일본 정부의 대립, 그리고 그 사이에서 이용당하고 피해를 보고 있는 재만조선인의 정황을 읽어낼 수 있다. 이러한 갈등은 결국 1930년에 조선 농민과 중국 농민이 충돌한 '만보산(萬寶山) 사건'으로 이어지는데, 충돌 직전의 1929년 상황을 본 소설에서 동시대적으로 보여주고 있는 것이다.

정월 지령으로부터 수개월이 지난 무렵, K섬 N영사관, 즉 간도 일본영사관에 지금까지 개간해온 전답을 빼앗기고 가옥을 몰수당한 C인 군중이 몰려드는데, 이곳에 일본인에 의해 농락당한 정희가 죽음을 맞이하면서 군중들이 함성을 울리며 영사관 안으로 물결처럼 밀려들어가면서 소설은 끝이 난다.

비록 단편이긴 하지만 네 개의 장이 탄탄한 구성을 보이고 있다. 즉, (1)에서 압록강 경계를 넘어가던 이영삼(정희 아버지)의 죽음을 통해, 당시 식민지 조선과 만주, 그리고 일제의 구도가 그려지고 있고, (2)와 (3)을 통해 고향으로부터 내몰리는 식민지 조선인의 삶을 액자구성으로 보여주고 있으며, (4)에서 중국인과 일본인 사이에서 이중의 압박을 당하는 재만 조선인의 단결된 투쟁을 그리고 있는 것이다.

사실 1931년 만주사변, 1932년 만주국 성립 이후에는 만주로의 본격적인 정책이민이 시작되고, 이러한 시대적 필요성에 발맞춰 이토 에이노

---

9) 한석정·노기식 저, 『만주 동아시아 융합의 공간』, 소명, 2008, p.201.

스케(伊藤永之介)의 『만보산』(1931)이나 장혁주의 『개간(開墾)』(1943) 등의 만주 일본어문학이 나오게 된다. 조선에서도 1919년부터 1923년까지의 만주 체험을 바탕으로 이민사회의 실상을 소설화한 최서해의 경향파 소설들을 비롯해 강경애, 이태준, 이기영, 안수길 등, 만주를 배경으로 하는 국문소설이 다수 나오게 된다. 그러나 김광욱의 「이주민」은 같은 일본어 소설을 쓴 이토 에이노스케나 장혁주 소설에서 보이는 제국적인 시점이나 국책적인 내용이 없을 뿐만 아니라, 중국인과 일본인 사이에서 첨예화되고 있는 갈등이 잘 짜인 구성으로 표현되어 있는 선구적인 만주 일본어문학이라고 할 수 있다.[10]

이상에서 1920년대 식민지 조선인의 글을 가장 많이 실었던 일본 프롤레타리아문학잡지 『전진』에 대해 살펴보고, 그 속에 그려져 있는 재일, 재만조선인의 문학 활동을 간단히 살펴보았다.

일제강점기 일본의 프롤레타리아문학잡지는 검열이 심해진 조선에서 발표하기 어려운 작품의 발표무대가 되었을 뿐만 아니라, 사회주의 프로문학 운동의 실천적 매개로서도 중요한 역할을 했다.[11] 『전진』은 일본뿐만 아니라 조선, 만주에까지 지부를 두고 있었기 때문에, 각지에 흩어져 있는 조선인의 작품 발표무대가 되었고 조선을 떠나 일본 '내지'와 만주에 이주한 이주민들에게 사회주의 운동의 연락책으로 기능하는 측면도 있었음을 알 수 있었다. 물론, 『전진』 외에도, 『씨 뿌리는 사람(種蒔く人)』

---

10) 「이주민」의 작자 김광욱에 대해서는 아쉽게도 알려진 바가 없다. 1929년경부터 만주에서 조선혁명군에 들어가 총사령부 부관으로 활동하다가 1935년경에 전사해 애국장 훈장을 받은 동명의 사람이 있으나 「이주민」의 작자임을 확인할 방법이 없고, 또 봉천흥아협회에서 발간한 『재만조선인통신』 제25호(1937.4)에 봉천동광학교 합격자 명단에 올라있는 동명의 사람도 역시 동일인임을 확인할 길이 없다.
11) 박정선, 「식민지 매체와 프로문학의 매체 전략」, 『어문론총』 제53호, 한국문학언어학회, 2010.12, p.353.

(1921.2~4, 1921.10~1923.8), 『전위(前衛)』(1922.1~1923.3), 『문예투쟁(文藝鬪爭)』
(1927.4~?), 『전기(戰旗)』(1928.5~1931.12) 등, 조선인의 일본어문학이 발견되
는 일본 프롤레타리아문학잡지는 다수 존재한다. 이들은 매체별 편집 방
침에 따라 실린 글들의 성격도 조금씩 다른데, 이들을 통해 1920년대 식
민지 조선인들이 계급적이고 동시에 민족적인 투쟁을 어떻게 일본문단
과 연계하며 활동하고 있었는지 파악할 수 있다. 좌에서 우까지 다양한
사상 폭을 아우르고 있던 『전진』의 지면구성이 비록 제국과 식민지의 동
상이몽적인 프롤레타리아 연대를 꿈꾸고 있던 측면을 부정할 수 없지만,
식민지 조선인의 재일, 그리고 재만 이주민의 문학담론과 서사를 동시대
적으로 담아내고 있는 점은 식민지 문학에서 중요한 의미를 지닌다고 할
수 있다.

제4장

일제강점기에 간행된 〈조선동화집〉 연구
1920년대 동화집을 중심으로

이현진

1. 서론

일제강점기인 1920년대 동화라는 장르가 소개되기 시작하고, 소파 방정환이 잡지『어린이』(1923~34)를 발행하면서 본격적으로 대중들에게 동화가 알려지기 시작했다. 방정환에 의해서 조선의 아동이 하나의 인격체인 '어린이'로서 재조명되었던 이 시기, 일제는 조선의 아동을 충량한 황국신민으로 육성한다는 목표 아래 조선의 아동교육에 주목했으며 조선총독부가 편찬한 조선민속자료 제2편에 해당하는『조선동화집(朝鮮童話集)』이 1924년 9월 경성에서 간행되었다. 이 동화집에는 25편의 조선동화가 수록되어 있다.

그러나 일본은 이보다 앞서 병합이 되고 난 1910년대부터 식민지 조선의 통치와 시정을 위해 한국의 설화를 채집, 발행하기 시작했는데, 1919년

9월 조선평양고등보통학교 교사였던 미와 다마키(三輪環)가 수집해 조선의 구비전설을 열기(列記)한 『전설의 조선(傳說の朝鮮)』이 도쿄 하쿠분칸(博文館)에서 간행되어 나왔다. 채록설화의 성격이 강한『전설의 조선』은 제1편이 '산천', 제2편이 '인물', 제3편이 '동식물 및 잡(雜)', 제4편이 '동화'로 구성되어 있다. 이때 '동화'라는 용어가 사용되고 있었고, 동화란 어린이의 읽을거리로 널리 받아들여진 옛날이야기의 성격이 강한 순수 민담이었다.[1]

권혁래는 조선총독부 편『조선동화집』이 1920년대 일본의 조선동화총서 발행에 있어 저본(底本)이자 전범(典範)의 역할[2]을 하였다고 보았지만, 이미 조선의 옛날이야기는 일본의 아동들에게 '동화'라는 형태로 소개되고 있었던 것이다.

그럼, 1920년대 일제가 간행한 <조선동화집>을 살펴보자. 먼저 조선총독부 편『조선동화집』과 같은 해인 1924년 9월에 간행된 마쓰무라 다케오(松村武雄) 편『세계동화대계(世界童話大系)』제16권 일본편(日本編)이 있다. 이 일본동화집에 <조선의 부(朝鮮の部)>라고 해서 27편의 조선동화를 수록하고 있다. 그리고 1926년 2월에 나온 나카무라 료헤이(中村亮平) 편『조선동화집(朝鮮童話集)』에는 43편의 조선동화가 실렸으며, 1929년 4월에 간행된『일본옛날이야기집 하(日本昔話集 下)』에는 다나카 우메키치(田中梅吉)가 <조선편>에 실은 5편의 전래동화가 수록되어 있다. 이들 동화집은 모두 도쿄에서 간행되었다.

한편 조선에서도 1920년대는 아동문학의 발흥 성장기로써 일제의 조선동화 수집 작업이 식민지 민속자료 정리 및 민족동화정책의 일환으로

---

1) 염희경, 「설화의 전래동화적 변용에 따른 문제점-<해와 달이 된 오누이>의 개작과정을 중심으로-」, 『인하어문』 5집, 2001, p.209.
2) 조선총독부 편, 권혁래 역저, 『조선동화집-우리나라 최초 전래동화집(1924년)의 번역·연구-』, 집문당, 2003, p.184-185.

시행되고 있었을 때, 방정환을 비롯한 문인들의 국문전래동화 작업이 일각에서 이루어지고 있었다. 『개벽』과 『어린이』 잡지의 지면을 통한 전래동화의 발굴 및 소개, 1920년대 중반 이후 단행본 동화집들의 발간 작업등이 그것이다. 그중에서도 경성사범학교 교사이자 한글학자였던 심의린이 1926년 10월 전래동화를 모아 펴낸 『조선동화대집(朝鮮童話大集)』[3]은 한글판 설화집으로 일제강점기에 간행된 첫 쾌거라 할 수 있다. 손동인은 심의린의 『조선동화대집』과 박영만의 『조선전래동화집』(1940), 조선총독부의 『조선동화집』을 들어 오늘날 간행된 각종 전래동화집의 원전[4]으로 보고 있다.

이와 같이 1920년대는 일제와 조선의 문인에 의해서 〈조선동화집〉이 간행되었는데, 일제에 의해 이루어진 일련의 조선전래동화 작업과 동 시기 조선의 국문전래동화 작업과의 비교연구는 이루어지지 않았다. 따라서 이러한 필요에 의해 이 글은 1920년대 조선총독부와 관련한 관료, 문인들이 주도해서 간행한 〈조선동화집〉이 동 시기 국문전래동화집과 어떠한 연관성이 있는지, 또한 각각의 지향점은 무엇이었는지에 대해서 구체적으로 밝혀보고자 하는데 그 목적이 있다. 각 동화집의 동화분석을 통한 한일비교연구는 처음 시도되는 연구로서 그 의의가 있다 하겠다.

---

3) 국문학계의 심의린에 관한 연구로는 신원기의 단행본 『조선동화대집』(보고사, 2009)과 김미영의 논문 「심의린 『조선동화대집』의 특징과 문학사적 위상」(『韓民族語文學』 제58집, 2011)이 있다.
4) 손동인, 「한국전래동화사 연구」, 『한국아동문학연구』 창간호, 1990, p.26.

2. 조선총독부의 『조선동화집』과 다나카 우메키치

1924년 9월 조선총독부가 편찬한 『조선동화집』은 조선민속자료 제1편 『조선의 수수께끼(朝鮮の謎)』(1919)에 이은 제2편에 해당하며 식민통치정책의 일환으로 조선의 문화를 파악, 정리하여 정책 자료용으로 펴낸 총서 중하나이다.

권혁래는 이 동화집의 의의가 한국전래동화선집 작업에서 선구적인 위치를 차지하고 우리 전래동화 형성에 적지 않은 영향을 미친 것5)으로 파악하였다. 그러나 당시 조선에선 방정환을 필두로 국문전래동화 작업이 활발히 이루어지고 있었으며, 민속학자인 손진태6)는 1921년부터 1930년에 걸쳐 조선에서 민담을 채집, 채록하여 『조선민담집(朝鮮民譚集)』(향토연구사, 1930)을 펴냈다. 아쉽게도 이 책은 일본에서 간행되었지만, 이러한 일련의 작업들이 있었다는 점을 간과해서는 안 될 것이다.

조선총독부의 『조선동화집』은 그림Grimm 연구자로 잘 알려진 다나카 우메키치(1883~1975)가 1916년부터 이듬해에 걸쳐 보통학교를 중심으로 간접 수집한 자료를 바탕으로 재화한 것이다. 다나카는 1917년에 『조선교육연구회잡지』에 조선설화를 연재하고 이를 1924년에 개작했는데 조선총독부의 조선아동 교화사업의 일환으로 편찬된 만큼 다나카의 개작

---

5) 조선총독부 편, 권혁래 역저, 『조선동화집-우리나라 최초 전래동화집(1924년)의 번역·연구-』, 집문당, 2003, pp.181-182, p.190.
6) 남창(南倉) 손진태(孫晉泰) : 1900~?는 1927년 일본 와세다대학 문학부 사학과를 졸업한 뒤 주로 민속학을 연구했다. 『조선민담집』(1930), 『조선민족설화의 연구』(1947)등의 저서가 있고, 송석하·정인섭과 더불어 조선민속학회를 창설하여 1933년 우리나라 최초의 민속학회지 『조선민속(朝鮮民俗)』을 창간했다. 연희전문학교 강사, 보성전문학교 강사를 거쳐 8·15 광복 후 서울대학교 사범대학장과 문리대학장을 역임했으나 6·25 동란 때 납북되었다. 일본어 판 손진태의 『조선민담집』은 최인학 역편 『조선설화집』(한국 개화기 설화·동화집 번안·번역 총서 1)으로 2009년 민속원에서 발행되었다.

은 식민지 조선아동의 교화를 위해[7] 행하여졌다고 할 수 있다.

그런데 다나카는 1927년 5월부터 1930년 11월에 걸쳐 전 76권에 이르는 『일본아동문고(日本兒童文庫)』로서 나온 동화집 중 1929년 4월에 나온 『일본 옛날이야기집 하』[8] 〈조선편〉에 5편의 조선동화를 맡아 엮었다.

조선총독부의 동화집은 간행 취지나 해설 없이 25편의 동화만을 수록하고 있는 반면에 『일본옛날이야기집 하』 〈조선편〉에는 다음과 같은 머리말이 적혀 있다.

조선의 동화에는 인도나 아라비아의 동화처럼 공작의 화려함도 없고, 러시아 동화처럼 깊이 사고하는 인간의 심리묘사도 없으며, 또한 일본 재래의 동화처럼 흐드러지게 핀 벚꽃에 아침 해가 비치는 쾌청함도 보이지 않습니다. 그것은 조선의 천지를 터전으로 하는 저 학처럼 쓸쓸하고 편안한, 그리고 조용한 모습입니다. 그러나 학이라는 것은 가끔 별안간 슬픈 소리를 내고 구천의 구름 속에서 웁니다. 조선의 동화에서도 어딘지 모르게 호소하는 듯한 한탄의 속삭임을 들을 수 있습니다. 유유하지만 쓸쓸한, 편안하지만 슬픈 모습은 다른 나라의 동화에서 볼 수 없는 조선동화의 특색입니다.[9]

다나카는 조선동화의 특색을 구천의 구름 속에서 우는 학에 빗대어 식민지 상황인 조선의 현실을 드러내고 있는 것이다.

그럼 다나카가 엮은 두 동화집의 동화 분석으로 들어가 보자.

조선총독부의 『조선동화집』은 대단히 간결하게 묘사되어 있다. 16. 「은혜를 모르는 호랑이(恩知らずの虎)」[10]의 경우를 살펴보자.

---

7) 김광식 · 이시준, 「나카무라 료헤이(中村亮平)와 『조선동화집』 고찰 – 선행 설화집의 영향을 중심으로」, 『일본어문학』 제57집, 2013, p.252.
8) 이 동화집에는 〈조선편〉 외에 〈아이누편〉, 〈류큐편〉, 〈대만편〉 동화가 수록되어 있다.
9) 日本兒童文庫, 『日本昔話集下』 アルス, 1929, p.2.

옛날에 호랑이 한 마리가 함정에 빠졌습니다. 이대로 두면 호랑이가
목숨을 잃는 것은 두말할 나위 없습니다.[11]

이처럼 왜 호랑이가 함정에 빠졌는지에 관한 명확한 전제가 없이 그
려지고 있는데, 이는 동화의 재미를 얻을 수 있기보다는 자료로서의 기
록을 보여주고 있는 것이다.

「은혜를 모르는 호랑이」와 함께 아이가 곶감이 왔다는 소리에 울음을
그치자 놀라 도망치는 21.「겁쟁이 호랑이(臆病な虎)」, 호랑이가 엄마를 잡
아먹고 오누이마저 잡아먹으려다 천벌을 받았다는 24.「천벌 받은 호랑
이(虎の天罰)」에서 호랑이의 묘사는 '겁 많고 포악한 부정적 이미지'의 부각
이다. 그런데 다나카는『일본옛날이야기집 하』<조선편> 1.「콩쥐팥쥐(大
豆鼠と小豆鼠)」에서는 콩쥐의 산속 밭일을 도와주는 '착한 호랑이'로 이와
대조되는 호랑이상을 그렸다. 여기서 일본 땅에는 서식하지 않는 호랑이
의 희화화인 정치적 맥락을 들여다 볼 수 있는 한 단면을 읽을 수 있겠다.

이외에 조선총독부 동화집에는 형제간의 우애를 강조한 1.「물속의 구슬(水
中の珠)」, 6.「검은 옥과 누런 옥(黒い玉と黄い玉)」, 8.「말하는 거북이(物いふ龜)」,
19.「금방망이 은방망이(金棒銀棒)」, 22.「세 개의 보물(三つの寶)」, 25.「놀부와
흥부(㺶夫[놀부]と興夫[흥부])」, 부모에 대한 효성을 그린 9.「선녀의 날개옷(天女
の羽衣)」, 12.「두꺼비의 보은(蟾の報恩)」, 17.「어머니를 버린 남자(親を捨てる男)」,
선하면 복을 받고 악하면 벌을 받는다는 3.「혹 떼이기·혹 받기(瘤とられ·瘤
もらひ), 7.「교활한 토끼(狡い兎)」, 20.「불쌍한 아이(哀れな兒)」, 싸우지 말고 사
이좋게 지내기를 강조하는 2.「원숭이의 재판(猿の裁判)」, 친구의 우정을 그린

---

10) 동화 제목 앞의 번호는 목차의 연번을 가리킨다. 이 글의 다른 동화집 동화에도 앞에
목차의 연번을 적어 놓았음을 일러둔다.
11) 朝鮮總督府,『朝鮮童話集』, 大阪屋號書店(京城本町一丁目), 1924. p.101.

10. 「바보 점쟁이(馬鹿の物しり)」 등이 수록되어 있다.

이와 같이 조선총독부 동화집은 형제간의 우애와 효, 선을 통한 제국일본의 신민으로서 선량한 조선아동의 교화를 위한 동화임은 분명하다 하겠다.

반면 다나카가 『일본옛날이야기집 하』 〈조선편〉에 실은 5편의 동화는 조선적 특색을 반영한 해학적인 동화로 구성되어 있다. 그 동화들을 살펴보자.

먼저 1. 「콩쥐팥쥐」외에 2. 「푸른 소나무(松の綠)」, 3. 「장승과 혹부리영감(柱の入道と瘤男)」, 4. 「술 나오는 돌(酒のわきでる石)」, 5. 「개미의 허리(蟻の細胴)」가 수록되어 있다. 2. 「푸른 소나무」와 3. 「장승과 혹부리영감」은 조선총독부 동화집에도 실렸는데, 이 동화집에서는 조선적 정취가 들어간 삽화까지 넣으며 재미나고 구성지게 그리고 있음을 확인할 수 있다.

「푸른 소나무」를 살펴보면 소나무와 까치에 관한 이야기인데 까치는 옥황상제의 심부름으로 불로장생의 영약을 가지고 인간계로 내려오지만 소나무 바람 소리에 잠이 들어 약과 그 조제법을 적은 종이를 날려버린다. 그 바람에 까치는 천상으로 돌아가지 못하고 그 영약을 먹게 된 소나무는 불사의 힘을 얻어 사계절 푸른 상록수가 되었다는 이야기이다.

「장승과 혹부리영감」은 죄를 지어 효수에 처해진 사람의 머리 모습을 장승처럼 조각하여 후세의 교훈으로 남겼다는 설과 머리가 잘린 사람은 죄 때문에 저승에 가지 못하고 이승의 고통을 안고 한밤중에 그 고통을 견디지 못해 발광한다는 장승의 유래를 적고 있다. 그리고 그런 장승 옆에서 노숙한 혹 달린 영감이 꿈속에서 장승을 만나 혹을 떼이게 된다는 이야기를 재미나게 그리고 있다.

「술 나오는 독」은 개와 고양이가 할아버지의 도둑맞은 독 안에서 술이 나오게 하는 돌을 찾으러 강 건너 마을 박 씨 집에 갔다가 그 돌을 찾아

강을 건너게 되는데, 개의 등에 탄 고양이가 입에 문 돌을 그만 강물에 빠트리고 만다. 그래서 개와 고양이가 앙숙이 되었다는 설화를 그렸다.

마지막 「개미의 허리」는 개미와 메뚜기, 물총새 이야기로, 셋은 먹을거리를 찾는 경쟁을 하기로 한다. 그런데 마침 하녀가 잔칫집 떡을 머리에 이고 지나가다 발가락 끝이 바늘로 찔린 듯 아파 한쪽 다리를 들어올렸다. 그 바람에 머리위에 있던 떡이 떨어졌고 개미는 얼른 떡 두 조각을 잡아 구멍 속으로 가지고 들어갔다. 그걸 보고 배가 아픈 메뚜기는 물가 근처에서 놀고 있는 붕어 한 마리를 발견하고 잡으려다 오히려 잡아먹히고 만다. 이 꼴을 지켜본 물총새가 물속으로 들어가 주둥이로 붕어를 잡아 올린다. 그 붕어를 요리하려 하자 메뚜기가 붕어 뱃속에서 뿅하고 튀어나오고, 메뚜기는 물총새에게 쓸데없는 수고를 했다고 말한다. 화가 난 물총새는 주둥이 끝으로 메뚜기 머리를 쿡 찔렀고, 이때 머리 부분에 붉은 상처가 생겼다. 이런 메뚜기의 모습을 보고 우스워서 개미는 허리를 안고 웃었는데 그 후 개미의 허리가 가늘어졌다는 이야기이다.

이와 같이 다나카는 조선총독부 동화집과는 다르게 '조선적' 특색을 반영한 '해학적'인 동화를 그리고 있음을 알 수 있다.

3. 마쓰무라 다케오와 나카무라 료헤이의 조선동화

『세계동화대계』(전23권)는 세계 각국의 명작고전, 우화, 민화, 신화, 동화 등을 나라별, 분야별, 계통별로 나누어 본격적인 번역으로 집대성한 일본 최초의 세계동화전집이다. 1924년에서 1928년에 걸쳐 간행되었다. 원전은 그림 등의 작품을 비롯하여 러시아 아동문학 등을 제외한 영어권

이외의 작품은 영역본이 저본이 되었지만, 예이츠, 그레이브스의 동화집, 아라비안나이트 등은 최초로 전역(全譯)으로 일본에 소개되었다.[12]

이 총서에 실린『세계동화대계』제16권 일본편이 1924년 9월에 간행되었는데, 이 일본동화집의 〈조선의 부〉[13]에 27편의 조선동화가 실려 있다. 이 동화집은 신화학자인 마쓰무라 다케오(1883~1969)가 엮었는데, 그는 동화에 앞서 머리말로 '조선의 동화'에 관하여 다음과 같이 적고 있다.

> 인도 및 지나(支那)에서 발생한 문화사상의 여러 모습은 아니 경우에 따라서는 서양의 문화까지도 이『계림(鷄の林)』을 통하여 홍수처럼『해 뜨는 나라(日出づる)』로 흘러들었다.(…중략…)「혹 떼기」를 봐라. 그것은 묵감재(墨憨齋)의『소부(笑府)』가 가리키듯 지나의 이야기임과 동시에『우지슈이 모노가타리(宇治拾遺物語)』가 가리키듯 일본의 이야기이다. 그리고 동시에 또한 조선에도 존재하지 않은가.(…중략…) 조선은 또한 자국의 동화를 일본에 제공함으로써 일본 동화계를 다채롭고 풍부하게 만드는 역할을 했다.『용재총화(慵齋叢話)』[14]에 실린「흉내 내기 소동」,「팥 이야기」와 민간에 유포된「외눈박이와 비뚤어진 코」,「다리 부러진 제비」의 조선동화가 각각 일본의「굴러가는 고구마(お芋ころころ)」,「스님 착각(和尚ちがひ)」,「스미요시묘진과 하쿠라쿠텐(住吉明神と白樂天)」,「허리 굽은 참새(腰折雀)」의 원형인 것은 누구도 부정할 수 없을 것이다.(…중략…)[15]

이와 같이 동화의 이동경로를 통해 일본동화의 생성을 말하고, 조선동화의 역할과 조선 자국의 동화는 어떠한 것들이 있는지, 그 조선적 동화

---

12) 大竹聖美,「1920年代 日本의 兒童叢書와「朝鮮童話集」」,『동화와 번역』, 2001, p.14-15.

13) 이 일본동화집은 〈조선의 부〉, 〈일본의 부〉, 〈아이누의 부〉로 각각 나뉘어 있다.

14) 조선 성종 때의 문인·학자인 성현(成俔)의 수필집이다. 풍속, 지리, 역사, 문물, 음악, 문학, 인물, 설화 등이 실려 있고, 용재는 성현의 호.『대동야승(大東野乘)』에 실려 전함.『조선야사전집(朝鮮野史全集)』에 한글로 토를 달아 전재(轉載)했음. 3권 3책. 인본(印本).

15) 松村武雄 編,『世界童話大系』第16卷 日本編, 世界童話大系刊行會, 1924, p.7.

의 특징을 설명하고 있다.

그럼 동화의 분석으로 들어가 보자.

첫째, 이 동화집에는 조선총독부의 동화집에 실린 동화 중 다섯 동화가 실려 있고 '개작'의 형태를 엿볼 수 있다.

총독부의 동화집에 실린 11. 「심부름꾼 거북이(龜のお使)」의 경우, 용왕 딸의 병을 고치기 위해 거북이가 토끼의 간을 구하는 이야기인데, 이 동화집에 실린 26. 「토끼의 눈(兎の目玉)」에서는 물고기의 왕이 낚싯바늘에 입과 코가 찔려 토끼의 눈으로 만든 약을 바르면 낫는다고 해서 거북이가 토끼를 데리러 육지로 가는 내용으로 개작되었다. 17. 「어머니를 버린 남자」는 23. 「아버지를 버리는 남자」로 어머니가 아닌 아버지를 산속에 버리는 것으로 바뀌었고, 동생이 도깨비에게 방망이를 얻어 큰 부자가 되고 욕심 많은 형은 도깨비에게 방망이로 두들겨 맞아 이상한 몰골이 되었다는 19. 「금방망이 은방망이」는 13. 「금도끼(金の錐)」로 형과 아우가 반대로 묘사되고 있다. 또한 25. 「놀부와 흥부」는 18. 「다리 부러진 제비(足折燕)」로, 16. 「은혜를 모르는 호랑이」는 21. 「인간과 호랑이와의 싸움(人間と虎との爭)」으로 이야기의 전개가 세세하다.

둘째, 그 외의 동화들을 살펴보면 상당히 '유머러스'한 동화들이 많이 실려 있다는 사실이다.

숫자를 세지 못하는 한 바보 이야기를 다룬 4. 「집오리의 계산(家鴨の計算)」이나, 모자라는 형과 약삭빠른 동생 이야기를 그린 5. 「팥 이야기(赤豆物語)」, 바보 사위가 배를 채우기 위해 한밤중에 신부 집 부엌에 몰래 들어갔다 일어나는 해프닝을 그린 15. 「바보 사위(馬鹿婿)」, 스님을 골탕 먹이는 어린 중 이야기를 그린 16. 「먼 곳에서 일어난 화재(遠い火事)」, 호랑이 엉덩이 구멍에 나팔이 들어가서 숨소리 모두가 나팔로 울려 나와 미쳐 죽어

버렸다는 20. 「호랑이와 나팔(虎と喇叭)」, 눈이 밝은 사람이 맹인들에게 음식을 얻어먹다 자기 차례가 되자 소의 뼈를 사다 냄새나게 굽지만 막대기 끝에 똥을 문질러 맹인들 코에 대니 서로 방귀를 꼈다고 하면서 소동이 일어나는 22. 「눈이 밝은 사람과 맹인(目明きと盲人)」, 한 스님의 계속되는 실수를 우습게 묘사한 12. 「실수연발(失策つづき)」 등은 매우 해학적이다. 특히 호랑이의 이미지가 매우 유머러스하게 묘사되었다는 사실이 주목된다.

셋째, '조선적인' 동화들이 많이 실렸다. 가짜 점쟁이 이야기인 3. 「흉내 내기 소동(物眞似騷ぎ)」, 아무도 알아보지 못하는 한자만 쓰는 8. 「한자를 좋아하는 남자(漢語の好きな男)」, 조선의 외눈박이 김춘택이 코가 비뚤어진 중국 사신을 지혜롭게 물리친다는 9. 「외눈박이와 비뚤어진 코(片目と曲鼻)」, 조선의 왕이 한 늙은 유학자의 글 솜씨를 보고 과거시험을 보게 하지만 왕이 보낸 쌀과 고기를 먹고 배탈이 나서 과거장에 나오지도 못하고 죽게 된다는 14. 「운이 나쁜 남자(運の惡い男)」의 이야기 등은 조선의 이야기이며 양반 사회에 대한 비꼼이다.

이상 마쓰무라 다케오의 조선동화에 관해 살펴보았다. 그럼 이번에는 나카무라 료헤이의 조선동화를 살펴보기로 한다.

나카무라 료헤이가 엮은 『조선동화집』은 1926년 2월 일본에서 간행된 최초의 〈조선동화집〉이다. 일본은 「세계가정문학의 고전전서」를 목표로 『모범가정문고(模範家庭文庫)』(전25권)를 1915년부터 발행하기 시작16)했는데, 나카무라의 조선동화집은 그중 하나이다.

나카무라 료헤이(1887~1947)는 미술 연구가로 『조선동화집』의 후편인 『지나조선대만신화전설집(支那朝鮮台湾神話伝説集)』(1929)과 『조선의 미술(朝鮮

---

16) 大竹聖美, 「1920年代 日本의 兒童叢書와 「朝鮮童話集」」, 『동화와 번역』, 2001, p.7.

之美術』(1929) 등 조선과 관련된 저서를 남겼다.

그는 1923년 12월 9일 조선공립보통학교 훈도로 부임했고 1925년 3월 31일부터는 경상북도 공립사범학교로 옮겼으며 1926년 8월 31일에 사임[17]한 것으로 확인되고 있다. 사범학교에서의 담당과목은 전 학급 도화(圖畵) 교과와 일부 국어과(일본어) 수업이었다. 교장 와타나베(渡辺洞雲)는 당시의 나카무라를 이렇게 기억하고 있다.

> 당시 경상북도(대구)의 사범학교에서는 도화(미술)교사를 구하고 있었다. 마침 내지의 문전(文展)[18]에 비견되는 선전(鮮展)[19]에 나카무라 군이 입선해 바로 당사자를 만나보니, 소위 사범학교 출신과는 달리 과묵하고 온화한 문화인이었다. 국어를 담당하게 된 것은 나카무라 군이 조선의 민화·동화 연구를 하고 있었기 때문이고 조선민화의 연구는 후에 『조선동화집』 한권으로 정리되었다.[20]

이처럼 조선에서 체류한 경험이 있고 훈도로써 재직한 그가 조선의 동화집을 엮게 된 것은 우연이 아닐 것이다. 1925년 11월 대구 동운정(東雲町) 객사에 머물며 쓴 이 동화집의 머리말을 살펴보자.

> 나는 조선에 건너와 이와 같은 아름다운 이야기가 많이 있다는 것을 알고 대단히 기뻤습니다. 많은 이야기 중에서 아름다운 것, 기분 좋은 것, 조선적인 것을 잘 골라내어 내 나름대로 열기하였습니다. (…중략…)여러분은

17) 今井信雄, 「新しき村餘錄(中)—中村亮平伝—」, 『成城文藝』 52, p.36.
18) 문부성미술전람회의 약칭으로 1907년 창설된 최초의 관전(官展)이다. 1919년 제국미술원전람회로 개칭되고 1937년에는 제국미술원의 폐지와 함께 부활되었다가 1946년에 일본미술전람회로 개칭된다. 따라서 당시는 문전이 아니라 제전(帝展)의 착오로 판단된다.
19) 조선미술전람회의 약칭으로 일제강점기 조선에서 개최된 미술 공모전이다. 3·1운동 이후 행해진 문화통치정책의 일환으로 조선총독부가 주관한 사업이며 1922년 5월에 제1회 전람회가 개최되고 1944년 제23회까지 매년 공모전의 형식으로 개최되었다.
20) 今井信雄, 「新しき村餘錄(中)—中村亮平伝—」, 『成城文藝』 52, pp.36-37.

서양의 것은 비교적 잘 아시겠지만, 그것보다 먼저 알아야 하는 것, 우리
동포 간에 전해오는 이야기를 모를 것이기에 여러분에게 재미있는 조선 이
야기의 빗장을 빨리 열어주고 싶어서 이것을 출판했습니다.(…중략…)[21]

위의 머리말에서 나카무라는 '조선적인 것'을 일본 아동들에게 소개하
려는 의지를 충분히 밝히고 있음을 알 수 있다. 당시 일본에서 간행된
세계명작동화집은 아이들에게 큰 인기로 주목받았는데, 이 동화집에 수
록된 동화들에 한글표기를 그대로 읽어낸 '총각(チョンガー)'이나 '지게(チ
ケ)', '바가지(バカチ)', '아이고(アイゴー)'라는 용어들은 조선적인 것들을 흡
수할 수 있는 새로운 흥미의 읽을거리였을 것이다. 이 동화집이 6판[22]을
거듭하며 발행된 것은 이를 말해준다 하겠다.

그럼 어떠한 동화들이 실렸는지 살펴보자.

첫째, 동화집에도 조선총독부 동화집에 실린 동화 가운데 스물 하나의
동화가 '개작'되어 실려 있다.

그중에서 조선총독부 동화집에 실린 9.「선녀의 날개옷」을 살펴보면,
아버지의 병을 치료하기 위해 선녀의 옷을 감춰 세 개의 천도(天桃)를 얻
어내 병을 낫게 했다는 효에 관한 이야기가, 이 동화집의 8.「선녀와 나
무꾼(若者と羽衣)」에서는 사슴의 목숨을 구해준 은혜로 나무꾼이 선녀를 만
나게 되고 사슴의 충고를 잊어버려 선녀는 아이 둘을 데리고 하늘로 올라
간다. 그런데 하늘에서 두레박이 내려와 나무꾼은 다시 선녀와 아이들을
만나는 해피엔딩의 결말을 짓는다. 이러한 개작의 형태를 엿볼 수가 있다.

둘째, 마쓰무라 다케오의 조선동화와 마찬가지로 나카무라 료헤이도

---

21) 中村亮平 編, 『朝鮮童話集』, 富山房, 1926, p.1.
22) 이 동화집이 발행된 이후 1938년 3월에 제5판을 발행했고, 1941년 11월에 다시 재판을
   발행했다.

'조선적인' 동화들을 소개하고 있다.

4. 「만수의 이야기(萬壽の話)」를 살펴보면, 일찍 부모를 여읜 만수는 남의 집 고용살이로 산으로 땔나무를 하러 갔다가 사냥꾼에게 쫓기고 있는 사슴을 구해주게 된다. 그 은혜로 만수는 고가의 인삼을 얻게 되어 잘 살게 되었다는 이야기인데, "매일 지게チゲ(負道具)를 지거나, 물을 긷거나 하는" 만수의 모습과 "그래도 도중에 만나는 아이들을 보면 예쁜 저고리チョゴリ를 입고, 새신을 신고 놀고 있는"23)이라는 표현에서 조선 아이들의 현실을 읽어낼 수 있는 것이다. 또한 조선의 풍수지리를 다룬 33. 「풍수 선생의 세 아들(風水先生の三人兄弟)」과 35. 「가난한 남자의 행복(貧しい男の幸福)」 등에서 조선적인 동화를 찾아볼 수 있다 하겠다.

셋째, '호랑이'에 관한 동화가 다양한 유형의 형태로 소개되고 있다. 호랑이보다 곶감을 무서워하는 1. 「호랑이와 곶감(虎と干柿)」, 산속 호랑이가 '낙숫물'하는 소리에 아이가 울음을 그치자 소외양간에 숨어버렸는데 소도둑이 창문으로 뛰어 내려 등에 타자 그대로 줄행랑을 쳤다는 11. 「자신 없는 호랑이(自信のない虎)」, 스님으로 변장한 호랑이가 신부를 잡아가겠다고 해 젊은 제자가 경문을 외우게 된다는 17. 「호랑이와 젊은이(虎と若者)」, 엄마가 산길에서 호랑이에게 잡혀 먹히자 남매는 호랑이를 피해 도망쳐 하늘로 올라가 오빠는 해님이 되고 여동생은 달님이 되었다는 18. 「두 형제와 호랑이(二人の兄弟と虎)」, 호랑이와 거북이의 재주 겨루기 시합에서 호랑이 꼬리를 잡고 강을 건넌 거북이의 기지가 돋보이는 24. 「호랑이와 거북이(虎と龜)」 등이다. 즉 호랑이를 겁 많고 비겁하며 어리석은 호랑이로 묘사한 반면에 재미나고 익살스럽게 그리기도 하였다.

---

23) 中村亮平 編, 『朝鮮童話集』, 富山房, 1926. pp.28-29.

4. 심의린의 『조선동화대집』

1920년대는 조선총독부와 관련 문인들에 의해 경성 및 내지 일본에서 우리의 조선동화집이 간행되기 시작했다. 이러한 일제의 동화인식에 대한 시대적 상황 아래서 1922년 『개벽(開闢)』 26호에 「조선고래동화모집」이라는 현상 광고가 게재된다. 이를 요약하면, 동화에는 민족성이 내재되어 있고, 조선 고래의 동화가 있음에도 파묻혀 빛이 바래고 있는 현실을 개탄한다. 이에 민족사상의 원천인 동화문학의 부흥을 위해 고래 동화를 모집한다24)고 하였다. 이처럼 조선에서도 『어린이』 잡지나 『개벽』 잡지를 통해서, 또한 개별 작가들에 의해서 전래동화작업이 이루어졌고 그 성과 중 하나로 1926년에 간행된 심의린의 『조선동화대집』은 한글판 설화집으로 일제강점기에 간행된 첫 쾌거라 할 수 있는 것이다.

방정환은 당시 동화에 관하여 "동화의 '동(童)'은 아동이란 동(童)이요, '화(話)'는 설화(說話)이니, 동화라는 것은 아동의 설화 또는 아동을 위하여의 설화"25)라는 정의를 내리고 있다. 따라서 이 당시 동화의 개념은 민담과 설화를 다 포함하는 것으로 볼 수 있으며 66편의 이야기가 실린 심의린의 『조선동화대집』은 우리말 최초의 동화집이자 설화집이다.

심의린(沈宜麟)(1894~1951)은 1917년 한성고등보통학교 사범부를 나왔고 교육자이면서 조선어연구회에 가입하여 한글 연구에 몰두해 많은 업적을 남겼다. 1950년 6·25를 맞아 7월에 서울대학교 사범대학 부속중학교를 그만두었으며 6·25때 좌경 학생을 도왔다는 혐의로 체포되어

---

24) 김미영, 「심의린 『조선동화대집』의 특징과 문학사적 위상」, 『韓民族語文學』 제58집, 2011, p.87.
25) 방정환 편, 『어린이 찬미(외)』, 범우, 2006, p.488.

1951년 부산형무소에서 수감 중 생을 마감했다.26)

이『조선동화대집』의 정확한 제목은『담화재료(談話材料) 조선동화대집』
이다. 심의린이 편찬한『보통학교 조선어사전』(1925)에 '담화'는 '이야기'
라고 풀이되어 있다.27) 따라서 '이야기 재료'인 것이다. 당시 일제가 조선
아동의 교화에 동화를 이용했던 점을 감안하면 이 동화집은 이야기를 모
은 재료로써 소년 제군에게 우리의 전래동화를 제대로 전달하고자 하는
그의 취지를 엿볼 수 있다. 이는 이 동화집의 서문을 통해 살필 수 있다.

> 우리가 平生(평생)에 腦(뇌)속에남어잇고, 째째로 生覺(생각)이나는것은 少年時代(쇼년시디)에 行(힝)하
> 야오든일인대, 滋味(주미)가잇든일이라든지, 무섭든일이라든지, 或(혹)은 우습든일 忿(분)
> 하든일 슯흐든일 하고십든일갓흔것은, 도모지 닛지를안습니다. (…중략…)
> 拙著(졸자)가 少年時代(쇼년시디)에, 어더들은바와 읽어본바中(중)에서, 本來(본러)부터, 우리朝鮮(조션)에
> 流行(류힝)되든 童話(동화)로, 適當(뎍당)할쯧한 材料(지료)멧가지를 取擇(취퇴)하야모아서 少年諸君(쇼년졔군)에게
> 參考(참고)에 供(공)코저, 此書(차셔)를 編纂(편찬)하얏습니다.28)

위의 서문대로 이 동화집은 '본래부터 우리 조선에 유행되던 동화'를
모아 엮은 것이다. 일제강점기 학교에서 일본어를 국어로 배우고 한글을
조선어라는 과목으로 배웠던 시기, 한글로 된 동화책을 발행했다는 것만
으로도 이 동화집은 큰 의의가 있다 하겠다.

그럼 어떠한 동화들이 실려 있는지 분석으로 들어가 보자.

지금까지 살펴본 조선총독부의 조선동화집을 비롯한 다나카 우메키치,

---

26) 박형익, 「심의린 편찬 보통학교 조선어사전」, 태학사, 2005, p.13.
27) 상동서, p.77.
28) 심의린 著, 신원기 譯解, 『조선동화대집』, 보고사, 2009, pp.345-346.

마쓰무라 다케오와 나카무라 료헤이가 엮은 조선동화는 심의린의 동화집에도 수록되어 있다. 조선총독부의 조선동화집에 실린 동화 15편, 다나카 우메키치가 실은 동화 3편, 마쓰무라 다케오가 실은 동화 10편, 나카무라 료헤이가 실은 동화 15편이 심의린의 동화집에도 실려 있는데, 대부분 제목이 다르게 지어졌고 내용면에서도 '개작'의 형태를 보이고 있다.

그럼 심의린의 동화는 어떠한 내용을 지녔으며, 일제의 조선동화집과 어떠한 차이점을 드러내고 있는지 살펴보자.

첫째, 심의린의 동화는 '식민지 조선이라는 시대적 상황'을 보여주고 있다. 아래의 인용문은 26. 「바보 募集^{모 집}」의 내용이다.

> 촌에서 살던 사람이 처음 서울을 다니러 오는데(…중략…) 차장이 보고 천천히 타라고 소리를 지르며 쫓아와서 차표 검사를 하더니, 삼등으로 가라고 야단을 쳤습니다. 이 사람은 그만 삼등 소리에 혼이 나서 입 속으로 "삼등을 타야 한다. 삼등을 타야 한다." 하고 항상 외고 있습니다. 경성역에 내려서 인력거를 타는데, 또 삼등 생각이 나서 인력거 아래층 발 놓는 데에 타려고 하였습니다. 인력거꾼이 보다가 딱하여 이웃층으로 타라고 한즉, "나는 싫소. 이 삼등이 좋소." 하며 감히 올라타지를 못하였습니다.29)

기를 펴지 못하고 주눅이 든 조선인의 모습이 그려지고 있는 것이다. 이는 당시의 식민지 조선인의 표상이었을 것이다.

둘째, '이야기가 사실성 있게 구체적'으로 다뤄지고 있다는 점이다. 37.「金得仙의 後悔^{김 득 선   후 회}」를 살펴보자.

---

29) 『조선동화대집』의 본문 인용은 신원기의 역해에 따른다. 상동서, pp.184-185.

삼신산[三神山 : 금강(金剛)의 봉래산(蓬萊山), 지리(智異)의 방장산(方丈山), 한라(漢拏)의 영주산(瀛州山)]의 하나인 금강산 밑에 성은 김이오, 이름은 득선이라 하는 아이가 있었습니다.(…중략…) 큰 사슴 한 마리가 산속에서 황급히 뛰어내려오니, 득선의 앞에 굴복하고 하는 말이 "나를 잠시 숨겨주시면 그런 은혜는 없겠습니다.[30]

이처럼 일제가 간행한 조선동화집과는 다르게 조선의 지명이 자세히 설명되고 사건의 전개가 명확하다.

셋째, '호랑이의 민담설화'를 다양하게 실었다는 점이다. 심의린의 동화집에서는 호랑이와의 관련 동화가 아홉 편이나 나오는데, 호랑이는 결코 인간에게 해가 되는 동물이 아닌 착한 호랑이에서부터 인간과 대결하는 호랑이이지만 인간에게 당하는 호랑이의 모습이 재미나게 그려졌다. 따라서 조선의 호랑이는 인간과 친화적이라는 점을 드러내고 있는 것이다.

아래의 인용은 33. 「虎狼이 募集」에서의 한 토막이다.

어떤 사람이 호랑이를 많이 잡으려고, 강아지 한 마리를 긴 노끈에 매어서 기름칠을 하여 가지고, 호랑이 많은 산으로 올라가서 나무에 붙들어 매어 두었습니다. 조금 있더니 호랑이 떼가 지나가다가 이 강아지를 보고, 서로 먼저 잡아먹으려고 달려들어서 한 놈이 널름 삼켰습니다. (…중략…) 다른 호랑이가 이 강아지를 또 삼킨즉 싸움하는 바람에 또 똥구멍으로 튀어나오고, 또 다른 호랑이가 삼킨즉, 또 튀어나와서 이 기름칠 한 강아지는 여러 호랑이 뱃속을 들어갔다가 나왔습니다. 그런 까닭에 노끈이 여러 호랑이의 입과 똥구멍을 꿰이게 되어서 마치 곶감 꼬치와 같이 호랑이를 많이 잡았습니다.[31]

---

30) 상동서, p.243.
31) 상동서, p.223.

넷째, 시대를 비꼰 '풍자 동화'를 엿볼 수 있는데, 13. 「외쪽의 쇠」,
44. 「文字 잘 쓰는 男子」 등 이는 일제의 조선동화집에서도 살펴볼 수
있었다. 그런데 40. 「頑固兩班」, 65. 「頑固學者님」의 동화는 심의린의 동
화에서만 볼 수 있는 세상물정 모르는 조선 양반에 대한 모습이 그려져 있다.

다섯째, 심의린의 동화에서만 볼 수 있는 '근검절약'을 소재로 한 내
용이다.

32. 「土木公伊와 自能高比」에서 춘천의 토목공이라는 인색한 부자와 충
주의 자린고비라고 하는 영약한 자의 이야기를 대단히 해학적으로 다루
고 있다.

여섯째, 이 밖에 일제의 조선동화집에서와 마찬가지로 31. 「老父를 내다
버린 者」와 55. 「天桃 어든 孝子」에서는 효, 42. 「두 개의 구슬」에서 형제
의 우애, 38. 「콩쥐팟쥐」, 30. 「㖙夫와 興夫」, 53. 「풀은 구슬과 붉은 구슬」
등에서의 악인에 대한 경계 등을 다루고 있는데 '이야기의 재료' 다운 실
감나는 동화의 재미를 주고 있다.

이상과 같이 심의린의 조선동화집은 일제가 정리한 동화집들과는 다
르게 식민지 조선이라는 시대적 상황을 염두에 두고서 이야기가 사실성
있게 구체적으로 다뤄지고 있으며, 호랑이의 민담설화를 통해 조선의 호
랑이는 인간과 친화적이라는 점을 드러내고 있었다. 그리고 시대를 비꼰
세상물정 모르는 조선양반에 대한 풍자와 심의린의 동화에서만 볼 수 있
었던 근검절약을 소재로 한 내용 등을 살필 수 있었다.

5. 결론

이상으로 이 글은 일제강점기 가운데 1920년대라는 시기를 중심으로 조선총독부를 비롯한 일본의 문인들에 의해서 간행된 <조선동화집>과 한국의 심의린에 의해서 간행된 한글판 첫 <조선동화집>을 비교분석하였다.

1920년대는 일본에 있어서는 아동문학의 성장기였고 식민지기 조선에서는 이에 영향을 받아 아동문학이 발흥하는 시기였다. 이러한 시점에서 일제는 식민지 민속자료의 정리 및 민족동화 정책의 일환으로 아동에 주목했고 조선총독부에서는 <조선동화집>이라는 총서를 간행하기에 이른다. 이에 맞추어 내지 일본에서도 조선동화에 관한 동화집이 속속 나오게 된 것이다.

식민통치를 위한 정책 자료용으로 펴낸 조선총독부 『조선동화집』은 제국일본의 신민으로서 형제간의 우애와 효, 선을 강조하는 동화의 내용이 주된 주제였지만, 내지 일본에서 문인들에 의해 간행된 <조선동화집>은 구체적인 개작을 통해 조선을 알리는 '조선적인 것'들을 소재로 하고 있었다. 그중 조선 호랑이에 관한 이야기와 조선의 풍수지리를 다룬 이야기, 조선 아이들의 현실을 반영한 이야기 등 조선의 모습을 전달하고자 함을 읽어낼 수 있었다.

반면, 심의린의 『조선동화대집』에서는 '식민지 조선'이라는 시대적 상황을 염두에 두고서 동화의 전개가 사실적으로 그려지고 있었다. 그리고 호랑이의 민담설화를 다양하게 실으며 조선의 호랑이는 인간과 친화적이라는 면을 부각시켰고 세상물정 모르는 양반의 모습에서 시대를 비꼬았으며 심의린의 동화에서만 볼 수 있었던 근검절약을 소재로 한 동화 등 대단히 해학적인 동화들을 싣고 있었다.

이는 조선동화의 특징인 해학성을 잘 말해주고 있는 것이라 하겠다.

제5장

유진오의 일본어문학에 나타난 조선적 가치의 재고(再考)

「남곡선생(南谷先生)」을 중심으로

김 욱

1. 식민지 지식인 유진오와 '조선적인 것'

제국 일본의 식민지 정책으로 인해 피식민자로 전락한 조선 민중은 개화기를 거쳐 근대적 민족담론을 받아들이며 정립시킨 '조선 민족'이라는 정체성을 지켜나가기 위해 끊임없는 노력을 하였다. 그중에서도 이들이 '조선적인 것'을 영유하였던 주요 분야 중 하나는 문학이었다. 조선 민중은 '국어'로서 한글을 사용하였고 식민지가 된 이후에도 오히려 국어사용은 활발해지면서 국민문학으로서의 한국 근대문학을 탄생을 이끌어낼 수 있었다. 그러나 식민지 치하에서 일본어의 영향을 받으며 근대용어로서의 한자 단어라든지 문학적 수사의 방식에서 일본문학을 수용함에 따라, 식민지 조선의 문학은 끊임없이 전통적 지표로서의 조선과 근대적 지표로서 존재한 일본의 상호영향관계 속에서 발전할 수밖에 없었다. 이러한 가운데 한국문학은 한국어를 사용하여 독자적으로 발전하였고, 그 첨단에 서 있는 작가들 중에서는 일본어 독해와 작문 실력을 무기로 한국문학을 일본어로 번역하거나 일본어 창작을 시도하기도 하였다. 이 단계에서는 조선성(朝鮮性)의 포기 혹은 일본 제국에 대한 추종이라 할 것은 없었으며, 오히려 일본어를 수단으로 민족주체로서의 '조선'을 일본과 일본어를 받아들이게 된 주변 제국(諸國)에 발신하려는 의도가 엿보였다. 일본어 사용 및 일본어 문학이 문제시되는 것은 암흑기로 지칭되는 중일전쟁 이후의 조선상황이다. 일제당국의 일본어 사용 강요가 근본적인 원인을 제공하였지만 한국어로서의 한국문학이 존립하기 어려웠던 시기였기 때문에 일제 말기의 이중어 문학 상황은 이러한 독자적 '조선문학'에 대한 폭력적 억압과 변질화의 시도이자, 좀 더 장기적인 인류 언어의 전망에서 보면 언어의 생물학적 다원성을 억압하고 제국주의적 과두지배로 단순화하려는 폭력적 경향에 불과했다[1]는 평가를 받고 있는 실정이다.

하지만 이와 같은 열악한 상황에서도 정치적 상황과 작가 의식과의 끊임없는 대립 속에서 본래 국민문학으로서의 한국어 문학을 수행해왔던 작가들[2]은 일본어 창작으로 나아간다. 여기서 부상하는 것이 바로 한국에서 지금까지 규정되어 온 암흑기로서의 일본어 문학, 즉 친일문학 문제이다. 물론 식민지 체제동조의 어용문학의 성격을 띤 작품이 많다고 보는 견해가 지배적이지만, 그중에서도 외견과는 다르게 제국 일본의 검

---

1) 방민호, 『일제 말기 한국문학의 담론과 텍스트』, 예옥, 2011, p.11.
2) 이광수, 최재서, 유진오, 이효석, 이태준 등의 당대 조선 문장가들은 문학적인 일본어 글쓰기가 가능하였기 때문에 더러는 자발적으로, 더러는 강압적으로 일본어 잡지에 글을 실었다. 이에 대해서는 오무라 마스오(大村益夫) 편저의 『近代朝鮮文學日本語作品集』이나 시라카와 유타카(白川豊)의 『朝鮮國民文學集』 등의 영인본에서 작품들을 확인할 수 있다.

열방침과 잡지의 취지와는 동떨어진 작품들도 있다는 것은 당시의 조선 내 일본어 문학잡지에 대한 연구에서도 밝혀지고 있다. 따라서 텍스트 연구를 기반으로 재고찰하는 과정을 통하여 보다 면밀히 검토하여 작품 의 당대적 의의와 오늘날의 가치를 밝힐 필요가 있는 작품들이 있다고 생각된다. 그 가운데 특히 주목해서 검토해보아야 할 작가로 현민(玄民) 유진오(兪鎭午)³)를 들 수 있다.

유진오가 처음으로 일본어 소설을 발표한 것은 1937년 2월로, 일본 내 지(內地)에서 활동을 하던 장혁주가 간사로 있는 일본 잡지 『문학안내(文學 案內)』 3-2호에 「김강사와 T교수(金講師とT敎授)」를 본인이 직접 개작, 번역하 여 실은 일이었다. 이 소설을 비롯해 본인이 쓴 한국어 소설을 본인이 번 역한 것이 「황율(かち栗)」(『바다를 넘어서(海を越えて)』, 1939), 「나비(蝶)」(『와세다문 학(早稻田文學)』, 1940) 등의 세 편이 있지만 「황율」과 「김강사와 T교수」는 원 작을 많은 부분 수정하였기 때문에 일본어로 다시 썼다고 해도 과언이 아닐 만하다. 그런가하면 「나비」는 거의 원본을 일본어로 그대로 번역⁴)하여 『와세 다문학』에 기고하였다. 그리고 그의 작품 중 「가을」과 「창랑정기」가 타인의 번역을 통해 각각 「가을秋」(『모던일본(モダン日本), 1939),⁵) 「창랑정기滄浪亭記」 (『조선소설대표작집(朝鮮小說代表作集)』, 1940)⁶)라는 동일한 제목의 일본어 소설로

---

3) 유진오(1906-1987)는 서울대의 전신인 경성제국대학에서 법학 학사를 받고 1927년에 등 단하여 1944년 절필하기까지 다수의 한국어, 일본어 문학작품을 남겼다. 해방 후에는 대한민국 법전편찬위원회 위원, 고려대학교 총장, 신민당 총재 등을 역임하며 법조가, 교육자, 정치가로서 활동하였다. 다만 해방 후에도 자신의 작품집을 출간하거나 작가 시절에 대한 회고록을 남기기도 하였다.
4) 실제로 1939년에 잡지 『문장(文章)』에 기고했던 것을 그대로 실은 유진오 단편집 『창랑 정기(滄浪亭記)』의 「나비」와 『近代朝鮮文學日本語作品集－2期 小說編』에 실린 「蝶」를 비교 해보니 세로쓰기의 문장 위치까지 같았다.
5) 오영진 일역으로 1939년 12월에 『モダン日本』(赤塚書房)에 실림.
6) 신건 일역으로 1940년 2월에 『朝鮮小說代表作集』(敎材社)에 실림.

일본에 소개되었다. 그가 본격적으로 일본어 창작에 나선 것은 1940년 7월에 「여름(夏)」을 잡지 『문예(文芸)』에 게재하면서였다. 이후 「기차 안에서(汽車の中)」(『국민총력(國民總力)』, 1941), 「복남이(福南伊)」(『주간아사히(週刊朝日)』, 1941), 「남곡선생(南谷先生)」(『국민문학(國民文學)』, 1942), 「할아버지의 고철(祖父の鐵屑)」(『반도작가단편집(半島作家短篇集)』, 1944) 등 일본어 작품 다섯 편을 남겼다. 이렇게 현재까지 발견된 유진오의 일본어 소설은 총 열 편으로 본인이 번역한 작품이 한 편, 타인이 번역한 작품이 두 편, 본인이 번역하면서 개작을 감행한 작품이 두 편, 오로지 일본어로만 창작된 소설이 다섯 편이 있다.

필자는 유진오의 일본어 소설 중에서도 본인이 번역, 개작한 소설과 일본어로 창작된 소설 총 일곱 편을 주목하여 연구를 해 왔다. 그리고 그 가운데에서도 유진오가 1942년에 발표한 「남곡선생」은 그의 일본어 소설 다섯 편 중에서 특별한 위치를 점하고 있다고 사료된다. 초기 조선인 일본어문학은 일본 중앙문단에 있어서 지방문학의 속성에 규정되어 버리는 측면이 강했지만 유진오는 「복남이」 이후의 일본어 소설에서 지방색으로부터의 탈피를 표방하며 이를 문학으로 실천하였다. 지방문학의 굴레를 벗어나려는 시도와 함께 당시 '조선적인 것'에 대한 가치 탐구를 점차 심층적이고 정신적인 영역으로 파악해보고자 하였다. 특히 작가가 일본어 독자를 상정하여 이중어 글쓰기를 했다는 것을 염두에 두고 식민지 조선인 작가가 어떤 전략적인 서사방법을 통해 텍스트를 서술해나갔는지 유의하여 살펴볼만 하다.

「남곡선생」에 대해 대한 기존의 연구는 텍스트를 통한 직접적인 접근이 아닌 간접 인용이나 표면적 언설에 그치고 있다. 김윤식(2003)[7]이 임

---

7) 김윤식, 『일제 말기 한국 작가의 일본어 글쓰기론』, 서울대학교 출판부, 2003.

종국의 『친일문학론』(1966)에서 유진오의 친일 초기 작품인 「남곡선생」이 '진정한 국민문학 작품'이 될 수 없는 이유를 문화론적으로 해명한 점을 들며 재평가를 촉구했다면, 김형섭(2005)[8]은 "조선 지식인의 도의와 정신"이 드러난 소설이라며 이러한 이중언어문학의 위상을 점검해보아야 한다고 논하였다. 백지혜의 박사논문(2013)[9]에서는 "개화기에 대한 고착된 믿음"이 소설 전반에 작용하고 있는 양상이 보인다며 유진오 이중언어문학에 나타난 근대와 전근대의 대립을 기존 국문 소설과 비교 접근하고 있다.

　이러한 선행연구는 피상적인 측면에서 「남곡선생」의 위치를 가늠하거나 다른 작품들과 대별되는 지점에서 「남곡선생」을 고찰하려 하고 있지만 본격적인 연구라고는 볼 수 없다고 할 수 있다. 다만, 이들 연구에서 공통적으로 나타나고 있는 것은 이중언어문학 혹은 일본어문학이라는 점이 반드시 "친일적"인 요소를 담보하고 있다는 언설에 대해 피하거나 간접적으로 반박하고 있다는 점이다. 시라카와(2007)가 언급하였던 것처럼 『국민총력』과 『국민문학』에 게재된 작품 「기차 안」, 「남곡선생」, 「할아버지의 고철」은 게재 잡지의 성격상, 더불어 유진오 스스로 "강요되어 쓴 글"이라 말하고 있던 점으로 보아도, '친일적'인 작품일 가능성이 예상되었지만, 실제로 이들 작품의 내용을 보면 전체적으로 보아 '친일작품'이라고 말할 수 있는 작품은 없었다[10]는 사실에 주목하고 있다. 앞에서 언급한 세 작품 모두 '조선'이라는 키워드와 맞물려 있으며, 일본어로 쓰였음에도 조선 문화의 정체성이 뚜렷하게 드러나고 있다. 오히려 일본

---

8) 김형섭, 유진오 일본어소설에 대한 고찰, 『일본어문학회』, 2005.
9) 백지혜, 「경성제대 작가의 민족지 구성방법 연구」, 서울대학교 박사논문, 2013.
10) 白川春子, 「兪鎭午の日本語小說について」, 下關市立大學, 2007, p.237.

인들에게 널리 부각되어 있었던 부정적인 조선인상과 부딪히는 표상들
이 과하다 싶을 정도로 드러나는 점은 시사하는 바가 크다고 생각한다.
따라서 여기에서는 식민지 지식인 작가 유진오가 남긴 일본어 소설 「남
곡선생」의 텍스트를 자세히 살펴보고 당대의 맥락을 읽어나가는 방식으
로, 1942년이라는 현실 속에서 「남곡선생」이 어떠한 입지를 가지는지
규명해보려 한다. 이 당시에는 이미 <조선문인협회>가 <조선문학보국
회>로 변질되어가는 과정 안에 있었으며 황도(皇道) 문학 수립이라는 기
치 아래 많은 이중어 작가들이 영향을 받던 시기였다. 이 시대배경 하에
서 「남곡선생」의 서사는 어떠한 위치에 놓여 있는지, 식민지 지식인의
자화상이 어떻게 드러나는지, 작품 속에서 조선은 어떻게 표상되는지,
그의 다른 일본어 작품과 어떻게 대별되는지를 알아보고자 한다.

2. 「남곡선생」에서 드러난 '조선적인 것'의 가치

조선 표상의 개선 의지가 작품 「기차 안」까지만 해도 노골적으로 드
러났다면, 「남곡선생」과 같은 경우는 협력의 메시지를 동반하지 않으면
서 조선의 정신적, 문화적 측면을 강조하며 전략적으로 조선 표상의 상
승을 꾀한 작품이라 할 수 있다. 따라서 철저하게 작품을 독해하여 과연
그것이 어떻게 드러나고 있는지 살펴보려고 한다.

여기서 인용한 「남곡선생」의 텍스트는 1942년 1월에 발표한 것을
1943년에 발행한 『조선국민문학집(朝鮮國民文學集)』에 실린 일본어 원문을
대상으로 삼았다. 이 소설은 주인공인 수동(秀東)이, 딸 마리(瑪璃)의 병 때
문에 예전에 인연이 있었던 한의사 남곡선생(南谷先生)을 다시 찾게 되면

서 벌어지는 이야기를 중심으로 하고 있다.

소설은 수동이 딸의 병을 계기로 남곡선생을 처음 만난 일을 회상하면서 시작한다. 그는 한 달 전, 조카딸이 디프테리아(ジフテリ一)[11]로 위독할 때 서양식 병원의 수술을 권유했다가 실패로 끝나 사망에 이르게 되어 자책한 기억이 있었다. 이러한 아픈 기억 때문에 수동 부부는 딸을 병원에 데려가는 것을 주저하게 되었다. 그때 수동의 처는 불현듯 '남곡선생'을 찾아가보자는 말을 꺼내게 된다.

> ─본명인 강춘수(姜春洙)라면 아는 사람이 적지만, 남곡선생이라고 하면 경성에서는 꽤나 유명한 한방의로 통했다. 버젓하게 '의사면허'를 가지고 있는 것은 아니지만 '면허'를 가지고 있는 의사들 중에 요즘 제대로 된 사람은 없었다. 거기에 선생은 명인 기질의, 편벽이 있는 결벽가로, 누군가의 사례금을 딱 잘라 거절했다던가, 누군가의 집에 초대되어도 응하지 않았다던가, 여러 가지 소문의 주인공이기도 했다. 그 남곡선생에게 수동은 사실 엄청난 실례를 저질렀던 것이다.
>
> 本名の姜春洙と云つたら知る人も少いが, 南谷先生といへば京城ではずゐぶん有名な漢方醫である。れつきとした「醫生免許」をとつてゐるわけではないが「免許」など持つてゐる醫生に今時碌な人はゐない。それに先生は名人肌の, 偏屈までの潔癖家で, 誰某の謝禮金を撥ねつけたとか, 誰某の家へ招かれて應じなかつたとか, いろいろな逸話の持主である。その南谷先生に秀東は實は大へん禮を失してゐたのであつた。[12]

---

11) 디프테리아균(Corynebacterium diphtheriae)에 의해 일어나는 급성 법정전염병. 2~4일 잠복기 후코, 편도, 인두, 후두 등 주로 상기도점막에 위막성 염증을 일으키고 균체외독소에 의해 발열, 심근염, 신경증상(디프테리아후마비), 신장염 등을 합병한다. 2~10세에 호발하지만 예방접종에 의한 면역 때문에 최근에는 소아기에서 청년기에 산발적으로 발생한다. 치료는 항독소혈청요법을 주로 하며 에리트로마이신, 페니실린 등의 항생제를 병용한다. 병후의 면역은 성립되지만 완전하지가 않고 다시 발생하는 경우도 있다. ─강영희, 『생명과학대사전』(2008) 참조.
12) 유진오, 「남곡선생」, 『조선국민문학집』, 1943, p.162. 모든 인용문은 필자가 번역, 아래에 원문을 표기.

(⋯중략⋯)

환자를 보지 않고 처방을 한다니, 꽤 가소로운 이야기지만, 아버지도 남곡선생도 비슷한 고집쟁이였기에 어쩔 수 없었다. 그 후 한 달이나 선생의 투약을 처방했지만, 여전히 아버지는 선생을 방문하지 않았다. 물론 선생 쪽에서 태연스레 찾아 오늘 일도 없었다. 바보 같은 두 사람의 체면 싸움 사이에 서서, 수동은 꽤나 답답해했지만, 그래도 여동생의 병세는 어쨌든 점점 좋아졌다. 그리고 몸의 붓기도 빠져서, 건강을 회복해 슬슬 학교 가는 것을 걱정하기 시작할 때쯤, 어느 날 밤에 식중독으로 급사하고 말았다. 수동은 질려버려서, 여동생이 죽은 것은 아버지가 괜한 고집을 부렸기 때문이라는 생각에 상당히 아버지를 원망하였다. 하지만 아버지는 무슨 생각이었는지 울음이 끊이지 않았던 여동생의 장례식을 끝내고난 수일 후의 아침에, 의관을 정제하고 남곡선생을 방문하였던 것이다. 그때 두 사람 사이에 어떤 대화가 이루어졌는지는 지금 기억하지 못하나, 묘하게 어색한 침묵이 흐르는 대면이었던 것은 확실하다.

患者を診もしないで處方をくれるなんて, ずゐぶん可笑しな話だが, 父も南谷先生も似たような意地っ張り同志なのだから仕方がない。その後一ヶ月も先生の投藥は續いたが, たうとう父は先生を訪問しないで終わつた。勿論先生の方からのこのこ出かけて來るやうなことは更にない。馬鹿馬鹿しい二人の鞘當の間に立つて, 秀東はずゐぶん氣苦勞をしたわけだが, それでも妹の病狀は兎に角だんだんよくなつて行つた。そして身體の腫れもすつかりとれ, 元氣も恢復して, そろそろ學校のことを心配し始めた頃, 或晩のこと, 食物に當つて急死してしまつた。秀東はがつかりしてしまひ, 妹が死んだのは父がつまらぬ意地を張つたせゐのやうな氣がしてずゐぶん父を怨んだものだ。ところが父は何を考へたのか, 泣く泣く妹の葬式を出してから數日たつた日の朝, 衣冠を正して南谷先生を訪問したのである。その時二人の間にどういふ會話がとりなされたかは今覺えてゐないが, 妙に白けきつた, 默り勝ちの氣まづい對面だつたことだけは確かだ。[13]

남곡선생은 "한방의"로 일제강점기에는 의사면허조차 받지 못하는 처지지만 청렴결백한 성품으로 이름이 높은 사람이었다. 그는 작품에서

---

13) 유진오, 위의 책, pp.164-165.

"피부가 하얗고, 깊은 눈을 가지고 있으며, 높게 쌓인 서적들 사이에" 있는 고고한 유학자로 묘사되고 있다. 반면에 수동은 어렸을 때부터 근대화의 영향을 받아 아버지와 남곡선생의 고집이나 예법을 이해하지 못하고 특히 "환자를 보지 않고 처방하는 것"을 가소롭게 생각한다. 즉, 남곡선생과 아버지는 전근대적 조선인의 표상으로, 수동은 근대화된 조선인의 표상으로 소설 초반부에 자리매김하고 있다.

> 남곡선생의 집은 계동정(桂洞町)[14]의 산꼭대기에 옛날 그 모습 그대로였다. 부근의 쓰레기더미 같은 더러운 주택가는 지금은 완전히 철거되어서, 작고 예쁜 문화주택이 늘어서 있었지만, 선생의 집은 그대로여서 마치 외따로이 떨어진 것처럼 서 있었다. 서 있다고 하기보단 엎어져 있다는 느낌이었다. 기둥은 상당히 기울어져 있고, 처마 끝은 손님이 늘어서 있어서, 이전보다 훨씬 더럽고, 볼품없이 보였다. 그러나 진찰을 받으려고 오는 환자의 수는 엄청나서, 수동이 방문했을 때도 좁은 온돌 입구의 봉당에 걸쳐 사람이 빽빽하게 몰려있었다.
>
> 친구를 앞세우고 불안한 모습으로, 사람들 사이를 밀치면서 온돌방으로 들어가니 무례한 침입자라고 생각한 듯, 남곡선생은 불쾌한 눈으로 쳐다보았지만, 수동과 시선이 마주친 순간,
>
> "너, 수동이가 아닌가."
>
> 하고 큰 목소리로 소리쳤다. 방 안에 있던 사람들의 시선이 일제히 수동의 얼굴로 모였다. 먼저 들어온 친구도 어이가 없어서, 멍하게 서서 수동을 돌아보았다. 수동은 완전히 당황해서,
>
> "네, 수동이옵니다. 오랫동안 격조하여서……."

---

14) 계동정은 현 종로구 계동의 일제강점기 명칭이다. 1911년 4월 1일 경기도령 제3호에 의해 개편된 북부 양덕방의 계동 지역이 1914년 4월 1일 경기도고시 제7호에 따라 새로 통합되면서 계동으로 칭하였다. 1936년 4월 1일 조선총독부령 제8호와 경기도고시 제32호로 경성부 계동정이 되고, 1943년 6월 10일 조선총독부령 제163호로 종로구 계동정이 되었고, 1946년 10월 1일 일제식 동명을 우리 동명으로 바꿀 때 종로구 계동이 되었다.

하고 말하며, 친구에게 주의 받은 대로 온돌에 엎드려 공손히 고풍적인
예의를 갖추었다. 사실 의외였다. 어째서 선생은 지금까지 자신의 얼굴을
기억하고 있는 걸까. 선생조차 머리카락이 다 희어졌고 상투도 가늘어져
옛 얼굴을 찾아볼 수 없었다. 더욱이 자신의 얼굴은 더 변했을 것이다. 하
지만 수동의 놀람은 거기서 그치지 않았다.

"네 아버지가 죽었을 때, 왜 나에게는 알리지 않았는가. 흠."

수동의 아버지가 타계한 것은, 벌써 육 년 전의 이야기였다. 그런 것까
지 선생은 아직 기억하고 있는 것인가.

南谷先生の家は桂洞町のてつぺんの昔のところそのままだつた。附近のごみごみし
た汚い家並は今はすつかり取除かれて，小綺麗な文化住宅が並んでゐたが，先生の
家はその間にまるで取殘されたやうにぽつんと立つてゐた。立つてゐるといふよりも伏し
てゐる感じだつた。柱はひどく傾き，軒先は額につかへて，以前よりも遙かに汚く，みす
ぼらしくみえた。しかし診察を仰ぎに來る患者の數は物凄く，秀東が訪ねて行つた時に
は，狹い溫突の入口の土間へかけて人が一つぱい溢れてゐた。

友人を先に立て，おつかない恰好で，人々の間を押し分けるやうにして溫突に入つて
行くと無禮な闖入者とでも思つたのだらう，南谷先生は不快さうな眼つきでちらと見上げた
が，秀東と視線がかち合つた瞬間，「お前，秀東ぢやないか」と大きな聲で怒鳴つた。部
屋中の人々の視線が一齊に秀東の顔に集まる。先に立つて入つた友人も呆れてしまつ
て，棒立になつたまま秀東を振返つた。秀東はすつかり周章ててしまつて「はい，秀東で
ございます。永いこと御無沙汰しまして」と云ひながら，友人に注意された通り溫突に突伏
して鄭重に古風なお辭儀をした。實際意外だつた。どうして先生は今頃まで自分の顔を
覺えてゐたのだらう。先生すら髪の毛はすつかり白くなり，丁髷は弱々しく細つて，昔の面
影とはすつかり變つて來てゐる。まして自分の顔はもつと變つてゐる筈だ。…しかし秀東
の驚きはそれだけでは濟まされなかつた。「お前のお父さんが亡くなられた時，どうしてわ
しには知らせなかつたのぢや，うむ」秀東の父が他界したのは，もう六年前のことであ
る。そんなことまで先生はまだ憶えてゐたのか。[15)]

남곡선생의 전통적인 것에 대한 고집은 "문화주택이 늘어서 있"는 거

---

15) 유진오, 앞의 책, pp.166-167.

리에서 예전의 모습을 그대로 간직하고 있는 선생의 집으로 대변된다. 낡은 조선식 건물에 "처마 끝"이나 "좁은 온돌 입구의 봉당"까지 손님이 늘어선 모습은 제도에 의해 권위를 상실한 그때까지도 "한방의"가 조선인들에게 명망을 얻고 있었다는 점을 보여준다.

　어머니의 진찰을 부탁하려고 친구를 대동해 찾아온 수동은 남곡선생이 완전히 자신을 잊었을 것이라고 생각했으나, 선생은 수동의 얼굴을 기억하는 것은 물론이고, 죽은 아버지가 육 년 전에 타계한 것까지 거론하면서 수동을 놀라게 한다. 이때부터 수동은 남곡선생에게 알 수 없는 경외심을 품게 되는데, 그 기저에는 남곡선생의 한 번 본 사람도 잊지 않는 뛰어난 기억력이 자리하고 있다. 이는 일을 잊어버려 다른 사람에게 실례를 저지르지 않도록 하려는 그의 몸에 밴 습성 같은 것이다. 그리고 이는 바쁜 생활 속에서 부고조차 제대로 사람들에게 알리지 못했던 수동과 대비된다.

　　"뭐, 그런데 오늘은 웬일인가."
　　하고 말하며, 처음으로 온화한 기색이 되었다.
　　"네, 실은, 어머니가 중풍으로 쓰러져서……."
　　수동은 드디어 진정을 찾고 어머니의 병세를 말하기 시작했다. 하지만 수동의 이야기가 끝나기도 전에 선생은 확 불쾌한 내색을 보이며,
　　"그럼, 그 양의(洋醫) 선생에게 진찰받으면 될 것 아닌가."
　　하고 냉정하게 말했다. '양의', '양의'라고 신식의 의사를 헐뜯는 투로 말할 셈이었지만, 그것이 역효과를 가져온 게 틀림없었다.
　　"아니, 그게……."
　　하고 수동은 말을 꺼냈지만, 그때 이미 선생은 아까부터 말을 나누던 오십 세가량의 남자와 다시 대화를 시작해버렸다.
　　(…중략…)
　　"너, 집은 지금 어디였지."하고 선생이 입을 열었다. "네, 적선정(積善

町)16) ○○번지이옵니다." "적선정이라고 하면 경복궁 맞은편이로구나." "네" "알았으니까 집으로 돌아가게." "그러면 저."

하지만 그 이상 확답을 들으려다간 또 노성을 살 것 같아, 수동은 조용히 돌아갔다. 그래도 정말 와줄지 아닐지 신경 쓰여서, 안절부절 하며 기다렸더니 한 시간 정도 지났을까, 선생은 홀연히 나타났다. 풀칠을 한 새 모시 저고리를 입고, 머리에는 좋은 품질의 통영갓을 쓴 채였다. 과연 선생다운 모습이었다. 서둘러 어머니의 병실에 안내하니, 선생은 부채를 펼치고 얼굴을 감춘 채로 들어왔다. 그리고 저고리 소매를 걷고는, 단연하게 병자의 옆에 앉았다.

"손을." 하고 말했다. 수동이 어머니의 손을 잡고 내미니, 손끝으로 겨우 닿을 정도로 맥을 짚으며, "뭔가 덮을 것을."하고 수동을 재촉했다. 타올을 내미니, "가슴과 허리 쪽을." 하고 말했다. 타올은 선생의 손이 어머니의 피부에 직접 닿지 않게 하려는 용도였다.

「まあ、しかし今日はどうしたのぢや」と、始めてなごやかな顔になつた。「はあ、實は、母が中風で仆れましたので―」秀東はやつと落付を取戻して母の病狀を話し出した。ところで秀東の話が終るか終らぬ中に、先生はきつと不快の色を浮べて、「ぢや、その洋醫の先生に診て貰つたらいいぢやらう」と冷然と云ひ放つた。「洋醫」「洋醫」と新式の醫者を貶すつもりで盛んに云たのが、却つて逆效果を出したのに違ひなかつた。「いや、その…」と秀東は云ひかけたが、その時はもう先生は先刻から話してゐた五十がらみの男とまた話を始めてゐた。(中略)「お前、家は今どこちやつたかな」と先生が口をきいた。「は、積善町○○番地でございます」「積善町といふと景福宮の向うぢやな」「は」「いいから家へ歸りなさい」「ではその」

しかしそれ以上に確かめにかゝるとまた怒られさうなので、秀東は默つて引退つた。それでも本當に來てくれるものやらくれないものやら氣懸りで、いらいらしながら待つてゐると、小一時間も經つた頃、先生は飄然とやつて來た。糊を張つた新しい芋の周衣を着

---

16) 적선정은 현 종로구 적선동의 일제강점기 명칭이다. 1911년 4월 1일 경기도령 제3호에 의해 개편된 서부 어교·월궁동·십자교와 사온동·종교·장흥고동의 각 일부 지역이 1914년 4월 1일 경기도고시 제7호에 따라 새로 통합되면서 적선동으로 칭하였다. 1936년 4월 1일 조선총독부령 제8호와 경기도고시 제32호로 경성부 적선정이 되고, 1943년 6월 10일 조선총독부령 제163호로 종로구 적선정이 되었고, 1946년 10월 1일 일제식 동명을 우리 동명으로 바꿀 때 적선동이 되었다.

て，頭には上等の統營笠を冠つてゐる。いかにも先生らしい出立だつた。急いで母の病
室に案內すると，先生は扇子を開いて顔を隱しながら入つて來た。そして周衣の裾を分け，
端然と病人の傍に坐つたが「お手を」と云つた。秀東が母の手をとつて差出すと，指先が
僅かに觸れないか位に脈をとつてから，「何か布切れを」と秀東を顧みた。タオルを出すと，
「胸と腹のへんを」と云つた。タオルは先生の手が母の肌に直接觸らないやうにするため
のものだつた。17)

수동은 남곡선생의 지적에 제대로 답하지는 못했지만, 어머니의 왕진
은 어떻게라도 부탁드리고 싶어 말을 꺼낸다. 하지만 그 부탁의 말에 섞
인 "양의"에 대한 언급을 듣고 남곡선생은 격노한다. 이는 조선의 전통
적 가치와 예법을 따르는 자들의 서구양식에 대한 분노와 시기를 대변한
다. 이러한 근대화와 서구화에 대한 반발은 여기서는 조선적 도의로서
나타나고 있지만, 당시 유진오의 언설에 비추어보면 '근대의 초극론18)'
에 따른 동양의 미덕으로 서구적 근대화를 넘어서자는 의도가 담겨있기
도 하다. 이를테면 전작인 「기차 안」에서 조선의 가치를 '중국과 일본의
중간에 놓인 중용의 문화'로 묘사하면서 '대동아공영론'의 동양 화합과 서
양문화 침식의 극복에 대한 실마리로 조선 민족이 일정한 '역할'을 할 수
있을 것이라 주장했던 것도 이 연장선상에 놓여 있는 것이다. 다만 「기차
안」의 논리가 당시 조선 지식인들이 유혹에 빠지기 쉬웠던 '대동아공영
론'의 논리를 전유하여 일본 속에서 근대화하는 조선을 발견했다면, 「남
곡선생」에서는 보다 주체적인 동양 문화로서의 '조선'이 등장하며, 이전

---

17) 유진오, 앞의 책, pp.168-170.
18) 근대의 초극론이란, '근대'를 자기 고유의 것 이외의 서양적 '근대'로 간주하고, 그 서
    양적 '근대'가 지금까지 겉으로만 치장된 가면의 '근대'로서 작용하였다고 자각하며
    스스로부터 잘라내고 극복하지 않으면 안 되는 어떤 것으로 설정하려 한 논의를 말한
    다. ―子安宣邦(2008), 『近代の超克とは何か』, 靑土社, pp.27-31 참조.

의 유진오의 소설들과 달리 표면적인 조선에서 심층적인 조선의 표상으로 이양하고 있다는 사실은 시사하는 바가 크다.

수동은 반신반의했지만 작품에서 조선적 도의의 표상으로 나타나는 남곡선생은 기어이 수동의 어머니를 위해 왕진을 온다. 그리고 여기에서도 남곡선생은 조선시대에 엄격하게 지켜져 내려오던 유교적 예법에 따라 행동한다. 그 당시에는 이미 의사가 내외하는 법은 사라진지 오래였지만, 남곡선생은 어머니가 있는 방에 "부채를 펼치고 얼굴을 감춘 채"로 들어오거나, 맥을 짚을 때 "덮을 것"을 사용해 외간 여자의 피부를 함부로 손대지 않도록 한다. 이 부분의 남곡선생에 대한 묘사가 근대적 배경에 비추어볼 때 고루한 것이 아닌, 윤리와 예절에 엄격했던 조선의 미풍양속으로 받아들일 수 있는 것은 전적으로 작가의 의도에 의한 긍정적인 묘사에 따른 것이다. 이러한 묘사를 통해 남곡선생의 이미지는 완강하고 낡은 것에서 고매하고 윤리적인 것으로 이행한다.

> 이 일이 있은 후, 수동은 남곡선생을 대할 때는, 자기 몸에 신식물건을 두르지 않고, 고풍의 예의를 지키도록 결심했다. 매월 음력 1일에는 반드시 선생을 방문해서 문안을 여쭈고, 다음날에는 선물을 보내기도 했다. 그러니 선생도 수동을 근래 보기 힘든 기특한 청년이라고 생각했는지, 매우 정중히, 또 엄격하게 예의를 갖춰 대하는 것이었다. 그 해도 지나서, 음력 정월을 맞이했을 때, 아침 출근시간에 늦지 않도록 서둘러 밥을 먹고 있는데, 일부러 선생은 수동을 방문해서 신년위문의 말을 건넬 정도였다. 아무리 윗사람이라도 상주에 대해서는 신년인사를 가지 않으면 안 된다는 전통 예법에 따른 것이었다.
>
> このことがあつて以來、秀東南谷先生に對する場合には、自分の身についてゐる凡ゆる新しいものをかなぐり棄てて、古風な禮儀を盡すべく決心した。毎月の陰の一日には必ず先生を訪問して御機嫌を伺ひ、名日（佳節）には、何かの贈物をしたりした。すると先生の方でも秀東を近來稀にみる奇特な青年をでも思つたのであらう、實に丁重に、ま

た嚴格に禮儀を以て對してくれるのであつた。その年も明けて、　陰の元旦を迎へた時のこ
と、朝の出勤時間に遅れまいと急いて飯をかき込んでゐるところへ、わざわざ先生は秀東は
訪ねて來て、新年の慰問の言葉を述べた程であつた。如何な長上でも、喪主に對して
は新年の挨拶を述べに行かなければならない、といふ古風な禮法によるものである。19)

　어떻게 해야 할지 수동은 잠시 생각했지만, 딸의 병세에 대한 얘기는
커녕 실례를 사죄드릴 기회도 잡기 힘들어 보였기에, 오늘은 이대로 물러
나기로 했다.
　"그럼 오늘은 이것으로 실례하겠습니다. 언젠가 다시."
하고 일어섰다. 그러니 의외로, "가내에는 별일 없는가." 하고 선생이 먼
저 말을 걸었다. "네." 하고 수동은 멈춰 섰다. 딸 얘기를 하려면 지금이
다, 라고 생각했다. 하지만 결국 다시 생각을 고쳐먹고 그대로 선생의 집
을 나와 버렸다.

　どうしたものかと秀東は暫らく考へたけれども、娘の病氣どころか今までの失禮を詫び
るチヤンスも摑めさうでないので、今日はそのまま引下ることにした。「では、今日はこれ
で失禮致します。いづれ、また」と立ちかけた。と、意外にも、「家中、變りはないのか」
と先生から言葉をかけられた。「は」と秀東は立止つた。娘のことを云ひ出すのは今だ、
と思つた。しかし結局また思止つて、そのまゝ先生の家を出て來てしまつた。20)

　위 인용문에서는 남곡선생이 보여준 조선적 도의에 감복한 수동이 남
곡선생과 대면할 때만큼은 자신도 예의를 차리고 옛 것에 대한 가치와
다시 대면해보려는 노력이 나타난다. 하지만 전통적인 예법에 따르기에
수동은 너무나 근대적인 삶을 살고 있었고, 때문에 조선의 가치와 근대
화된 조선 사회의 가치가 충돌하게 된다. 이를테면 양력에 삶에 적응된
수동에게는 당시에 폐지된 "음력 정월"에 맞춰 "상중(喪中)"의 예를 갖추
는 것이 어렵게 느껴지는 것이다. 수동에게 있어서 '조선적인 것'의 가치

19) 유진오, 앞의 책, pp.172-174.
20) 유진오, 앞의 책, pp.177-179.

는 표면적인 영역에만 머물러있었고, 전통에 따르는 것도 남곡선생에게 보여주기 위한 흉내에 지나지 않았다. 결국 큰 실례를 저지른 이후에는 남곡선생의 믿음을 저버렸다는 가책으로 인해 몇 년 동안이나 선생을 피하고 만다. 그것이 소설에서의 '오늘날'까지 이어졌지만, 아내의 독촉에 결국 수동은 딸을 위해 다시금 남곡선생을 찾아 나선다.

　하지만 수동은 예의를 저버린 것이 자신의 부덕 때문이 아닌 시대가 바뀐 오늘날의 탓으로 돌리며 남곡선생을 찾아간다. 하지만 선생과 대면하자마자 견고하지 못한 변명은 허상이 되고 스스로의 잘못을 깨닫게 된다. 하지만 남곡선생의 노기로 표현되는 완강한 고집은 근대적 청년인 수동의 반발심을 낳았고, 선생이 도의로서 건넨 "가내에는 별일 없는가"라는 말에 솔직하게 반응하지 못한 채 결국 딸을 서양식 병원에 입원시키고 만다. 이러한 고민은 당시의 유진오가 가지고 있던 조선적 가치에 대한 양가적인 속내가 그대로 반영되었다고 할 수 있다.

　　선생은 안방의 안목에 누워있었다. 수동과 자리를 바꿔 나간 40세 정도의 작은 여자는 선생의 며느리라도 되는 것일까. "어떻게 된 일입니까, 선생님." 하고 수동이 가까이 가니, "잠깐 감기에 걸린 걸세, 그게 현기증이 나서." 하며 언제나의 선생답지 않은 약한 목소리를 냈다. "어젯밤은 저희 집에 오셨지요. 죄송합니다. 저는 때마침 병원에 갔다 오는 길이었습니다." "누군가 안 좋은가." "네, 실은 딸년을 병원에 보낸 상황이라서." "역시 그랬던 것인가." 선생은 침착한 어조였다. "정말 여러 가지 폐를 끼쳤습니다. 게다가, 지금에 이르러선 어젯밤 비를 맞고 병에 드셨다니." 수동은 마음으로부터 사죄를 드렸지만, 선생은 이에는 답하지 않고, "병원이라면 또 주사를 놨겠지. 병에 주사가 무슨 관계가 있어. 주사는 사람을 죽이는 물건이야." 하고 또 선생답게 화를 냈다.
　　"그래, 경과는 어떤가." "네, 실은." 하고 이 부분에서 수동은 딸의 병세를 설명하며, 예전의 실례를 정중히 사죄하고, 전날 선생을 방문했던

것도 실은 딸의 병 때문이었다고 이실직고했다. 선생은 묵묵히 듣고 있다가, "그러면 그렇다고 왜 말을 못해." 하고 혀를 차면서, "약국 노인을 불러 오게." 하고 말을 덧붙였다. 노인이 또 다시 중얼거리며 들어오니, 선생은 붓과 종이를 준비하도록 명하고는, "처방을 하나." 하고 구술을 시작했다. 인삼, 소엽, 전호, 반하…… . 하고 생각을 거듭해 약재 이름을 늘어놓으면서도 "장티푸스(チブス)라니…… , 장티푸스라니…… ." 하고 가끔 중얼거렸다. 장티푸스라니 어림없는 소리, 양의라는 놈은 바보 같은 녀석이다, 하는 의미일 것이리라. 그러다, 돌연 으음, 하고 괴로워하는 신음을 내더니, 선생은 눈을 감고 주먹을 꽉 쥐며 경련이 일어난 듯 몸을 떨기 시작했다. "무슨 일이십니까, 선생님. 선생님!"

　先生は內房の下手にねてゐた。秀東と入れ違ひに部屋を出て來た四十がらみの小ざっぱりした女の人は先生の嫁でもあらうか。「どうなさいましたか，先生」と、秀東が近寄ると、「一寸風邪をひいたのぢゃ。が，目眩がしてなう」と、いつもの先生に似ず弱々しい聲だつた。「昨晚は私の家へおいで下さつたんでせう。恐縮でございます。私，丁度，病院へ行つて居りましたんで」「誰か惡いのか」「は、實は娘の奴を病院へ入れて居りますんで」「やつぱりきうちやつたのか」と先生はしんみりした口調だつた。「本當にいろいろ恐入ります。それに，今承りますと，昨晚雨にあたられたのがもので御病氣になられたやうなお話で」秀東は心からお詫を云つたが，先生はそれには答へないで、「病院ならまあ注射ぢゃらう。病氣に注射が何の關係がある。注射は人を殺すものぢゃ」と、また先生らしく怒り出した。

　「で，經過はどうぢゃ」「は，實は」と、そこで秀東は娘の病氣のことを話しながら，豫てからの失禮を幾重にも詫び，前日先生を訪問したのも實は娘の病氣のためだつたとすつかり打明けた。先生は默つて聞いてゐたが，「それならそれとなぜ云はないのぢゃ」と舌打をして、「藥局の老人を呼んで來い」と附付けた。老人が例によつてまた何かぶつぶつ云ひながら入つて來ると、先生は筆と紙の用意を命じ、「處方を一つ」と口述を始めた。人參，蘇葉，前胡，半夏…と考へ考へ藥材の名を口述しながら「チブスとは…チブスとは…」と時々口走つた。チブスとはとんでもない，洋醫といふものは馬鹿な奴ぢゃ，といふ意味であらう。と、突然，うーむと苦しさうに唸りながら，先生は眼を瞑つて，拳を固く握りしめ，痙攣でも起こしてゐるやうに身體をくねらせ始めた。「どうなさいました。先生，先生」21)

수동이 양의에게 딸을 맡긴 사이, 수동의 집에 왕진을 왔다가 허탕을
치고 돌아갔던 남곡선생이 비를 맞고 쓰러지는 상황은 매우 상징적이다.
조선적 가치는 잊히거나, 잘 지켜지지 않으며 서양식의 문화에 적응하는
사이에 병이 들어간다. 작품에서는 이와 같이 '조선적인 것'과 근대적인
것, 동양적인 것과 서양적인 것의 끊임없는 이항대립이 나타난다. 그동
안 근대의 대타항으로서 전근대적인 조선의 문화와 풍속이 비난받았다
면, 1940년대 유진오의 일본어 소설에서는 오히려 '조선적인 것'이 중심
이 되어, 대타항으로 설정된 근대적 문물과의 끊임없는 충돌 속에서 가
치의 재발견이 이루어지고 있는 것이다. 특히 당시 서양의학 병원에서
자주 오진(誤診)으로 처방을 했던 "장티푸스(チブス)"22)를 남곡선생이 말하
는 양의 비판의 전면으로 내세워 묘사한 점은 매우 의도적으로 보인다.
선생의 암묵적인 용서와 딸에 대한 처방에 수동은 다시 "마음속으로" 뉘
우치지만, 선생의 병세는 심각해 보인다. 그리고 이야기의 상승구조는
'조선적인 것'과 근대적인 것의 대립구조를 극적으로 전환시키는 방향으
로 나아간다.

> 아이의 회복만큼 빠른 것도 없다. 그날 밤 병원에 들르니, 마리는 이미
> 인형을 가지고 놀 정도로 활기를 찾아서, 캐러멜이나 과자 등을 달라고
> 자꾸만 졸랐다. 아내는 변함없이 남곡선생을 칭찬하며, 이제부터는 결코

---

21) 유진오, 앞의 책, pp.183-185.
22) 발열과 발진을 수반하는 전염병이다. 오늘날에도 콜레라나 발진티푸스와는 달리 산발
    적으로 이 병의 발생을 볼 수 있다. 흔히 임상적으로 원인불명의 열성환자(熱性患者)를
    만났을 때 1차적으로 의심되는 것이 이 전염병이다. 이 병의 발생은 1902년 이후 발
    생보고가 의무화되었고, 1940년대 이후에는 급격하게 증가해서 연간 수만 명씩 발생
    하던 경우도 있었다. 그러나 세균학적인 검사가 보편화되지 못하였던 당시에는 발진
    티푸스·재귀열은 물론, 심지어 말라리아까지도 이 병으로 오진하는 경우가 흔하였다.
    —『한국민족문화대백과』, 한국학중앙연구원 참조

선생님께 소홀하게 대하면 안 된다고, 기분이 내키지 않을 때도 어떨 때라도 문안은 반드시 드리도록 하라며 수동을 채근했다. "이번에야말로 나도 그럴 셈이야. 어제부터 뭔가 선생님이 돌아가신 아버지 같다는 생각이 멈추지 않는군. 아버지에게도 난 꽤나 걱정을 끼쳐드렸으니까 말이야."

그것은 진심에서 나온 술회였다. 희미한 따스함이 수동부부의 마음에 스며들며, 선생에게 대한 존경심이 유유히 끓어올랐다.

子供の回復ぐらゐ早いものはない。その晩病院に立寄つてみると、瑪璃はもう人形をいぢくる位元氣になり、キヤラメルや果物の罐詰などをしきりにねだつてゐた。妻は相變らず南谷先生を賞めたたへ、これからは決して先生をそらしてはならぬ、どんなに氣が進まなくても何かの時の御機嫌伺ひは必ず缺かさないやうにと、秀東を鞭韃した。「今度こそ僕もそのつもりでゐるよ。昨日から何んだか先生が死んだおやぢのやうな氣がしてならないんだ。父にも僕にもずゐぶん心配をかけたからなあ」

それは心からの述懐だつた。ほのぼのとした溫みが秀東夫妻の心をつつみ、先生に對する敬愛の念が油然として湧き立つのだつた。23)

하지만 그 '내일 아침'에는 이미 늦고 말았다. 다음 날 아침 서둘러 발을 계동정으로 옮겨, 선생댁이 보이는 길모퉁이에 접어들었을 때, 누추한 문기둥에는 작은 백지를 두른 제등(提燈)이 걸려 있었다. 퍼뜩 정신이 들어 문 안으로 달려 들어가 당황해서 방문을 열어보니, 약제사 노인이 홀로 추운 듯이 소매를 걷고 우두커니 앉아있었다.

"어떻게 된 일이오. 밖에 걸린 제등은."

하고 수동이 추궁할 새도 없이

"돌아가셨수. 어젯밤."

화가 난 듯한, 퉁명스러운 목소리가 들려왔다.

수동은 쾅 하고 머리를 얻어맞은 듯이 놀라 후회로도 뉘우침으로도 형용할 수 없는 격정에 가슴이 꽉 차서, 일순 그냥 멍해지고 말았다. 하지만 그런 것에는 상관없이 노인은 뭔가 중얼거리며 일어서서 밖으로 나가, 제등 안에서 서서히 타고 있는 촛대의 불을 입으로 불어 끄고는, 그대로 원

---

23) 유진오, 앞의 책, pp.189-190.

래 장소에 돌아와서 방금 전의 자세를 취하는 것이었다.

しかしその「明朝」はもう遅かつた。翌朝急ぎ足で桂洞町を息せき切つて辿り上り，先生の家のみえる路路の角を曲ると，いぶせな表門の柱に小さな白紙張りの提燈が吊つてあつた。はつと思つて門内に駈け込み，周章てて部屋の戸を開けると，製劑手の老人がたつた一人，寒々と袖腕を組んで，つくねんと坐つてゐた。「どうしたんです。表の提燈は」と秀東が訊くまでもなく，「亡くなられました。昨晩」怒つたやうな，ぶつきら棒な聲だつた。

秀東はぐわんと腦天を打ちのめされたやうに驚き後悔とも懺悔ともつかぬ激情に胸がつまつて，一瞬たぶぼうつとしてしまつた。しかしそんなことにはお構ひなく老人は何かまたぶつぶつ呟きながら立ち上ると，表へ出て來て，提燈の中にまだ細々と燃えてゐた蠟燭の火をふつと吹き消し，そのままもとのところへ歸つて，もとの姿勢に戻つてしまつた。[24]

남곡선생이 내려준 처방을 한 후, 그동안 입원 중에도 차도가 없었던 딸은 건강을 되찾는다. 딸의 회복은 수동 부부에게 남곡선생에 대한 존경심을 불러일으켰지만, 그는 사회생활을 핑계로 선생의 병문안을 차일피일 미룬다. 아내의 질책에 열 개라도 할 말이 없었던 수동은 다음 날 아침 바로 남곡선생의 댁을 찾지만 때는 이미 늦은 뒤였다.

수동에게 있어서의 '조선적인 것'에 대한 인식은 남곡선생의 죽음과 직면하기까지 줄곧 표면적인 이해에 머물러있었다. 그동안 물든 근대의 생활 방식이 남곡선생으로 표상되는 조선적 가치의 재인식을 지양시키고 있기 때문이다. "여러 신식 설비를 가진 병원을 신용하지 않고, 평소에 그 존재조차 소중히 생각하지 않았던 늙은 유학자(儒學者)의 손에 의탁하고 있는 자신의 모습"에 "뭐라 할 수 없는 모순"을 느끼면서도 이에 의지하여 딸을 구할 수 있었던 수동은, 그럼에도 불구하고 제때 찾아뵙지 못해 "후회로도 뉘우침으로도 형용할 수 없는 격정"에 가슴이 꽉 차고 마는 것이다. "아버

24) 유진오, 앞의 책, pp.191-192.

지"가 표방하는 이전에도 소홀히 여겼던 조선적 가치는, "남곡선생"으로 대변되는 오늘날에도 살아 있는 조선적 가치로 나타나면서, 과연 당시의 조선인이 지켜나가야 할 것이 무엇인지를 재인식시키고 있는 것이다.

이 소설에서 '조선적인 것'에 대한 재의식을 촉구하는 부분은 모두 정신적인 영역이다. 로컬 컬러(지방색)이 짙은 30년대 후반이 이중언어문학의 소설이나 많은 한국어 소설에는 조선의 변모 혹은 개혁은 외견적인 것, 이를테면 불결한 위생 상태나 낙후된 농경, 지반시설 그리고 조선인 일본인의 차별 문제를 많이 다루어왔다. 적어도 일본어로 창작된 이중언어문학의 분야에서는 그동안 지방색을 강조한 표면적인 조선을 노래해왔지 정신적인 영역에서의 조선을 앞으로 조선인이 답보해 나아가야 할 어떤 것으로 위계시키는 작품은 없었다고 해도 과언이 아니었다. 그런데 지금까지 「남곡선생」의 텍스트를 면밀히 도정해 본 결과, 남곡선생이 보여준 조선적인 도의 즉, 연이 있는 사람에게 신의를 다하고 자신의 선조가 영유해왔던 오랜 문화를 지키며, 손님이 장사진처럼 줄을 이어도 검소할 줄 아는 것 등은, 확실히 수동에게 깊은 뉘우침과 후회로 남으며 여운을 남기고 있다. 이러한 조선 고유의 정신적 영역이 조선인 수동에게로 이어지는 연결고리는, 단지 동양의 정신적인 영역으로서 일제의 당대 대 서양담론에 동조했다고 치부하기에는 그 맥락의 층위가 다르다고 생각되는 바이다. 유진오의 동양초극론은 이후 「할아버지의 고철」에서도 이어지며 일본의 초극론과는 대별되는 '조선적인 것'의 위상을 강조하는 방향으로 나아가려 했다고 할 수 있다.

3. 유진오의 행보와 「남곡선생」의 문학사적 자리매김

이 소설의 전반적인 내용을 면밀히 살펴본 결과, 수동의 아버지와 남곡선생 그리고 수동의 위상은 수동의 주변인-어머니와 딸-의 병을 계기로 교차하고 있다는 것을 확인할 수 있었다. 즉, 남곡선생에 대한 수동의 인식 변화는 다음과 같다. 처음에는 동생의 죽음으로 인해 원망했던 존재인 아버지와 남곡선생의 위치는 동일선상에 놓여 있었다. 이는 한방(韓方)이라는 당시 전근대적인 의학으로 치부했던 의술에 대한 불신도 한 기제로 작용하였다. 그러다가 어머니의 병세로 지푸라기를 잡는 심정으로 남곡선생을 찾았고, 딸의 생사가 걸리자 그동안의 무례를 무릅쓰고 다시 찾아가 처방을 받는다. 그 과정에서 돋보이는 것이 바로 남곡선생의 인의의 정신이며 수동이 자신의 태도를 돌아보는 순간이다. 남곡선생은 어쩌면 쓸쓸하고 비참하게 죽어간 전근대적인 조선인일지도 모르지만 수동 안에서의 전세대 위상은 확실히 전복되었으며, 그것이 "후회로도 뉘우침으로도 형용할 수 없는 격정"으로 나타나는 것이다.

이전의 「남곡선생」에 대한 평으로 고루한 한의사의 고집과 비참하고 쓸쓸한 최후를 들며 조선에 대한 부정적인 표상을 주사하였다는 의견이 나오는 이유도 이러한 단서들이 배후에 작용했을 것이다. 허나 이는 이후에 나오는 수동의 극적인 인식변환을 생각하면 너무 한쪽으로 치우친 의견이 아닌가 싶다. 오히려 수동은 전 세대에 대한 불신을 가지고 있던 전형적인 근대적 조선인으로, 유진오는 이 인물을 통해 전 세대의 정신에 대한 재고를 상기하려 하였다. 이것이 단지 정신적인 영역에서의 재고를 표명한다고 할 수 없는 것은, 이야기 안에서 남곡선생의 역할이 '조선적인 것'의 정신에 대한 옹호로만 이어진 것이 아닌 실제로 어머니

와 딸의 병세에 효과를 보고 있다는 내용을 보아도 알 수 있다. 특히 딸
에 대한 처방은 그가 병에 시달리는 몸을 감내하고 내린 것으로, 당시
서양의 병원에서 가장 오진사례로 알려져 있었던 "치푸스(장티푸스)"에 대
한 반론으로서 내려진 처방이었고, 서양식 병원에서 차도가 없던 딸이
회복하는 전환점으로서 작용하고 있다. 따라서『남곡선생』은 단순히 현
대 청년과 동양적 구식 윤리를 지키는 한의사와의 사이에 얽힌 시정삽화
이상의 선을 넘을 수 없는 것[25]이라는 이전의 평은 너무나도 초점이 '국
민문학' 혹은 '친일문학'에 놓여있었기 때문이 아니었을까 하는 우려를
거둘 수 없는 것이다.

　이러한 우려가 전반적인 일본어 문학에 걸쳐 형성되어 있음은 그간의
식민지기 일본어문학에 대한 연구 결과가 점차 많아지고 있는 사실을 비
추어보면 알 수 있다. 따라서 면밀히 일본어 텍스트를 당대의 맥락에서
검토하고 작가와 그 집필의 배경에 대해서 고려하는 것이 "친일"문제에
대한 변론행위라고는 볼 수 없다고 생각한다. 작가 유진오는 조선에 대
한 문제를 직접적으로 드러내어 쓴 글이 일본어 소설에 집중되어 있으
며, 이러한 태도는 경성제대에서 수학하던 20대 초반의 시절부터 자료를
통해 확인할 수 있었다. 그는 당대 조선 최고의 엘리트로 쟁쟁한 일본학
생도 들어가기 어려웠던 경성고등보통학교에 진학하여 경성제대 예과에
수석 입학한, 식민지 교육을 가장 철저하게 이수한 인재였다. 조선 제일
의 엘리트 코스를 걸어 온 그였지만, 조선인이라는 이유로 경성제대 교
수임용회의에서 거절당하는 등, 천재임에도 이등 국민의 삶을 살아야했
던 그에게 있어서 조선민족의 위치상승은 지상 최우선의 과제가 될 수밖

---

25) 임종국,『친일문학론』, 민족문제연구소, 1966, p.269.

에 없었다. 교육자이자 법조인의 길을 포기하고 본격적인 문학가의 길을 걸었던 유진오였지만, 조선총독부의 통치가 강화된 시기에 이르러 일본어에 능통한 조선인으로 이른바 식민통치의 협력자로 상정되었음은 자명한 바이다. 일제 강점기의 근대적 지식인이란 조선 민족의 대표자로서 포섭되기 쉬울 수밖에 없는 입장이었으며, 타민족에 대한 굴종이라는 오명 혹은 자존감의 상처를 극복하기 위해 유진오의 이중언어문학은 조선이라는 민족성을 사실상 일본이라는 강력한 국민국가의 테두리 안에서 생성하려 하고 있다는 모순점을 안고 있다.

이 때문에 「기차 안」에서는 대동아공영권이, 「할아버지의 고철」에서는 미영격멸과 고철회수운동의 구호가 소설 안에 등장하고 있다. 물론 여기에도 식민지적 특수성을 고려한다거나 작품의 방점을 어디에 두는가에 대한 여지가 남아있지만, 어떻게 바라보느냐에 따라 다양한 문제적 소지가 발생한다는 점에서 결코 정치적인 해석에 자유롭지 못한 측면이 있었다.[26]

유진오의 「남곡선생」에서 특징적인 것은 작품 내에서 한 줄, 한 단어라도 협력의 메시지가 발견되지 않는다는 점이다. 이러한 바탕 위에 첫 일본어 소설이자 한국어 소설 개작본인 「김강사와 T교수」에서부터 발견되는 부정적인 조선 표상에 대한 반박 혹은 긍정적인 조선 표상의 피력이 엿보인다. 유진오는 1940년대까지 주로 제국 일본의 일본인 시민들에 의해 형성되어 온 조선 표상에 대해 거부감을 가지고 있었다고 보인다. 당시에는 조선이라는 이미지는 근대화, 선진화를 이루어낸 일본보다 뒤

---

26) 두 작품에 대해서는 김욱, 「유진오의 이중언어문학에 투영된 조선 표상—<황률(かち栗)>, <기차 안(汽車の中)>, <할아버지의 고철(祖父の鐵屑)>을 중심으로」(『인문학 연구』 47집, 2014)에서 논자가 다룬 적이 있다.

처진 후발 민족이라는 꼬리표 이외에도 여러 가지 부정 표상이 입혀져
있었다. 일제의 조선 식민지 지배가 본격화된 이후, 조선총독부에서 편
찬한 조선사정보고서에는 일본정부가 바라본 부정적인 조선상이 적나라
하게 드러나 있다. 거기서 발췌된 「조선인의 성격관」에서는 아래와 같은
특성을 열거하고 있다.

① 사상의 고학성 유동성 결여
② 사상의 종속성. 모든 사상은 지나에 종속시키고 독창성이 없다.
③ 형식주의, 도덕, 윤리상 형식을 중요시하고 실질은 추구하지 않는다.
④ 당파심. 조선인이 다수 모이면 자연히 당파를 결성하고 파쟁을 벌
    인다.
⑤ 문약함. 일본이 상무의 나라인데 비해 조선은 종래로 상문의 나라다.
⑥ 심미관 결여. 유물 보존에 있어서도 심미관이 있는 일본인과 차이
    가 있다.
⑦ 공사혼동. 이조의 피폐한 원인은 사복을 채우는 관료, 가족주의에
    있다고 지적한다.
⑧ 관용. 느긋하고 대범함 일본인과 비교해 이 성격은 칭찬할 만한 특
    성이라고 한다.
⑨ 낙천성. 그 원인으로 유장한 성격, 본분을 지키는 성격, 긴장 속에
    서도 여유를 찾을 줄 아는 것을 든다.[27]

또한 고마쓰 미도리(小松綠)라는 자가 1925년 5월에 『식민(植民)』이라는
잡지에 기고한 글을 보면 "조선의 독립은 국민성에 합치하지 않"음은 물
론이고 "그들의 자고이래의 역사를 보면 조선이 순전한 독립을 유지하
는 것은 국가의 위치나 민족성에서 생각하더라도 불가능하다는 것을 이

---

27) 조선총독부 편저, 김문학 옮김, 『일제가 식민통치를 위해 분석한 조선인의 사상과 성
    격』, 북타임, 2010, pp.12-14.

해할 수 있을 것"28)이라고 기술하고 있다.

위와 같은 조선관은 나카네 다카유키(中根隆行)가 밝혔듯이 식민지 지배 이전부터 일본의 조선통치를 합리화하기 위한 조선에 대한 부정적인 표상 전략으로 생성된 것이다. 그는 『조선 표상의 문화지』에서 일본인 작가들이 묘사한 조선에 대한 수필을 인용하며 「장죽」으로 대표되는 태만의 표상이 결국에는 조선인의 표상으로 등장하기 시작했다고 거론하였다.29)

남부진은 근대일본에 있어서 조선 혹은 조선인상은 메이지 초기부터 부정적인 측면이 부각되어, 그것이 청일전쟁을 기점으로 총체화되는 과정을 겪었다30)고 본인의 저서에서 기술하였다. 그는 또한 여러 일본 지식인들이 남긴 조선인상을 거론했다. 이에 따르면 조선민족은 선천적으로 국가적인 관념을 갖지 못한 식민적 국민으로, 그 성질은 온화우유하고 순종적이기에 일본인의 식민으로서 적당하다고 하는가 하면, 조선인의 성격을 흉폭, 난폭, 음험, 교활하다고 규정하고 있다. 때문에 이광수, 장혁주와 같은 조선의 지식인들은 게으르고 격정적이며 침착하지 못한 조선인들31)을 개화시키기 위해 「민족개조론」32)과 「조선의 지식인에게 고함」33) 같은 글을 써서 갱생을 도모하려고 하였다고 말한다.

---

28) 조선총독부 편저, 앞의 책, p.122.
29) 나카네 타카유키는 요사노 뎃칸(与謝野鐵幹)의 「관전시인(觀戰詩人), 시미즈 키츠로(島津橘郎)의 「조선사정~닭의 창자(朝鮮事情~鷄の腸)」, 베이산진(米山人)의 「조선인의 풍속 약해(朝鮮人の風俗略解)」 등의 수필에서 공통적으로 "귀족과 평민 모두 게을러서 긴 장죽을 물고 버선을 신고 갓을 쓴 채로 한가하게 돌아다닌다"고 나타난 점을 지적하였다.—中根隆行, 『朝鮮表象の文化誌』, 岩波書房, 2004, pp.153-158.
30) 南富眞, 『近代日本と朝鮮人象の形成』, 勉成出版, 2002, p.36.
31) 남부진, 위의 책, p.138 참조.
32) 이광수의 글은 비록 그 취지나 성향이 친일과는 관계가 멀지만, 민족성 개조라는 주지를 강조하기 위해 민족의 정신적 타락을 강조함으로써 그전까지의 투쟁적 민족운동의 의미를 퇴색시키기에 충분했다. 근대적 발전과 실력양성에 취지를 두었다고는 해도 당대 조선을 대표하는 지식인이자 문장가가 조선의 부정적 표상을 발신하였다는 점에서, 글이 실렸던 잡지 『개벽』은 당시 지식인과 학생들에게 많은 질타를 받았다.

유진오는 이러한 점을 잘 알고 있었기에 일제하 조선의 인식을 향상시키기 위해 시종일관 노력한 인물임은 분명하다. 그것은 경성제대를 수석 입학하여 예과와 법과 과정을 공부한 후[34] 겪었던 식민지 지식인의 좌절감[35]에서 기인한 것으로 보인다. 특히 그는 일본 문예란 사설에서 "일본의 많은 사람들은 조선인들이 은혜를 모른다고 하지만 그것은 극히 일부의 조선인들만을 보고 말한 것"이라며 일본인들에게 직접적으로 호소하기도 하였던 것이다.

이전까지의 유진오의 일본어 작품에서 나타나는 "조선"은 황량한 벌판에서 움막집을 짓고 살아가는 허름한 옷차림의 서민으로 표상되는 조선 기층민이나, 대륙병참기지의 전선으로서 개발되어 근대화의 그늘에 덩그러니 남겨진 조선 가옥에서 아름다움을 느끼던지 하는 표면적인 영역의 것들이 주된 모습이었다. 하지만 「남곡선생」에서는 전근대적이며 근대적인 시선에서 보았을 때 시대에 뒤떨어진 선비이자 한의사를 전면에 내세우고 있는데, 중요한 것은 그 선비의 모습이 아닌 그가 가진 정

---

33) 이 글에서 장혁주는 조선민족성의 문제를 거론하며 "격정적"이고 "정의심이 부족"하며, 특히 "뒤틀려 있다"라는 점을 강조한다. 이와 같은 담론은 일본인들이 조선인상을 형성할 때 거론되었던 것들이다. 장혁주는 그러한 부정적 표상을 일본과 일본인의 권위를 빌어서 논점을 이끌어간다는 점에서 조선 문단으로부터 배척되어 "뒤틀려" 있던 장혁주 자신의 콤플렉스를 보여주고 있다.

34) 경성제국대학시험에서 경성고등보통학교의 학생이었던 유진오는 자신이 있었던 수학과 영어 과목 말고도, 스스로 상용하지 않았던 '국어', 즉 일본어의 시험에 있어서도 일본인 학생을 누르고 수석을 차지했다. 조선인은 일본인보다 열등하고, 때문에 식민지로 전락했다고─언제나 일본인으로부터 반복해서 들어왔던 당시의 조선인들에게 있어서 유진오의 성적은 쾌거라는 표현 이외에는 달리 할 수 있는 말이 없었다.─北村幹, 「歷史を生きることと、裁くこと─朝鮮人作家・兪鎭午の生涯」, 『すばる』(30-2号), 2008, p.234.

35) 조선 제일의 엘리트 코스를 걸어 온 그였지만 대학 졸업을 앞둔 1928년에 식민지인으로서의 첫 좌절을 경험한다. 당시 그는 경성제대 민사소송법 교수로 추천을 받았는데, 교수회의에서 조선인이라는 이유가 원인이 되어 제의가 부결되고 말았다. 이어서 경성 지방법원장이 판사로 특별 임용하겠다고 했으나 이 또한 조선인에 대한 시선에 부담을 느껴 거절하게 된다.

신적인 영역의 고고함. 그러니까 당시 제국 일본이나 조선반도에서 활발하게 논의되고 있던 동양적 가치의 숭고함에 맞닿아 있는 문화적인 예의와 도리였다. 이것을 대일협력의 논리와 상관시켜버린다면 역시 '친일'이라는 꼬리표를 붙일 수도 있겠지만, 여기서 나타나고 있는 조선적 가치의 발견은, 내지 일본인들이 가지고 있는 조선인 표상과도 대립의 관계를 형성하면서 진정한 의미에서의 '조선적인 것'은 무엇인가를 재고하고 있다는 점에서 가치가 있다.

정신적 영역에서의 조선성을 감각하는 것은 유진오의 다음 작품인 「할아버지의 고철」에서도 나타나는데, 「할아버지의 고철」이 할아버지 세대가 가지고 있던 근검 절약의 정신에 대한 계승 의지를 천명하면서 한편으로는 '영미격멸'의 체제 협력 구호를 삽입하는 것에 반해 「남곡선생」은 조선인에게 당면한 민족문화의 소실에 대한 우려를 문화적으로 승화시켰다는 점에서 높이 평가할 만하다. 수동과 같은 근대화된 조선인이 "조선인"으로서 후회하지 않고 있을 수 있는 방식은 조선의 문화와 예법이 "제등"이 꺼지듯이 사라지지 않도록 하는 것이라고 이 소설은 역설하고 있다. 따라서 남곡선생의 죽음과 꺼져버린 제등은, 조선적 가치의 종말로 독해되는 것이 아닌 그러한 상황에 처하지 않도록 '조선적인 것'의 소중함을 인식하자는 방향으로 이해하는 것이 타당하다. 덧붙여 남곡선생과 수동 사이에 상징적으로 존재하는 회복된 딸의 모습은 작가 유진오가 추구했던 조선의 회복된 모습을 상징하는 것이 아닐까 사료되는 바이다.

4. 맺으며

작가의 문학적인 행보는 정치적인 행보와 구별되어야 한다. 이러한 자세는 결코 그들의 친일 행위를 용인하고 묵인하자는 것은 아니다. 작가의 됨됨이나 식민지 체제협력에 대한 비판은 당연하게 지적하고 넘어가야 하는 것이다. 그 작가의 정치적 행보가 문학적 행보의 어디까지 영향을 끼치고 있는지를 조사하고, 정치적인 의도와 목적성이 과연 문학의 본질적인 부분에 침투해 있는지를 파악하여 텍스트로서의 문학 작품의 위치를 확인하고 텍스트 자체로서의 가치나 메시지의 발신을 해독하는 행위를 단지 친일행적이 있는 조선인 작가의 일본어 작품이라고 지양시켜서는 안 된다고 생각한다.

유진오 일본어 구사능력이 분명 일제의 협력도구로 사용된 것은 부정할 수 없으나, 적어도 문학의 영역에서는, 이 소설을 미루어보더라도 한 사람의 순문학을 옹호하는 작가로서 그 기조를 무너트리지 않고 관철시켜온 작가임은 분명하다. 30년대에 김동리와 순수문학논쟁을 벌이면서 "순수란 별다른 것이 아니라 모든 비문학적인 야심과 정치와 책모(策謀)를 떠나 오로지 빛나는 문학정신만을 옹호하려는 의연한 태도를 두고 말함"이라 했을 정도로 순문학적 기질이 다분한 그였기에, 일본의 로컬문학 담론 혹은 어용문학 담론이 지배적인 당시 상황 속에서도 긍정적인 조선표상의 지도를 문학적 기교를 통해 그려낼 수 있었던 것이다.

지금까지 살펴본 바와 같이, 「남곡선생」은 주인공 수동과 남곡선생의 이야기를 통해 '조선적인 것'과 근대문화의 관계도를 그리며 그 안에서 조선인, 나아가서는 내지인이 받아들여야 할 조선의 정신적 가치를 긍정적으로 이끌어내고 있다. 「기차 안」에서는 언설로서 표현되는 조선이 일본인 주인공에게 영향을 주는 방식으로 보다 직접적인 목소리를 담아냈다면, 「남곡선생」에서는 일제강점기에 강요되었던 서구적 근대화를 대타항으로 설정하면서 조선적인 가치의 재발견을 촉구하였다. '고루한 가치=조선적인 것'이라는 기존의 인식을 탈피하기 위한 여러 긍정적인 표상 장치를 이야기 곳곳에 배치하고 그것을 당대를 살아가는 근대적 조선인 수동이 깨우치는 방식은 확실히 이전보다 정신적인 영역에서의 '조선적인 것'을 강조하고 있다고 생각되는 바이다.

더불어 「할아버지의 고철」이 1944년이라는 태평양전쟁 말기의 시국 상황에서 집필된 탓인지 부정할 수 없는 협력의 구호가 들어갔던 것에 반해, 「남곡선생」은 작중인물의 의식의 흐름에 따라 '남곡선생'을 이해하는 방식으로 조선적 가치를 문학적으로 세밀하게 주제화시켰다는 점에서, 이 소설이 유진오의 다른 일본어 작품보다 문학사적인 가치를 지니고 있다고 생각한다. 특히 일제강점기에 강요되었던 서구적 근대화를 대타항으로 설정하면서 조선적인 가치의 재발견을 촉구하고 있으며, 그 가치들은 본문에서 분석한 바와 같이 '남곡선생'으로 하여금 조선인 혹은 일본인 독자가 느꼈을 긍정적인 조선성의 여러 면모들에 다름없다.

비록 한국의 이중언어문학이 일본 제국주의의 토대 위에서 형성된 것은 사실이나, 유진오와 같은 몇몇 작가들은 일제 당국의 제공한 온실 속에 들어가지 않고 일제 체제의 협력과 저항이라는 거북한 정치적 논리에서 벗어나 최대한의 순수한 영역을 찾으려고 했다는 사실을 지금까지의 텍스트 분석에서 확인할 수 있었기 때문이다. 많은 한국인 일본어 작가들이 체제협력의 논리와 거리를 두는 수단으로서 당시 순문학이라 불리어질 수 있는 작품적 위치를 영유하기 위해 자기만의 소재에 탐닉하였고, 유진오의 경우에는 그것이 조선 민족의 정신, 문화, 도의에 대한 탐구와 발신이었던 것이다. 식민지 조선의 교육자이자 법률가로서, 한국어는 물론 일본어도 유창한 이중언어작가로서, 일제 당국이 조선을 대표하는 인물로 주목했던 엘리트 지식인으로서 유진오는 본인의 의지와 외부의 인식에 의해 조선의 대변자라는 의식을 내면화하였다고 볼 수 있다. 때문에 식민지 지배라는 당시 조선의 뼈아픈 역사 속에서 일본어 문학을 통해 긍정적인 조선 표상 담론을 정신적인 영역으로 끌어올리는 것으로 식민지 지식인의 자기 정체성을 지키려 했던 것이 아닐까 사료되는 바이다.

제2부
재조일본인과 조선 표상

제6장

단카(短歌)로 보는 재조일본인의 삶과 조선 표상

『조선풍토가집(朝鮮風土歌集)』(1935)을 중심으로

김보현

1. 서론

　재조일본인 문학의 성립 시기는 연구자마다 다양하게 정의를 내리고 있으나, 러일전쟁이 끝나고 한일합방에 이르는 메이지 말에 어느 정도 형성되었다는 것은 부정할 수 없는 중요한 사실이다.[1] 이후 일본 정부의

---

1) 허석은 재조일본인의 문학을 '도한(渡韓)문학'이라 칭하며, 그 시발점을 다음과 같이 정리하고 있다. "도한문학(渡韓文學)의 성립 시기는 그 정의를 어떻게 적용할 것인가에 따라 상당한 차이가 있으나 이주 일본인의 삶이 그들의 손에 의해서 문학 작품 속에 나타나는 것은 부산에서 발행된 조선일보에 제직기자였던 텐도(天奴)가 1905년 3월 28일부터 29일까지 양일간에 걸쳐 동 지상에 발표한 「선잠(仮寢)」에 그 출발점을 두고 있다. 그러나 한국으로 이주한 일본인의 삶이 그들의 손에 의해서 본격적으로 문학작품 속에 나타나기 시작한 것은 러일전쟁이 끝나고 나서부터의 일이며, 이와 같은 면에서 러일전쟁이 끝난 후부터 한일합방(1910)에 이르는 메이지 말기 수년간은 도한문학의 성립에 있어서 결코 간과할 수 없는 중요한 시기이다." 허석, 『한말 한국이주 일본인과 문학』, 경인문화사, 2012, pp.177-178.

적극적인 이민 장려 정책으로 조선으로 이주하는 일본인의 수는 비약적으로 증가하게 되는데,2) 이는 곧 식민지 조선 내의3) 재조일본인 사회의 형성과 확대를 의미하였다. 이와 함께 조선에 재재하는 일본인의 활동과 역할은 다방면에 걸쳐 증가하게 되고, 그중에서도 그들이 생산한 문학 속에는 일방향으로 수렴할 수 없는 조선에 대한 다양한 담론과 시선, 그리고 그들의 삶이 교차하고 있었다.

그러나 재조일본인의 문학에 대한 연구가 주목을 받고 연구되기 시작한 것은 최근의 일로, 이전까지는 한국은 물론 일본의 문학사에서도 배제될 만큼4) 어느 쪽에도 속하지 못한 채 그 존재성과 위치조차 희미한 문학이었다. 이렇게 미발굴 상태였던 식민지 조선에서 탄생한 일본인의 문학은 1990년대 후반과 2000년대 초에 이르러 조명을 받게 되었고, 이후 현재까지 활발한 논의가 이루어지고 있는 분야로, 비록 짧은 연구사를 기록하고 있지만 그 성과물들은 꾸준히 등장하고 있으며 동시에 새로운 자료의 발굴도 함께 이루어지고 있다.

하지만 이제까지의 연구 동향은 시기적으로는 식민지 초기에, 그리고 분석 대상으로는 일본어 잡지 미디어의 문예란의 역할과 산문 중심의 문

----

2) 일본의 조선에의 이민정책에 관해서는 다카사키 소지(高崎宗司), 『植民地朝鮮の日本人』(岩波新書, 2002)에서 자세히 설명하고 있다.

3) 이들 재조일본인의 식민지 조선에서의 문학 활동은 다양한 매체를 매개로 하여 이루어져 갔는데, 초기 일본어 신문의 문예란을 그 시초로 하여 식민지 시기 전반을 아우르는 『조선공론(朝鮮公論)』(1913~1944)과 『조선급만주(朝鮮及滿洲)』(1908~1941)와 같은 장기 종합잡지 내의 문예와 문원(文苑)란의 존속, 그리고 『한국교통회지(韓國交通會誌)』, 『경무휘보(警務彙報)』, 『금융조합(金融組合)』과 같이 전문성을 가진 잡지에서도 문학성을 띠는 산문, 운문 등이 실려 있는 양상에서 이들의 창작 활동의 장(場)과 그 형태를 짐작해 볼 수 있다.

4) "이 사정은 일본에서도 마찬가지이며 일본이라는 영토 밖에 있었던 일본어문학은 오랫동안 문학(사)의 기술(記述)대상에서 배제되어 왔다." 정병호, 「20세기 초기 일본의 제국주의와 한국 내 <일본어문학>의 형성 연구」, 『일본어문학 제37집』, 한국일본어문학회, 2008, p.411.

학으로 치우쳐 있다고 할 수 있다.5) 이러한 점은 아직 전체적인 상(像)이 그려지지 않은 재조일본인의 문학을 초기부터 더듬어가며 체계화 시키고, 익숙한 산문 형식의 문학을 예로 들어 논지를 용이하게 뒷받침 할 수 있다는 장점이 있지만, 한편으로는 재조일본인 문학의 전체상을 고착화 시킬 위험 또한 배제할 수 없는 점을 안고 있다. 또한 당시 다종다양한 매체와 문예물이 생산되었음에도 불구하고 『조선공론(朝鮮公論)』과 『조선급만주(朝鮮及滿洲)』, 『한반도(韓半島)』 등과 같이 종합적 성격을 띠고 있는 잡지가 중복적으로 회자되고 있으며, 특히 『조선공론』과 『조선급만주』의 경우는 식민지 시기 전 후반을 아우르며 장기간 존속하였지만, 연구의 초점은 아직 초기에만 집중되어 있다는 점을 지적할 수 있다. 이는 재조일본인의 문학에 대한 자료의 발굴이 아직 미진하다는 점의 반증과 함께, 보다 명확하고 전체적인 흐름을 읽기 위해서 앞으로 시대와 장르의 확대를 필요로 하고 있다는 것을 알 수 있다.

따라서 본 글은 재조일본인의 문학연구에 있어 일제강점기 동안 가장 광범위하게 그리고 지속적으로 이루어졌으나,6) 기존의 선행 연구의 주류

---

5) 현재까지 이루어진 선행연구들을 살펴보면, 먼저 메이지 시대를 중심으로 초기 재조일본인들의 문학 형성의 배경과 그 매체를 신문, 잡지에 집중하여 조선 이주 일본인 작가의 작품을 분석한 허석의 일련의 연구들을 길잡이로 삼을 수 있다. 그리고 앞서 보았듯 재조일본인의 문학 활동의 무대가 주로 간행물 속에 존재하였던 문원과 문예란이었던 것만큼, 그 연구의 대상도 이에 대한 역할의 분석과 내재된 창작물들이 중점적으로 논의되고 있다. 또한 이와는 다른 흐름으로 이 시기에 생산된 『조선풍토가집(朝鮮風土歌集)』과 『조선하이쿠일만집(朝鮮俳句一万集)』, 『관광조선(觀光朝鮮)』과 같은 개별 창작물에 대한 연구도 이루어지고 있다.

6) 식민지 조선에서 단카는 식민자의 문학으로 조선에서는 유례없는 특수하고 낯선 문학 장르였을 것이다. 그럼에도 불구하고 식민지 조선에서 일본 전통 운문 장르인 단카, 하이쿠는 그 존재가 비교적 빠른 시기부터 등장하였고, 그 파급과 흐름 또한 단편에서 그치지 않고 지속적으로 식민지기 전반에 걸쳐 존재했다고 할 수 있다. 그 흔적은 그들 단체가 남긴 가집이나 개인 활동 등을 통해서 파악할 수 있지만, 여기에서는 식민지 조선에서 최장수 잡지로 일컬어지던 『조선공론(朝鮮公論)』에 실린 단카와 하이쿠를 통해

에서 벗어나 있는 일본 전통 운문 장르 중에서도 단카(短歌)에 주목하여, 그 속에 내재되어 있는 조선에 대한 표상과 그들의 삶을 읽어내고자 한다. 단카와 같은 장르의 경우 앞서 언급한 것처럼 산문 중심의 재조일본인 문학 연구 속에서 그 부재성에서도 연구의 의의를 찾을 수 있겠으나, 단카는 5. 7. 5. 7. 7이라는 짧은 형식에 비해 그 안에는 일본의 역사성과 정신문화가 반영되어 있는 즉, 일본적 감성과 서정성이 강하게 드러나 있는 장르라고 할 수 있다. 이러한 일국(一國)의 고유한 문학 장르가 재조일본인들의 이주와 함께 당시 식민지였던 조선에 정착하여 유통, 생산되는 과정과 창작물들을 살펴보는 것은 기존의 식민지 문학 연구물에 새로

그 통시적인 흐름을 간략히 파악해보자.

조선공론에서 단카와 하이쿠는 『조선공론』의 창간 초기인 1913년 6월 3호의 공론문예(公論文藝)에 처음 등장하고 있는데, 이후 1914년 9월까지는 그 존속이 미비하였다. 그러다 1914년 11월 20호에서부터는 공론문단(公論文壇) 속에 단카와 하이단모집구(俳壇募集句) 란이 마련되고, 그 명칭은 가단(歌壇), 공론 하이단(公論俳壇) 등 통일되지 않은 채 불안정한 양상을 보이지만 1927년 11월까지는 지속적으로 실리는 것을 알 수 있다. 이후 1932년 5월까지 한차례 단카와 하이쿠는 모습을 감추지만 6월 호부터 공론가단이 부활하여 1933년 6월까지 지속된다. 이후 또 한 차례 모습을 감춘 단카와 하이쿠는 1942년 2월 재등장하여 3월호부터는 문원(文苑)란에 단카와 하이쿠란이 만들어져 안정적인 모습으로 실리게 된다. 이렇게 단카와 하이쿠는 잡지의 존속과 성격 변화에 따라 몇 차례 중단되고 게재 양상이 변화하는 모습을 보이지만, 비교적 꾸준히 오랜 기간에 걸쳐 실렸다는 것을 알 수 있으며, 소설이나 수필, 기행문 등과 같은 산문문학의 등장보다 훨씬 앞서 있는 모습을 보이고 있다.

이러한 양상은 단카와 하이쿠와 같은 장르들이 개인의 활동보다 가단(歌壇)이나 하이단(俳壇)과 같이 집단으로 모여 정기적인 '一회(會)'를 통해 창작, 활동했기 때문이라고 여겨진다. 또한 하이쿠와 같은 경우는 지역을 중심으로 그 커뮤니티가 형성되는 경향이 있는데, 『조선공론』에도 초기에 '각지의 하이쿠상황(各地俳況)'이라는 란을 통해 지역별로 하이쿠 모임이 존재했으며 그 창작 규모와 활동을 유추해 볼 수 있다. (『조선공론』의 1918년 3월(호)부터 1921년 2월(호)의 각지 하이쿠 상황(各地俳況)을 통해, 당시 '初東風會(경기, 수원)', '淸風會例會(황해, 해주)', '柯風會(전남, 장성), '泉友會(경북, 예천)', '憂日會(평남. 덕천),' '甕津(황해, 웅진)과 같은 하이쿠 집단이 지역별로 존재했다는 것을 알 수 있다.)

이렇게 단카는 일본 고유의 단시(短詩)이지만 비교적 일찍 식민지 조선에도 뿌리를 내리고 있었고, 중앙과는 다른 독자적인 성격과 커뮤니티를 형성하고 있었다.

운 영역과 텍스트를 추가시킬 수 있으리라 본다. 또한 가장 일본적인 문학 구조에 조선의 옷이 입혀져 발현된 재조일본인의 삶과 조선에 대한 표상들을 통해 그들의 서정과 감성을 읽어 낼 수 있으며, 새로운 장르를 통한 또 하나의 재조일본인상(像)과 그들의 자취를 되돌아 볼 수 있는 영역이라고 할 수 있다.

본 글에서는 위와 같은 관점에 입각하여 일제강점기를 통틀어 다량 존재하였던 가집(歌集) 중에서도 1935년 발행되었던 『조선풍토가집(朝鮮風土歌集)』을 대상으로 재조일본인의 조선표상과 그들의 삶에 대해 분석하고자 한다. 『조선풍토가집(朝鮮風土歌集)』은 다른 가집과 비교하여 그 제명(題名)에서도 알 수 있듯이 조선의 풍토에 관한 단카를 선별한 방대한 양의 가집이며, 특히 이 가집의 '풍토편(風土篇)'에서는 조선적인 것과 관련된 노래들을 다양한 제재들로 분류하여 싣고 있다.[7] 따라서 본 글에서는 『조선풍토가집(朝鮮風土歌集)』의 '풍토편(風土篇)'의 단카에 나타난 조선 표상 양상과 재조일본인의 삶에 대해 고찰해 보고자 한다.[8]

---

7) 이 글에서 『조선풍토가집(朝鮮風土歌集)』을 연구 대상으로 삼은 이유는 동시대 『조선가집(朝鮮歌集)』(1934)』, 『가집조선(歌集朝鮮)』(1937)의 경우 한정된 시기의 단카를 수집한 것이지만, 『조선풍토가집(朝鮮風土歌集)』의 경우는 메이지시대부터 쇼와시대까지 시대적으로 장기간을 포괄하고 있으며, 그 분류에 있어서도 가장 세밀하게 조선의 특색이 드러나게 정리하고 있다는 점에 주목하였기 때문이다.

8) 한편, 『조선풍토가집(朝鮮風土歌集)』에 대한 연구로는 조선 표상 단카가 일본 가인(歌人)들의 고대 조선에 대한 '회고의 정서와 환영(幻影)'이 반영된 것으로 분석하고, 이러한 회고의 정서 속에는 일본이 국민국가의 경계를 넘어 제국으로 확장해 나아가려는 욕망의 반영이며, 조선을 젠더화시켜 수동적, 이국적, 성적으로 신비로운 존재로 간주하고 있다고 분석한 구인모, 「단카(短歌)로 그린 朝鮮의 風俗誌－市山盛雄 編 『朝鮮風土歌集』(1935)에 對하여」(『사이(SAI) 창간호』, 국제한국문학문화학회, 2006)가 있다.

2. 『조선풍토가집(朝鮮風土歌集)』의 구성과 성립배경

『조선풍토가집(朝鮮風土歌集)』은 1935년 이치야마 모리오(市山盛雄)[9]가 메이지(明治), 다이쇼(大正), 쇼와(昭和)시대 전반에 걸쳐 조선의 자연과 명승고적에 관한 단가(短歌)작품을 수집하여 정리한 가집이다. 이 가집을 발행한 곳은 진인사(眞人社)로 가집의 뒷부분에서 '우리들(眞人社)은 단카를 좀 더 널리 알리고자 다이쇼 12년 7월 조선의 경성에 진인사를 창립하였다. 진인은 현재 동경에서 편집, 발행을 하고 있으나 조선향토예술의 소개에도 힘쓰고 있다.'라고 소개하고 있다. 진인사는 동경에 기반을 두고 있던 출판사이지만 경성에도 지사를 두고 있었고 『조선풍토가집』 이외에도 『맑은 하늘(澄める空)』, 『한향(韓鄕)』, 『조선민요의 연구(朝鮮民謠の研究)』 등 조선과 관련된 가집과 총서를 많이 발간하였다.

한편 『조선풍토가집』에 관한 구체적인 정보와 내용에 관해서는 범례(凡例)에서 다음과 같이 명기하고 있다.

> 일, 본서는 현재 조선에 거주, 과거에 거주했던 가인, 여행자, 조선과 관계가 있는 자들의 작품 중 조선색이 반영된 구를 중심으로 일당일파에 치우치거나 유명무명 관계없이 광범위하게 채록하였다.
> 일, 본서는 메이지, 다이쇼, 쇼와시대에 걸쳐 오늘에 이르기까지 조선 풍물을 읊은 구들을 모아 실은 것으로, 노래를 지은 자와 노래를 통해 조선을 감상하는 자 모두에게 귀중한 서적임과 동시에 국문학적으로도 의의가 있는 문헌임을 자신한다.

---

9) 이치야마 모리오(市山盛雄)는 앞서 발간된 가집 『한향(朝鄕)』(東京眞人社, 1931)에 의하면 만주에서 조선으로 건너와 1921년부터 1930년까지 조선에 머물렀던 재조일본인으로 호소이 교다이(細井魚袋)는 그가 반도가단(半島歌壇)의 진흥과 반도 가인 양성 등을 위해 노력한 인물로 '반도가단(半島歌壇)의 개척자'라고 칭하고 있다.

일, 본서는 풍토, 식물, 동물, 각도별, 잡편으로 분류하고 있어 자연히
<u>조선의 명승고적과 풍물안내서라 할 수 있다.</u>(…생략…)
   일, 본서의 <u>조선지방색어해주편</u>은, 허술한 면도 있지만 조선에 관한 노
래를 감상하는 사람의 <u>편의를 위해 부록으로 만들었다.</u>[10]

먼저, 범례에서와 같이 『조선풍토가집』을 구성한 인물들은 주로 조선
과 밀접한 관계가 있는 가인들을 대상으로 하고 있는데, 이 중에는 나쓰
메 소세키(夏目漱石)와 요사노 뎃칸(与謝野鐵幹)과 같은 문학자 이외에도 조
선에 머물렀던 일반인, 그리고 조선인이 지은 구들도 포함되어 있어 그
창작 규모가 매우 다양하다고 할 수 있다. 노래의 내용은 조선색과 조선
풍물에 대해 읊은 것을 대상으로 풍토편(風土篇), 식물편(植物篇), 동물편(動物
篇), 조선의 지역별 편(13道), 잡편(雜篇)으로 구성하였고, 총 533개의 제재
로 이루어진 약 4,632여 구를 싣고 있어 실로 조선 문화와 지역 전반을
아우르는 가집이라고 할 수 있다. 또한 이 가집의 특기할 점은 부록으로
싣고 있는 「조선지방색어해주(朝鮮地方色語解註)」으로, 여기에는 가집에 실
제 쓰인 '조선색' 단어들을 사전 형식으로 엮어 설명하고 있다. 특히 '금
강산(金剛山)', '백의(白衣)', '지게(チゲ)' 등과 같은 단어 이외에도 '머리에
이다(頭に載せる)', '아이고(アイゴウ)'와 같이 동작을 나타내는 단어와 의성어
도 함께 싣고 있어 실제 단카에 등장하는 '조선 고유의 어휘'에 대한 이
해를 돕고 있다.
   한편 그 내용에 있어서는 단순히 노래에 조선적인 어휘를 사용한 것
이 아니라, 조선을 거쳐 간 사람들의 삶과 자취, 그리고 그들이 보고 느
끼고 체험한 조선에 대한 감상도 함께 엿볼 수 있다. 가와다 준(川田順)은

---

10) 「凡例」-『市山盛雄』(編)『朝鮮風土歌集』, 眞人社, 1935.

이 가집의 서문에서 다음과 같이 『조선풍토가집』에 대해 언급하고 있다.

(…중략…)조선의 풍토는 경성을 비롯하여 어느 지역이라도 호의적이
며, 일본 내지와는 매우 다른 정취를 지니고 있다. 단조로움 속에 아름다
움이 있고, 고요함 속에 독특한 멋이 있다. 게다가 오래된 예술을 지니고
있어 경이로움과 호기심을 자극한다. 내가 조선을 좋아하는 이유는 여기
에 있다. 한편, 이번에 기획한 풍토가집은 아직 보지 않았으나, 이러한 종
류의 가집은 로컬 컬러가 충분히 반영되어 있지 않으면 무의미하다고 생
각한다.11)

그의 말처럼 『조선풍토가집』은 조선의 자연과 조선 문화 전반을 아우
르며 조선인이라면 전혀 대수롭게 여기지 않을 것들을 이방인의 눈을 매
개로 그려내고 있다. 또한 단카의 선발에 있어 '조선색'과 '로컬 컬러'
등 '조선적인 것'이 반영된 구를 중점으로 하고 있는 것은, 1920년대 말
부터 1930년대에 영화나 잡지, 미술 등 다양한 대중문화 영역에서 '로컬
담론', '지방 문화'로 일컬어지며 논의되었던 '조선적인 것'에 대한 추구
와도 무관하지 않은 것으로,12) '가단(歌壇)'에 있어서도 '조선적인 것'에

---

11) 川田順, 「序」－市山盛雄 (編)『朝鮮風土歌集』, 眞人社, 1935. 川田順은 일본의 가인(歌人)이자
실업가이다.

12) 식민지를 '외지(外地)'로서 인식하게 된 1930년대는 확장하는 제국의 영토 속에 기존의
식민지들을 중앙과 변방이라는 위계질서 속에서 재편하는 움직임, 그리고 대동아공영
권을 이룩하기 위해 이전의 착취와 수탈의 대상이 아닌 제국 일본의 권역으로 포괄시
켜 공생해 나아가야 할 대상으로 보는 시각의 확립을 의미한다. 다시 말해, '일본의
연속된 지방으로서'라는 지리적 인식을 바탕으로 성립된 '외지'라는 용어의 탄생으로
오래된 식민지였던 조선은 일본 영토의 연장된 지방으로서 정체성을 부여받게 되나,
한편으로는 이와 동시에 조선의 문화는 자연적으로 일본의 '지방문화'로 소급되는 것
으로 귀결되게 된다. 즉, 조선 영토의 '외지화'와 함께 조선의 문화는 '중앙문화'에 대
비되는 '지방문화'로 예속되었고, 이러한 인식을 바탕으로 조선 고유의 문화를 발굴해
내어 특정한 색을 부여하는 작업이 1920년대 말부터 1930년대에 활발히 이루어지면서
조선다운, 조선의 특색을 가리키는 '향토색', '지방색', '조선색' 등과 같은 조어들을
낳았던 것이다.

대한 창작 욕구와 이를 규합하려는 활동이 있었음을 알 수 있다.

　그렇다면 『조선풍토가집』은 어떠한 목적에서 발간되었으며, 특히 '조선색'을 통해 의도한 바는 무엇이었을까? 이에 대해서는 ① 결속력, ② 차별성, ③ 정치성으로 정리해 볼 수 있다. 먼저, 『조선풍토가집』은 이치야마 모리오가 자신이 속해 있는 진인사의 창립 20주년을 기념하기 위해 출간한 것으로 이를 통해 조선가단(朝鮮歌壇)의 진흥과 결속력 강화의 측면을 강조하고 있다.[13] 이는 식민지 초기 단카 커뮤니티의 주된 목적과 상응하는 것으로 단카를 매개로 하나의 단위를 형성하였던 그들의 결과물로서의 의미도 지닌다고 할 수 있다. 그러나 다른 가집과는 다르게 『조선풍토가집』은 조선만의 고유한 '조선색'이라는 한정된 키워드 아래에 기획, 간행되었다는 점에 주목할 필요가 있다. 당시 외지(外地)라 불리었던 조선은 일본과는 다른 차별성이 강조되었는데 '로컬 컬러', '조선색' 등과 같은 단어들은 이를 대변하는 대표적인 단어였으며, 『조선풍토가집』의 서문에서도 다음과 같이 내지와의 차이를 강조하는 부분이 드러나 있다.

　　1) 조선의 풍토는 경성을 비롯하여 어느 지역이라도 호의적이며, 일본 내지와는 매우 다른 정취를 지니고 있다. (…중략…) 한편, 이번에 기획한 풍토가집은 아직 보지 않았으나, 이러한 종류의 가집은 로컬 컬러가 충분히 반영되어 있지 않으면 무의미하다고 생각한다. 우리가 누차 보아온 것처럼, 이국을 노래한 노래에는 토지의 지명을 넣는다거나 단어를 설명한 머리말이 있어 이를 처음 본 사람이라도 금방 알 수 있는 것이 많다. (…중략…) 이번

---

13) '동경의 이치야마 모리오군으로부터, 그가 속해있는 진인사의 기념 출판으로서 조선풍토가집이 편찬된다는 것을 알았다. 이 가집은 실로 의의가 있는 좋은 계획이라고 생각한다. 조선가단에 있어 이 이상 바람직한 일은 전례가 없었다고 하여도 좋을 정도이다.「京城の市山盛雄君から, 同君の屬する眞人社の記念出版として, 朝鮮風土歌集が編纂されることを知られた。之は實に意義のある好い計畫だと思ふ。朝鮮歌壇に於て之以上好い仕事は先づないと云つてもよからう。」市山盛雄 (編)『朝鮮風土歌集』, 眞人社, 1935, p.1.

가집에도 조선에 재주하고 있는 사람들의 노래가 많이 실렸으리라 생각
하는데, 내가 기대하는 것처럼 이국정조가 잘 반영된 것들이 많이 있기를
기대한다. 그리고 이 가집이 기폭제가 되어, 조선 재주의 여러 사람들이
힘써 제2의 조선풍토가집이 간행될 것을 갈망하는 바이다.14)

2) 강에 대한 기억으로는 낙동강과 한강이 있다. 낙동강의 물은 탁했
고, 한강의 물은 맑았던 기억이 나는데 이 점은 조금 이상하다. 어쨌든 이
두 종류의 강은 내지에서는 볼 수 없는 대륙적인 여유로움이 있어 기분
이 좋았다.15)

3) 이 가집은 조선이라는 한정된 특이한 토지에 기반해 완성된 가집이
지만, 이것이 장래에 일본 전역으로 확대되어 일본의 국토와 인간사를 적
나라하게 그려내야만 진정한 의미가 있다고 생각한다. (…중략…) 종래,
수필적 풍토기와 경제적 풍토기와 같은 종류의 풍토기가 몇 차례 시도되
었으나 그것들은 단순히 여행기나 통계, 현상 보고에 그쳤다. 하지만, 여
기에는 조선의 풍토 속에 진지한 인간 삶의 표현이 있다. 조선의 자연에
조화되어 있는 한 명 한 명의 호흡을 들을 수 있다. 타산적이지 않은 영
혼이 사는 곳으로 모든 것에 거짓이 없는 향토와 인간의 표현이 숨쉬고
있다. 그리고 영겁에 이어지는 조선의 생명을 전하고 있다. 조선풍토가집
이 귀중한 이유는 실로 여기에 있는 것이다.16)

『조선풍토가집』의 서문은 가와다 준(川田順), 와카야마 마시코(若山喜志子),
호소이 교다이(細井魚袋) 총 3사람이 적고 있는데 이들 모두는 한결같이
일본 내지와의 차이성을 강조하고 있으며, 이 중, 가와다와 호소이의 서
문에서 '조선색'을 반영한 단카를 통해 그들이 의도한 바를 알아낼 수

---

14) 川田順, 「序」 - 市山盛雄 (編)『朝鮮風土歌集』, 眞人社, 1935.
15) 若山喜志子, 「序」 - 市山盛雄 (編)『朝鮮風土歌集』, 眞人社, 1935.
16) 細井魚袋, 「序」 - 市山盛雄 (編)『朝鮮風土歌集』, 眞人社, 1935.

있다. 먼저 가와다 준(川田順)은 서문에서 조선을 내지와는 다른 정조를 지닌 이국(異國)으로 파악하며 『조선풍토가집』에는 이러한 이국의 풍물과 이국정취가 반영되어 있어야 한다고 주장한다. 또한 단순히 이국정취를 제시하는 것에 그치지 않고 재조일본인들에 의해 앞으로 더 많은 풍토를 읊은 단카가 생산, 활발히 활동할 것을 기대하고 있다. 여기서 주목할 점은 가와다가 '조선=이국(異國)(다른 나라, 외국, 타지)'로 보고 있다는 점인데 이는 당시 일본의 한 지방, 지역으로서 '외지'로 불리던 것과는 다르게 조선을 한 나라로 지칭하고 있는 것이다. 한편 호소이 교다이는(細井魚袋)는 '조선을 특이한 땅'으로 보고 있는데 이러한 인식은 가와다와는 다르게 조선을 독립적으로 본 것이 아니라 내지와의 차이로 보는 시각에서 비롯된 것이며, 결국 그는 조선이라는 지역의 특수성이 반영된 단카가 일본의 국토와 인간사에 귀결될 것이라고 보고 있다.

즉, 서론 부분에서 가와다와 호소이의 조선에 대한 인식은 상이하지만 그들이 공통으로 『조선풍토가집』에 기대한 것은 분명 일본과는 다른 정취와 풍경 즉, '조선색'을 통해 재조일본인을 비롯하여 조선을 체험한 사람들의 시각으로 본 조선의 풍토, 그리고 그들의 삶이 반영된 노래였던 것이다. 그리고 이러한 내지와의 차별성은 일본가단(日本歌壇)과는 차별화되는 조선 가단만의 독자성을 발휘하는 측면으로도 작용하였는데 이는 앞서 살펴 본 결속력 강화의 측면과도 밀접한 관계가 있다고 할 수 있다. 그러나 한편으로는 이렇게 '조선색'을 통해 차별성을 발휘하면서도 『조선풍토가집』이 '국문학적으로 의의가 있는 문헌'[17]이며, '장래 이러한 가

---

17) '본서는 메이지, 다이쇼, 쇼와시대에 걸쳐 오늘에 이르기까지 조선풍물을 읊은 구들을 모아 실은 것으로, 노래를 지은 자와 노래를 통해 조선을 감상하는 자 모두에게 귀중한 서적임과 동시에 국문학적으로도 의의가 있는 문헌임을 자신한다.'(本書は, 明治, 大正, 昭和に亘つて朝鮮風物を詠んだ今日までの作品を集録したもので作歌者並に朝鮮の歌鑑賞者座右

집이 일본 전역으로 확대되어 일본의 국토와 인간사를 읽어낼 수 있는 의의있는 일'18)이라는 언급은 결국 일본의 영토의 연장선상으로 조선을 의식하고 이를 일본문학사에 포함시키는 등 당시 내선일체와 같은 정치, 시대적 흐름과 무관하지 않았던 것을 알 수 있다.

3. 『조선풍토가집(朝鮮風土歌集)』의 분석

1) 재조일본인의 삶과 조선

『조선풍토가집(朝鮮風土歌集)』의 가장 첫 편인 '풍토편(風土篇)'은 '조선(朝鮮)'을 시작으로 조선의 풍토, 문화 전반을 총 123개의 제재로 엮고 있다. 그리고 여기에는 재조일본인의 삶과 그들의 시각으로 본 조선에 대한 감상을 다양하게 찾아볼 수 있다. 먼저 이 가집의 제일 처음으로 등장하는 제재 '조선'에는 조선에 대한 풍경과 조선에 온 일본인들의 감상의 구를 다음과 같이 찾아볼 수 있다.

> 빨간 민둥산/ 낮게 이어진 산을/ 비추고 있는/ 태양 빛에 빛나는/ 여기
> 는 조선이네

の寶典であると共に又, 國語學的にも意義ある文獻と信ずる。) 市山盛雄, (編)『朝鮮風土歌集』, 眞人社, 1935, p.9.

18) '이 가집은 조선이라는 한정된 특이한 토지에 기반해 완성된 가집이지만, 이것이 장래에 일본 전역으로 확대되어 일본의 국토와 인간사를 적나라하게 그려내야만 진정한 의미가 있다고 생각한다.'(この歌集は限定された一地域の朝鮮といふ特異な土地であるがゆえにこの仕事が出來得たものであろうが, 若し, 將來これが日本全國的に完成されるものとしたならば日本の國土と人間史が赤裸に描き出されて寔に意義の深いことではないかと思ふ。) 市山盛雄, (編)『朝鮮風土歌集』, 眞人社, 1935, p.8.

赤はげの低き山々照る陽光明るきかなやここは朝鮮 (美紀阿貴：2)

이 조선 땅의/ 들판 위를 뒤덮은/ 붉은 빛의 땅/ 그 황량함 속에서/ 풀들은 말라있네

この國の野の上の土のいろ赤しさむざむとして草枯れにけり (島木赤彦：1)

하늘로부터/ 멀리 떨어져있는/ 조선 황야에/ 사는 의지도 없이/ 나 혼자 남아 있네

天さかる韓の荒野にわれひとり生けるともなく生きし殘れる (和田一郎：4)

왠지 모르게/ 태평하게 만드는/ 이곳 조선은/ 능력이 없는 나를/ 정착하게 만드네

何となくこころのんきな朝鮮は能なきわれを住みつかせたり (寺田光春：3)[19]

　대체로 조선의 자연 풍경에 대한 묘사는 민둥산(禿山)과 적토(赤土), 적토산(赤土山)으로 대변되고 있으며, 특히 조선 땅에 처음 발을 딛는 일본인들은 이를 통해 조선을 시각적으로 붉게 포착해 내고 있다. 그리고 빨간 흙과 산, 초목이 없이 헐벗은 산의 모습은 황량하고 쓸쓸한 풍경으로 이어지는데, 이러한 조선의 살풍경한 모습은 조선에 온 일본인들의 감정을 대변하는 역할을 하고 있다. 특히 처음 조선에 온 일본인들의 감상과 심정은 이러한 분위기의 자연묘사와 닮아있는데 '나 혼자', '능력 없는 자신' 등의 표현에서 알 수 있듯이 자신들의 고독하고 초라한 모습을 조선의 자연 풍경에 빗대어 노래하고 있다. 조선을 단편적인 관광의 목적이 아닌 삶의 터전으로서 이주해 온 일본인들이 각자 어떠한 경위로 조선에 왔는지는 짧은 노래로는 알 수 없으나, 일본인들의 도한(渡韓)의 이유에는 국가적, 개인적인 사정이 있었고 실로 다양한 사연을 가진 일본

---

19) 본문의 단카 인용은 한글해석을 상위에, 원문을 하단에 배열하고 각 구의 가인(歌人)의 성명과 페이지를 상기하였으며, 본문에서 인용한 단카의 한글 해석은 인용자가 번역한 것임을 명기한다.

인들이 재조해 있었기 때문에 이들의 고독한 모습은 일부에 지나지 않을 것이다. 다만 조선의 붉은 토양과 산, 황야와 같이 황량한 조선의 풍경은 그들에게 내지 일본과 다른 낯설고 쓸쓸한 분위기를 자아냈으며, 중앙인 일본에서 외지로 이주한 그들의 불안감과 소외 의식이 대입되어 있음을 알 수 있다.

한편 '부락(部落)'이라는 제재의 구들을 살펴보면 '조선인 부락(鮮人部落)', '朝鮮家(조선집)', '조선부락(朝鮮部落)'과 같이 조선인이 모여 사는 부락으로 한정하여 읊고 있다. 이와 같이 일본인이 사는 동네를 '移民の邑(이민 마을)', 조선인의 동네를 '鮮人の町(조선인 동네)'로 구별하여 지칭하는 것은 차별과 단절의 의미를 내포하고 있지만 실제『조선풍토가집(朝鮮風土歌集)』에서는 이러한 차별적인 시각보다는 조선의 마을을 고요하고 평화롭게 읊고 있다. 이외에도 조선인과의 교류, 조선 아이들과 일본 아이들이 서로 어울려 노는 모습 등에서 조선인과 어울려 사는 재조일본인의 모습을 찾아 볼 수 있다. 특히 서당에서 돌아온 아이들이 얼굴에 먹을 잔뜩 묻히고 온 모습, 서로 말이 통하지 않지만 손짓을 해가며 노는 모습 등은 조선인에 대한 친근감과 친밀함을 느끼게 한다.

산기슭 부근/ 위치한 조선 마을/ 저녁연기는/ 타오르고 가을 빛/ 저물어 가는구나
山裾の朝鮮部落に夕煙たちのぼりつつ秋日しづけれ (渡邊六郎：10)
공을 던지며/ 놀고 있는 부락의/ 아이들 보며/ 이곳에도 가을의/ 청량함이 있구나
子供らがまり投げて遊ふ部落の路ここにも秋の快さがある (道久良：11)
오늘도 역시/ 서당에서 돌아온/ 부락의 아이/ 얼굴 한 가득 검정/ 묵을 묻히고 왔네
今日もまた書堂歸りの部落の子ら顔いつぱいに墨つけて來し (高木眞路：11)

조선 아이와/ 어울려 노는 것에/ 정신이 팔린/ 내 아이 저녁밥도/ 잊은
채 놀고있네
　鮮童と遊ぶになれて愛し子は夕餉食ふさえ忘れ勝ちなり (藤田正枝 : 42)

　그리고 조선에서 자주 볼 수 있는 풍경인 햇볕에 빨간 고추를 말리는
전경에 대해서는 부록인 「조선지방색어해주(朝鮮地方色語解註)」에서 다음과
같이 해설하고 있다.

　　[빨간 지붕]조선인은 고추를 좋아하기 때문에 이는 생활필수품으로 여
　겨진다. 시골 농가에서는 초가 지붕 위에 고추를 말리기 때문에 지붕이
　온통 새빨간 색이 된다. 이는 지붕의 바가지와 함께 여행객의 시선을 끄
　는 풍경이다.
　　[赤い屋根]朝鮮人は唐辛子を愛好し生活の必需品となってゐる。田舍の農家では
　藁屋根の上にこの唐辛子を乾してゐるので屋根が眞赤になつてゐる。屋根のパカチと
　共に旅人の目をひく風景である。

　해설과 같이 고추를 말리는 시골의 가을 풍경은 적토와 적토산과 함
께 조선을 빨간 색채의 이미지와 연결시키고 있으며, 황량함이나 쓸쓸한
감상보다는 다음과 같이 한적하고 평온한 가을을 묘사하는 노래에 자주
등장하는 것을 알 수 있다.

　　저기 저쪽에/ 빨간 고추가 있고/ 여기 지붕에/ 바가지 굴러가는/ 조선의
　가을이여
　　かしこには唐辛子しありこの屋根はパカチころがる朝鮮の秋 (丸本彰造 : 3)
　　새빨간 고추/ 말리며 깊어가는/ 저녁 노을빛/ 모여드는 모습을/ 지켜보
　고 있구나
　　唐辛ほし鑛げたる秋の夕日のあつまれるみゆ (伊藤美富 : 8)
　　조선의 가을/ 정돈이 안 돼 있는/ 볏짚 지붕에/ 빨간 고추 널려져/ 빛에

반짝거리네
朝鮮の秋定りぬ藁屋根の赤き唐辛は日にきらひつつ (竹林誠一朗：8)

그리고 조선의 기후 특색중 하나인 삼한사온(三寒四溫) 현상은 특히 겨울철 맹추위에 익숙하지 않은 일본인들에게는 조선의 겨울을 묘사하는데 빈번히 다루어지는 제재 중의 하나이다. 『조선풍토가집』의 '풍토편'에서는 '3일 추운날(三寒日)'과 '4일 따스한 날(四溫日)'을 나란히 싣고 있는데, 먼저 추운 날이 3일 연속으로 이어지는 날은 조선의 추운 겨울을 차게 묘사하는 한편, 테라다 미츠하루(寺田光春)의 노래와 같이 추운 겨울 날씨 탓에 소변이 잘 나오지 않는 모습을 유머러스하게 읊은 구가 눈에 띤다. 또한 추운 날이 지나가고 따스한 날이 찾아오는 사온에는 삼한의 정적인 분위기에서 탈피하여 실외로 나와 동적인 활동을 하는 모습들을 그려내고 있다. 조선의 삼한사온 현상을 노래한 외에도 여기서 주목할 점은 '下駄(일본식 나막신)', '手毬(일본 전통 공놀이)'와 같이 일본의 복식과 놀이문화를 나타내는 단어들이 노래에 등장한다는 것이다. 이를 통해 조선에 이주해 살고 있지만 일본에서의 삶의 방식을 그대로 유지하고 있는 일본인들의 모습을 발견할 수 있으며, 특히 꽁꽁 얼은 얼음판에 부딪치는 게타 소리는 조선의 겨울풍경에 이국적인 면모와 청각적인 효과를 더하고 있다. 또한 처음에는 낯설었을 조선의 풍경과 자연 풍토에 적응해 살아가는 일본인의 모습을 다음 인용의 마지막 두 구를 통해 찾아 볼 수 있다.

기차 창간에/ 삼한의 차게 식은/ 달 걸려있고/ 흔들림 속 소변은/ 잘 나오지를 않네
汽車の窓に三寒の月凍てててゑり搖られつつする尿は出しぶる (寺田光春：23)

차게 얼은 밤/ 골목 길을 지나는/ 듯한 나막신/ 딱딱 거리는 소리/ 차갑
게 들려오네
　凍る夜に裏の小路を通るらし下駄の齒音の冴えて聞ゆる (內海七生子 : 23)
게타의 소리/ 울리지 않을 만큼/ 젖어 버린 땅/ 사온이 되었음을/ 알리
는 듯하구나
　下駄の音ひびかぬ土の水濕けふより四溫に入りにけらしも (寺田光春 : 26)
사온의 날에/ 마당에 나와 노는/ 아이들 무리/ 속에 나도 어울려/ 공놀
이 하고 싶네
　四溫の日の庭に遊べる子供らに我も交りて手毬つくかも (北丘倭子 : 26)
소나무 산에/ 소나무의 빛깔이/ 바래져가고/ 땅 얼어붙는 타향의/ 바람
에도 점점 익숙해지네
　松山の松いろあせて土凍るの他鄕の風に慣らされにけり (百瀨千尋 : 7)
산 속 깊은 곳/ 작은 읍에 사는게/ 익숙해지고/ 늦더위 반딧불이/ 9월에
접어드네
　住みなれし山懷の小さき邑九月といふにとび交ふほたる (後藤武男 : 12)

　또한 재조일본인들은 조선의 문화를 단지 풍경이나 조선이라는 지방
의 특이한 점으로 내세우며 그것과 동떨어진 삶을 살았던 것은 아니었
다. 특히 겨울철 조선의 전통 난방 방식이었던 '온돌'과 조선의 음식을
제재로 한 구에서는 조선의 문화와 식생활을 즐기며 그 속에서 살아가는
일본인들의 삶을 찾아 볼 수 있다. 온돌이 있는 방에 있으면서 마음의
평화를 느끼고 그 따스함을 읊고 있는 구, 그리고 온돌방에서 고향을 추
억하는 이채로운 구들은 그들이 조선의 생활 풍습과 밀접한 생활을 했음
을 짐작하게 한다. 또한 막걸리, 김치 등과 같은 조선의 음식에 익숙한
모습과 겨울에 김치를 담가둔 항아리를 보며 겨울을 보낼 생각을 하는
구들은 조선의 맛과 문화를 즐기는 재조일본인의 삶을 엿볼 수 있었다.
　이상과 같이 『조선풍토가집(朝鮮風土歌集)』에는 조선의 풍물과 풍속에 대한

재조일본인의 감성과 이에 대한 긍정적인 시선, 더 나아가 이국의 문화에
융화되어 살았던 재조일본인의 한 단상을 단카를 통해 읽어낼 수 있었다.

  따스한 온돌/ 온기를 느끼면서/ 자몽 과실을/ 먹고 있자니 절로/ 고향
이야기 하네
   溫突のぬくみに居りてザボンの果實を食みつつ故郷を語る (鶴青茱：17)
  온돌 방에서/ 잠을 자고 있으면/ 눈이 내리고/ 아이들은 그 눈을/ 끌고
서 돌아오네
   溫突に寝ほけて居れば雪ふると雪をかづきて子らは歸れり (市山盛雄：16)
  익숙지 않은/ 조선 김치를 너무/ 많이 먹어서/ 몇 시간이 지나도/ 복통
이 계속 되네
   珍らしき朝鮮漬を食べ過ぎて何時までも腹は落着かず居り (木戸沖ツ藻：40)
  이 나라 술인/ 막걸리 맛에 너무/ 익숙해져서/ 쓸쓸하다는 것도/ 잊어버
리게 되네
   此國のマッカリの味にもなれゆきてさびしと思ふ事も失せにき (赤峯華 水：41)

2) 동정과 제국적 시각

그러나 『조선풍토가집(朝鮮風土歌集)』에는 위에서 살펴 본 것과 같이 조
선의 문화를 받아들이고 조선인과 함께 살아가는 재조일본인의 모습이
있는 한편, 조선을 폄하하고 동정의 시선으로 보는 시각도 함께 공존하
고 있었다.

  물독을 이고/ 얼어 있는 언덕 길/ 수고롭게도/ 걷는 조선 여성은/ 보기
딱해보이네
   水甕をかづける朝女見のあはれ凍てし坂道ゆきわづらへる　(中西三郎：32)
  소를 돌보며/ 아리랑 노래하는/ 조선 아이들/ 노래 소리는 왠지/ 슬프게

들려오네

　牛を飼ふ童等の唄へるアリランの唄はさみしく耳をつくなり (宗吉重彦：42)

　안개 껴있는/ 거리 걸으며 보는/ 조선의 흰 옷/ 내 눈에는 슬프게/ 비쳐
보이는구나

　朝ぎりの街をゆきつつこの國の白衣かなしとわれはみにけり (前田勝正：30)

　조선 아이와/ 함께 노는 모습에/ 경멸스러운/ 시선을 던져 보낸/ 사람도
있는구나

　鮮人の子らと遊べばさげずみの目を投げかくる人もありけり (東島梅代：45)

　물을 긷는 조선 여성의 모습, 소를 몰고 가며 아리랑을 부르는 소년과
조선인의 백의(白衣) 차림을 슬프게 읊은 구와 조선의 부락을 낡고 황폐
한 모습으로 읊은 구들은 조선의 문화를 이질적으로 바라보며 열등한 것
으로 포착하는 시선이 반영되어 있다. 특히 조선의 아이들과 노는 모습
에 경멸의 시선을 던지는 일본인에 대해 언급한 구에서는 같은 재조일본
인 사회에서도 조선에 대해 차별적인 인식과 우월함을 드러내는 태도가
존재하였다는 것을 직접적으로 느끼게 한다. 이러한 구는 앞서 본 '조선
아이와 어울려 노는 것에 정신이 팔린 내 아이 저녁밥도 잊은 채 놀고
있네(鮮童と遊ぶになれて愛し子は夕餉食ふさえ忘れ勝ちなり)' 구와 대비되는 것으로 조
선을 바라보는 그들의 이중적인 시선을 느끼게 하는데, 『신조선풍토기(新
朝鮮風土記)』에서도 이와 같은 경험을 한 내지인의 이야기가 다음과 같이
실려 있다.

　　특히 용산역에서는, 많은 조선 아이들 무리와 사이좋게 놀고 있는 일
　본 옷차림의 내지 아이들을 발견했을 때는 혹시 괴롭힘 당하고 있는 것
　은 아닌지, 친구가 별로 없어 외롭지 않을지 등 얼굴도 모르는 다른 사람
　의 아이를 나쁘게 추측하면서 비뚤어진 시선으로 바라보는 것이었다. 이
　때 나는 제정신으로 돌아와 조선인이 내지인에게 비뚤어진 마음이 일어

나는 이유를 똑같이 느꼈다. (…중략…) 조선 아이가 내지 아이를 괴롭히
지 않는데도 괴롭힘 당하도 있다고 의심하는 마음이 생기는 것은 창피하
지만 사실이다. 얼굴도 모르는 내지의 아이를 염려하는 마음이 든 것은
소위 피는 물보다 진하기 때문인가?
　'왜 조선 아이가 내지의 아이보다 사랑스럽지 않은가?'
　나는 스스로 시치미를 때며 곰곰이 생각해보았다. 나뿐만 아니라 대다
수의 일본인은 배타적인 비뚤어진 마음을 갖고 있다. 그 비뚤어진 마음을
서로 버리는 것이 좋지 않을까하고 생각했다.

　이와 같이 조선을 여행하고 있는 일본 내지인은 일본 아이들이 조선
아이들과 어울려 놀고 있는 모습을 비뚤어진 시선으로 바라보며, 일본
아이를 염려하는 모습을 보이고 있다. 즉, 아이들 사이에는 아무런 악의
적인 관계가 없는데도 조선 아이는 나쁘고 일본 아이는 착하다는 식의
식민지적 상하 관계에서 그들을 바라보고 일본 아이들을 편들고 있는 것
이다. 특히, 이러한 태도가 잘못된 것임을 알면서도 '피는 물보다 진하
다'는 식의 표현에서 일본인의 태도에서 잠재되어 있는 그들의 우월의식
과 함께 그들이 겪었을 딜레마 역시 느낄 수 있는 부분이라고 할 수 있
다. 한편 조선여성을 그린 단카는 그 묘사가 상당히 성적인 시선으로 이
루어져 있다.

　　조선여성의/ 균형이 잡혀 있는/ 몸매는 아침/ 강변 풍경을 절로/ 떠올리
게 하누나
　　鮮人娘の均勢のとれた体のこなしを朝の江岸風景に見出す (小西善三朗 : 47)
　　첨성대 허리/ 오랜 시간 지나도/ 꼿꼿한 것은/ 치마 여미고 있는/ 부인
의 모습같네
　　年古れど瞻星臺の腰の張り裳を纏へる婦の姿なり (富田碎花 : 162)
　　가로수 길의/ 나무 그늘에 앉아/ 배 팔고 있는/ 여성의 가슴 보면/ 까맣

게 되어있네
　街路樹のかげに坐りて梨を賣る女の乳房は黒。(窪田わたる : 62)

이렇게 여성의 신체를 매개로 강기슭이나 첨성대를 떠올리는 구 이외
에도 조선 여성을 접할 때 그들의 시선이 여성의 어깨, 등, 허벅지와 같
은 부분에 머무르며 에로틱한 분위기를 풍기는 구들을 많이 발견할 수
있는데, 특히 여성들이 가슴을 내놓고 있는 모습은 전근대화된 조선의
미개한 모습의 표현이라고도 볼 수 있다. 또한 기생을 유희의 대상으로
삼고, 여성의 가슴에 대한 노골적인 묘사는 '<남성>=식민자=제국' 그
리고 '<여성>=피식민자=종속국'과 같은 식민주의적인 심상지리[20]를
떠올리게 하며 여기에는 조선 여성에 대한 성적 욕망이 투사된 것으로
볼 수 있다.

4. 결론

『조선풍토가집(朝鮮風土歌集)』은 1935년 이치야마 모리오(市山盛雄)가 메이
지(明治), 다이쇼(大正), 쇼와(昭和)시대 전반에 걸쳐 조선의 자연과 명승고적
에 관한 단가(短歌)작품을 수집하여 정리한 가집으로 전체 533개의 조선
에 관한 제재로 이루어져 있으며, 다양한 제재만큼 재조일본인의 모습과
삶이 반영되어 있다. 먼저 '재조일본인의 삶과 조선 문화'에서 살펴본 단
카에서는 조선 문화 속에서 조선인과 어울려 사는 재조일본인의 모습이

---

20) 강상중, 「오리엔탈리즘을 넘어서」, 이산, 1997, p.90.

긍정적으로 그려져 있었으며 특히 일본인과 조선인의 단절과 차별적인 구도에서 벗어나 인간적으로 교류를 즐기는 모습들을 살펴볼 수 있었다. 그러나 한편으로는 조선인에 대한 동정의 시선과 여성에 대한 성적인 묘사와 같이 식민지와 피식민지의 구도를 떠올리게 하는 구들이 존재하며, 특히 일본 아이와 조선 아이와의 친한 모습을 호의적인 시선으로 읊은 노래가 있는 반면, 조선 아이와 노는 모습을 경멸하는 시선으로 바라보는 구가 함께 존재하는 것에서 같은 재조일본인 사회에서도 조선을 바라보는 다양한 입장과 감정들이 존재했다는 것을 단적으로 환기시키고 있다.

본 글에서 다룬 단카들은 조선풍토가집(朝鮮風土歌集)』 극히 일부분인 풍토편(風土篇)만을 분석의 대상으로 삼은 것으로 이로서 모든 재조일본인의 삶과 조선 문화를 바라보는 그들의 관점을 분석했다고 보기에는 무리가 있을 것이다. 또한 단카의 해석에 있어서 다양한 해석의 가능성을 배제하고 단편적으로 직역한 부분도 있으나, 식민지기를 통틀어 가장 장기간, 안정적으로 지속되며 재조일본인들의 '자기표현의 장(場)'으로서의 역할을 하였던 단카(短歌)라는 장르 속에는 분명 그들의 식민지에서의 삶과 조선 문화에 대한 감상과 시선이 반영되어 있었다. 그리고 그 시선은 동화와 배제라는 이중적인 시선으로 발견되었으나, 재조일본인의 심상과 조선 문화에 대한 애착심을 읊은 구들을 통해 일반적인 식민 이데올로기에서 벗어난 개인의 진솔한 삶과 조선에 대한 이미지들을 읽어낼 수 있었다.

앞으로 『조선풍토가집(朝鮮風土歌集)』에 대한 전체적이고 지속적인 연구와 이외의 가집(歌集) 연구를 통해 재조일본인 문학의 연구가 장르적으로 확장되어 다양한 담론과 결론을 도출해 나아가기를 기대한다.

제7장

식민지 조선의 문화 만들기 운동과 야나기 무네요시
'조선색'과 '조선미'를 둘러싼 담론을 중심으로

양지영

1. 들어가며

1930년대는 조선의 독자적인 문화에 대한 관심이 높아지면서 전통 회귀론의 제창과 더불어 '조선학'[1] 연구와 '고전부흥' 운동을 시작으로 미디어 공간을 통해 '조선색(朝鮮色)', '조선적인 것'과 관련된 다양한 담론

---

[1] '조선학'은 대한제국의 위기상황에서 시작되어 일본의 한국사연구에 촉발되었다. 일본의 조선연구는 3·1운동이후 1920년대에 본격적으로 시작되었는데, 그 분야는 언어학·역사학·인류학·민속학에 걸친 방대한 것이었다. 조선 지식인에 의한 연구는 1920년대 최남선이 '조선학'을 "식민지하 조선의 조선인의 조선인을 위한 조선연구"라고 제창하면서 근대 문명의 실력양성을 위한 '문화운동'으로 이어진다. 그리고 1930년대가 되면서 '조선학'의 장르가 다양하게 세분화되고 정인보, 안재홍, 문일평 등 다양한 연구주체가 등장한다. 1932년에는 '조선민속학회'가 성립하고 '조선심'이나 '조선색'과 같은 민족적·민속적 표상이 각종 언론매체를 통해 전개되었다. (인권환, 「1930년대의 民俗學振興運動, 民俗學의 定立과 本格的研究의 始發」, 『민족문화연구 12호』, 고려대학교 민족문화연구원, 1977 참조.)

이 형성되고 이를 통해 근대적 개념의 '조선문화'라는 형태가 만들어지는 시기였다. '조선색'은 조선학 운동의 논리 속에서 역사적 · 전통적 · 문화적으로 독자적인 부분에 더 관심을 두고 민족적 자아의 형성을 위해 강화시켜야 하는 중요한 요소로 제시된다.[2]

사실 이러한 조선학 연구는 1924년 경성제국대학 법학부에 '조선어학 조선문학' 전공이 개설되어 식민정책의 일환으로 '조선문학연구'가 제도화되는 과정 중에 시작되지만 본격적인 문화운동으로 전개된 것은 30년대라 할 수 있다. 이러한 문화운동의 일환인 고전부흥 운동은 향토 · 풍토를 그린 서양화와 민속음악의 양악(洋樂)화, 춘향전의 영화화와 최승희 고전 무용 등 여러 가지 장르를 통해 표현되면서 '조선색'이 발현되는 조선적 근대문화를 만드는 실천의 장이 된다. 또한 『동아일보』, 『조선일보』와 같은 신문을 포함한 『조광』, 『별건곤』, 『삼천리』 등의 다양한 문예 · 종합 잡지의 미디어 공간은 '조선색'을 실체화하고 알기 쉬운 형태로 대중에게 전달하는 중요한 역할을 하였다.

이와 같은 조선학 운동은 일본에서 고전연구를 통해 일본정신을 발현하려는 다양한 문화운동과 동시에 이루어진 것이기도 하다.[3] 근대화와 함께 서둘러 서양 중심의 세계질서에 편입한 일본이 서양의 가치기준에서 벗어나 자국의 위치를 재조명하고 자신의 정체성을 확립하기 위해 발현된 이러한 운동은 조선을 타자로 표상하면서 이루어졌고 이 과정에서 조선학은 제국의 제도장치 속에서 자유로울 수는 없었다. 따라서 조선의

---

2) 樗生, 「朝鮮學의 問題」, 『신조선 7』, 1934, 12, pp.2-4에서 조선학 운동을 주도한 안재홍이 언급하며 조선학 개념에 대해 정리하고 있다.
3) 1932년에 문부성이 '국민정신문화연구원'을 설립하고, 1935년에는 일본낭만파(日本浪派)가 창간되어 독일 낭만주의와 일본 고전으로의 경도(傾倒)를 통해 일본정신을 발현하려는 움직임이 고조되며 1936년에는 「민예관」의 개관 그리고 1939년에는 '국책문학'의 붐이 일어나는 등 내지(일본)에서도 자국에 대한 관심이 증대하고 있었다.

전통과 고유성을 강조하는 '조선색'의 발현도 결국에는 제국의 지방으로 위치 짓는 하나의 방법이 되고, '조선색'은 지방색·향토색·로컬 컬러로 번역되어 제국의 문화적 헤게모니 아래 놓이며 복잡한 형태를 띠게 된다.

'조선색'에 관한 선행연구는 미술에서 문예까지 다수에 이르고 현재는 재조일본인 사회의 문화영역에까지 확장되고 있다. 이러한 연구는 '조선 색' 용어에 대한 분석과 '조선색'이 제국 일본과 조선 문화운동의 자장 속에서 각각의 문맥에 맞추어 해석되면서 이용되고, 그 과정 중에 작용하는 제국의 문화적 헤게모니와 관련한 내용이 주를 이룬다.[4]

본 논문에서는 이러한 선행연구에서 다룬 '조선색'이란 개념을 수용하면서 관심의 대상을 '조선미'로 이동할 것이다. 이미 꾸준하게 언급되고 있는 '조선미(朝鮮の美)'는 야나기 무네요시(柳宗悅)가 이조도자기를 통해 구체화한 '선의 미(線の美)', '백의 미(白色の美)', '비애의 미(悲哀の美)'와 같은 미적 담론이다. 언뜻 비슷해 보이는 '조선색(朝鮮色)'과 '조선미(朝鮮の美)'라는 용어는 色(color)과 美(beauty)라는 단어에서 나타나는 것과 같이 전달하고자 하는 내용이 다르다. 즉 '조선색'이 '색'을 통해 고유함과 특수함을 강조한다면 '조선미'는 '조선색'의 내용을 포함하면서 미적 가치로의 보편성까지 내포한다. 그리고 이러한 '조선미'가 '한국미'로 이행되면서 한국 문화를 표상하는 문화 코드로 작용하게 된다.

본 논문에서는 이러한 '조선색'과 '조선미'의 차이를 '문화를 만드는 방법'과 '문화를 사유하는 사상'이라는 두 가지 관점을 통해 분석하고자 한

---

4) 박계리, 「일제시대 '조선 향토색'」, 『한국 근현대미술사학 제4집』, 한국근현대미술사학회, 1996 ; 박석태, 「조선미술전람회를 통해 본 '향토성' 개념연구」, 『인천학 연구 Vol.3』, 2004 ; 金惠信, 『한국근대미술연구(韓國近代美術研究)』, ブリュッケ, 2005 ; 박광현, 「'내선융화'의 문화번역과 조선색, 그리고 식민문단」, 『아시아문화연구 제30집』, 가천대학교 아시아문화연구소, 2013 ; 조형근, 「식민지 대중문화와 '조선적인 것'의 변증법」, 『사회와 역사 Vol.99』, 한국사회학회, 2013.

다. 이를 위해 우선 1920년대와 30년대 조선 문화 만들기 속에서 유용(流用)되었던 '조선색'과 '조선미'의 담론 양상을 고찰하고, 그 실천적 결과물인 조선민족미술관(1924년, 경성)을 통해 '조선미'의 의미에 대해 살펴볼 것이다.

2. 1920년대와 30년대 미디어 공간과
'조선색(local color)'이 만드는 조선문화

앞서 언급한 바와 같이 '조선색'은 1930년대 미디어 공간을 통해 하나의 유행어가 되었다. 미술계를 시작으로 한 아카데미에서만이 아닌 의, 식, 주, 가족문제, 여성문제, 교육문제 등 사회와 문화의 다양한 분야에 걸쳐 '조선색'이란 용어가 사용되고 있었다. 이러한 '조선색'은 '조선학' 운동에서 기인한 것으로 1930년대 '조선학' 장르가 다양하게 세분화되고 1932년에 '조선민속학회'가 성립하면서 계간지『조선민속』을 간행하는 등 '조선심'과 '조선색' 과 같은 민족적·민속적 표상이 미디어를 통해 전개된다.

당시『동아일보』1934년 9월 12일자 기사를 보면 '조선학'연구의 주체이기도 하며 '조선학운동'을 주도했던 안재홍이 동아일보 기자와의 인터뷰에서 "조선의 고유한 것 조선 문화의 특색, 조선의 독자 한 전통을 천명하야 학문적으로 체계화"[5] 한 것이 '조선학'이라고 설명한다. 그 뒤를 잇듯이 같은 해 10월 10일부터 12월 4일까지 '조선심(朝鮮心)'과 '조선색(朝鮮色)'에 관한 기사가 연재되는데 그 내용은 조선민속, 언어, 사회제도, 인물을 테마로 하여 조선의 역사와 문화 속에 나타나는 '조선색'과

---

5)「朝鮮研究의 機運에 際하야―世界文化에 朝鮮色을 짜너차―」,『동아일보』, 1934.9.12.

'조선심'에 대해 기술한 것이다. 기사의 일부를 보면 "민요상에 나타난 조선심은" "순수하고 소박한" 것이고,[6] 일상에서 접하는 조선의 가구와 밥사발 항아리에도 "순진하고 담백하고 존대(尊大)하고 고결하고 또한 용감하고 자유"로운 "조선심"[7]이 나타나며 "색의(色衣)"를 입더라도 "백의를 사랑하여온 우리의 고결하고 중대(重大)하고 절개 있는 조선심"[8]을 잊지 말아야 한다고 당부한다. 즉 전통 민요나 가구와 옷에서 '순수', '소박', '순진', '담백', '고결'과 같은 정서를 느낄 수 있고 이러한 것을 '조선심'이라고 설명하고 있던 것이다. '조선심'과 '조선색'에 대한 기사를 대대적으로 연재한『동아일보』는 앞서 안재홍이 설명한 '조선학'의 요소 즉 "조선의 고유한 것 조선 문화의 특색, 조선의 독자한 전통"에 관한 구체적인 예를 들어 소개하며 거기에서 조선인이 가진 고유의 심성인 '조선심'을 읽어내고 있다. 이 기사를 통해서는 '조선색'에 대해 직접적으로 언급한 내용은 볼 수 없지만, 조선학 운동의 전개와 함께 '조선색'은 '조선심'을 대신할 수 있는 등가용어로 사용되면서 '조선색'이 '조선심'보다 더 대중적인 유행어가 되고 조선의 고유한 문화를 만드는 하나의 방법적 개념으로 제시된 것이다. 또한 '조선색'이 무엇인지를 보다 구체적인 형태를 통해 실체화하여 보여주기 위한 하나의 방법으로 미술이 이용된다. 따라서 '조선색'이 대중화되는 데에는 조선미술전람회(朝鮮美術展覽會)(이하 조선미전)의 영향도 컸다. 1922년에 창설된 조선미전은 조선에서 최고의 권위와 규모를 가진 관주도의 공모전으로 한국 최초 미술가단체가 1921년에 개최한 서화협회미술전람회(書畵協會美術展覽會)(이하 서화협회

---

6) 「朝鮮心과 朝鮮色(其一) 朝鮮心과 朝鮮의 民俗」, 『동아일보』, 1934.10.16.
7) 같은 기사 1934.10.19.
8) 같은 기사 1934.10.17.

전)의 뒤를 따르듯 서둘러 총독부가 창설한 것이다. 주체가 다른 두 개의
전람회는 식민지를 대표하는 공모전이었지만 결국 서화협회전은 조선미
전에 밀려 1936년을 끝으로 막을 내린다.9)

1922년 6월 1일부터 "조선에서 미술의 발달을 촉진하고 문화 신장에
이바지할 목적"10)으로 개최된 '조선미전'은 1920년대 "예술상의 일선융
화를 도모한다"는 문화정치의 명목 하에 시작된 새로운 지배방법의 하
나이기도 했다. 당시 '조선미전'을 소개한 신문기사를 보면, 전람회 개최
첫 날 『매일신보(每日新報)』에서는 "이번 전람회는 실로 조선과 내지각지
(內地各地)의 유명한 미술 대가를 망라한 전람회일 뿐만 아니라" "가치 있
는 미술을 장려하는 것을 통해" "문화정치로 계도(啓導)하기"11) 위한 것
이라고 '조선미전'의 취지를 답습한 형태로 '문화정치'의 문맥 속에서 보
도하고 있다. 한편 두 번째 '조선미전'을 앞둔 『동아일보』 기사에는 앞
서 인용한 '조선미전' 취지에 대해 설명한 시바다 젠자부로(柴田善三朗, 심
사위원대리장)가 지면을 통해 다음과 같은 내용을 전하고 있다.

"제전식(帝展式)이니 관전식(官展式)이니 하는 형식에 구애받지 말고
"인(人)의 최심처(最深處)에 존재한 순진한 요구로부터 출품한 예술, 창조
적보무(創造的步武)를 운(運)하야 창조력을 충분히 표현하야 지금까지 하
인(何人)도 관상키 부득한 것을 사회에 창출하야 사회의 생활내용을 풍부
히 하고 방순(芳醇)케 하고저 사(思)하노라."12)

9) '조선미전'이 창설되면서 대대적인 홍보와 함께 조선 미술가들의 출품을 호소하는 한편
   총독부가 '서화협회' 주도층을 회유하면서 '서화협회'에 균열이 생기고, 그 결과 '서화
   협회'는 1936년 15회 전람회를 끝으로 문을 닫지만 조선총독부 주최로 창설된 '조선미
   전'은 1944년까지 지속된다. (金惠信 앞의 책 참조)
10) 柴田善三郎, 「조선미술전람회에 대해(朝鮮美術展覽會に就て)」, 『朝鮮 第88号』, 1922.7,
   pp.2-4.
11) 『매일신보』, 1922.6.1.
12) 柴田善三朗, 「제2회 미술전람회」, 『동아일보』, 1922.10.13.

제전 즉 제국미술전람회나 관전과 같은 내지(內地)의 전람회 형식에 구애받지 않고 자유롭게 표현한 "창조력"있는 작품에 대한 기대를 나타내며 이러한 작품을 통해 조선 사회의 변화까지 기대하고 있는 것을 알 수 있다. 이러한 기사는 당시 '조선미전'에서 입선이라는 기회를 통해 공적으로 인정받으려 했던 조선의 예술가들에게 출품작의 심사기준으로 해석될 수도 있었을 것이다. 이러한 심사기준은 전람회를 거듭하면서 보다 구체적인 단어로 표현된다. 특히 1920년대 후반으로 가면 '향토색'이나 '조선색', '조선정조(情調)'라는 단어가 작품을 평가하는 키워드로 강조된다. 이 시기 조선 화단에서도 그림이 단지 자기만족으로 끝나는 것이 아니라 작품 속에 표현된 내용이 사회·문화적인 영향을 끼칠 수 있다는 점에 대해 인식하며 '조선'을 표현할 수 있는 방법에 대해 고민하고 논의한다. 삽화가이며 문필가인 안석주는 "예술 거기에는 그 시대인의 생활과 그것이 간접으로 드러나서 다시 그것에게서 민중이 자기생활을 엿보아 자기를 알게 되는 것"으로 설명하고 "예술 즉 예술가의 사명"이 "시대의 제반"을 "숨김없이 드러내는 데 있다"[13]고 하며 예술이 생활과 밀착되어 민중이 자기를 인식하는 중요한 도구가 될 수 있다고 피력한다. 이 시기 이러한 '조선'에 대한 관심은 '향토색', '조선색'을 둘러싼 논의로 표면화되고, 1928년에는 "일상시(時)의 모든 노력을 연합하여 민중 앞에" 나오는 방법으로 "전람회의 형태를" 빌려 "고향의 초록동산"을 "창조"[14]한다는 내용을 표명하며 '상록회'까지 발족된다.

즉 이시기 회화는 "민중 앞에" "조선"을 보여줄 수 있는 가장 적절한 방법으로 인식되고 있었던 것이다. 이후 '향토미전'을 열거나 '향토공예

---

13) 안석주, 「제5회 협회전을 보고」, 『동아일보』, 1925.3.30.
14) 「미술만어(美術滿語)」, 『동아일보』, 1928.3.30.

진흥연구회'15)를 개최하는 등 '향토' 즉 '조선적인 것'에 대한 관심의 증대를 신문과 잡지 미디어를 통해서도 확인할 수 있다. 이와 비슷한 시기에 '조선색' '조선심'이라는 용어도 함께 논해지며 '향토'와 병행하여 사용된다. 또한 '조선미전'의 심사평가 기술에서도 '조선색'과 '조선정조'와 같은 구체적인 단어가 빈번하게 등장하며 출품작의 평가기준이 된다. 1935년 『조선일보』에 실린 다음과 같은 기사를 보면,

> 12일 총독부 제3회의실에서 신문기자들과 인터뷰한 심사원들의 심사 후 감상을 들어보니 동양화부에서는 수묵화가 5점밖에 없는 것과 동양화에서 조선의 공기가 농후하게 나타난 점이 유쾌하다고 하며 그중에 두세점은 동양화단에 내놔도 손색없는 작품이었다.(⋯중략⋯)
> 심사원 모두의 감상을 물으니 이번 미전에서는 조선정조(情調)가 농후하고 이점은 누구나 기쁘게 생각하는 일이다.16)

심사원들은 작품을 평가하는 문맥 속에서 '조선의 공기'와 '조선정조'와 같은 단어를 사용하고 있으며 따라서 이를 하나의 심사기준으로 삼고 있는 것을 알 수 있다. 다른 심사평가 기사에서도 "조선의 자연과 생활의 향토색을 선명하게 표출한 작품을 기준으로 심사한 것은 물론입니다"17)라며 조선의 '향토색'을 구체적으로 언급하고 있는 내용을 볼 수 있다. 이처럼 '향토색'이나 '조선색'을 "조선의 독특한 특징"18) 즉, "조선이라는 지방색"19)을 발현하는 단어로 사용하고 있었다.

---

15) '향토미전'(「대구향토미전」, 『동아일보』 1932.1.20), '향토공예 진흥연구회'(「향토공예 진흥연구회 7월 17일에 개최」, 『동아일보』, 1934.7.17) 등 1930년대 기사에는 '향토'라는 단어가 빈번하게 출현하고 있다.
16) 「이번 미전(美展)의 수확은 조선색이 농후한 점」, 『조선일보』, 1935.5.16.
17) 「제13회전 서양화부 평」, 『매일신보』, 1934.5.16.
18) 『매일신보』, 1936.5.12.

이와 같이 미술계에서는 '향토색'을 비롯한 '조선색', '조선심', '조선
정조'와 같은 개념을 회화로 표현하는 것을 통해 시각화하여 '조선'을
'전통'이라는 단순한 구도 안에 담고 있었다. 또한 '조선색'은 조선의 전
통적인 것을 강조하는 틀 속에서 때로는 윤리적이고 도덕적인 기준이 되
기도 하고, 때로는 제국의 이국적 취향이 되기도 하면서 자의적으로 해
석되고 사용되었다.[20] 그리고 이 시기 '향토색'과 '조선색'은 특수성과
고유성을 강조하며 제국 일본에 대응하는 조선문화라는 틀을 형성하는
하나의 방법이 되기도 했다. 그렇다면 '조선미'는 어떠한 담론 속에서 만
들어지고 무엇을 대변하고 있었을까?

3. '조선미(beauty of Joseon)'를 통해 사유하는 조선문화

1920년대 '문화정치'라는 새로운 식민정책은 학교제도를 개혁하고 창
가교육을 실시하며 조선 지식인의 언론활동을 허용하고 조선미술전람회
나 음악회를 여는 등 조선이라는 공간에서 다양한 문화 활동이 가능한
여건을 형성했다. 내지 일본에서 유입해 들어오는 출판물이 늘어나고 조
선어로 된 미디어가 확산되며 조선으로 초청 강연을 오거나 전시회, 음
악회를 열기위해 조선을 찾는 사람들이 많아지면서 조선은 조선인 · 재
조일본인 · 내지인 등 서로 다른 목적과 의도를 가진 주체들의 문화 활동

---

19) 「제18회전 서양화부 평」, 『동아일보』, 1939.6.12.
20) 김현숙은 "일본인이 '지방색'이라 부르는 것에 대해 본토인은 '향토색', '조선색, ''대
   만색' 등의 명칭을 사용하며 대응했다"고 한다. (김현숙, 「日帝時代 동아시아 官展에서
   의 地方色」, 『한국근대미술사학 제12집』, 한국근대미술사학회, 2004, p.52) 따라서 '향
   토색' '조선색'은 단순한 로컬 컬러로만으로 설명할 수 없는 복잡한 구도가 있다.

공간이 되었다. 앞장에서 살펴본 바와 같이 특히 미술계의 활동은 두드러졌고, 조선미전을 계기로 미술에 관련된 기사나 글이 많아지면서 미술저널이 부각되었다. 이러한 미술저널을 통한 로컬컬러의 시각화는 '내지인' 식민자의 시선의 권위를 유지시키기 위한 문화번역의 정치적 기획이기도 했다.[21] 한편으로 조선인 주체의 미술계에서도 미술에 대한 인식을 넓히기 위해 전람회와 교육활동을 통해 조선미술을 다시 세우려는 활동을 시작하고 있었다.[22] 따라서 향토색, 조선색의 시각화와 동시에 조선의 미를 통해 제국을 초월한 보편적인 세계 속에서 조선의 가치를 모색하는 움직임도 나타나고 있었던 것이다. 그중 야나기 무네요시(柳宗悅, 1889-1961), 아사카와 노리다카(淺川伯敎, 1884-1964)와 아사카와 다쿠미(淺川巧, 1891-1931)형제가 조선의 도자기를 통해 '조선미'를 발견하는 작업은 당시 미술뿐만 아니라 '조선학 운동'을 통해 조선 문화를 재건하려는 조선 지식인들에게도 직간접적으로 영향을 주고 있었다.[23]

야나기 무네요시는 식민지기 조선의 미를 발견하고 조선의 예술품 보호를 목적으로 조선민족미술관을 설립한 일본인으로 이미 한국에도 잘 알려져 있다. 야나기 무네요시의 조선에 대한 관심은 1911년 도쿄 간다(神田)의 어느 골동품 가게 앞을 지나다 보게 된 항아리(청화백자목단문호(染

21) 박광현, 앞의 논문, pp.78-79.
22) 최열, 『한국근대미술의 역사』, 열화당, 1998, p.146.
23) 최하림은 1920-30년대 조선 고미술 붐에 처음 불을 붙인 것이 아사카와 노리다카, 다쿠미 형제와 야나기 무네요시라고 언급하고 있고, 또한 최열은 야나기 무네요시가 서구 근대주의 미술사조를 소개하고 조선 미술전통에 대해 높은 평가를 한 활동이 1920년대 식민지 조선 지식인들의 인식, 심리에 영향을 끼쳤다고 한다. 또한 졸고에서도 음악회와 강연회를 둘러싼 미디어 담론을 분석하여 밝히고 있다(최하림, 「한국현대동양화의 복고성 검토」, 『문학과 지성』, 1978년 여름호, p.613 ; 최열 앞의 책, p.129 ; 양지영 「'조선미'를 서사하는 <조선민족미술관>」, 『동아시아의 기억과 방법으로서의 서사』, 역락, 2012.).

附牡丹紋壺))에서 시작되었고, 이것이 이조도자기와의 첫 만남이었다. 이후 아사카와 노리다카가 로뎅 조각을 보러 야나기를 방문할 때 선물로 들고 온 이조 도자기(백자청화초문각항아리(白磁秋草紋角壺))와의 두 번째 만남을 통해 조선의 도자기에 몰입하게 된다.24) 다쿠미와의 인연은 1916년 야나기의 첫 조선여행을 계기로 시작되는데, 이후 도자기 수집과 연구, 조선민족미술관 설립 등 조선에서의 활동을 다쿠미와 함께했다.

아사카와 다쿠미는 1914년에 조선으로 건너와 경성에 거처를 정하고 조선총독부 농상공부 산림과의 용원으로 취직하여 조선에 거주한 재조일본인이다.25) 조선에 거주하는 다쿠미는 일상생활에서 쉽게 접할 수 있는 조선의 공예에 관심을 갖으며 그것을 수집하고 연구하여 1929년에는 『조선의 소반(朝鮮の膳)』을 그리고 31년에는 유고작인 『조선도자명고(朝鮮陶磁名考)』를 출판했다. 『조선의 소반』 서문에 "일상생활에서 필자와 가까이 지낸 견문의 기회를 주고, 물음에 친절하게 대답해준 조선의 친구들과 많은 도움을 준 분들에게 이 기회를 빌어 고마움을 표현하고 더 친해지기를 바라마지않는다"26)고 말한 것처럼 다쿠미는 일상 속에서 조선 사람들과의 친밀한 교류를 통해 조선에 더 근접해 있었다. 이를 다시 확인할 수 있는 글이 1931년 『동아일보』에 실린 홍순혁의 「조선의 선(膳)을 읽고」이다. 홍순혁은 조선의 미술을 중국과 일본의 매개체로 보는 일본인들의 연구를 비판하면서 다쿠미가 쓴 책을 소개하며 "이해와 동경을 가진 연구"이며 "감상이 또한 적지 않아 그 독특한 가치를 찾고저 하는 이도 많다"하고, 다쿠미를 "조선 미술, 공예에 가장 많은 이해와 동경을 가진 학도"

---

24) 야나기 무네요시, 「이조자기의 일곱가지 불가사의(李朝陶磁の七不思議)」, 『柳宗悅 全集 6』, 筑摩書房, 1981, pp.530-531.
25) 高崎宗司, 『조선의 흙이 된 일본인(朝鮮の土となった日本人)』, 草風館, 2002, 연보 참조.
26) 아사카와 다쿠미 지음, 심우성 옮김, 『조선의 소반·조선도자명고』, 학고재, 1996, p.15.

로 소개하고 있다. 즉 학문적 영역 속에서 실증적인 연구와 지(知)적 논리만을 앞세워 조선의 미술을 순열화하고 왜곡하며 동양미술사의 문맥 속에 끼워 넣는 기존의 관학 아카데미즘을 비판하면서 이와 상대적인 다쿠미의 조선 예술에 대한 "애정"을 언급하고 있는 것이다. 그리고 다쿠미의 조선공예에 대한 애정을 탄복하며 "과거의 존재를 잊어버리고" 있는 "젊은이들에게" 필요한 책이라고 권한다.27)

앞장에서 살펴본 바와 같이 당시 조선에서는 '조선적인 것'을 찾아 조선의 정체성을 확립하고 조선만의 고유한 문화를 만들고자 하는 움직임이 이루어지고 있었고 따라서 이러한 다쿠미의 조선 예술에 대한 자세는 제국에 대한 대항이나 협력의 형태가 아닌 조선 예술이 가진 가치를 이해하는 하나의 방법의 제시이기도 했다. 이러한 조선예술에 대한 이해와 애정은 야나기 무네요시와 통하는 것이었고, 따라서 '조선미'를 논하고 조선민족미술관을 설립하는 등 야나기가 행한 조선과 관련된 일련의 활동 중에는 다쿠미의 역할이 큰 비중을 차지했다고 할 수 있다.28)

야나기와 다쿠미의 활동을 보면 다쿠미는 조선 여기저기를 돌아다니며 수집하고 야나기는 그것을 바탕으로 해석하고 글을 써 기고하는 형태로 둘의 역할 분담이 잘 이루어지고 있었다. 다쿠미는 원래 전문적으로 글을 쓰지도 않고 글을 쓰는 일에도 익숙하지 않았다. 따라서 다쿠미 생애 출판한 두 권의 책을 통해서도 밝히고 있듯이 "계통적"이거나 "고증

---

27) 홍순혁, 「淺川巧著 『朝鮮의 膳』을 읽고」, 『동아일보』, 1931.10,19.
28) 야나기 무네요시는 잡지 『工芸』에 몇 차례에 걸쳐 다쿠미를 애도하는 글을 쓰는데, 5호에 실린 글에는 "(다쿠미)는 조선을 사랑하고 조선인을 사랑했다. 그리고 대부분의 조선인에게도 사랑을 받았다"고 하며 "그가 없었다면 조선의 내 일은 반도 이루지 못했을 것이다. 조선민족미술관은 그의 노력이 크다"는 말과 함께 "그를 인간으로서 존경했다"고 다쿠미에 대한 감정을 아낌없이 표현하고 있다(야나기 무네요시, 「편집여록(編集餘錄)」, 『工芸』 5호, 1931,(『柳宗悅 全集 6』, pp.626에서 재인용)).

적"인 방법이 아닌 "통속적인 서술"로 즉 학문적이라기보다 산문형태로
글을 쓰고 있다. 따라서 두 권의 책을 보면 길지 않은 내용으로 여러 공
예품을 하나하나 설명하면서 보고 느낀 감상을 솔직하게 적고 있어 비교
적 쉽게 읽힌다. 한편 야나기는 가쿠슈인(學習院) 고등학교 시절부터 회람
잡지를 만들고, 도쿄제국대학에 입학해서도 만든 세 개의 회람잡지를 합
쳐 다이쇼 시대를 대표하는 교양잡지『시라카바(白樺)』를 창간하는 등 소
설을 제외한 모든 부분에서 왕성한 문필활동을 하고 있었다. 따라서 야
나기는 일본문단에서도 어느 정도 지명도가 있는 지식인이었다. 다방면
에 걸쳐 새로운 관점으로 서양예술을 소개하며 젊은 층 독자를 점유하고
있던『시라카바』를 조선에 거주하는 아사카와 형제도 접하고 있었고 야
나기 또한『시라카바』를 통해 알게 된 것이다.29)

다쿠미 형제와 조선예술과 만난 야나기가 처음 조선에 관한 글을 발
표한 것은 1919년「조선인을 생각한다」이고 이어서 이듬해에「조선의
벗에게 드리는 글」을 발표하는데, 이 두 편의 글은 영어와 한국어로 번
역되어 "The Japan Advertiser"와『동아일보』에 게재된다.30) 야나기는 이
두 편의 글을 통해 조선 예술의 요소를 "선(Line)의 미"에 두면서 조선의
불상이나 도자기, 자수, 음악 등 모두가 이 "선"에 닿아 있으며 "선"을
통해 "고조선(古朝鮮)의 미"를 설명할 수 있다고 한다. 그리고 조선과 조

---

29) 1910년 4월부터 1923년 8월까지 간행된『시라카바』는 다이쇼시대를 대표하는 교양잡
지로 유럽 근대 문학과 회화를 소개했는데, 이를 통해 젊은 지식인들 사이에 서양미술
만이 아닌 미술 전반에 걸친 흥미와 관심을 높이고 복제를 통한 서양미술 감상이라는
유행을 남겼다(本多秋五,『(『시라카바』의 문학),『白樺派』の文學』, 講談社, 1955, p.30).
30) 야나기 무네요시,「조선인을 생각한다(朝鮮人を想ふ)」,『讀賣新聞』, 1919.5, 20-5, 24,
"The Japan Advertiser" 1919.8.13,『동아일보』, 1920.4, 19-4, 20 게재.
「조선의 벗에게 드리는 글(朝鮮の友に贈る書)」, 1920.4, 10에 집필,『改造』, 1920.6, "The
Japan Advertiser" 1920.6.16,『동아일보』, 1920.4, 12-4, 18,『매일신보』, 1921.1, 14-1,
16 게재.

선민족에게 "애정"을 느끼는 것은 "예술"을 통해 비롯된 것이며 "예술의 미는 국경을 넘고" "개성과 개성"을 가진 "두개의 마음을 묶는 것"으로 "조선의 민족예술은 정(情)의 예술"이고 미의 본질이 "친밀함"이라고 설명한다. 또한 도자기를 방에 두고 항상 함께하며 도자기를 만든 "작자(作者)"와 "둘이 생활"하고 있어 "고독하지 않다"고 하며 조선 예술에 대한 애정을 피력한다. 즉 조선예술에는 "친밀함"이 있고, 이 "친밀함"은 "정"을 유발시키는데 이를 표현한 것이 불상이나 도자기를 통해서 볼 수 있는 "선의 미"라는 미적 개념이며, 야나기는 자신이 일상 속에서 조선예술과 함께 하는 경험을 바탕으로 이야기하고 있는 것이다. 앞서 언급한 두 편의 글만이 아닌 조선과 관련된 야나기의 글 속에는 "미"와 "애"가 자주 등장하는데, 야나기는 "미(美)는 애(愛)"이고 "미"와 "애"는 불가분의 관계의 것으로 정의하며 "미"가 "애"라는 감정을 부르고 또한 "애"가 있어 "미"를 볼 수 있다고 한다. 이는 야나기가 특히 애정을 많이 가졌던 도자기를 통한 감상에서도 볼 수 있다.

> 나는 이들(도자기)의 성질을 느낄 때마다 도공이 얼마나 애(愛)를 가지고 그들을 만들었을까 생각하게 된다. 나는 자주 도공이 한 개의 도자기를 앞에 두고 마음을 전부 쏟고 있는 광경을 상상한다. (…중략…)
> 도자기는 그에게 살고 그는 도자기에 산다. 애(愛)가 두 개의 사이에 흐르고 있다.[31]

야나기는 제작자의 애(愛)로 만들어진 "도자기의 미"에는 "애(愛)"가 나타나고 이러한 도자기에는 "두 개의 극(極)"이 "섞여있고" 그것이 "둘이면서 불이(不二)"라고 한다. 그리고 이러한 조선의 도자기에서 나타나는

---

31) 야나기 무네요시, 「도자기의 미」, 『新潮』, 1920.1. (『柳宗悅 全集 12』)

"선"이 조선의 고유의 것이라고 말한다. 이렇게 야나기가 조선 미의 고유성에 대해 언급하기 시작한 것은 1916년 조선여행에서 돌아와 쓴 석굴암에 관한 글이다.[32] 이 글은 앞서 언급한 두 편보다 조금 늦게 발표되지만 이미 석굴암을 통해 조선 고유의 미를 해석하고 있었다.

> 이것은 둘이 아닌 불이(不二)이다. 조용함과 깊이가 있고 강함이 있다. 게다가 그 종교적 힘은 모두 조선 고유의 미를 통해 전부 표현된다. 다시 그들의 모습을 미(美)로 흐르게 하는 것은 그들만이 소유한 길고 긴 선 안에 있는 신비이다.[33]

당시 경주는 조선관광 코스 중 하나였고, 일본과 조선의 문화를 논할 때 경주와 나라(奈良)는 자주 화제에 오르며 고대 조선과 일본을 자매로 엮어 '일선동조론'을 설명하는 정치적 담론으로 이용되기도 했다. 하지만 야나기는 경주의 불국사를 통해 조선의 고유한 "선의 미"를 발견하고 이를 통해 조선예술의 미적 가치를 높게 평가했던 것이다. 그리고 야나기의 조선예술에 대한 관심이 도자기로 이어지면서 도자기를 통해서도 조선의 도자기에는 "선이 독립적인 의미"를 가지고 있으며 그 "선"은 조선민족이 "마음의 미를 의탁"한 "마음의 표현"이라고 설명한다.[34] 이와 같은 야나기의 조선예술에 대한 관점과 해석은 종래 아카데미즘에서 논의되어온 내용과는 다른 것이었다.[35] 즉 야나기는 "미"라는 보편적인 틀

---

32) 야나기 무네요시, 「석불사 조각에 대해(石仏寺の彫刻に就て)」, 『芸術』, 1919.6. (『柳宗悦全集 6』)

33) 야나기 무네요시 같은 글 p.134.

34) 야나기 무네요시, 「도자기의 미(陶磁器の美)」, 『新潮』, 1920.1 (『柳宗悦 全集 12』, 1982, pp.55-6.) 이후에 야나기가 민예 운동을 전개해가면서 조선의 도자기에서도 생활과 밀접한 "무작위", "소박", "건강함", "실용미" 등 다양한 미적 개념을 해석한다. '조선미'에 대한 자세한 고찰은 졸고(양지영 앞의 논문) 참조

속에서 찾아낸 고유한 '조선미'에 가치를 두며 조선예술의 독자성을 인
정하고, 제국이라는 영역 속에서 조선을 지방으로 위치 짓는 '조선색'이
나 '향토색'과는 다른 관점으로 해석하고 있었던 것이다.

앞서 언급한 바와 같이 당시 조선에서는 '향토색'과 '조선색'이 표현
하는 주체에 따라 제국의 지방색이 되기도 하고 한편으로는 제국을 초월
한 보편적 가치를 모색하는 방법이기도 했는데, 이러한 보편성은 '조선
색'이 '조선미'라는 미적 가치를 획득할 때 비로소 가능할 수 있었다. 즉
'조선색'이 '조선다운 것'을 요구하며 다름과 특수함을 강조하는 인식에
서 벗어나 서로 다른 문화의 고유성과 가치를 인정하는 보편적인 미(美)
의 영역으로 이행될 때 비로소 제국의 '지방색'에서 벗어날 수 있고 제
국을 초월한 보편성을 띠게 되는 것이다. 한국미학의 바탕을 일구어놓은
고유섭이 "미는 일종의 가치기준"이며 "확고 불변한 보편성을 가진 한
개의 가치"36)라고 언급한 바와 같이 야나기의 미에 대한 시선은 고유섭
도 맥을 같이하고 있었다. 그리고 이것이 야나기와 다쿠미가 도자기와
공예품을 통해 발견하고 해석하고 발신한 '조선미'가 내포하고 있는 메
시지였다. 즉 '미'를 하나의 보편적 가치로 해석하는 것을 통해 제국의
언어를 통해 인식되어 제국 속에서 조선문화를 만드는 하나의 방법으로
제시된 '조선색'을 초월하면서 제국의 문화와 동등한 조선문화의 가치를
사유할 수 있는 가능성을 열어주는 '조선미'를 제시한 것이다.

---

35) 일제 관학(官學)측에서 1920년대부터 본격적으로 추진한 조선의 풍습, 사회문화 실태
　　에 대한 조선 연구는 1930년대까지 지속되었고, 유물, 유적, 자료 등 조선문화유산에
　　한 정리는 '실증'이라는 이름으로 조선역사와 민족정서를 왜곡하는데 활용되었다. (백
　　승철 · 김도형 외, 「'조선학운동'계열의 자기정체성 모색과 근대관」, 『일제하 한국사회
　　의 전통과 근대인식』, 혜안, 2009, p.102.)
36) 고유섭, 「내자랑과 내보배(其一) 우리의 美術과 工藝」, 『동아일보』, 1934.10.9.

4. '조선색'이라는 방법과 '조선미'라는 사상

앞서 살펴본 바와 같이 '조선색'은 조선적인 것 즉 조선의 문화를 만드는 하나의 틀로 제시되었고 그 틀 안에서는 다양한 조선적인 것들이 만들어졌다. 즉 '조선색'에는 미술, 민속, 음악, 윤리, 도덕 등 조선의 다양한 문화적 요소들이 내포되었고, 이는 조선의 고유한 문화를 만드는 기제가 된다. 그러나 제국의 언어를 통해 조선의 문화를 인식하고 '조선색'을 가지고 조선문화를 만드는 방법을 제국과 공유하는 식민지 상황 속에서 '조선색'은 제국 일본과 조선이라는 다른 주체에 의해 서로 다른 의도를 가진 문화운동으로 이어진다. 즉 일본은 조선문화를 지방의 고유한 문화를 발굴하고 만드는 작업을 통해 제국의 지리 속에 포함시키고 조선은 거기에 대항하는 형태로 조선의 아이덴티티를 모색하는 방법으로 '조선색'을 통한 조선문화 담론을 만들어 간다. 물론 여기에는 길항만이 아닌 교차하는 공간도 존재했다. 그것이 1장에서 살펴본 조선미전이었고 여기에서 제국이 제시하는 언어를 통해 조선의 문화가 회화로 표현되고 시각적으로 재현되면서 전람회를 감상하는 사람들(조선인, 일본인)도 자연스럽게 조선문화를 구체적인 형태로 기억하게 했다. 즉 이러한 회화를 통해 조선의 고정적인 모습이 만들어지고 '조선색'이 이미지화 된 것이다.

이러한 '조선색' 이미지의 대중화에는 전람회와 더불어 박물관의 영향도 컸다. 박물관에는 조선의 고미술품이 소장되고 전시되는데 이러한 예술품이 회화 속에 그려지면서 조선을 특징짓는 '조선색'은 더욱 가시화된다. 그러나 박물관에 소장되는 조선의 고미술들은 '조선색'만으로는 고정화 할 수 없는 복잡한 의미를 가졌다. 왜냐하면 박물관이라는 공간에서는 제국의 시선을 통해 선별된 고미술품에 역사적·미적 가치가 부여되기 때문이다. 이러한 조선의 고미술 즉 조선의 유물을 발굴하고 수집하는 작업은 조선총독부에 의해 이루어졌고, 1915년 12월에 개방한 조선총독부박물관은 이러한 유물들을 소장하고 전시하는 곳이었다. 조선총독부박물관은 9월 11일부터 10월 말까지 경복궁에서 열린 시정오년기념조선물산공진회(始政五年記念朝鮮物産共進會)(이하 공진회)라는 조선통치 5년이 되는 해를 기념하기 위해 개최한 대대적인 행사가 끝난 후 공진회의 미술관을 박물관으로 명칭을 바꾸어 만든 것이다. 따라서 조선총독부박물관은 공진회에 출품된 조선의 고미술과 고고자료에서 출발했다. 각 도의 물산을 출품하도록 한 총독부는 이를 이용해 각처의 유물을 수집하였고, 총독부는 수집된 조선의 고미술을 선택하고 분류하고 전시하는 과정을 통해 조선의 역사를 지배의 논리에 맞게 재구성하고, 과거 즉 '지나가 버린' 시간에 속하는 대상으로 자리매김하면서 객관적인 물건들로 존재하게 했다.[37] 그리고 여기서 조선 본래의 역사적 맥락은 퇴색되고 조선인들은 조선의 역사 속에서 타자가 되어버린다.

그러나 1924년에 야나기 무네요시와 아사카와 형제가 개관한 조선민족미술관은 조금 다른 양상을 보인다. 1924년 4월 9일 경복궁 집경당에 만들어진 조선민족미술관은 야나기 무네요시와 아사카와 형제가 조선의 도자기와 공예품을 발견하고 수집한 활동에 공적(公的)가치를 부여할 수 있는 하나의 결과물이었다. 처음 조선민족미술관을 구상한 사람은 야나기로 그 계기는 1920년 5월에 다쿠미 집에 머물면서 백자를 보고 감동받아 "남은 작품이 무익하게 흩어져 사라지는 것을 안타깝게 생각하여

---

37) 목수현, 『일제하 박물관의 형성과 그 의미』, 서울대학교 대학원 석사논문, 1999 참조.

조선민족미술관" 설립을 구상하게 된다.[38] 또한 야나기의 감동과 안타까움이 미술관 구상으로 이어진 것은 시라카바 동인들이 뜻을 모아 시라카바 미술관 설립을 위해 활동했던 연장선상에서 자연스럽게 이루어진 일이기도 했다. 그동안 수집한 도자기와 공예품의 수가 상당했던 다쿠미도 야나기의 뜻에 동조한다. 그리고 야나기가 1921년 1월 『시라카바』에 「「조선민족미술관 설립」에 대해」[39]를 게재하며 본격적인 활동을 시작한다. 야나기는 이 글을 통해 "예술은 항상 국경을 초월하고 마음의 차별을 초월"하는 "보편적인 나라"이고 따라서 "작품"을 만든 "작자인 민족"과 "마음의 친구"가 될 것을 믿으며 "조선의 마음과 가까워지기 위해 가는" 곳, "마음을 열고 이야기를 나눌 수 있는 장소"를 만들고 싶어 조선민족미술관 설립을 계획했다는 취지를 밝힌다. 즉 예술 안에서는 어떤 차별도 존재하지 않는 보편성이 있으며 조선민족미술관을 통해 실현하고자 했던 것이다. 이러한 취지를 밝힌 조선민족미술관 구상은 『동아일보』, 『매일신보』, 『경성일보』를 통해 소개되면서 조선에도 알려진다. 조선민족미술관 설립에 필요한 자금은 조선에서 부인 가네코(兼子)와 함께 한 음악회와 강연회를 통한 모금과 후원을 받았으며, 당시 『동아일보』는 이러한 야나기의 활동을 대대적으로 보도하는 등 조력자의 역할을 했다. 야나기는 강연회를 통해 "선의 미는 조선미술의 특색"이고 "조선 역사의 빛이 예술에 있는 것과 같이 조선민족의 장래도 예술"에 있다고 하며 조선에게 "예술"이 필요한 이유에 대해 설명한다.[40] 그리고 이러한 야나기 예술론의 기

---

38) 야나기 무네요시, 「그의 조선행(彼の朝鮮行)」, 『改造』, 1920.10 (『柳宗悦 全集 6』 p.70에서 재인용)
39) 야나기 무네요시, 「조선민족미술관 설립에 대해 (朝鮮民族美術館設立に就て)」, 『白樺』, 1921.1, 『柳宗悦 全集 6』, pp.79-80.
40) 「조선민족과 예술의 관계」, 『동아일보』, 1921.6.6.

반은 "이것은 둘이 아닌 불이(不二)"[41]라고 하는 두 개의 다른 존재가 융합하는 것을 추구하며 다름을 인정하는 "불이(不二)"사상에 있으며 이를 통해 조선·중국·일본의 차이와 가치를 인정하고 중국을 위시하는 동양 미술사의 서열화와 차별을 무화시킨다. 즉 조선총독부박물관에는 일본과 조선의 문화와 역사를 차별화하고 서열화하며 조선의 문화와 역사를 지배의 논리에 맞게 재구성하고 있지만, 조선민족미술관은 야나기의 이러한 미적 논리가 작용하고 있는 것이다. 그리고 제국이 식민지 지배를 위해 만들어낸 아카데미즘의 지(知)적인 틀의 극복을 '불이'사상과 '직관'을 통해 발견한 '조선미'로 구현화하고 조선민족미술관을 통해 보편적인 민족의 고유성을 담보하면서 미와 예술의 영역에서 보편성을 확보한다.[42] 따라서 '조선미'는 제국의 이미지화 된 조선의 문화를 만드는 방법으로서 작용하기보다는 보편적인·예술적 영역 안에서 고유한 조선의 문화를 사유하는 하나의 사상적 의미를 가지게 된다.

5. 나오며

1920년대와 30년대 조선에서는 '문화정치'라는 새로운 지배정책과 더불어 본격화된 조선의 고문화 발굴사업과 이를 이용해 조선의 문화와 역사를 제국의 지배문맥에 맞춰 재구성하는 활동이 진행되었다. 제국은 박물관의 형태로 또는 전람회나 전시회, 음악회 등의 형태로 조선인들의

---

41) 야나기 무네요시, 「석불사 조각에 대해(石仏寺の彫刻に就て)」, p.134.
42) '직관'을 통한 '조선미' 발견과 성립과정은 졸고인 박진수(엮음), 「'조선미'와 이동하는 문화」, 『근대 일본의 '조선 붐'』, 역락, 2013 참조.

참여를 촉발시키고 있었지만, 조선인들은 제국이 만들어 놓은 문화공간 속에서 자문화의 주체가 되지 못하고 관람자의 위치에서 타자화되고 있었다. 그러나 한편으로는 조선 지식인이 주체가 된 '조선학운동'을 비롯한 서화협회전과 같은 문화운동이 일어나며 조선의 문화 주도권을 지배세력에게만 맡겨두지 않고 거기에 대항하는 형태로 조선문화 운동의 장을 형성했다.

이렇게 식민지기 조선의 문화는 제국과 조선 지식인이라는 다른 주체가 길항하는 형태로 만들어지고 있었고 특히 '향토색', '조선색', '조선정조'라는 용어로 조선다운 것을 강조하는 흐름 속에서 이러한 용어에 대한 해석과 이해에서 차이가 나타났다. 그것은 제국의 지방으로 위치 지으려는 '지방색'이라는 개념과 조선의 고유성과 독자성을 인정하며 보편적인 예술 또는 미의 영역에서 차별을 무화시키려는 '조선미'라는 개념이다. 즉 확실한 개념의 이해 없이 하나의 유행어처럼 사용되었던 '조선색'에는 여러 가지 해석이 따라다녔고 이러한 해석을 바탕으로 서로 다른 주체의 의도에 맞게 조선의 문화를 만드는 하나의 방법으로 이용되었던 것이다. 그러나 '조선색'이 '조선미'라는 미적 영역으로 이행되면서 보편성을 가지게 되고 이를 통해 '지방색'이라는 차별에서 벗어날 수 있었다.

처음 '조선미'를 발견한 것은 야나기 무네요시였고 조선의 문화 운동을 통해 '조선미'를 전개시켜가는 과정에서 조선예술에 대한 야나기의 미적 사상이 나타나며 그러한 사상이 구현된 장소가 조선민족미술관이었다. 또한 아사카와 형제와 함께 실현한 조선민족미술관은 야나기와 아사카와 형제가 조선예술에 대해 가진 애(愛)와 정(情)이 발현된 공간이기도 했다. 이러한 애와 정을 기반으로 발화된 '조선미'는 문화를 서열화하는 제국의 시선에서 벗어나 조선예술의 고유한 가치와 보편성을 획득하며 야나기와 아사카와 형제가 조선예술을 사고하고 이해하고 실천한 내용이 집결된 사상적 의미를 가지게 된다. 즉 '조선미'는 '조선색'이라는 방법으로 조선의 문화를 제국의 시선을 통해 특정한 형태로 이미지화 하는 조선문화 만들기 운동과는 다른 미적 영역에서 보편적인 조선문화를 사유하는 하나의 가능성을 제시하는 것이었다.

식민지 조선에서는 제국과 이에 대항하는 조선 지식인을 주체로 한 문화운동만이 아닌 야나기 무네요시나 아사카와 형제와 같이 지배자와 피지배자의 경계를 월경하면서 조선의 문화를 해석하고 만들어가는 또 다른 공간이 있었다. 야나기가 발견하고 조선의 도자기를 통해 구체화해가던 '조선미'는 이러한 문화운동의 공간 속에서 조선의 미적인 가치와 위상을 높여가며 제국의 식민지에 요구되는 '조선색'과는 다른 형태로 조선의 문화를 만들어가는 사상적 기제가 되기도 한다. 또한 이러한 '조선미'적 사상은 1930년대에 활발하게 나타나는 다양한 조선학 장르 속에 녹아들어 부분적으로는 '조선색', '조선심'과 같은 민족적·민속적 표상의 내적 기반에 공유되는 사상적 역할을 했다고 해도 과언이 아닐 것이다.

제8장

일본 전통 시가로 보는 20세기 초 재조일본인의 생활상

잡지『조선의 실업(朝鮮の實業)』(1905~07) '문원(文苑)'란을 통하여

엄인경

1. '외지' 일본어 문학과 일본 전통 시가

한반도에는 1876년 개항 이후 점차 고조되는 식민지적 열기에 수반하여 일본인들의 이주가 시작되었다. 19세기 말 청일전쟁을 거친 시기에는 이주자가 1만 명 내외, 러일전쟁 당시인 1905년 말에는 42,460명에 달했다.[1] 러일전쟁을 지나 일본의 한국 강제병합이 이루어진 1910년 말에는 재조일본인 수가 171,543명으로 급증하며, 한반도 각지에 일본인 거류민단이나 거류민회가 만들어지고, 해당 지역에 일본식 지명이 붙여지기도 했다.[2]

---

1) 朝鮮總督府庶務部調査課,『朝鮮に於ける內地人』, 朝鮮總督府, 1924.3.「제1편 인구, 호수(人口・戶數)」중「제1장 내지인이주연혁(內地人移住沿革)」의 내용에 따른 수치.
2) 高崎宗司,『植民地朝鮮の日本人』, 岩波書店, 2002. pp.96-97.

재조일본인들은 주요 거류지를 중심으로 각종 식민지 경영에 종사함은
물론 커뮤니티를 만들어 신문, 잡지와 같은 일본어 매체를 발행하며 정보를
공유했다. 이 당시 한반도에서 발행된 일본어잡지 『한반도(韓半島)』(1903~
06), 『조선의 실업(朝鮮之實業)』(1905~07), 『조선(朝鮮)』(1908~11)3)과 같은 매
체에는 실용적 정보와 기사, 논설뿐 아니라 이주 일본인들에 의한 창작
문학작품도 실렸으며, 매체에 따라서는 일본어 문학 내용을 '문예(文藝)'
나 '문원(文苑)' 등 독립된 난(欄)으로 장기간 존속시키기는 경우도 있었다.
이들 일본어잡지 내에 보이는 문학적 움직임은 일본에서 말하는 '외지(外
地)' 일본어 문학의 형성과 밀접한 관련성을 가지고 있으며 한국 내 식민지
일본어 문학의 성립과 전개라는 문제와 직접적인 연관성을 가지고 있다.

기존에 한국문학에도 일본문학에도 속하지 못하고 오랫동안 문학연구
에서 배제되어 왔던 '외지' 일본어 문학은 1990년대 이후부터 일본과 한
국에서 연구되기 시작하면서 기존의 국문학 중심의 연구경향을 탈피하
게 되었다.4) 하지만 일본과 한국에서 이루어진 '외지' 일본어 문학 연구
는 조선을 경험한 일본 대작가5)나, 1930년대 후반부터 1945년까지 일본
어로 창작활동을 한 저명한 한국인 이중언어작가에 관한 연구가 중심이

---

3) 이 중 『조선의 실업』은 1908년부터 『만한지실업(滿韓之實業)』으로, 『조선』은 1912년 『조
   선급만주(朝鮮及滿州)』로 개명하여 이후로도 확대, 속간되었다. 이들 잡지의 간행 의도는
   대부분 일본의 식민지주의에 대한 정당성을 주장하고 재조 일본인들의 권익보호, 한반
   도에 대한 일본인의 이주정책의 적극적 실현과 밀접한 관련을 가지고 있었다. 이는 '조
   선의 부원을 개발하고 모국과 각종 사업의 연락을 원만 민활하게 하는 것을 목적으로'
   (제1호, 1905년 5월(1의 p.16.) 이하 『朝鮮之實業』의 내용 인용과 페이지는 檀國大學校附設
   東洋學硏究所, 『開化期在韓日本人 雜誌資料集 : 朝鮮之實業』 1-4(國學資料院, 2003)에 따른다.)
   조선실업협회 기관지를 발간한다는 간행사에서도 드러난다.
4) 식민지 일본어 문학에 관한 연구는 일본에서 1990년대에 활기를 띠었으며 이에 관한 연
   구사 정리는 神谷忠孝 編, 『'外地' 日本語文學論』(世界思想社, 2007. pp.1-307.)에 상세하다.
5) 나쓰메 소세키(夏目漱石)의 『만한 곳곳(滿韓ところどころ)』(1909)이나 다카하마 교시(高浜虛
   子)의 『조선(朝鮮)』(1911) 등에 관한 연구가 그 대표적 예라고 할 수 있다.

었다.6) 한편 일제말기의 대작가를 중심으로 연구된 식민지 일본어 문학 연구경향을 지양하며 이 분야 연구에서 이제까지 소홀히 취급되던 1900, 10년대의 '외지' 일본어 문학 연구가 허석, 정병호, 박광현 등에 의해 본격적으로 이루어지게 되었다.7)

그러나 2000년 이후 새로운 연구영역이 개척되었다고 하더라도 그것은 주로 일본어잡지 문예란의 역할이나 식민지 담론과의 관련성, 또는 소설을 위주로 하는 산문에 관한 연구가 중심이었다. 따라서 1910년의 강제합병 이전에 한반도로 이주한 일본인들이 창작한 문학작품 중에서 일본어 문학의 중핵을 이룬 한시, 단카(短歌), 하이쿠(俳句) 등 일본의 전통적 운문 장르에 관해서는 거의 언급되지 않았다.8) 한반도 내 일본어 문

---

6) 정백수의 『한국 근대의 植民地 體驗과 二重言語 文學』(아세아문화사, 2000, pp. 1-391), 김윤식의 『일제 말기 한국 작가의 일본어 글쓰기론』(서울대학교출판부, 2003. pp.1-489)이나 류보선 「친일문학의 역사철학적 맥락」(한국근대문학회 『한국근대문학연구』 제7호, 2003. pp.8-40), 김재용의 『협력과 저항—일제말 사회와 문학』(소명출판, 2004. pp.1-261), 윤대석의 『식민지 국민문학론』(역락, 2006. pp.1-294) 등이 관련 선행론이다.

7) 대표적으로 허석의 「明治時代 韓國移住 日本人의 文學結社와 그 特性에 대한 調査研究」(『日本語文學 제3집』, 한국일본어 문학회, 1997. pp.281-308), 「한국에서의 일본문학연구의 제문제에 대해서 —도한문학의 "존재"에 초점을 맞추어—」(『日本語文學 제13집』, 한국일본어 문학회, 2002, pp.3-18), 정병호의 「20세기 초기 일본의 제국주의와 한국 내 '일본어 문학'의 형성 연구 —잡지 『조선』(朝鮮, 1908-11)의 '문예'란을 중심으로—」(『日本語文學 제37집』 한국일본어 문학회, 2008. pp.409-425), 「근대초기 한국 내 일본어 문학의 형성과 문예란의 제국주의—『朝鮮』(1908-11) 『朝鮮(滿韓)之實業』(1905-14)의 문예란과 그 역할을 중심으로—」(『외국학연구 제14집』, 중앙대학교 외국어문학연구소, 2010, pp.387-412), 박광현의 「조선 거주 일본인의 일본어 문학의 형성과 (비)동시대성—『韓半島』와 『朝鮮之實業』의 문예란을 중심으로—」(『일본학연구 제31집』, 단국대학교 일본연구소, 2010. pp.317-345), 「재조일본인의 '재경성(在京城) 의식'과 '경성' 표상」(『상허학보 제29집』, 상허학회, 2010. pp.41-80) 등의 논고가 있다.

8) 하이쿠 모임 등의 문학결사에 관해서는 바로 앞 주에서 언급한 허석의 「明治時代 韓國移住 日本人의 文學結社와 그 特性에 대한 調査研究」가 있지만, 당시 한반도 주요 지역의 문학결사의 현황을 파악한 시도이며 그들의 하이쿠나 단카의 내용을 분석한 것은 아니다. 또한 유옥희의 「일제강점기의 하이쿠 연구—『朝鮮俳句一万集』을 중심으로—」(『일본어 문학 제26집』, 일본어 문학회, 2004, pp.275-300)는 식민지 조선에서 창작된 하이쿠를 다루었다는 점에서 의미 깊으나, 논문에서 다룬 『조선하이쿠일만집(朝鮮俳

학 중 특히 소설 장르는 이들 일본어 매체 문예란에 실리지 않은 경우도 많았고 일정 시기 중단되는 경우도 있었지만, 한시나 단카, 하이쿠 등 전통적 운문 장르는 한반도에 일본어 매체가 등장한 이후부터 1945년까지 대부분의 문예란에서 일관되게 꾸준히 창작되었고 문학결사가 조직되거나 독자의 투고도 적극적으로 받아들이며 문예란의 주요 장르로 자리매김했다. 따라서 이러한 전통 운문 장르에 대한 해석과 의미 규명이 이루어지지 않으면 한반도에서 이루어진 일본어 문학의 전모는 물론 한반도 내 재조일본인들의 문학적 활동의 의미가 무엇인지를 온전히 파악할 수 없다는 점에는 재론의 여지가 없다.

이에 이 글에서는 당시 한반도 최대 일본인 거류지였던 부산에서 간행된 일본어잡지 『조선의 실업』의 문예란인 '문원(文苑)'을 대상으로 하여 당시 단카와 하이쿠 등 일본 전통적 운문 장르가 한반도에서 어떻게 창작되어 전개되었는지, 그 역할은 무엇인지를 천착하고자 한다. 이를 위해 먼저 당시 일본 내 운문 문학계의 동향을 파악하고 『조선의 실업』의 하이쿠나 단카 관련 기사와 연관관계를 짚어본다. 그리고 단카나 하이쿠가 재조일본인 사이에 어떠한 역할을 담당하였는지 알아보기 위해 재조일본인들이 조직한 시가나 하이쿠 문학 결사의 움직임을 파악한 다음 이들 작품에서 그리는 조선적 소재를 중심으로 한국적인 특징을 어떻게 표현하고 있는지 나아가 한반도로 이주한 자신들의 자화상을 어떻게 그려내고 있는지 분석하여 일본 내 단카, 하이쿠와의 차별성에 대해서도 논할 것이다.

句一万集)』은 1926년에 간행된 단행본이므로 '외지' 조선에서 일본어 매체를 통해 면면히 창작된 전통운문 전체상과의 거리감을 지적할 수 있다. 또한 金銀哲의 논문 「동아시아에서의 하이쿠의 전개양상과 번역-한국과 중국을 중심으로-」(『日本語文學』 제33집, 한국일본어문학회, 2007, pp.142-172)는 바쇼의 유명 구의 번역 양상에 초점이 맞추어져 있다.

이렇게 1900년 초부터 활발히 창작된 일본 전통 운문 장르의 연구를 통해 한반도에서 전개된 일본어 문학의 특징과 의미를 고찰함으로써 지금까지 산문 중심 연구에 치우쳤던 20세기초 한반도 일본어 문학의 전체상과 그 역할을 보다 다면적으로 이해하고자 한다.

2. 메이지(明治) 시대 일본 전통 시가계의 동향

우선 메이지(明治) 시대 전통 운문 문학의 세 장르인 한시, 하이쿠, 단카가 일본에서 어떠한 동향을 보이고 한반도에서 이루어진 '외지' 일본어 문학 성립과 전개에 어떠한 영향을 주었는지 개관해 보기로 한다.

일본이 근대국가로 재탄생한 메이지 시대에, 일본 언어의 지상과제는 한자와 한문을 기반으로 하는 중화적 보편질서를 타자화하고 그것을 탈피하는 일이었다. 그러한 맥락에서 유신을 전후하여 한자폐지론까지 나오면서 일본의 국자(國字)문제가 부상하였다.[9] 그러나 아이러니컬하게도 사실상 메이지 시대는 한자 범람의 시대였으며 한시 애호층마저 두텁게 형성되었다. 1890년대 이후 도쿄의 거의 모든 일간지에는 시란(詩欄)이 마련되었고 이토 히로부미(伊藤博文)를 위시한 신정부의 고관들이 여기에 한시를 게재했다. 실제 이토 히로부미의 경우 통감부의 초대 통감으로 취임하면서 조선에서 정치적 영향력이 가장 큰 인물이 되었는데, 이름과 슌보코(春畝公)라는 호를 번갈아 사용하며 조선에서 발행된 일본어 잡지에

---

9) 1866년의 건백서「漢字御廢止之議」부터 1900년 전후까지 일본에서 제기된 국자(國字)문제를 둘러싼 동향은 イ・ヨンスク『國語という思想』(岩波書店, 1996)의 제1부「明治初期の'國語問題'」(pp.26-46)에 상세하다.

도 한시를 게재하며 지적 교양 수준을 과시하고 문화적 지배력도 막강하게 떨칠 수 있었다. 『조선의 실업』 제25호 '문원'에도 이토의 한시가 게재되어 있으며, 안중근에 의해 저격되어 사망한 1909년 이후에도 지속적으로 언급되면서 이토의 한문학적 학식의 권위는 식민지기에 여전히 지속된다. 어쨌든 메이지 시대의 한시, 하이쿠, 단카 등은 한반도에서 창작된 일본어 문학으로도 이어져 '외지' 일본어 문학에서도 지속적으로 유지, 성행하는 장르가 된다.[10]

메이지 시대 후반 일본에서 하이쿠와 단카라는 전통 운문 장르의 부활을 이끈 장본인 마사오카 시키(正岡子規)는 1896년 시점에서 한시와 하이쿠, 단카를 다음과 같이 비교하고 있다.

오늘날의 문단에서 단카, 하이쿠, 시, 이 세 가지를 비교하여 그 진보의 정도를 비교함에 한시를 제일로 보고 하이쿠를 제이로 보며 단카를 제삼으로 본다. (그 한시라고 하거나 하이쿠라고 하는 것은 모두 구파의 노인들 것을 포함하지 않는다) 내가 시를 보는 견해는 이와 같다.[11](·표시 필자)

이는 시키가 28세 때 쓴 「송라옥액(松蘿玉液)」이라는 일기식 수필에서 쓴 내용인데, 우선 원문의 '시(詩)'라는 말의 쓰임새에 주목해 보면, 단카 및 하이쿠와 병렬되는 앞쪽의 '시'는 이 글이 쓰인 시기와 일본의 운문적 상황을 고려한다면 '한시'를 의미하지만, 인용부 마지막 부분의 '시'는 서양의 시에 대응하는 일본의 운문을 의미하는 것을 알 수 있다. 마

---

10) 메이지 시대 일본 내에서의 한시 동향과 유행에 관해서는 林慶花의 「志士와 文人, 정치와 문학—일본에서의 漢詩의 근대와 지식인—」(『大東文化硏究 第65輯』, 2009. pp.351-377)에 상세하다.
11) 正岡常規, 「松蘿玉液」, 『子規全集 隨筆 上』, アルス, 1924. p.17.

사오카 시키는 일본의 국민적 시가가 나타나기를 갈망하였고 종래 일본
의 시적 축적을 결집해 국시(國詩)를 성립시켜야 한다는 목표를 내세우게
된다.[12] 그리고 그 일환으로 단카나 하이쿠의 용어 범위를 확장하고 다
양한 표현영역을 획득하여 문학화하기를 구상하게 된다.

이 시기 세계 일등국이 되기 위해 일본은 일종의 환상인 '국민적' 가치
와 '국민적' 시가를 필요로 하게 되고, '국민적' 글자인 가나(仮名)로 쓰인
하이쿠와 단카는, 시키라는 걸출한 문인의 등장으로 개혁을 맞게 된다. 특
히 '사생(寫生)' 수법으로 대표되는 마사오카 시키의 하이쿠와 그가 1897년
창간한 하이쿠 잡지『호토토기스(ホトトギス)』는 이후 일본의 하이쿠 세계를
장악한다. 1902년 시키가 사망한 후에는 시키 문하생의 쌍벽이라 일컬어
지는 다카하마 교시(高浜虛子)와 가와히가시 헤키고토(河東碧梧桐)가 서로 경
쟁하며 하이쿠 문단을 견인해 가게 되는 것이다.

1900년 이후 조선에서 일본어 매체가 등장하고 그 안에 문예란이 마
련되면서 하이쿠가 가장 먼저, 그리고 수적으로도 많은 비율을 점유하게
되는데, 여기에서 흥미로운 점은 당시 일본 본토에서 하이쿠나 단카를
둘러싸고 논의되었던 담론들이 재조일본인의 잡지『조선의 실업』'문원'
란에도 반영되어 나타나는 점이다.

> 겐로쿠(元祿)의 하이진(俳人)은 하이쿠에 한 기원을 만든 것만으로 훌륭
> 하다고 해도 된다. 한 기원을 만들었다기 보다 처음으로 천지를 열었다고
> 하는 편이 온당하다. (…중략…)(중략 표시, 이하 같음) 그리고 덴메이(天
> 明)의 하이진은 겐로쿠 하이진이 토대를 만든 개간지에 여러 종류의 화훼

---

12) 이렇게 시키가 국시에 대한 갈망으로『만요슈(万葉集)』를 재평가하고 국민적 시가로 위
   치매김한 시대적 배경과 경위에 관해서는 ハルオ・シラネ・鈴木登美 編『創造された古典』
   (新曜社, 1999) 중 品田悅一의「國民詩歌としての『万葉集』」(pp.48-84)에 상세하다.

를 심었다는 점에서 크게 성공했다. (…중략…) 메이지의 하이진은 겐로쿠 덴메이 두 하이진의 뒤를 이어 (…중략…) 하이쿠 이외에 사생이라는 문 장체를 만들어 하이쿠 짓기의 여력을 오로지 그 방면에 쏟았다.[13]

이것은 『조선의 실업』 제7호 중 헤키고토(碧梧桐)가 쓴 글 「하이쿠 이야기 단편(俳話斷片)」에 보이는 일부 내용이다. 겐로쿠 시대의 하이진(俳人), 덴메이 시대의 하이진, 메이지 시대의 하이진이란, 각각 마쓰오 바쇼(松尾芭蕉), 요사 부손(与謝蕪村), 마사오카 시키(正岡子規)를 가리킨다. 겐로쿠 시대에 기행과 하이쿠의 접목을 통해 하이분(俳文)을 창조해 낸 바쇼, 그 한 세기 후에 회화와 하이쿠를 하나의 예술로 담아낸 하이가(俳畫) 장르의 완성자 부손과 나란히, 다시 한 세기 후에 사생 스타일을 개척한 시키를 각각 평가하고 있다. 즉 사생이라는 기법은 메이지 하이쿠의 가장 큰 달성으로 인식되었으며, 식민지 조선에서 이루어진 하이쿠 관련 담론에서도 키워드가 된 용어이다.

같은 시기 단카 쪽의 움직임을 보자면 묘조파(明星派)나 이시카와 다쿠보쿠(石川啄木)와 같은 메이지 신파 와카(和歌)의 등장에 앞서 일본에는 꽤 오랫동안 가론(歌論)과 가학(歌學)의 시대가 있었다. 연대로 말하자면 1890년대부터 1900년대인데 대부분 당시의 신문과 잡지에 발표된 수많은 가론과 가학을 거쳐 메이지의 신(新)와카가 탄생한 것으로 볼 수 있다. 가론과 가학이란 일본 문예이론의 역사 깊은 분야로, 헤이안(平安) 후기부터 성립되어 중세에 화려하게 꽃핀 일본 특유의 문학 이론 장르이다.

그리고 일본 가단의 논란이라는 것이 역사상 다시 수면위로 불거진 것

---

13) 碧梧桐, 「俳話斷片」, 第7号, 1905.11(2권 pp.582-583). 이 글에서 인용하는 『조선의 실업』 본문은 정병호·엄인경 공편 『近代初期 韓半島 刊行 日本語雜誌 資料集 2卷~5卷 朝鮮之實業』(도서출판 이회, 2014.5)에 의한다.

이 바로 1890년대 전후가 되는 셈이다. 마사오카 시키를 비롯해 국시를
수립시키려는 동향은 하기노 요시유키(萩野由之)의 「와카개량론(和歌改良論)」이
나 요사노 뎃칸(与謝野鐵幹)의 「망국의 소리(亡國の音)」와 같은 강렬한 가론을
등장시켰고, 와카를 둘러싼 혁신적 주장이 등장할 때마다 그에 대한 찬반
론도 거세게 일어났다.14) 그러나 이러한 가론들은 전통 운문장르인 와카
자체를 부정한 것이라기보다는 파나 계통, 와카의 일정한 특징에 대한 한
정적인 부정이 위주였다. '문원'에서는 하이론(俳論)이 끊임없이 게재된 것
에 비해 가론(歌論)이 강력하게 등장하지는 않지만, 단카와 렌가(連歌) 장르
창작이 지속되면서 와카라는 운문이 가진 정통과 역사성 중에서도 일정한
특성이 취사선택된다. 이에 관해서는 뒤에서 다시 상세히 다루기로 한다.

한반도 내 일본어 문학을 구성하는 가장 주요한 장르였던 하이쿠와
단카는 위와 같이 1890년대부터 1900년대에 이르는 일본 내 전통적인
운문장르를 둘러싼 다양한 논의와 시도를 그 배경으로 흡수하여 조선의
하이쿠와 단카에도 반영시키면서 '외지' 일본어 문학의 주요 장르로 자
리잡게 된 것을 알 수 있다.

3. 『조선의 실업』의 문학결사 일일회(一一会)

이와 같이 조선과 같은 '외지'에서 일본어로 창작된 한시, 와카, 하이쿠
문학은 일본 내의 움직임을 적극 반영하고는 있었지만, 그보다 '외지'라

---

14) 당시의 대표적 시가론과 각종 일본 내 매체에 발표된 가학 등은 久松潜一 外編, 『近代詩
歌論集』(日本近代文學大系 59, 角川書店, 1973. pp.1-496)나 小泉苳三의 『明治歌論資料集成』
(立命館出版部, 1940. pp.1-765)에 망라되어 있다.

는 공간성 때문에 훨씬 복잡한 양상을 보이게 된다. 그렇다면 1900년대 조선에서 이루어진 일본어 문학 중 일본의 전통 운문 장르의 특징과 역할을 어디에 있었는지를 이 당시 대표적 일본어잡지인『조선의 실업』의 '문원'을 중심으로 파악해 보고자 한다. 이 잡지의 '문원'에는 산문은 물론이고 하이쿠를 위시한 전통 시가가 매호 게재되고 있었다. 당시 소설계나 여타의 산문 장르에는 문학결사가 보이지 않지만『조선의 실업』을 통해 보더라도 일본의 전통문예인 와카나 하이쿠 분야에는 이미 이러한 문학결사가 조직되어 활동한 흔적을 확인할 수 있다.

『조선의 실업』에는 제1호부터 문원란에 일일회 회원들의 하이쿠가 게재되어 있는데, 허석이 논문에서 언급한 것처럼 부산에서 간행된 일간지『조선신보』에서 헤아린 일일회 회원 최소인원 7명보다는 훨씬 많은 수 20명 정도의 이름[15]이 확인된다. 그러나 일일회의「회원영초(會員咏草)」라는 제목으로『조선의 실업』제5호까지 기존 인물에 계속적으로 회원이 추가되어 한 구 이상의 하이쿠를 작구한 사람은 1905년도 내에서만 50명 이상[16]을 헤아리기에 이르며 이는 기존 통계보다 월등히 많은 회원을 가진 문학결사였음을 반증하고 있다. 회원이 되는 자격과 구의 제출에 관한 상세 과정을 보여주는 자료는 없지만, 어쨌든『조선의 실업』초창기 '문원'은 일일회 회원들의 하이쿠와 하이론(俳論)으로 주도된다.

우선 일일회를 주도한 것으로 보이는 기몬(鬼門)이라는 하이진에 관해 살펴보기로 한다. 기몬은『조선의 실업』제1호부터 제30호에 걸쳐 가장 많은

---

15) 默安, 斗南, 芳哉園, 笑鬼, 爛紅, 鬼門, 皐天, 白嗅, 南溪, 金毛, 草汀, 更月, 綠骨, 桂圃, 長楚, 丙子, 橫公, 白十, 失名, 柚樹이다. 또한 제1호 문원의 하이쿠에 이어 바로 현상과제를 공모하고 있다. 기고(季語)와 마감일을 지정하고 있으며 1등부터 3등까지의 상은 각각『조선의 실업』1년, 반년, 3개월 구독권이었다.

16) 제2호에서 8명, 제3호에서 10명, 제4호에서 11명, 제5호에서 6명 등이 계속 일일회 회원으로 추가된다.

구를 게재하였고 제1호부터 제3호까지는 「하이쿠를 짓는 표준(俳句を作るの標準)」, 「하이쿠의 수식(俳句の修飾)」 등 하이론을 연속적으로 개진하면서 일일회의 이론적 지도 역할을 담당한 인물이었던 것으로 보인다. 그 근거로 첫째 기몬 단독의 구만이 실린 경우를 들 수 있다. 우선 제10호나 제20호에서는 「악시자칭(惡詩自稱)」이라는 제명으로 각각 10구, 15구, 제12호에서도 「푸른 잎 어린 잎(靑葉若葉)」이라는 구제로 기몬 단독의 봄 하이쿠가 10구 게재되었다. 기몬이 일일회의 주도자였음을 알게 하는 두 번째 근거는 제18호에서 보이는 하이쿠 양식이다. 제18호 문원에는 「세만즉흥(歲晩卽興)」이라는 구제 하에 기몬의 하이쿠가 12구 있으며, 일일회 멤버들에게 1구씩 편지처럼 작구한 8구가 이어지고 있는데, 그중 몇 구를 살펴보면서 일일회의 분위기를 추찰해 보도록 한다.

> 호사이엔(芳哉園)에게
>> 아픈 아내를 고국에 보내놓고 해를 넘기네.
>>> (病む妻を國に護りて年越へむ)
>
> 도로(斗郞)에게
>> 봄 기다리는 몇몇 전투 먼지속 보이는 미소.
>>> (春を待つ幾戰塵の微笑哉)
>
> 소테이(草汀)에게
>> 새로이 나온 지폐로 계산하는 한 해 끝자락.
>>> (新しき紙幣勘定や年の暮)
>
> 롯코쓰(綠骨)에게
>> 기나긴 밤을 연말결산에 지친 두견새같군.
>>> (長き夜を仕切に倦んてホトトキス)[17]

---

17) 제18호, 1906년 12월(4권 p.224).

호사이엔이 쓴 구에서는 아픈 아내를 둔 남편, 타지에서 임신을 맞은 여성 회원에게 따뜻한 동정과 축하의 메시지를 전하고 있다. 또한 도로 는 러일전쟁과 관련된 전장의 인물임을 알 수 있으며, 소테이나 롯코쓰 는 재부산 일본인 실업가라는 점을 보여준다. 이들은 모두 꾸준히 구를 게재한 일일회의 주요 멤버이며, 그 중심에 있는 기몬은 한 해를 마무리 하는 시점에서 연말의 인사처럼 회원 개인에게 맞게 인간적인 관심을 하 이쿠로 드러내고 있다. 다양한 직업을 가지고 서로 다른 입장에 놓인 재 부산 일본인들이 일일회라는 문학결사를 통해 인간적 교류와 더불어 문 학창작을 통한 내적 결속력을 도모하고 있음을 엿볼 수 있다.

다음으로 살펴보고자 하는 회원은 쇼키(笑鬼)라는 인물이다. 쇼키는 첫 호부터 문원에 꾸준히 하이쿠를 싣고 있는데 우선 그가 지은 「전첩의 저 녁」이라는 가제의 단카를 주목해 보도록 한다.

> 어디에서나 분명히 피끓이는 소리를 내며 노래로 위로하는 강변의 개구 리들.
> (何處とも定かにわかす聲立てうたふて慰する川の辺の蛙)
> 더위 식히러 저녁에 작은 산의 꽃을 찾으니 동쪽에 솟아나는 고귀하신 달님아.
> (夕涼み小山に花を訪つぬればあづまに昇る月の尊さ)18)

이 두 단카에는 주자툰(朱家屯) 병참사령부 쇼키라고 지은이가 명시되어 있다. 주자툰은 중국 산둥성의 지명이며, '전첩(戰捷)'은 승전을 의미한다. 이로써 초창기 문원에 꾸준히 하이쿠를 보낸 쇼키는 당시 러일전쟁에 관 여한 군인이자 일일회 회원이었음을 알 수 있다. 그런데 쇼키라는 군인

---

18) 제3호, 1905년 7월(2권 p.248).

겸 하이진이 놓인 정황을 이해하는 데에 기몬의 다음 구들이 일정한 의미를 가질 수도 있을 것이다.

> 전지의 친구에게 보내다(戰地の友に送る)
> 긴 도검 끝의 흰 이슬에 깃드는 달 머문 새벽.
> (劍尖や白露宿る朝月夜)
> 긴 장마기간 전화(戰火)가 머무르는 사십 리 남짓.
> (大雨期や兵火屯す四十餘里)
> 전선 보초에 친한 친구인 오월 장마 내리네.
> (哨線や親しき友の五月雨る)
> 한낮 더위에 러시아군으로 보인 투항의 깃발.
> (日盛りや露軍に見ゆる投降旗)[19]

기몬의 「전지의 친구에게 보내다」라는 구제의 위 구들은 어쩌면 러일전쟁에 참여한 쇼키라는 회원에게 보내는 안부인사일 수도 있다. 적은 수나마 지속적으로 하이쿠를 싣던 쇼키는 제9호를 끝으로 『조선의 실업』에서는 그 이름이 보이지 않게 된다.

일일회, 나아가 재부산 일본인의 인적 이동의 측면에서 소테이(草汀)라는 회원도 주목할 만하다. 소테이 역시 제1호 문원에서부터 구를 실은 하이진(俳人)인데 제15호 이후로 적극적인 작구 활동을 보였다. 그런데 특히 제23호 하이론 뒤에 따로 마련된 지면에서는 일일회 회원들에 의한 「오랫동안 소테이를 배웅하며(送永見草汀)」라는 구제로 롯코쓰, 모쿠안(默安), 란코(爛紅), 고텐(皐天), 가테이(華汀) 등의 회원들이 석별의 정을 읊고 이에 대해 소테이가 답구를 확인할 수 있다.[20] 또한 이렇게 보내온 소테이의 구

---

19) 제4호, 1905년 8월(2권 p.332).
20) 제23호, 1907년 5월(4권 p.752).

에 대해 기몬이 「멀리 소테이 군을 보내며(逾寄草汀君)」라는 구제로 전도에 축복을 보내는 2구로 다시 싣고 있다.

『조선의 실업』이 평균 3천부, 누적 7만 2천부를 발행하였고 당시 23곳의 지회와 37곳의 판매처, 회원 2,300여 명이 일본, 한국, 청나라, 미국 4개국에 걸쳐 있었다[21]고 현황 보고된 한국 유일의 실업잡지임을 감안한다면, 상기의 하이쿠는 편지나 연락수단의 기능을 하기에도 충분했을 것이다.

또한 이렇게 다양한 인적 구성으로 활발한 구작 활동을 보인 일일회는, '문원'의 내용에 근거하자면 마산의 구회(句會)인 쓰키노우라(月の浦)와도 합동 구회를 열고,[22] 멀리 인천에 있는 하이진과도 교류[23]하는 등 활동의 폭이 넓었던 것도 알 수 있다.

그런데 일일회가 부산의 유력한 하이쿠 결사였던 것은 분명하지만, 유일한 세력은 아니었음을 시사하는 다음의 내용 역시 당시 재조선 일본 문학결사의 움직임을 포착할 때 주목할 만하다.

---

21) 제24호, 1907년 6월. 「잡록(雜錄)」 중 「꼬박 삼 년(丸三年)」이라는 제목으로 주간 우치다 다케사부로(內田竹三郎)가 쓴 기사에 보이는 내용이다. 이 글에서는 조선이라도 외국이라 잡지인쇄도 어쩔 수 없이 오사카로 보내서 인쇄할 수밖에 없다는 등 당시의 출판 상황에 관한 정보도 얻을 수 있다(4권 p.40).

22) 제14호에는 「회원영초」라는 제목으로 마산 쓰키노우라회(月の浦會)와의 교류가 언급된다. 이 구회에서 기몬 외의 碧汀, 桑圃, 央名, 支山, 六入, 暮潮, 苦節의 7명은 해당호에만 등장하므로 마산에 거류하는 쓰키노우라 멤버로 보인다.

23) 제13호에는 「山高水長」이라는 구제로 '인천 森桂圃의 댁에서 偶然히 회동하여 개최한 舊交 일일회(仁川森桂圃宅偶然會合同舊交——會)'라고 소개되고 있다(2의 p.491). 여기에 4명의 구가 교대로 등장하는데 이 중 기몬, 南溟, 芳哉園은 부산 일일회의 주요 멤버이고 桂圃가 모리(森)성을 가진 재인천 일본인 하이진이다. 舊交라는 말에서 桂圃라는 인물이 예전 부산에서 활동한 일일회 회원이었을 가능성이 있다면, 부산지역 하이쿠 결사 일일회의 연혁은 『조선의 실업』발간 훨씬 이전으로 생각보다 오래된 것일 수도 있다. 또한 제16호에도 인천에서 天骨와 泡沫文學士라는 이름으로 세 구의 가을 하이쿠가 실려 있어(4권 p.32) 인천 지역과의 하이쿠 연계는 단발적인 것이 아니었음을 보여준다.

　일일회는 잠들어 깨어나지 않고 초승달회는 건너편을 보지 않고 잘난
체 한다. 주먹을 불끈 쥐고 서로 싸우기라도 한다면 재미있겠다고 여기지
만 쌍방이 얌전하구나.……24)

○○生이라고 익명을 사용한 자는 「흐린 안경(くもり眼鏡)」이라는 겸사(謙
辭)의 글 속에서 일일회와 더불어 초승달회(三日月會)25)라는 하이쿠 결사의
동향에 관한 내용을 다루고 있다. 전자의 잠에서 깨어나지 않는 구태의
연함, 후자의 주변을 돌아보지 않는 오만함을 지적하고 있는데, 성향을
달리하는 라이벌격의 두 문학 모임이 존재했다는 점에서, 일본에 의한
강제병합 이전에 이미 성격이 다른 하이쿠 결사가 일정 세력을 가지고
각각의 회원에 의한 창작 활동을 벌였고 부산에 거주하는 일본인 사이에
매체를 통한 문학 활동이 일정 수요가 있었다는 것을 확인할 수 있다.
　이로써 일일회가 지금까지 알려진 것보다는 규모가 훨씬 큰 부산의
대표적인 문학결사로서, 기몬와 같은 리더적인 존재를 중심으로 문예창
작을 통해 인간적 교류와 결속을 도모하였음을 알 수 있었다. 또한 일일
회는 부산의 대표적인 결사였지만 초승달회라고 하는 문학적 성향을 달
리 하는 결사와 경쟁을 하였다는 점, 쇼키와 소테이 같은 인물들의 궤적
과 마산의 문학결사나 인천 하이진과의 교류에서도 볼 수 있듯이 지역적
으로 한정되지 않았다는 사실도 특기할 사실이라 할 수 있다. 더불어 『조
선의 실업』이라는 잡지의 유통이 확산되면서 그 안의 하이쿠 자체가 회
원들 사이의 연락 수단이라는 기능도 수행하고 있었다. 또한 재조일본인
들 사이에서 구회의 회원활동이나 하이쿠 모집 등이 '문원'을 통해 일정
한 문학적 수요를 창출했다는 것도 파악하였다.

---

24) 제11호, ○○生記, 「흐린 안경(くもり眼鏡)」, 1906년 5월(3권 p.325).
25) 초승달회(三日月會)라는 문학결사에 관해서는 허석의 전게 논문에서도 언급된 바 없다.

다시 말해 1900년 초 전통적 운문 하이쿠는 당시 일본어 문학 중에서
도 중심 장르로 위치하였으며, 여타 장르에서는 볼 수 없는 문학결사를
통해 현지에 뿌리를 내리고 창작을 통해 다양한 재조일본인들과 문학적
으로 소통하는 통로였다.

4. 단카에 그려진 재조일본인의 자화상

그렇다면 이들 재조일본인들은 조선이라는 '외지'에 거주하는 공간성
을 어떻게 인식하고 있었을까? 그리고 그들의 현실적 삶이 영위되는 조
선과 조선에서 생활하는 자신들의 모습을 어떤 식으로 형상화했을까?

우선 제7호 문원부터는 한국사람, 혹은 한국적 풍토를 소재로 삼은 다
음과 같은 단카가 제9호까지 이어지고 있는데, 1905년 11월부터 1906년
1월에 걸치는 이 시기에 타지에서 세밑과 신년을 맞는 일본인들의 심정
을 읽어낼 수 있다.

> ① 소수레 쫓는 아이들 거친 들판 한국인 뺨에 부는 가을 바람이 수수
>   밭에 울린다.
>   (牛車追ふわらべ荒野や韓人の頬吹く秋風黍から鳴らす)26)
> ② 추한 잡초에 얼어붙은 이슬도 녹아버리고 들판도 조용하니 한 해가
>   저무누나.
>   (醜草の露の氷も打とけて野辺も靜けさ年のくれかな)
> ③ 일본의 깃발 고려땅 당토까지 나부끼면서 해를 넘어 건너는 아주
>   익숙한 강물.

---

26) 제7호, 挾花의 단독 단카, 1905년 11월(2권 p.583).

(日の御旗高麗唐土に耀きて年たちわたるありなれの河)27)

①은 교카(挾花)라는 이름으로 제7호 문원에만 단 한 번 이름을 보인 가인의 단독 단카인데, 황야 즉 거친 들판은 식민지 시기 내내 한국의 척박한 풍토를 결정짓는 이미지로 춥게 느껴지는 늦가을 바람과 함께 조선의 황량함을 드러내고 있다. ②와 ③은 시모쓰케(下野, 현재의 도치기현(栃木縣)) 사람이라고 지역을 밝힌 가와마타 규헤이(川俣久平)가 「작년 올해(去年今年)」라는 제목 하에 일일회 회원들의 하이쿠와 더불어 실은 단카 두 수이다. 지역명이 현재 거주지를 의미하는 것이라면 재조일본인이라고는 할 수 없으나, 특히 ③의 단카를 통해 보면 일본의 세력이 고려 땅과 그 너머 중국 대륙에까지 이르는 데에 기여하며 추운 겨울에도 배로 일본과 조선을 왕래하는 사람으로서의 자부심과 기상을 담아내려 하고 있다. 이처럼 '문원' 내의 단카에는 재조일본인의 웅대한 기상과 '외지'에 놓인 자신의 불안한 처지에 대한 시선이 상호 교차하고 있다.

이렇게 간헐적으로 보이는 단카가 재조일본인의 눈에 비친 한반도의 풍토와 풍습을 어떻게 드러내는지, 나아가 '외지'에 있는 자신들의 처지에 어떠한 의미를 부여하는지를 분석하기 위해서 '부산시회(釜山詩會)'라는 단체에 주목해 보고자 한다. '부산시회'는 일단 제10호 문원에서 처음 모임의 이름이 보이지만, 회원들이 결사의 이름으로 단카를 지속적으로 싣고 있지 않기 때문에 활동 양상이나 특징을 단언하기는 용이하지 않다. 하지만 '부산시회영초(釜山詩會咏草)'로 소개된 단카 15수에는 덴가(天我), 고간(孤丸), 시야(詩耶)의 이름이 있으므로 최소한 이들이 회원으로 활동한 단카 시모임으로서 존재했다는 사실을 알 수 있다.

---

27) 제9호, 川俣久平, 「去年今年」 중의 두 수, 1906년 1월(3권 p.153).

우선 덴가라는 인물의 단카에 초점을 맞추어 보면 흥미롭게도 가제(歌
題)에 따른 일련의 단카에서 '부산시회'가 포착한 당시 재조일본인들의
자화상이 드러난다. 이하 「한국살이(韓ぶり)」라는 가제 하에 게재된 단카
중 우선 덴가의 노래를 살펴보자.

> 한국에 살며 십년이 지나가니 고향 마을에 아는 사람도 없는 늙은이가
> 되겠지.
> > (韓ぶりて十年過ぎなば故里に知る人も無き翁とならむ)
> 한국에 살며 헛된 나날들을 보내면서도 아아 한결 더 도읍 그리워지는
> 것을.
> > (韓ぶりて儚き日々を過しつつ嗚呼一入に都戀ふるを)
> 한국에 살아 기쁘다고 묻느냐 운다고 해서 눈물 흘려 버리면 남자도 아
> 니거늘.
> > (韓ぶりて嬉しと問ふや泣けばとて涙溢るる男にあらず)
> 한국에 살며 아 묻히고 싶구나 꽃 피지 않고 열매 맺지 못한 풀 그저 묻
> 히려는가.
> > (韓ぶりて嗚呼埋ればや花さかず實らぬ草の唯埋れむか)[28]

위의 단카는 공통적으로 한반도로 건너온 재조일본인의 불안감과 중
앙인 내지에서 소외된 주변적 삶을 산다는 의식, 고향을 떠난 회한과 고
국에 대한 애증이 '한국에 살며(韓ぶりて)'라는 초구의 반복에 의해 인상적
으로 드러나고 있다. 또한 덴가 외의 다른 부산시회의 회원들도 각각 다
음과 같은 단카들을 게재하였다.

① 휘휘 불어온 대륙풍을 맞으며 시대 제대로 못 만난 어리석음 벗어

---

28) 제10호, 釜山詩會, 「韓ぶり」, 1906년 4월(3권 p.231).

내려는 사람.

(ありやありや大陸風を吹き煽り時代逢える愚を剝かう者)

② 가는 팔이라 여순(旅順) 땅을 개척한 자의 끊이지 않는 힘이야말로
   과연 부러울밖에.

(細腕さすが旅順を抜きし人の絶えぬ力を羨まれぬる)

③ 깃발을 들고 너른 들판에 서서 히데요시(秀吉)가 웃으며 승리 얻은
   그 마음 알겠구나.

(麾あげて大野に立てば秀吉が笑んで勝得し心偲ばる)

④ 늙은이 손에 한국 자손 이끌고 노니는구나 이토(伊藤) 후작 아무렴
   죽을 땅 없겠는가.

(老ひがてに韓の子率てや遊ぶらん藤侯何ぞ死地無かるべき)[29]

　앞의 두 수는 고간의 단카로 ①과 ②는 시대를 잘못 만나 변방에서
고생해야 하는 외지로 나선 사람의 통한이나 만주 대륙을 개척하러 간
진취적 기상과 힘을 가진 이에 대한 부러움을 드러낸다. 뒤의 두 수는
시야의 단카인데 ③과 ④의 경우는 과거 도요토미 히데요시(豊臣秀吉)의
한반도 침략과 당시 일본인의 반도와 대륙 진출을 동일선상에 놓은 자부
심이나, 통감의 지위로 한국을 경영하는 대표격인 이토 통감에게 말을
걸듯 그 진출의 기상이 나이 들어서도 꺾이지 않았음을 보여주고 있으므
로 남성적 포부와 통한을 응축시켜 드러내고 있다고 할 수 있다.

　이상의 단카를 보면 중앙인 일본에서 주변인 '외지' 조선으로 이주할
수밖에 없었던 재조일본인들의 불안감과 소외의식, 더불어 당시 식민지
주의에 적극 편승하면서 남성적[30] 기상과 희망[31]을 가지고 대륙 경영을

---

29) 제10호, 釜山詩會,「韓ぶり」, 1906년 4월(3권 p.231).
30) 여기에서 사용하는 '남성적'이라는 의미를 이해하는 데에 제10호의 美人之助가 쓴「朝
　鮮に於ける日本文學」의 다음 구절이 유용할 것이다. '부디 일본어로 그들(조선과 지나
　사람들)에게 임하라고 했는데 이것은 만대의 진리이다. 제비꽃에 울고 별을 동경하라

꿈꾸고 그에 종사하는 가인들의 자기표현이 착종한다고 볼 수 있다. 한
편으로는 잡지의 간행목적과 소통하는 부분이기도 하지만 이러한 모순
된 감정은 재조일본인들의 심상을 파악할 수 있는 큰 특징의 하나라 할
수 있겠다.

한편 고간과 시야의 단카 중에는 각각,

가구쓰치의 크나큰 노여움을 더러워지고 부정한 현대에 가해야 할 것이니.
　(かぐ土の大き怒をよごれたる穢の現代に加ふべうなり)
막을 올리고 구교가 노려보는 눈 내린 달밤 의관을 갖춘 자의 가마가 흔
들렸다.
　(幕あけて公曉が睨ふ雪月夜衣冠の人の駕たゆたひぬ)

와 같은 작품도 있다. '가구쓰치(かぐ土)'는 기키(記紀) 신화에 나오는 신으로,
태어나면서 어머니를 죽게 하고 아버지 신에게 살해당하며 피와 사체에
서 열여섯 신을 태어나게 한 불의 신을 말한다. '가구(かぐ)'는 무언가 타는
냄새와 관련이 있으며 불에 탄 듯 척박하고 황폐한 한반도의 땅으로 이
미지 연계되며, 더러운 현재의 조선 땅에 일본의 신의 분노가 가해져서
그 부정함을 씻어야 한다는 취지의 단카로 해석할 수 있다. 또한 '구교(公
曉)'는 가마쿠라 막부(鎌倉幕府) 2대장군이었던 아버지의 원수를 갚기 위해
겨울에 쓰루가오카하치만구(鶴ヶ岡八幡宮)에서 예복 차림으로 참배를 온 삼

고는 않겠다.'(1906년 4월. 3권 pp.231-232) 여기에서 말하는 제비꽃과 별은 요사노 아
　키코(与謝野晶子)로 대표되는 묘조파(明星派)의 별칭 세이킨파(星菫派), 즉 별과 제비꽃과
　의 중심개념인 여성적 낭만성을 말한다. 조선과 중국 대륙에서는 이러한 문학이 결코
　나올 수 없다는 의미 반영이다.
31) 제24호의 「꼬박 삼 년(九三年)」에서 주간 內田竹三郎가 「창립한지 아직 2년 반에도 이
　르지 않았으니 희망은 산더미처럼 크고 포부는 바다 같다」고 말하는 조선실업협회의
　희망과 포부와 직결된다. (1907년 6월, 5권, p.40)

촌이자 3대장군 사네토모(實朝)의 목을 베고 자신도 결국 살해당한 기구한
운명의 20살 청년 승려이다.

이렇게 일본의 신화와 역사적 일화, 고전문학을 인용함으로써 이를 공
유할 수 있는 재조일본인 문화인들간의 유대와 문화적 자긍심을 고취하
며 결과적으로 단카라는 매체를 통해 우월적인 공통체를 지향했다고도
볼 수 있다.

5. 조선적 소재와 일본 전통 시가의 저어(齟齬)

마지막으로 계절을 드러내는 약속된 단어가 전통적으로 자리 잡은 하
이쿠 장르 내에서, 조선이라는 풍물을 포착하여 이를 형상화할 때 그 대
상이 어떻게 기고(季語)와 연계되는지, 그리고 이러한 조선을 소재로 한 하
이쿠에서는 조선과 조선인을 어떻게 그리고 있는지를 알아보도록 한다.

우선 제20호까지는 재조일본인의 애상과 애환을 담아내는 일일회 중
심의 구풍이 압도적이다. 조선적 풍물이나 소재를 다루는 일일회의 구와
기고의 관계를 살펴보자.

① 온돌에 피는 연기가 끊어졌네 진눈깨비 봄.
　(温突の烟たゆたし春の霄)
② 개 짖어대는 한국인들 마을의 봄 진눈깨비.
　(犬吠る韓人街や春の霄)　　　　　　　　　　　(이상 제11호)
③ 효도로구나 묘지에 바친 한두 어린잎들은.
　(孝道や墓地一二本若葉かな)
④ 바로 양반의 소유지였네 어린 잎 돋은 산.

(兩班の所有なりけり若葉山)   (이상 제12호)

⑤ 술집에 여보 담배 피우는 저녁 더위 식히기.

　(スリチビにヨボタンベ吹く夕涼)

⑥ 기생의 거울 탁하게 흐렸구나 청죽 엮은 발.

　(妓生の鏡くもれり青すだれ)

⑦ 드리운 발 안 나체 미인이 화장을 하고 있구나.

　(みすの裸体美人の化粧哉)

⑧ 지게꾼이 지게에 기대어서 낮잠 자누나.

　(チゲグンのチゲにもたれて晝寢哉)   (이상 제13호)

⑨ 한국 산들이 열흘간의 여행에 단풍 보였네.

　(韓山や十日の旅を紅葉見す)

⑩ 벗겨진 산의 바위를 덮어버린 덩굴의 단풍.

　(禿山の巖掩ふたりつた紅葉)   (이상 제17호)

　①-④는 봄의 구임을 알 수 있는데, 온돌이나 개가 짖는 소리, 효도, 양반과 소유 등 조선적 상징물 혹은 특징적 개념들이 경물로서 배치되어 있다. 그리고 ⑨-⑩은 가을의 구로 민둥산(禿山)으로 대변되는 조선의 황폐한 자연이 단풍으로 뒤덮여 여행의 대상으로 비춰지고 있으며, 식민지기 내내 조선 풍물의 상징이 되는 온돌, 여보, 효도, 양반, 지게, 기생 등의 개념과 조선어는 한국 강제병합 이전에 이미 조선을 그릴 때 사용되는 일종의 클리셰로 자리 잡고 있었음을 확인할 수 있다. 하지만 한편으로는 이러한 소재가 스스로 기고로 자리 잡지는 못하여 따로 기고를 필요로 하고 있다는 사실도 확인된다. 또한 ⑤나 ⑧과 같은 구는 여보(ヨボ =한국사람)가 술집과 담배, 인력거꾼이나 지게꾼이 낮잠과 결부되어 있듯 게으른 한국 남성의 표상으로,[32] ⑥이나 ⑦처럼 기생이나 나부(裸婦)는 한

---

32) 제26호의 「내공장」에서 한민(韓民)에 대해 '거짓을 내뱉고, 도둑질하고, 나태한 잠을 탐하는구나'(1907년 8월, 5권 pp.256-257)라고 하거나, 제30호의 「내공장」에서 '조선의

국 여성의 표상으로 지속적 이미지를 창출하며 이미 이 시기 일본 전통 시가에서 사용되고 있음을 보여준다.

또한 이들이 쓴 하이쿠에도 앞의 단카에서 볼 수 있었던 것과 같이 당시 식민지화의 열기나 진취적 기상을 드러낸 창작이 있다.

> ① 온돌 방에서 밀칙을 논의하는 이씨 박씨들.
>   (溫突に密勅を議す李朴の徒)
> ② 종주국 일본 신하가 여기 있소 기원절(起源節) 맞아.
>   (宗國の臣茲に在す紀元節)
>   대묘참배(大廟參拜)
> ③ 가미카제(神風)여 정미년 새해 복을 기원해 본다.
>   (神風や丁未の歳を祈りけり)[33]
> ④ 소수레 가는 거친 땅에 끝없는 하얀 창포꽃.
>   (牛車往く荒地はてなき白菖蒲)
> ⑤ 북한의 산도 녹색 빛을 띠누나 여름 한복판.
>   (北韓山も綠や夏半ば)[34]

①에서는 따로 기고가 없는 것으로 보아 온돌방 자체가 난방을 필요로 하는 겨울의 기고로 사용되었다. 하지만 계절 감각이라는 측면보다 ②와 ③의 구와 더불어 일본이라는 나라의 탄생(=起源節)과 특수한 신국(神國) 일본의 국민으로서 재조일본인들이 갖는 자부심에 대비해 비밀스러운 모임을 가지고 회동하는 조선인들의 모습을 드러내고 있는 구라고

지게꾼(擔軍)은 마늘 냄새가 나고 지나의 꿈力은 먼지 냄새가 너무 심하다, 마늘 냄새 나는 것은 놀고 먹는 것을 의미하며 먼지 냄새가 나는 것은 노동을 표시한다.'(1907년 12월, 5권 p.672)처럼 반도 남자들에게 게으름, 나태 등 야만적이고 부정적 이미지가 고착되어 있다.

33) 이상의 세 구는 제20호 기몬의 「惡詩自稱」 1907년 2월(4권 p.490).
34) 이상의 세 구는 제24호, 一一會, 「會員咏草」 1907년 6월(5권 p.33).

볼 수 있다. 또한 회녕(會寧)을 비롯한 북한을 다녀온 듯 제24회 문원에는 「북한야경(北韓野景)」과 「북한 회녕」이라는 소제목으로 ④, ⑤와 같은 구들이 게재되었다. '거친 땅'이라는 것은 '독산탁수(禿山濁水)'[35]와 마찬가지로 개간과 개척 대상으로서의 한반도 땅을 이미지화하는 대표적 어휘이다. 그러한 거친 북한의 들판과 산에도 한여름만은 녹색 빛을 띠어 약간의 척박한 풍경을 면한다는 내용이 읽힌다.

하지만 하이쿠의 가장 기본적 약속 중 하나인 기고와 조선 고유의 소재가 잘 녹아들지 않고 피상적 계절 묘사에 머무르고 있는 점을 지적할수 있으며, 개척할 대상으로 조선 땅을 바라보아야 하지만 계절을 반영하며 감상으로 흐르므로 포부가 느껴지는 진취적 하이쿠로 적극 연결되지는 못한다. 기고라는 필요최소한의 하이쿠 성립의 요건이 조선의 특수한 용어나 생경한 문화와 충돌하면서 조선적 하이쿠로 자리 잡지 못하고 부유하는 상황이 빚어지는 것이다. 사실 이러한 흐름을 더욱 결정짓는 변화가 생기는데, 그것은 바로 『조선의 실업』 문원에 보이는 재조일본인들의 전통운문창작이 제21호부터 멤버와 분위기를 일신하는 현상이다. 일일회 회원들의 하이쿠는 문원의 맨 앞자리에서 산문 뒤쪽으로 밀리거나 실리지 않는 경우도 생기게 된다. 이후 기토(其桃)라는 인물에 의해 문원의 모집 하이쿠와 하이론이 주도되며 계절의 구를 투고하는 것이 의무사항으로 강조되면서 내지 일본인들의 구가 비약적으로 증가하고, 동시에 조선적 소재나 풍물을 읊은 구는 사라진다.

이상에서 살펴본 것처럼 조선적인 소재를 그릴 때 그것이 하이쿠의

---

35) 제11호, 美人之助 「매몰된 조선을 연구하라」라는 글에서 벗겨진 산과 탁한 물로 조선의 황폐한 산하를 지칭하는 단어로서 '독산탁수(禿山濁水), 이 한 마디로 덮기에는 조선 역시 하나의 가련히 여길 망국에 불과하다'로 시작하는 것처럼 망국의 상징적 경물로서 다루어지고 있다(1906년 5월, 3권 p.322).

기고 설정과 원활하게 조화하지 못하고 있는 점은 아직 한반도 내에서 창작된 하이쿠가 '외지' 일본어 문학으로 정착하지 못했다는 것을 보여줌과 동시에 이 장르의 '외지' 일본어 문학적 성격을 잘 대변하는 것이라고도 할 수 있다.

6. 전통 시가로 보는 '외지' 일본어 문학의 특징

지금까지 일본의 한국 강제병합이 이루어지기 이전 한반도, 특히 부산에서 간행된『조선의 실업』의 '문원'란을 통해 재조일본인들의 일본 전통 운문장르의 창작 양상을 고찰해 보았다. 이 당시 조선 현지의 특성을 잘 반영한 시형이 한반도에서 성립되었다고 보기는 어렵다. 하지만 근대 초기에 한반도로 이주한 재조일본인들이 겪은 감정의 교차나 그들이 만든 문학결사의 특징을 뚜렷이 포착할 수 있는 것은 바로 하이쿠와 단카 같은 전통 운문 장르였다.

한반도에서 이루어진 초기 일본어 문학 중에서 하이쿠를 비롯한 일본 전통 운문 장르에 대해 잡지의 모집과 투고, 선정의 과정이 있었다는 점은 이미 한반도의 각 지역마다 그러한 장르가 창작되고 유통되었으며 나아가 그것을 감상할 수 있는 문학적 토대가 존재하고 있었음을 반증한다. 이러한 역할을 담당하고 있었던 것이 바로 '일일회'나 '부산시회'와 같은 전통 운문 장르인 하이쿠와 단카의 문학결사 단체였다.

『조선의 실업』의 '문원'에서 보이는 한반도 내 하이쿠, 단카 문학결사의 문학적 소통은 왜 이 장르가 '외지' 한반도에서 가장 성행하는 작품 활동을 이루게 되었는지, 나아가 소설 장르보다 더 지속적으로 일본어잡지의 지면을 확보할 수 있었는지를 잘 설명하고 있다. 이들이 그리는 시가에서는 일본 현지를 떠나 타지에서 살아가는 자신들에 대한 소외감과 불안감, 나아가 조선인과 조선 풍물에 대한 차별적이고 부정적인 이미지의 표현, 그리고 당시 식민지주의에 입각하여 남성적인 기상이 잘 드러나는 제국일본의 구가 등 다양한 내용이 상호 교차하고 있음을 확인할 수 있었다. 조선의 풍물과 조선인을 묘사할 때 하이쿠라는 짧은 장르에서도 일본적 오리엔탈리즘을 잘 보여주는 차별적인 조선 표상도 당시 일본어 문학이 공유하고 있었던 특징 중 하나라 할 수 있을 것이다.

그리고 이들 전통시가 장르가 시간적 추이에 따라서 조선 현지의 작품을 중심으로 하는 경우와 일본 현지에서 만든 작품을 중심으로 하는 경우로 나뉘게 되지만, 조선 현지의 작품인 경우에는 조선적인 풍물과 하이쿠의 기고 사이에 일종의 충돌이 발생하는 사실도 '외지 일본어 문학'의 특성을 잘 보여준다.

제9장

1880년 전후 일본 소신문을 통해 본 왜관 및 재조일본인

『요미우리신문』과 『아사히신문』을 중심으로

이선윤

1. 들어가며

이글은 일본 근대 초 소신문(小新聞)[1] 중 『요미우리신문(讀賣新聞)』과 『아사히신문(朝日新聞)』을 중심으로 1880년 전후의 기사에 포착된 왜관(和館) 및 재조일본인 표상을 구축한 문장 표현을 연구대상으로 하여, 이를 19세기 후반 근대적 저널리즘의 급속한 확대와 함께 진행되기 시작한 타자 인식을 통한 국민통합이라는 관점에서 고찰한 것이다.

일본에게 있어 최근린 국가인 조선으로의 국권확장은 메이지유신 이

---

1) 신문발행 초기 식자층을 대상으로 하는 정론 중심의 한문체 신문을 대신문(大新聞), 민중을 대상으로 구어체, 속어체 중심의 가나혼용문을 사용한 오락 중심의 신문을 소신문(小新聞)으로 구분할 수 있다. 기존의 대외관 연구는 정론신문인 대신문을 중심으로 이루어졌으나, 민간의 대외인식의 형성이라는 측면에서는 당시 대중적 지지를 얻었던 소신문에 드러난 대외 보도의 양상 또한 면밀히 살펴보아야할 필요가 있다.

래 일본외교의 가장 중요한 과제 중의 하나였다. 메이지 유신 이후 조선
과 관련한 대외인식을 둘러싼 상황을 당시의 신문 보도를 통해 조명한
대표적 자료인 『일본근대사상대계 대외관(日本近代思想体系對外觀)』은 민간
각파의 조선관, 조선을 둘러싼 대외인식, 조선에 대한 지향과 야심이 나
타난 논고를 주로 다루고 있다. 메이지 초기 일본정부의 외무성 문서에
는 조선과의 외교에 대한 대책을 강구한 흔적이 「대조선정책 삼개조에
대한 외무성의 의견(對朝鮮政策三カ條につき外務省伺)」(1870.4), 야나기하라 사키
미쓰(柳原先光)의 「조선논고(朝鮮論稿)」(1870.7)에 나타나며, 1974년 특명전권
공사로 러시아에 파견된 에노모토 다케아키(榎本武揚)는 1875년 1월의 「사
할린 문제 및 조선 정책에 대한 의견서(樺太問題朝鮮政策につき意見書)」에서 러
시아를 의식하여 대조선 정략이 시급함을 진언했다.[2] 이와 같이 근대적
일본어 신문이 처음 등장한 메이지 초기에는 정론(政論)을 중심으로 하는
소위 대신문을 통해 위와 같은 조선과의 대외관계에 대한 내용이 보도되
기 시작했다.

가장 주목을 끈 것은 1875년의 강화도 사건 및 조약이었다. 일본은
운요호(雲揚號)를 강화도에 출동시켜 연안 포대의 포격을 유발시킨 운요호
사건을 기회로 군사력을 동원한 교섭을 통해 조선과 1876년 2월 강화도
조약(조일수호조규)을 체결했다. 이는 일본의 식민주의적 침략의 시발점이
되었고 조선내의 척사위정 세력과 개화 세력 사이의 대립의 계기가 되었
는데, 이 사건에 대한 일본 국내의 관심은 신문매체를 통해 크게 증폭되
었다. 『요미우리신문』 및 『도쿄니치니치신문(東京日々新聞)』에서는 강화도
사건 및 조약체결에 대한 호외를 발행했을 정도로 대대적인 사건으로 인

---

2) 加藤周一他, 『일본근대사상대계 대외관(日本近代思想体系對外觀)』, 岩波書店, 1988, pp.1-92,
   pp.319-414.

식되었다. 이러한 보도를 통해 조선이라는 '위치'[3])에 대한 관심은 일본인의 진출 가능성이라는 점과 결부되어 폭발적으로 증폭되어가기 시작하고 조선에 체재하는 일본인에 대한 흥미 또한 신문지상에 나타나기 시작한다.

최초의 근대적 대중미디어라고 할 수 있는 신문은 19세기 말에 이미 50퍼센트에 가까운 식자율을 보인 대중의 리테라시 향상과 함께 그 세력 확장에 가속도를 붙이게 된다. 현재 일본 신문산업의 중핵을 이루는『요미우리신문』과『아사히신문』은 일본의 신문 역사 초창기에 '소신문'으로 등장했다. 오노 히데오(小野秀雄)가『일본신문발달사(日本新聞發達史)』(1922)에서 정론 위주의 대신문에 비해 오락 위주의 성격을 특징으로 한다고 언급한 소신문은 대중적 신문의 원류였다. 오노는 요미우리신문을 소신문의 본질을 완전히 갖춘 첫 신문으로 꼽았다. 이러한 구분은 소신문 연구사를 개괄하고 그 실태를 규명하고자 한 쓰치야 레이코(土屋礼子)의『일본대중지의 원류 메이지기 소신문 연구』(2012)에서 지적되고 있는데 러일전쟁 직후부터는 두 종류의 신문의 성격이 근접해가게 된다. 그리고 1920년대에『오사카마이니치신문(大阪每日新聞)』과『오사카아사히신문(大阪朝日新聞)』의 발행부수가 폭발적으로 늘어나면서 대-소신문의 이중구조는 소멸되어 양쪽의 요소가 합체된 대중지가 모습을 드러낸다.[4]) 소신문은 당시 여

---

3) 바바는 국가를 문화의 '위치(locality)'를 살아가는 하나의 형태로 기술하고자 했다. 바바가 말하는 '위치'는 시간성을 둘러싸는 삶의 형식을 의미한다. "공동체'보다 복잡하고, '사회'보다 덜 상징적이며, '나라'보다는 광의의, '조국'보다는 덜 애국적'인 맥락에서 사용하기 위해 사용되었다. 이글에서 바바의 '위치'라는 단어를 차용한 것은, 단순한 지역으로서의 기존의 위치 개념이 아니라, 위와 같은 맥락과 함께, 문화적 힘과 정치적 힘이 만나 다양한 의미들이 편입되고 생성되는 혼종의 장소로서 조선이라는 인식대상을 설정하기 위해서이다(호미 바바,『국민과 서사』, 류승구 역, 후마니타스, 2011, p.455).
4) 쓰치야 레이코,『일본 대중지의 원류 메이지기 소신문 연구』, 권정희 역, 소명, 2012, pp.15-27.

성과 동몽(童蒙)을 포함한 독자층을 대상으로 하여 신문의 대중화에 기여
하였으며 후리가나 및 언문일치체를 통해 가독성을 높이고 소재의 화제
성을 우선시했던 만큼 어느 매체보다 시류를 민감하게 반영하였으며 파
급력을 빠르게 증강시켜갔다. 식자층으로부터 기사의 비속성 등으로 인
해 비난받는 경우도 많았던 소신문이지만 대외문제에 관한 동향도 소개
되어 있으며, 『아사히신문』에는 조선에 대한 관심의 증가와 함께 춘향전
의 최초 외국어 번역본인 나카라이 도스이(半井桃水) 역 『계림정화 춘향전
(鶏林情話春香傳)』5)이 실리기도 했다.

　재조일본인 및 그와 관련한 조선 표상에 대한 선행연구는 남부진(南富
鎭)의 『근대 일본과 조선인상의 형성(近代日本と朝鮮人像の形成)』(2002), 『문학의
식민지주의-근대 조선의 풍경과 기억(文學の植民地主義-近代朝鮮の風景と記憶)』
(2006), 나카네 다카유키(中根隆行)의 『「조선」표상의 문화지 : 근대 일본과
타자를 둘러싼 지의 식민지화(「朝鮮」表象の文化誌 : 近代日本と他者をめぐる知の植民地
化)』(2004), 최혜주의 『근대 재조선 일본인의 한국사 왜곡과 식민통치론』
(2010), 식민지 일본어 문학·문화연구회(2010) 『제국의 이동과 식민지 조
선의 일본인들 : 일본어 잡지 『조선』(1908~1911) 연구』(2014), 『재조일본인
과 식민지 조선의 문화 1』, 신승모 『일본 제국주의 시대 문학과 문화의
혼효성』(2011), 박광현·신승모 편저(2013) 『월경(越境)의 기록 : 재조(在朝)일
본인의 언어·문화·기억과 아이덴티티의 분화』 등, 2000년대 이후에
활발하게 진행되고 있다. 하지만 이 분야의 선행연구 중 대부분은 식민
지기를 중심 대상으로 하여 1880년 전후의 신문 기사를 중점적으로 다

5) 『아사히신문』(1882.6.25~7.23)에 총 20회 연재. 이에 관해서는, 이선윤 「고전의 번역과
　소비의 양상-춘향전의 최초 일본어 번역 나카라이 도스이 역 「계림정화 춘향전을 중
　심으로」(『동아시아 근대 지식과 번역의 지형』, 소명, 2015)에서 다룬 바 있다.

루고 있는 연구는 찾아보기 어려운 실정이다.

이 글에서는 탈아론 이후 식민의 대상으로서의 조선상이 확립되기 이전 시기에 주목하여, 『아사히신문』의 춘향전 번역본 연재 직전, 『아사히신문』과 『요미우리신문』의 기사 및 연재물을 중심으로 재조일본인과 그들이 주로 거주한 왜관의 표상을 살펴보고자 한다. 이는 근대적 조선에 대한 시각이 확립되기 직전의 일본 대중에게 타자로서의 조선이라는 위치가 어떠한 의미로 유포되었는지를 살펴보는 중요한 자료가 될 것이다.

2. 근대초 소신문 문장과 국가 표상

『구술문화와 문자문화』에서 월터 J. 옹(Walter J. Ong)은 '쓰는 행위는 지식을 생활경험에서 떨어진 곳에서 구조화 한다'고 논했다. 구술문화가 구체적 상황에 의존하여 사고하는 것에 비해 문자는 구체적 생활세계에서 분리된 추상적인 사고를 배양한다. 그리고 세계를 눈앞의 이미지로 전환시키는 요인으로 옹은 '인쇄에 의해 가능해진, 지도를 보는 경험'의 보급을 들고 있다. 이것이 문자가 표상 세계를 도려내어 신문 지면에 국가와 사회를 일망할 수 있도록 그려내는 감성을 기르는 매커니즘이며, 이러한 의미에서 활자로 인쇄된 신문은 세계의 이미지를 생성하는 매체였다.[6] 야마다 슌지의 위와 같은 지적처럼 신문이 국가와 사회의 이미지를 일상적으로 공급하면서, 신문지면의 사건은 사실로서 유통되기 시작하였다. 식자율의 향상과 함께 신문에 보도되는 사실이 표상이라는 의식

---

6) 山田俊治, 『大衆新聞がつくる明治の〈日本〉』, 日本放送出版協會, 2002, pp.258-259.

은 희박해지고 신문 보도는 실재의 충실한 반영으로 간주되었다. 초기 신문에서 제공한 세간의 공통적 화제는 대중을 신문 표상에 의해 통합시켰고, 이것이 근대국민국가 형성기 저널리즘의 중요한 작용이었다. 일본 근대초기의 대외 관련보도 또한 일본이라는 국가가 처한 지정학적 상황을 타자의 표상을 통해 각인시키고 신문 독자를 '일본'이라는 국가의 틀 안으로 통합시키는 기능을 수행했다.

일본의 근대 초 상업적 신문을 지칭하는 소신문은 그 초기에 '듣는 독자'를 상정하고 있었다. 특히 소신문의 연재물(つづきもの)은 옹이 음성문화의 특질로 꼽은 장황하고 비분석적인 표현을 취하고 있었다. 이러한 사실은 신문 문장의 근대화 과정이 단순하지 않았다는 것을 보여주는데 이러한 복합적 과정을 통해 근대적 문장의 성립뿐만 아니라 국민국가 일본의 국민 통합 과정이 진행되었다고도 할 수 있다.

바흐찐이 괴테의 작품 분석을 통해 언급한 바에 따르면 국가의 시각적 실재의 기원은 서사적 투쟁의 효과이다. 호미 바바(Homi K. Bhabha)는 바흐찐(Mikhail Bakhtin)의 작업을 비판적으로 차용하면서 국가와 서사의 관계에 대해 기술한 바 있다. 바흐찐은 이중적인 것을 초극하는 서사 구조는 서사의 공시성이 강렬해지면서 그 위치를 드러낸다고 보았다. 국가의 시간은 지역성, 특수성, 눈앞의 생생함으로 구성된 크로노토프(시공간) 속에서 구체화되고 가시화된다. 바바는 이에 대해 국가적 서사에는 복잡한 시간성이 내재하며, 충일한[7] 시간 속에서 국가공간이 성취된다고 보는 바흐찐의 시도를 부정[8]하고 있으나, 바흐찐이 괴테를 논하며 다루었

---

7) 充溢. 이중성을 허용하지 않는(호미 바바의 인용서 역자주). 호미 바바, 『국민과 서사』, 류승구 역, 후마니타스, 2011, p.463.
8) 호미 바바, 상동서, pp.462-463.

던 단행본으로서의 문학작품이 아니라 일본 근대 신문매체 보도의 속성을 고려할 때 이러한 바흐찐의 지적은 새로운 영역에서의 유효성을 드러낼 가능성을 지닌다.

신문지상에 처음 등장하는 조선의 표상은 정론신문(대신문)의 관보, 정론이라는 국가 및 제도적 권위를 배경으로 하는 매체를 통해 전파되었다. 하지만 대신문의 한정된 독자층을 뛰어넘어 더 폭넓은 대중을 흡수하기 시작한 요미우리 등의 상업신문(소신문)에서는 대중일반이 접근 가능한 구어체적 가나혼용문을 사용한 서사를 통해, 당시 '경계' 국가로서의 조선의 타자성을 각인시키면서 보다 효율적으로 국가적 위기감을 형성, 전파하고 근대국가 일본의 시공간적 현장감을 고조시켜가게 되었다. 최근린 국가 조선의 문화적 표상이 일본어 독자에게 문화번역을 통해 본격적으로 소개되는 것은 1882년의 『계림정화 춘향전』에 이르러서이다.

3. 소신문 연재물의 현지 정세보고서적 역할

가메이 히데오(龜井秀雄)는 『메이지문학사』 제2장 「미디어와 이야기」에서 메이지기의 신문에 대해 다음과 같이 언급했다.

일본에서는 메이지시대에 들어서 신문이 발행되었는데 크게 정치를 논하는 대신문(지폭이 넓고 문어체로 쓴, 교양층을 대상으로 한 정론신문)과 항간의 가십을 중심으로 하는 소신문(담화체의 문장이 많고 덧말이 달림)으로 나뉘어져 있었다. 연재물이라는 것은 현실에서 일어난 사건을 이야기화해서 소신문에 연재한 읽을거리를 말한다.

단, 현실의 사건을 취재한다고는 해도 신문기사와는 성질이 달랐다. 신문기사는 사건이 일어난 직후부터 신문기자가 조사한 것을 기사화해서 사건이 진전되거나 새로운 조사결과가 나올 때마다 신문에 게재하는 것으로 반드시 이야기로서의 통일성을 갖는 것은 아니었다. 그에 비해서 연재물은 사건의 결말이 난 후 그것을 이야기로 정리한 것이다. 현재 주간지에 게재되는 사건의 내막이라는 소설 형식의 글과 유사한 종류이다. 그러한 읽을거리 중에서 평판이 좋았던 것은 나중에 단행본으로 출판되었는데 이를 실록소설이라고 한다.[9]

1881, 2년 무렵에는 도쿄의 신문이 삿포로에 도착하는 데 적어도 10일, 보통은 2주일이 걸렸다. 이와 같은 상황에서 신문은 판매망의 확장을 위해 많은 지역의 독자의 관심을 불러일으켜야 했으며, 주인공의 행동범위를 광역화하기 위해 현지 탐방기자의 보고라는 장치가 당시의 실록소설(연재물)에 쓰였다.[10] 동시대의 현실에서 일어난 사건에 입각해서 쓴 이야기인 연재물은 얼마 지나지 않아 소신문 지면에서 종적을 감추고 이 자리가 신문 소설로 대체된다.[11]

이러한 흐름 속에서 임오군란이 발발하여 조선의 정세에 대한 관심이 다시 크게 일어나기 시작한 1882년에 『아사히신문』(6.25~7.23)에 연재되었던 『계림정화 춘향전』은, 최근린 국가 조선의 문화 번역이자 일본에서 처음으로의 조선의 문화적 정전(正典, canon)의 본격적 번역 소개라는 의미를 갖는다. 이 텍스트에서는 현지 탐방 기자의 보고라는 장치가 직접 번역문에 사용되어 있는 것은 아니지만 그와 유사한 기능을 하는 해설자가 도중에 등장하여 게사쿠(戱作) 풍의 표현 및 한문적 교양을 동시에 구사하며 조선의 풍속 및 관습을 소개하였다.

---

9) 가메이 히데오, 『메이지문학사』, 김춘미 역, 고려대출판부, 2006, pp.41-42.
10) 상동서, p.61.
11) 『요미우리신문』은 1886년 초봄부터 소설란을 개설하고 연재물을 폐지했다.

『아사히신문』 최초의 조선 특파원 나카라이가 왜관에서 유년기를 보낸 1870년대 초중반은 일본이 주권국가로서 스스로를 확립하기 위해서 동아시아의 종주국 중국과의 국교 수립과 관련하여, 조선과의 국교 관계를 어떻게 새롭게 규정할 것인가의 문제로 고심하던 시기였다. 소중화(小中華) 일본으로서 기존의 조선과 청국과의 종속관계의 계승을 노릴 것인지, 혹은 근대 주권국가로서 대등원칙을 기반으로 한 국교조정을 행할 것인지가, 근대 일본과 동아시아와의 관계의 최초의 방향성을 나타내는 지표가 되었다. 그 최초의 방향은 유신초기부터 조일외교 창구였던 쓰시마 번주의 상신서(上申書, 1868)로 결정되었다. 이는 대조선외교도 정부 직할이어야 한다는 원칙을 기술하고 조선을 일본의 세력권으로, 대조선 외교를 에조지(蝦夷地) 개척과 동급의 성격으로 규정하였다. 1871년의 청일수호조규는 양국 모두 대구미(對歐米) 불평등조약하에서 맺어진 평등호혜 조약으로 종주국인 청국과 대등한 관계를 맺게 된 일본으로서는 소중화를 자부하며 기존의 종주국 청 대신 우월한 위치에서 대조선 관계를 확립하고자 한 것이다.[12]

당시 이러한 시대적 긴장감 속에서 왜관에는 기존의 쓰시마 번 출신자들과 메이지 신정부에서 파견된 인물들이 혼재되어 조선과의 시대적 긴장감을 온몸으로 체감하고 있었다. 이러한 시기 왜관에서의 조선 체험은 나카라이와 같은 인물이 향후 번역, 저널리즘, 소설 집필을 통해 조선 표상의 문화번역을 수행할 수 있는 토대를 형성해주었다고 할 수 있다. 신문지상에 이름을 남기지는 않았던 여타 조선 현지기사의 작성자들 또한 19세기 말의 중요한 조선 표상의 문화번역자들이었으며, 이들은 소신

---

12) 大江志乃夫, 『近代日本と植民地 1 植民地帝國日本』, 岩波書店, 1992, pp.3-31.

문 연재물에 사용된 탐방기자의 보고와 유사한 현지 특파원적 기능을 수
행하여 독자들의 관심을 끌었다.

4. 19세기 말 부산 왜관 지역 관련 기사

1) 왜관 기사와 상업신문

1544년 이후 조선의 유일한 일본인 거주지가 부산 왜관이었다는 사실
만으로도 재조일본인의 역사에 있어 왜관이라는 위치는 매우 중요한 의
미를 지닌다. 근대 초기 조선 문화 번역의 선구이자 조선과 일본이라는
두 문화권의 과경(跨境)적 인물이었던 나카라이 도스이의 활동과 신문연
재 소설 작품에서도 왜관은 핵심적 거점으로 '위치'했다.13) 이 외에도
1880년 전후라는 시기에 조선 현지발 기사를 작성하게 된 이들은 대부
분 역시 왜관지역을 중심으로 활동하게 된다. 따라서 조선 현지 소식 중
왜관에 관련한 보도는 매우 중요한 위치를 차지하고 있다.

　메이지 정부를 양분한 정한론의 직접적 원인이 된 것도, 이 시기에 쓰
시마 번의 외교권을 인계받은 외무성이 부산의 초량왜관을 일방적으로

---

13) 이후 1881년에 다시 조선을 찾은 나카라이는 1888년까지 조선에 체류하면서 기사와
　소설 등을 발신하였는데 조선 체류 초기에 쓰인 『계림정화 춘향전』은 연재 당시 조선
　에 대한 관심 속에서 일본내 독자들의 호평을 얻었다. 나카라이는 이후 번역으로 인
　해 표출하였던 조선에 관한 문화적 지식과 이해의 필요성을 창작물을 통해 대변하게
　된다. 일본인 아버지와 한국인 어머니를 둔 주인공이 임오군란, 갑신정변, 동학혁명
　시기의 조선 배경으로 활약하는 정치소설 『변방에 부는 바람(胡砂吹く風)』(『도쿄아사히
　신문』 1891.10.1~1892.4.8 연재)이 그것이며, 이 작품의 주인공 임정원(林正元)은 부산
　왜관에서 출생한 인물로 설정되어 있다.

접수한 1872년의 사건이었다.[14] 초량 왜관의 접수는 명확한 침략행위[15]였으며 이로 인해 일본 메이지정부의 외교 및 무역 방침에 대한 조선 측의 반감도 거세졌다.

일본의 신문 발행 초기의 조선 관련 기사 중 가장 주목되는 것 중 하나는 부산 왜관에 재주하는 일본인들과 조선인들의 충돌 및 재조일본인들의 동향에 관한 내용이다. 이 글에서는 메이지기의 신문자료 중 데이터베이스화 되어있는 주요 상업신문 자료 중에서 특히 『요미우리신문』과 『아사히신문』 기사를 중심으로 이를 살펴보았는데 당시 상업신문의 상황을 소개하면 다음과 같다.

메이지 초기 신문 발행부수는, 1877년 시점에서 『요미우리신문』이 600만부 이상을 기록하여 『도쿄니치니치신문』(약 350만부), 『유빈호치신문(郵便報知新聞)』(약 200만부)를 넘어섰으며, 1879년에 창간한 『아사히신문』도 창간 이듬해 발행부수에서 이 두 신문을 제치게 되는 등, 상업신문은 단기간의 압도적 확장세를 보였다. 기존의 연구에서는 그 이유로는 잡보 등에 의한 인기만이 지적되고 있으나, 대신문에서 보이는 기록 일변도의 문체와 달리 연재물에 가까운 필치로 그려낸 대외관련 기사 또한 일반 독자층에게 흥미를 유발한 부분이었으리라 추정된다.

2) 동래 왜관에서의 일본인과 조선인 충돌 보도

일본인의 타자 체험의 현장이었던 부산 왜관과 이에 관한 보도는 당시 소신문에서도 중요시되었던 대외 관계 기사로서 독자의 이목을 집중

---

14) 塚田滿江, 『近代日鮮關係の硏究 上』, 文化資料調査會復刻, 1963, pp.206-222.
15) 大江志乃夫, 상동서, 1992, p.14.

시켰다. 특히 양국인들 사이의 물리적 충돌에 대한 기사는 『아사히신문』의 경우는 삼일에 걸쳐 연재하는 등 흥미를 유발하는 소재로서 다루어졌다.

(1) 『요미우리신문』의 왜관 충돌 사건 보도

1874년 11월 도쿄에서 창간된 당시 『요미우리신문』의 1면은 크게 관령(お官令)과 신문, 2면은 대개 투고문(投書, 寄書 : よせぶみ)으로 구성되어 있었다. 발행 초기에 눈에 띄는 조선 관련 소식으로는 일본에 가장 인접한 근린국가로서 경계가 맞닿아있다는 지역적 특성이 드러나는 난파선의 구조 소식(1874년 12월 2일자 1면) 등이 있었다. 소신문 창립 초기는 이러한 우연한 사고에 의한 접촉과 달리 정치적 군사적 의도를 지닌 접촉이나 언설16)(1875년 1월 28일자 2면, 1875년 10월 2일자 1면 등)이 눈에 띄게 증가해 가는 시기이기도 하다. 1875년 10월 7일자 2면, 10월 14일자 2면 등에는 조선과의 충돌이 있을지 모른다는 정한론적 루머의 확산을 우려하며 공격에 대한 반대 견해를 내비치고 있다.

'조선의 변보(變報)'에 대한 이하의 『요미우리신문』 기사는 1879년 4월 15일 동래에서의 일본인과 조선인의 충돌을 보도한 것이다.

> 어제 조야신문(朝野新聞)의 보도에 조선의 변보라는 제목 하에 지난달 조선인들과 일본인들 사이의 싸움이 있었던 것을 게재한 기사가 있었다. 그 개략을 소개해보자. 지난 달 15일에 호쇼(鳳翔)함 함장 나가야마자키 (長山崎) 해군소좌가 동래부를 둘러보기 위해 장교들과 해군병사를 서른 명 정도 이끌고 동부를 찾았다. 소좌가 조선의 관리와 시찰에 대해 담판을 하는 중에, 장교와 해군병사들은 이곳저곳을 둘러보고 오후에 돌아오

---

16) 『요미우리신문』 1875년 1월 28일자 2면, 1875년 10월 2일자 1면 등에는 조선 해안 측량을 위한 군함의 이동과 조선정벌에 관한 루머, 쌀 시세 변동을 관련짓는 기사가 실려 있다.

는 길에, 몇 명의 조선인들이 곳곳에서 모여들어 돌멩이를 던졌다. 일단
이를 막아보려 하였으나 달리 도구도 없어서 어쩔 수 없이 철수했다. 이
사건은 재빨리 부산항에 알려졌다. 호쇼함에서는 사토(佐藤) 대위가 30여
명의 병사를 이끌고 응원을 가는 도중에 철수해서 돌아오는 일행과 마주
쳐 그 날은 귀함했다.

　다음날 소좌가 해군 40여명을 총으로 무장시키고 야마노조(山之城) 관
리관과 함께 동래부로 가서 회의소에서 부백(府伯, 부사)과 담판하는 사이
에 해군들은 세 팀으로 나뉘어 회의소를 지키고 있었다. 조선인들도 은밀
히 무기를 준비하고 있었는데 부백과의 담판 중에 두 세 번이나 소변을
보러 가는 척하며 도망치려하였고, 거기다가 실례되는 말까지 내뱉었기
때문에 큰 언쟁이 되어 야마노조 군은 부백을 왜관으로 데려오려 하자
조선의 관리들이 다가와 이를 제지하여 야마노조 군이 칼을 뽑아 쫓으려
한 것을 잘못하여 부백에게 상처를 입혀 이를 본 사람들은 모두 놀라 부
백이 살해당했다며 나팔을 불고 종을 울리는 등 수천 명의 병사가 사방
을 둘러싸고 돌을 던지고 활과 창을 들고 덤비므로 해군들이 어쩔 수 없
이 한 번 발포하자 사방으로 흩어지듯이 도망쳤다. 얼마 지나지 않아 이
다 군의가 출장을 나와 부백의 상처를 치료하고 서로 군사를 철수시키기
로 하였다. 다시 담판을 시작하자 부백은 처음의 기세와는 다르게 모든
것이 이쪽이 말하는 대로 담판이 흘러가서 쌍방 모두 철수했는데, 그때
정한 조항은 이전에도 행패를 부린 적이 있는 조선인을 엄중히 처벌할
것, 일본인이 동래부를 자유로이 왕래할 수 있도록 할 것, 일본인이 상법
상의 문제로 조선인 집을 방문하여 담판을 할 수 있도록 할 것 등, 그 외
몇 가지 사항이 결정되었다고 한다.[17]

　위의 기사가 『조야신문』[18]의 인용이라는 것을 서두에서 미리 밝히고
있는 것처럼 당시 신문들은 타 신문의 기사를 전재(轉載)하는 경우가 많

---

17) 『요미우리신문』 1879년 5월 7일자 1, 2면. 번역은 필자.
18) 초기 요미우리 신문의 정한론에 대한 입장은 대개 부정적이다(중앙 5대 정론지의 경
　우, 『유빈호치신문』, 『도쿄니치니치신문』, 『조야신문』은 비전론을 주장하였고 『아케보
　노신문(曙新聞)』, 『마이니치신문(每日新聞)』는 정한론을 주장했다).

았다. 정론신문인 조야신문의 한문체를, 민중이 이해하기 쉬운 속어체 가나혼용문을 구사한 기사로 번역하여 게재한『요미우리신문』의 기사는, 일본 병사들에 대한 조선인들의 공격과 이에 대한 응수, 그리고 이를 항의하는 일본 함장과 조선 부백의 담판을 중심에 두고 기술되어 있다.

이 과정에 있어 조선인들의 공격이 왜 이루어지게 되었는지에 관한 상황의 분석이나 해석은 전무하다. 따라서 당시 왜관 밖을 나오는 것이 오래 동안 금지되어 있었던 일본인들을 거리에서 접하게 된 조선인들이 느낀 반감에 대한 설명은 기사의 문면을 통해 전해지지 않는다. 이유 없이 일본인을 공격하고, 일본의 근대적 무기를 두려워하는 조선인의 모습과, 이와는 대조적으로 이 충돌 사태를 적극적으로 해결하는 단합된 일본인의 모습이 제시되고 있다.

(2)『아사히신문』의 왜관 충돌 사건 보도

조선과 일본이 강화도조약을 체결한 삼 년 후인 1879년 1월에 오사카에서 창간된『아사히신문』은 총 4면으로 1면에「관령(官令)」및「오사카 부록사(大阪府錄事)」,「잡보」등이 실렸으며, 연재물, 시세(相場), 광고 등이 뒤를 이었다.

위 사건은『아사히신문』의 창간 후 얼마 지나지 않은 1879년 5월 4일, 7일, 8일자 기사에서 보다 문학적인 묘사를 도입하여, 3일자에 걸쳐 다음과 같이 자세히 기술되었다.

4월 13, 14 양일 조선 동래부(府)에서 본국인과 조선인 사이에 일련의 다툼이 일어난 전말이 오사카 일보에 자세히 실렸는데 다음과 같이 발췌하여 전해드립니다. 4월 13일 히에이 함이 부산포에 도착한다. 동 15일에 동함의 소대 및 어학생도, 부산 관리관 야마노죠(山の城) 씨 등이 오전 여

덟 시경부터 동래부근에 측량을 위해 출발했는데 오후 네 시경이 되어
부산관청에서 격렬하게 반종을 울려대어 무슨 일인가 하고 부산포 일본
상인들 모두 달려가 보니 지금 동래부에서 일본인과 조선인 사이에 큰
다툼이 일어났다고 했다. 상인들도 힘을 보태야하니 성질 급한 젊은이들
은 채비를 하여 동래로 나서려는데 병사들이 철수하니 일단 오늘은 해도
졌으니 내일 일찍 출발하기로 했다. 병사들은 군장을 하고 총을 들어야하
고 상인들은 준비한 물건들로 도와야한다고 하여 다음날 동래부로 향했
다. 사람들에게 싸움이 어찌 되었는지 물으니 원래 동래부에서는 선병문,
군집문 등의 성문이 있어서 그 안으로는 들어갈 수 없었으나 이 금지가
풀려서 그날 병사들이 부 안으로 들어갔는데 과거의 완고한 꿈에서 덜
깬 조선 인민들은 이를 불쾌히 여겨 이들을 보자마자 삼마백 명이 모여
들어 일본 병사에게 돌을 던졌다. 조선인들은 부인 꼬마까지 모두 돌을
잘 던져서 일본 병사들은 허무하게 부상자를 데리고 성 밖으로 도망쳐
부산포로 돌아왔다.[19]

(조선통보에 이어서) 다음날 16일에는 병사들 모두가 총을 가지고 야마
노조 씨를 시작으로 상인들도 뒤를 따라 다시 아침 일찍 동래부로 쳐들어
갔다. 선병문까지 들어가 보니 조선인들은 어제의 승부에 의기양양한 모
습으로 돌을 던지며 성문으로 들여보내지 않으려 하였다. 병사들은 어쩔
수 없이 소총을 공중에 발포하여 떨어지는 총알로 돌에 대항하려 하는데
그 총성의 요란함에 놀란 부내의 인민들은 어제의 위세는 온 데 간 데 없
이 사방으로 흩어져 도망쳤다. 일본 편인 사람들은 모두 마음 편히 기뻐하
며 선병문내의 응접소까지 쳐들어갔다. 여기에 일본 관리관 야마노조 씨
는 동래부쥐(사) 및 변관을 불러서 어제 부민들의 난폭함을 하나하나 따졌
는데 이 나라 식으로 명확한 대답도 없이 애매한 내용만 답변했다. 이에
야마노조 씨도 크게 분노하여 이러한 양국관계에 있어 중요한 사건에 명
확한 답변이 없는 것은 도대체 무슨 심산인가, 동래부사와 부산포까지 동
행하여 시비를 가리는 수밖에 없지 않은가 하고 엄중히 항의했다.[20]

---

19) 『아사히신문』 1879.5.4.3면. 이하 신문 기사 번역은 필자.
20) 『아사히신문』 1879.5.7.2면.

(전호 조선통보에 이어) 동래부사는 놀라서 도망쳤는데 야마노조 씨는 곧바로 이를 붙잡아 한 손에 장도를 들고 한 손에는 부사의 손을 쥐고 서니 그 모습은 마치 옛 삼국 시대에 관우가 노숙과 대치한 것처럼 보였다. 무엇보다 이때의 응수는 상당히 격한 것이어서 당시 동래 부근의 동정은 금방이라도 전쟁이 시작될 것처럼 보여서 부산의 일본인들은 모두 막대기와 칼 혹은 피스톨 등을 준비하고 적이 쳐들어오면 용감하게 나서려했다. 여자와 아이들은 이 소동에 대해 듣고서 모두 울부짖으며 놀랄 뿐이었다. 다이치 은행의 마스다 아무개 씨는 이를 매우 염려하여 만일의 사태가 있을 때에는 여자와 아이들을 작은 배에 태워 군함까지 보내려 준비까지 하였다. 또 부산 일본관 입구에는 대포를 몇 대 배치하여 적들이 오면 가까이 오기 전에 쏘아 물리치려는 준비를 해두었다. 이때는 매우 소란스러웠으나 동래부의 응접소에서는 야마노조 씨의 용맹함에 조선관리 모두가 굴복하여 향후 일본인이 동래부 안을 배회하여도 털 끝 하나 건드리지 않도록 한다는 내용의 증서를 적어내었으니 이로서 쌍방의 평온을 되찾고 일본인은 동래부에서 활개를 치며 돌아오는 등 실로 괄목할만한 상황이었다. 이상은 이 분쟁의 대략의 내용으로 그 상세에 대해서는 추가적인 보도가 필요할 것이다. 단고노구니(丹後國) 미야즈텐쿄 상사원(宮津天橋商社員) 부산항 재주 사카이(酒井) 씨로부터의 보도.21)

4월 13일 히에이함의 부산포 도착부터 15일 "오후 네 시경에 격렬하게 울린 반종"을 시작으로 전개된 동래부(府)의 일본인과 조선인 사이의 다툼 소식을 다룬 이 기사는 재조일본인 상인, 젊은이들이 군장을 한 병사들과 함께 동래부로 향하는 모습이 그려진다. "원래 동래부에서는 선병문, 군집문 등의 성문이 있어서 그 안으로는 들어갈 수 없었으나 이 금지가 풀려서"라는 대목에서는 구체적인 왜관의 지역성을 등장시키고 있으며, 이 부분에 대한 설명이 없었던 요미우리신문 기사에 비해서는

---

21) 『아사히신문』 1879.5.8.2면.

당시의 상황을 구체적으로 전달하고 있다. 『아사히신문』기사에서는 당시 왜관에 대한 규제가 풀린 것에 대한 조선인의 인식 부족을 사건의 원인으로 들면서, "과거의 꿈에서 덜 깬 동래부 백성"이라고 표현하고 있다.

이를 불쾌히 여겨 일본인들을 보자마자 "삼사백 명이 모여들어 일본 병사에게 돌을 던졌다."라는 부분에서도 구체적인 숫자를 기록함으로써 현장감을 강화시키고 있으며 상황의 심각성을 부각시키고 있다. 다음날 16일에는 아침 일찍 병사들 모두가 총을 가지고 상인들도 이를 따라 동래부로 쳐들어가며 재조일본인들은 "모두 막대기와 칼 혹은 피스톨 등을 준비하고", 적에 맞서 용감하게 나서려한 모습으로 그려진다. 당시 동래 부근의 동정은 금방이라도 전쟁이 시작될 것 같은 대치 상황으로 그려졌으며, 울부짖으며 놀라는 여자와 아이들을 작은 배에 태워 군함까지 보내려고 준비를 하는 등 자국민 보호를 위한 공동체로서의 재조일본인 사회의 존재감을 드러내고 있다.

이어서 동래부사와 야마노조 씨의 대치장면에서 "한 손에 장도를 들고 한 손에는 부사의 손을 쥐고 선" 야마노조 씨에 대한 묘사는, 마치 "옛 삼국 시대에 관우가 노숙과 대치"한 것과 같다는 비유까지 등장하여 관우의 이미지를 도입하면서 영웅물적 서사의 한 장면으로서의 성격을 부여받는다. 그리고 일본이라는 국가의 에이전트로 파견된 야마노조 씨의 영웅화, 재조일본인들의 적극적인 자국민 보호 행위 등을 통해 일본의 국가적 위상을, 상업신문의 연재물 독자들에게 걸맞은 눈높이의 문체를 통해, 각인시킨다.

"단고노구니(丹後國) 미야즈텐쿄 상사원(宮津天橋商社員) 부산항 재주 사카이(酒井) 씨의 보도"라고 기재된 이 기사는 앞서 언급한 당시의 실록소설(연재물)에 쓰인 현지 탐방기자의 보고와 유사한 장치가 부산 재주 일본인의 보도 형식으로 사용되어 현장감 있는 문체로 긴박한 상황을 묘사하고 있다. 당시 1877년 부산구조계 조약 성립 이후 다수의 일본인들이 도항하여 부산거류지회를 조직하고 거류민 총대를 선출하는 등 자신들의 자치단체를 설립하였다. 이들은 또한 왜관 주위의 돌담을 허물고 주변 토지를 매수하는 등 점차 구역을 확장해가고 있었다. 이러한 상황은 강화도 조약의 체결에 의해 조선에서의 일본인들의 거주 및 교역에 대한 규제가 큰 폭으로 해제되었다. 그리고 신문 미디어 등에 의해 이러한 사실은 급속도로 유포되었으며 일본인들에게 왜관의 의미는 이전과 다른 자유로운 공간으로 인식되었다. 하지만 조선에서는 과거 수백 년간 지속되던 폐쇄공간으로서의 왜관, 그리고 왜관의 담 안에 존재하는 타자로서 일본인상이 여전히 유효하였으며 이러한 인식의 차이가 동래라는 위치성 안에 혼재되어 있었다.

(3) 왜관 지역 거류민의 동향 보도

다음은 『아사히신문』 1880년 4월 22일 3면에 실린 기사이다.

최근 조선 부산포에서 온 통신에 따르면 이 지역 거류민들은 시시각각 늘어나서 현재 이미 천 사오백 명에 달한다고 한다. 그중 열에 일고여덟 명은 쓰시마 사람으로 특히 빈민이 많다. 요전에 소생이 탔던 기선 간코마루에도 쓰시마 인은 남녀 합쳐 백오십 명 정도가 있었던 것만 보아도 상황을 알 수 있다. 만일 오늘날의 정황으로 장래를 추측해보면 부산포는 결국 쓰시마의 식민지처럼 될 것이라고 상상이 된다. 상업적 정황은 상당히 불경기인데 그 이유는 매년 한 번씩 경상도 대구부에서 조선 팔도의 상인이 모여 최대의 시장을 열게 되는데 아마도 지금이 바로 그때여서 대구의 상인들은 모두 거기로 출장을 가서 이 항구에는 오지 않는 것이다. 이것이 불경기가 된 이유이다. 머지않아 큰 장이 끝나면 다시 돌아갈 것이다. 이 항구의 무역을 매개하는 것은 오직 한전(漢錢)이니 상권은 결국 그들에게 돌아간다. 한인(韓人)의 성질은 대개 우직하지만 곧잘 노동을 견딘다. 거류지 일본관은 대개 백칠팔십 호 정도 있는데 조악한 집이 많다. 이 부산포 안에도 한인이 거주하는 곳은 일본의 한 리 정도 거리를 두고 있다. 대체로 여기에 거주하는 일본인은 너무 자유롭게 지내는 나머지 많은 병폐가 생기기도 한다. 이는 인민들의 진보에 적절치 않은데 다음달 5월 1일부터 개항할 원산진에서는 이러한 폐습이 답습되지 않기를 바란다.

에도 말부터 메이지 초기의 일본에서 정한론 논의는 이미 시작된 바 있으며 1872, 3년에는 정한론이 일본 정계의 중요한 이슈였으나 이는 비밀리에 진행된 권력투쟁적인 성격이 강했다. 또한 1873년의 정변으로 신정부내에서 정한론자가 축출되었다. 이후 대만출병, 강화도 사건 등 대외적 위기감은 고조되어가지만 조선 및 아시아를 명확하게 식민의 대상으로 바라보는 시각이 명확하게, 그리고 공개적으로 확립되는 것은 후쿠자와 유키치(福澤諭吉)의 「탈아론(脫亞論)」(1884)적 논의의 확산 이후라고 할 수 있다. 조선에서 발신된 위의 인용 기사 중의 '부산포는 결국 쓰시마의 식민지처럼 될 것'이라는 문구는 이러한 1880년이라는 지정학적 시공간을 상정할 때 매우 시사적인 기사라고 할 수 있을 것이다.

또한 위의 기사에는 폐쇄적 왜관의 시대를 벗어나 개방된 공간으로 나와 숫자를 늘려가고 있던 재조일본인 사회에 대한 시각이 드러나 있는데, '빈민이 많다'는 표현이 당시 재조일본인 사회를 구성하고 있던 재류민들의 사회적 신분 등의 복합성을 나타내고 있다. 결국 왜관지역은 구막부 하에서 독점적 무역권을 인정 받아왔으나 시대적 전환과 함께 몰락한 쓰시마 출신들, 그리고 신정부의 지원으로 도착한 권력층이 혼재되어 있던 메이지 초기 일본의 축소판이기도 했다.

(4) 왜관 지역 거류민의 동향과 재조일본인의 조명 방식

『아사히신문』 1881년 10월 25일자 2면(이하 금월 18일 발 조선 통신 일곱 건)에 실린 기사에는, '수신사 일행의 17일 동래부에 도착 및 19일 오전 여덟시 출항 예정'을 보도하는 내용이 기재되어 있다. 그리고 이에 이어서, '이제까지 한인들 때문에 많은 손실을 입어왔다고 주장하는 부산항 거류 일본 상인들은 수신사의 동래 체류 중에 부백(府伯)과 담판을 짓기를 청해, 관청에서 스기무라(杉村) 씨를 파견하여 실제 담판'이 행해지고 있다는 소식을 게재하고 있다. 당시 체류 중인 일본인들 중에는 무역에 종사하는 쓰시마 출신 상인들이 대다수를 점하고 있었다. 구막부와의 연결고리가 사라진 이들은 수신사의 도착을 계기로 새로운 공적인 권력에 의존하는 일종의 전향을 도모하며 자신들의 경제적 이익을 확보하려는 움직임을 보이고 있다.

이와 같은 란에서 또 하나 눈에 띄는 재조일본인 관련 보도는, 부산항 경찰서장이 3등에서 2등 경부(13등에 해당)로 승급한 소식 및 육군중위, 외무관, 상법회원 등 상류 재조일본인의 동정에 관한 보도인데, '나카라이 센타로(泉太郎)가 연설'을 했다는 내용이 포함되는 형태로 재조일본인 나카라이의 이름이 신문지상에 등장하는 것도 같은 기사이다. 이 무렵부터는 상업적 신문에도 각각의 이름과 구체적인 직위를 명시한 존재로서 조선에 거류하는 일본인들의 면면이 보다 구체성을 띠며 한 명 한 명 선명하게 등장하기 시작한다.

전술한 기사들보다 십여 년 뒤에, 인천이라는 또 하나의 거대 일본인 거류지를 체험한 하기와라 모리이치(萩原守一)가 집필한 『국민적 대한책(國民的對韓策)』(1896)에는 19세기 말 당시 하기와라 인천항 대리영사의 눈을 통한 재조일본인상이 정리되어 있다. 『국민적 대한책』은 정부의 대한(對

韓)정책이 당시 정계의 가장 큰 관심사이며 이에 대한 여론도 좋고, 재조
일본인이 이미 만 오천여 명에 달하고 있음을 밝히고 있다. 하기와라는
"조선에 도항하는 일본국민은 무역상, 은행가 등을 제외하면 대개 한민
(韓民)의 미개함을 이용하여 일확천금을 얻으려 탐하는 무리들로, 그들로
인한 폐단도 근래에 일어난 것이 아니라 조선 무역의 개시 초기부터 있
던 것"22)이라고 재조일본인의 부정적 면모를 지적했다. 이 기술에서는
앞서 분석한 1880년 전후의 기사에서 단초를 보이던 재조일본인의 계층
적 복합성과 차별적 인식이 명확하게 드러나 있다. 이러한 1890년대 중
반 이후의 부정적 인식과 비교해 볼 때, 제3장에서 다룬 1880년 전후 일
본 대중신문의 재조일본인 관련 기사, 특히 왜관 충돌 사건 보도에는 적
극적이며 조직적으로 단합하는 재조일본인 표상이 강하게 부각되고 있
다고 볼 수 있다.

5. 맺으며

본 글은 1882년에 한반도의 문화적 정전 춘향전이 나카라이 도스이의
번역을 통해 일본 신문지상을 통해 처음으로 연재물로 소개되면서 한반
도의 문화에 대한 근대적 이해가 전개되어갈 가능성을 던지기 이전의 소
신문 발행기를 대상으로 하였다. 현재 데이터베이스화 되어있는『아사히
신문』과『요미우리신문』기사를 주요 자료로 당시 조선과 일본의 접경
지대이자 대표적인 일본인 거주지였던 부산 왜관을 배경으로 하는 기사

---

22) 萩原守一,『國民的對韓策』, 東洋社, 1896, p.5.

및 연재물을 중심으로 그려진 재조일본인의 표상을 살펴보았다. 이러한 기사의 수는 아직 많지 않았으나, 1882년 아사히신문의 춘향전 번역 연재라는 본격적 문화번역 이전에 행해진 조선이라는 위치에 관한 문화번역의 기능을 내재하고 있었다. 그리고 이러한 기사는 당시 구왜관의 형태를 벗어나 새롭게 재구성되기 시작한 재조일본인 사회를 표상하면서, 타자로서의 조선과 접촉하는 간접 체험을 통한 근대국가 일본의 내부통합이라는 경험을 일본의 민중들에게 제공하였다.

당시 기사의 출처는 왜관에 거주하는 재조일본인들에 의해 발신된 것으로 소신문의 경우 정론 신문에 실린 이러한 기사를 전재하는 형식을 많이 취하였다. 이 중 가장 주목할 만한 기사로 이 글에서 중점적으로 다룬 재조일본인과 조선인의 충돌을 둘러싼 보도는, 폭력사태라는 소재적 선정성과 함께 당시 대외관계를 둘러싸고 급변하는 정세에 대한 대중의 관심과 부합하며 상세히 보도되었다. 또한 후쿠자와의 탈아론적 논의 이후 미개한 아시아의 국가, 식민의 대상으로서의 조선상이 정립되기 직전에 조선에서 활동한 일본인들을 그려냄으로써 정한론적 관점을 적극적으로 지지하지 않은 당시 신문의 논조를 유지하면서도, 조선이라는 '위치'에서 활발하게 움직이는 일본인상을 구축하고 있다.

이 글에서 다루고 있는 시기 직후에 일본 신문에 등장하는 조선 표상 기사는 임오군란에 관련한 조선 내의 급변하는 정세에 관한 기사들이 다수를 점하게 된다. 이 시기에는 재조일본인의 문제가 중심에 있기보다 조선내의 수구 세력과 개혁세력의 알력을 그리는 데에 초점이 맞추어진다. 이점이 1880년 전후와 그 이후의 보도내용의 차별점이라고 할 수 있다.

그리고 이후 시기의 기사 중 19세기 말 부산 왜관 지역에서의 재조일본인의 충돌 사건에 관련된 것으로 『요미우리신문』 1899년 7월 23일자

2면 「부산의 일러 충돌사건」 등이 눈에 띄는데 이는 조선인들과의 충돌이 아니라 러시아 해군 병사들과의 충돌 사건의 보도이다. 한반도의 패권을 둘러싼 당시 열강들의 경쟁 구도를 반영하듯, 한반도의 지정학적 상황의 변화와 함께 왜관 지역은 더 이상 재조일본인과 조선인과의 충돌만이 아닌 열강과 일본의 대치 무대라는 사실이 신문 보도를 통해서 동시대 일본어 독자들에게 전달되었으며, 일본의 국가적 '위치'의 확장을 각인시켰다. 위 기사를 비롯하여 이와 연관된 1880년대 중반 이후의 기사에 대한 분석, 동시기의 타매체에 대한 확장 분석은 후속 연구에 의해 수행되어야할 과제이다.

이상에서 살펴본 바와 같이 일본 근대초기의 소신문은 기존의 정론신문의 한문체가 아니라, 대중들에게 접근이 용이한 가나혼용문을 구사하여, 외지에 이주한 일본인들과 현지인들의 충돌이라는 사태를 자극적으로 보도하였다. 그리고 이를 통해 최근린국 조선의 타자성을 각인시켰다. 신문매체의 조선 왜관에 관련된 사건에 대한 보도는, 근대국가 성립기의 일본의 국가적 위기감을 고조시키는 데에 크게 일조하였다. 1880년 전후는 신문지상에서 본격적인 조선 문화 번역이 시도되기 직전의 초기적 문화번역이었다. 이 글에서 다루고 있는 신문 기사에서 재조일본인은 외부의 공격에 대해 강한 단결력을 보이며, 항의 등의 의사를 적극적으로 표명하는 것으로 표상되어있다. 이는 이후 식민지기 재조일본인의 표상이 무기력한 부정적 이미지로 흘러가는 것과 차별화되는 지점이다. 더욱이 주목할 만한 것은 타자로서의 조선을 일본과 상하적, 수직적 관계에 배치하기 이전의 단계에서, 조선이라는 위협적인 타자를 인식하고 이에 대항하기 위해 조직적이며 적극적으로 움직이는 재조일본인상이 표상되어 있다는 점이다.

초기에 음성판매를 중심으로 했던 상업신문은 대중들을 쉽게 포섭할 수 있는 무기가 되기 시작하였으며 이것이 점차 문자 독해의 과정으로 정착되어가는 과정에서 일본 대중의 대외적 관점은 신문지상이라는 지도를 읽어내듯이 성립되어 갔다. 그리고 이러한 미디어 읽기의 과정을 통해 타자로서의 조선상을 성립시켜 가게 되었으며 '일본'이라는 국가의 대중으로서 효율적으로 통합되어갔다. 왜관 지역 및 재조일본인에 관한 보도는 이러한 일본 근대 초의 신문보도를 통한 대외인식의 중요한 자료로 기능한 것이다.

제3부
재조일본인의 문화 활동

『조선공론』게재 「봄의 괴담 경성의 새벽 2시(春宵怪談京城の丑滿刻)」의 연구

재경성일본인의 타자의식을 중심으로

나카무라 시즈요

1. 들어가며

일본의 괴담은 에도시대 출판기술의 발달과 함께 급성장하여, 소시본(草紙本), 에마키(繪卷), 가부키(歌舞伎), 라쿠고(落語) 등과 같은 다양한 문예분야에서 민중의 오락물로 향유되어 왔다. 그러나 메이지 유신(明治維新) 이후 근대 합리주의가 대두함에 따라, 에도 괴담(江戶怪談)의 주된 소재였던 여귀·요괴·기츠네츠키(狐憑き·빙의형상)들은 비과학적인 '미신' 또는 '정신병'으로 취급받게 되었다.[1] 그러나 이러한 비합리적이고 배척되어야할

---

1) 메이지 시대의 요괴박사라 불렸던, 이노우에 엔료(井上圓了)(1859~1919)는 유령, 괴담, 빙의 등의 불가사의한 현상이 미신에 지나지 않으며, 전부 근대과학으로 설명할 수 있는 것이라는 인식에 입각해 요괴연구를 지속해 나갔다. 메이지 시대에 들어와 정신의학의 보급과 함께 '신경증'이라는 말이 유행하게 됨으로써, '유령은 신경증으로 인해 나타나는 것'이라는 인식이 급속도로 대중에게 확산되었다. 이러한 의식의 확산에 응해

괴담은 메이지 후기에 들어 '심령학' 연구[2]와 '정신의학', '민속학' 등의 학문분야에서 전개된 '괴이담' 수집을 통해 다시 부흥하였다. 문예잡지와 신문에는 괴담의 관한 많은 기사가 게재되어 이른바 <괴담 붐>을 일으켰던 것이다.[3]

한편, 동시대 식민지 조선에서는, '식민지 조선에 고상한 취미와 오락을 제공 한다'는 목적[4]하에 재조일본인(在朝日本人)이 간행한 일본어 잡지 문예란에 한시(漢詩), 하이쿠(俳句), 와카(和歌), 단카(短歌) 등의 운문과 함께,

---

산유테이 엔초(三遊亭圓朝)는 라쿠고 「신케이카사네가부치(眞景累ヶ淵)」에서 '유령이라는 것은 없다. 모두 신경증일 뿐이다.'라고 말하며, 역으로 이러한 부정적인 언설을 괴담에 집어넣어 근대라는 시대를 배경으로 생겨난 새로운 괴담으로 인기를 얻었다.

2) 일본에서는 메이지 후기, 서구에서 시작된 심령학 연구의 영향을 받아 심령학에 대한 관심이 높아졌다. 당시 도쿄 제국대학의 후쿠라이 토모키치(福來友吉)나 교토 제국대학의 이마무라 신키치(今村新吉) 등은, 천리안이나 영사의 능력을 갖고 있다고 여겨졌던 미후네 치즈코(御船千鶴子)나 나가오 이쿠코(長尾郁子) 등을 연구대상으로 하여 공개실험을 벌여 신문잡지 등에서 큰 반향을 불러일으켰으며, 그 진위에 대한논쟁은 사회적으로 문제가 되기도 했다. ―柳廣孝, 『<こっくりさん>と<千里眼>―日本近代と心靈學』, 講談社, 1994.

3) 이 배경에는 민속학이나 정신의학으로 칭해지는 학술방면에서의 괴이담 수집, 또는 에드가 앨런 포우 소설의 번역 출판물, 그리고 이들의 매개가 되었던 메이지 시대부터의 소신문이나 문예잡지의 흥성과 같은 대중매체의 발달의 영향 등을 들 수 있을 것이다. 또한 문예잡지, 학술잡지의 권말에서 독자로부터 괴이담을 모집하기도 했다는 자료를 토대로 판단해 볼 때, 괴이에 대한 관심과 흥미는 대중에게 이미 침투해 있었던 것으로 보인다. 한편, 아쿠타가와 류노스케(芥川龍之介), 사토 하루오(佐藤春夫), 타니자키 준이치로(谷崎潤一郎) 등의 순문학자들도 괴이를 테마로 한 단편소설을 차례차례 문예지에 발표했다. 가부키 배우, 잡지기자, 문학자 등에 의한 괴담회가 빈번하게 열렸으며, 그 내용이 문예잡지나 신문에 게재되는 등, 괴담 취미는 장르나 계층을 불문하고 시대적 유행으로 번졌던 것으로 보인다. 에도 시대까지의 문예에서 주로 눈에 띄는 허구적인 괴담은 자취를 감추고, 실화를 중심으로 한 과학적으로 해명 불가능한 현상을 다룬 괴담이 주목받게 되었다.

4) 초기의 잡지에는 『한반도』(1903년 창간), 『조선의실업』(1905년 창간), 『조선』(1908년 창간되어 『조선과만주』로 개편)등이 있으며, 각각 식민지에 있어서의 재조일본인 사회의 경제적·사업적 이익을 위한, 조선인에 대한 일본통치의 진의를 전달하기 위해, 등의 취지에서 간행되었다. 정병호, 「조선내 일본어 문학의 형성과 문예란의 제국주의」, 식민지 일본문학·문화연구회, 『제국의 이동과 식민지조선의 일본인들―일본어잡지 『조선』(1908~1911)연구』, 도서출판 문, 2010, pp.18-19.

산문과 대중적 읽을거리가 많이 게재되었다. 이들 문예물들 속에는 동시대의 일본 '내지'의 괴담과 심령학·정신의학의 영향을 받은 읽을거리도 다수 포함되어 있었다.

본 글에서는 식민지 조선의 재조일본인 잡지 『조선공론(朝鮮公論)』(1913~1944)5) 1922년 4, 5월 호에 게재된 「봄의 괴담 경성의 새벽 2시」를 대상으로, 식민지 일본어잡지 문예란에 게재된 괴담의 특이성과, 이를 통해 파악할 수 있는 재조일본인의 식민지 의식을 고찰하고자 한다.

한일병합 직후인 1912년부터 조선으로 건너오는 일본인들의 수가 급증하였다. 이에 따라 경성을 제2의 일본으로 발전시키고자, 재조일본인들은 경성부의 시구 개정 정책을 시행했다. 식민지 수도인 경성에는 일본 마을이 등장하여 그곳을 중심으로 일본문화가 정착, 확산되었다. 이러한 공간 변화는 '조선 속에 타자 '일본''에서 '일본 속에 '타자' 조선'으로, 재조일본인의 의식변화에 큰 영향을 미쳤던 것이다.6) 조선과 일본이 공존하는 공간에서 생활하던 경성의 일본인7)에게, 타자는 대체 어떤 존재이며, 그것은 어떠한 방식으로 그려져 있는가, 또한 괴담이라는 장르의 특이성과 이들의 의식은 떠한 관계를 맺고 있는가.

예부터 일본에서 전해온 괴담에는 재미와 기묘함을 강조한 도깨비나 요괴 이야기와, '에도괴담'으로 알려진 여귀가 등장하는 이야기들이 많았다. 여귀 이야기가 많은 배경에는 당시 여성들이 발언권이 없는 약자이

---

5) 『조선공론』은 1913년 4월에 『경성일보』 창간에 참여했던 마키야마 코우조(牧山耕三) (1822~?)에 의해 발행되어, 1944년 11월까지 일제강점기 전반에 걸쳐 지속적으로 간행되었던 종합잡지이다. 조선반도에서는 『조선과 만주』와 더불어 최장기간 발행된 잡지이기도 하다.

6) 박광현, 「재경일본인의 텍스트와 재경의식-한일합병의 전후기를 중심으로-」, 『제국일본의이동과 동아시아 식민지 문학 1』, 도서출판 문, 2011, pp.173-181.

7) 본 글에서는 식민 통치기에 수도 '경성'에 거주하던 재조 일본인을 재경성 일본인으로 칭한다.

며, 소외층이었던 것과 무관하지 않다. 귀신의 복수극에 초점을 두는 에
도괴담에서는 약자인 여성이 귀신이라는 초인적 존재가 되어, 그들의 원
한과 공포를 남성들에게 집요하게 호소한다. 탐정소설과 같이 범인 확정
과 동시에 사건이 해결되는 이야기와는 대조적으로, 괴담에는 항상 시대
적 소외층의 약자가 귀신이라는 특별한 능력을 지닌 존재가 되어 시대의
명암을 조명한다. 그런 방식으로 사람들이 묵인해 온 '어둠의 영역'에 대
해 의문을 던지고 있는 것이다. 식민지 조선 사회에서 여귀들은 무엇을
말하려 했는가. 또, 그들은 괴담 속에 어떻게 표상되고 있는가. 이를 파
악하는 것은 '어둠의 영역'으로 설정된 인물들이 놓여 있었던 당시 상황
과, 그를 둘러싼 사회 양상의 일면을 드러내는 작업이 될 것이다.

1) 식민지 일본어 문학과 괴담장르

일본 근대문학의 괴담연구는 라프카디오 헌(Lafcadio Hearn)이나 이즈미
교카(泉鏡花), 오카모토 기도(岡本綺堂)와 같은 괴담을 많이 창작한 작가 중
심으로 이루어져 왔다. 그러나 괴담이라는 장르 자체에 주목한 연구는
거의 볼 수가 없다. 그 속에서 최근 들어, 메이지 후기에서 다이쇼에 걸
친 괴담 붐의 학문적인 구조에 대한 이치야나기 히로타카(一柳廣孝)의 연
구,[8] 문학작품으로 주목받지 못했던 근대기의 「햐쿠모노가타리(百物語)」를
조명한 타니구치 모토이(谷口基)의 연구,[9] 라쿠고나 강담(講談)에 주목하여
강담 「햐쿠모노가타리(幕末明治百物語)」를 해제한 곤도 미즈키(近藤瑞木)・이

---

8) 一柳廣孝, 「怪異を再編する-明治後期の文壇における「怪談」ブームをめぐって」, 특집 「科學と想像
   力」, 日本近代文學會關西支部大會 발표문, 2012.6.9.
9) 谷口基, 『怪談異譚: 怨念の近代』, 水聲社, 2009.

치야나기 히로타카의 연구10) 등 순문학과는 이질적인 대중문학으로서의 괴담문예의 연구가 매우 활발해지는 추세이다. 그러나 이러한 괴담 연구에서도, 식민지기 조선·만주·대만에 거주하던 일본인에 의한 괴담문예에 관한 연구는 전혀 찾아볼 수 없다. 식민지 괴담은 일본 괴담문예의 주류라 할 수는 없더라도, '내지' 일본과는 변별된 '식민지 지배계층과 식민지 피지배계층'이 공존하는 이중적인 공간에서 성립되었다는 특징을 갖고 있다. 식민지의 괴담 속에 존재하는 '어둠의 영역'의 구성요소, 또 그곳에 드러나 있는 '타자의 문제'를 분석하는 것은 그들의 정체성 형성과정과 식민지 일본인 사회의 양상을 밝히는 데도 중요할 것으로 보인다.

한편, 식민지 조선의 일본어문학 연구는 지금까지 이중언어문학으로서 조선 작가의 일본어문학, 또 유명 작가 중심의 연구가 지속되어 왔으며, 시기적으로는 1930-1940년대가 주를 이루어 왔다. 정병호는 이 점을 지적하여 지금까지 간과되어 온 1900년대 초기의 재조인본인들의 잡지와 그 문예란 연구의 중요성을 지적하고 있다.11) 이러한 문제 제기를 출발점으로, 최근에 재조 일본인 지식층이 한반도에 남긴 잡지·간행본을 대상으로 한 연구가 활발하게 진행되고 있다.12) 그러나 당시 간행된 잡지들이 너

---

10) 一柳廣孝·近藤瑞木, 『幕末明治百物語』, 國書刊行會, 2009.
11) 정병호, 「조선내의 일본어문학형성과 문예란에 있어서의 제국주의」, 식민지일본어문학·문화연구회, 『제국의 이동과 식민지 조선의 일본인들-일본어잡지『조선』(1908~1911)연구』, 도서출판 문, 2010.
12) 재조 일본인 문예에 대한 연구는 박광현의 「"재조선"일본인의 지식 사회 연구」, 『일본학 연구』(단국대 일본연구소, 2006), 「내지인 반도 작가의 탄생과 그 전사」(고려대 일본 연구 센터 제29회 콜로키엄 발표, 2012, 4.6)가 있으며, 재조 일본인의 정체성 형성 과정을 분석하고 있다. 초기의 재조 일본인 잡지의 읽을거리에 보이는 에도시대의 정서나 유곽을 배경으로 한 작풍 등에 대하여 동시대 일본 문학과 비교하여 나타나는 상대적 지연을 향수와 연관 지어 지적하고 그 후 이들 요소가 어떻게 변천하는 그들의 정체성 형성에 관여했는지를 논하고 있다. 또 당시의 잡지 문예란의 주류 장르는 한시나 하이쿠 등의 운문 분야였는데, 이러한 흐름은 초기부터 전쟁 전 전반에 걸쳐 일관 축으로 작용해 왔다고 할 수 있다. 이들 운문 장르에 관한 연구로는 엄인경의 「20세

무 방대하기 때문에, 심도 있게 연구된 『조선』(후 『조선과 만주』(1908-1941))같은 잡지가 있는 반면, 조선의 대표적 종합 잡지이면서도 『조선공론』같은 잡지는 읽을거리(讀物)와 소설이 많았음에도 불구하고 관련 연구는 거의 없다. 또한 문예란에 대한 연구는 테마 중심의 연구가 대부분이며, 각 장르에 주목한 연구는 별로 이루어지지 않고 있는 것이 현실이다. 송미정의 『조선공론』의 문학적 텍스트에 관한 연구13)가 있지만 이는 소설을 그 대상으로 하고 있으며, 본 글에서 다루고자하는 괴담 문예에 대한 연구는 그 대상에서 제외되어 있다. 그러나 식민지에 오락과 취미를 제공하는 것이 문예란이 지닌 본래의 목적이라면, 괴담이나 강담(講談)과 같은 읽을거리, 또 이와 유사한 기사와 오락적 읽을거리의 장르야말로 재조일본인의 무의식하의 있던 일상생활 속의 식민지적 특성이 볼 수 있는 것이다. 이를 위해서도 읽을거리와 산문에 대한 연구는 필히 이루어져야 한다고 할 수 있다.

본 글과 관련된 대표적인 연구로는 박광현의 「재경일본인의 텍스트와 재경의식」14)이 있는데, 그것은 1910년 전후의 경성의 공간 변화와 일본

기 초기의 재조 일본인 문학 결사와 일본 전통 운문 작품의 연구」가 있다. 또한 정병호는 이 시기에 간행된 잡지 『조선』, 『조선과만주』에 있어서의 문예란의 의의와 역할을 일본 문학사에서 거론되는 작가를 중심으로, 혹은 조선인 작가의 일본어 문학을 중심으로 연구해왔던 기존의 시점을 전환해야만 한다고 주장한 바 있다. 이 문제제기를 출발점으로서 식민지 일본 문학, 문화 연구회에 의한 논문집 『제국의 이동과 식민지 조선의 일본인들-일본어 잡지 『조선』(1908~1911)연구』(도서출판 문, 2010)가 출간되어 식민주의 담론, 여성문제, 조선표상, 조선인 기고 작가의 조선작품 번역 등 다방면에서의 연구가 이루어지고 있다. 또 최근 박광현・신승모 편저 『월경의 기록』(도서출판 어문학사, 2013)에서는 재조 일본인 사회의 실태 파악을 위한 광범위하고 다양한 각도에서의 연구가 이루어지고 있으며, 이 시기의 식민지기의 일본어 문예는 재조 일본인의 실태와 양상에 대한 연구가 진행되고 있다.

13) 송미정, 「『조선공론』의 문학적 텍스트에 관한 연구-재조일본인과 조선인작가의 소설을 중심으로-」, 국민대학교 국어국문학과 박사논문, 2009.

14) 한일합병 전후의 재조 일본인의 경성 표상을 통해 식민지의 일본인으로서의 자기의식

인들이 경성을 '자기화' 하는 과정을 토대로 재경일본인의 정체성 구축과
정을 검토하고 있다. 이와 관련에서 본 글에서는 경성의 일본인 지주에
의해 착취당하는 이민촌(移民村) 일본인이 등장하는 괴담작품을 통해 경성
에 거주한 일본인의 타자의식을 좀 더 면밀히 고찰하려 한다.

괴담장르를 전체적으로 보았을 때, 당시 간행된 많은 일본어 잡지15)의
괴담들은 일본 전래 설화와 필자의 경험담을 재미있게 각색하여 게재하고
있다. 그런데 이에 반해 『조선공론』에서는 단순한 괴담보다 잡지 기자가 직
접 창작한 식민지 특유한 괴담작품도 많이 보인다. 예를 들면 1916년부터
1945년 사이에 『조선공론』에서는 전18차례 괴담 읽을거리가 게재되었고,
그 외에 『조선체신(朝鮮遞信)』(1917-194?) 4회, 『조선과 만주(朝鮮及滿州)』 3회,
『전매통보(專賣通報)』(1926-1935) 5회, 『경무휘보(警務彙報)』(1908-1936) 2회이
다. 이를 통해서도 괴담의 게재 수는 다른 잡지에 비해 『조선공론』이 월
등히 많았음을 알 수 있다. 『조선공론』의 괴담은 문예란의 전속 기자에
의해 쓰여 졌으며, '내지' 일본에서 전해온 설화, 여우, 너구리, 요괴 이야
기가보다 일본적인 괴담이면서도 조선이라는 풍토를 배경으로 재구축된
창작 괴담이 많다. 이에 입각해 졸고 「재조 일본인 잡지 『조선공론』의

형성의 과정을 검토하고 있다. 高浜虛子의 『朝鮮』, 재조 일본 지식인의 잡지 기고문, 더
나아가 경성 도시 공간의 변천과 이동을 통해 그들이 '경성'의 주체자가 되어 발언권을
강화하는 반면 이들 텍스트에 보이는 '조선의 부재'라는 무의식적인 타자화 문제, 경성
도시에 일본의 정명을 붙여 조선 속의 일본을 만들려는 정서의 폭력성 등을 지적하고 있
다. 박광현, 「재경 일본인의 텍스트와 재경 의식—한일 병합의 전후기 중심으로—」, 『제
국 일본의 이동과 동 아시아 식민지 문학 1』, 도서출판 문, 2011, pp.163-197.

15) 『조선의실업』(1905-1907), 『조선』(후에 『조선과만주』로 개편 1908-1941), 『조선공론』(1913
-1944)을 비롯하여 조선 총독부 경무 총감부 발행의 『경무휘보』(전신은 『경무월보』
(1908-1936), 조선 총독부 학무국 조선 교육회 발행 『문교의조선』(1925-1945) 녹기 연맹
발행 『녹기』(1936-1944) 또 합병에 따라 설립된 조선 전매 협회 발행의 『전매통보』(후일
『전매조선』으로 개편 1926-1935), 조선 체신 협회 발행 『조선체신』(1917-194?) 조선 금
융 조합 연합회 발행 『금융조합』(1928-194?) 등 다양한 잡지에 각각 문예란이 만들어
져 한시, 하이쿠, 단가와 함께 산문, 수필, 읽을거리 등의 문예가 다수 게재되었다.

괴담의 연구」16)에서는 『조선공론』 게재된 5편의 창작 괴담을 동시대 일
본의 괴담과 비교하고, 이를 통해 조선에서의 미신타파 담론과의 관련성,
재조 일본인이라는 공동체의 식민지적 특징과 괴담장르를 고찰했는데,
본 글은 그 연구 대상의 중 한 작품인 「봄의 괴담 경성의 새벽 2시」를
경성이라는 식민지 공간에서의 재조 일본인의 사회 양상을 중심으로 보
다 면밀하게 분석한 것이다.

2) 작품과 줄거리

「봄의 괴담 경성의 새벽 2시」는 『조선공론』17) 1922년 4월과 5월, 두
달에 걸쳐 연재된 작품으로 저자는 『조선공론』기자의 기자였던 마쓰모
토 요이치로(松本興一郞)18)이다. 『조선공론』은 앞서 서술한 『조선과 만주』
와 마찬가지로 최장 기간에 걸쳐 발행된 종합 잡지로서, 조선 총독부의
식민 정책에 동조하는 성향이 짙었다. 특히 논설의 투고에 있어서도 총

---

16) 졸고, 「재조일본인 잡지 『조선공론에 있어서의 괴담연구」」, 고려대학교 석사학위 논
문, 2013.
17) 『조선공론』의 논조는 '조국일본에 조선의 실정을 알리고 이해시키기 위함과, 조선동포
를 각성시켜 당국의 시정에 헌신' 하도록 하는 것이었다. 찬조자로는 오쿠마 시게노부
(大隈重信), 이누카이 쓰요시(犬養毅)를 필두로 재계, 언론, 대학회의 주요인물들이 포함
되어 있었다. 윤소영, 「해제」, 한일교류문화연구센터 —편, 『제1권(통권1호—4호)조선
공론』, 서울어문학사, 2007, pp.VII-XX.
18) 마쓰모토 요이치로(松本興一郞)는 『조선공론』의 기자로, 문예란에 수많은 작품을 발표
했다. 『조선공론』의 독자의 하이쿠 선별은 편집장인 이시모리 히사야(石森久彌)가 창간
초기부터 맡아 왔지만, 1925년에 사장 마키야 코조(牧山耕三)에게 경영권을 넘겨받은
이시모리가 바빠지면서 마쓰모토에게 맡겨진다. 하이쿠 선별에 힘썼다는 점, 재조일본
인의 문예모임에 대한 기사 등을 마쓰모토가 썼다는 점, 이 작품이 연재물로서 26쪽
에 걸쳐 집필된 것만 보더라도 마쓰모토 요이치로가 『조선공론』의 문예란에서 중심적
인물이었음을 추측할 수 있다. 나중에 필명을 마쓰모토 데루카(松本輝花)로 개명하고
문예란을 중심으로 수많은 집필을 했다.

독부 관계자나 재조 일본인 지식인 층이 그 주를 이루고 있었다. 잡지 전반에 걸쳐 조선 총독부와 관련된 기사나 인사 등이 상세히 실려 있으며, 잡지의 취향도 총독부 관리의 생활에 밀착한 것을 쉽게 엿볼 수 있다. 이 잡지의 문예란은 『조선과 만주』와 같은 여타의 잡지의 문예란에 비해 운문 작품의 페이지보다 읽을거리의 페이지 수가 많았으며, 그 내용도 수필, 정담, 애화, 소설, 화류계의 소식, 탐정의 스파이 이야기, 설화, 콩트 등 다양했다. 또한 잡지의 정치적 논설과는 대조적으로, 재미있는 읽을거리를 목표로 한 오락물이 많은 점이 특징적이다. 잡지 발행 기간 중 괴담이 게재된 경우는 1910년대 후반부터 1920년대에 집중되어 있으며, 총 18회의 괴담 중 9회가 1920년대에 게재되어 있다. 줄거리는 이하와 같다.

경성 거리의 한 중국 빵집에서 화자인 "나"가 어떤 일본인 남자와 친해지면서 이야기는 시작된다. 그 남자는 "나"에게 괴담 하나를 이야기해 줬다. 남자는 얼마 전까지 두부 장사를 했었고 그때 수상한 여자를 목격하게 된다. 그 여자는 새벽에 2시쯤에 "카랑코롱" 하는 왜나막신 소리를 울리며 "옛 하나조노초(旧花園町)[19] 파출소"가 있던 삼거리 우체통에 "탁!" 하고 편지를 던져 넣고 어디론가 사라진다. 남자는 여자의 예사롭지 않은 모습에 덜컥 겁이 났다. 이 불길한 여자를 목격한지 며칠이 지난 어느 날, 남자는 밤마다 떡을 사러 오는 수상한 여성이 있으니 좀 알아봐 달라는 미행 조사 의뢰를 사쿠라이초(櫻井町)의 떡집 딸한테 받게 된다. 남자가 떡을 사러 온 여성의 뒤를 미행하니, 그 여자는 광희문[20]을 빠져

---

19) 일본인 거주지에는 일본식의 지명이 붙여져 있었으며, 경성부 내에는 혼 정, 신 정, 야마토 정, 히지 정, 코토부키 정, 요코하마 정, 화원 정 등이 있었다. 高崎宗司, 『植民地朝鮮の日本人』, 岩波書店, 2002, p.96.
20) 「광희문」은 일본인 거주구역의 남산방면에서 성벽을 동쪽으로 빠져나오는 문이었다.

나가 한성의 성벽 밖 공동묘지로 자취를 감췄다. 다음 날 남자가 공동묘
지를 다시 찾아가 전날 밤 여자가 사라진 장소를 살펴봤더니 어떤 무덤
이 있었다. 그곳에서 마키에(牧枝)라는 여성이 성묘를 하고 있었는데, 그
는 그녀에게 그 무덤이 누구의 것인지를 물어보았다. 그 무덤은 마키에
의 죽은 언니, 오시게(お繁)의 것이었다. 게다가 남자가 목격한 포스트의
섬뜩한 여자도 죽은 오시게의 언니였다. 마키에·오시게·오나카라, 세
자매는 경성 교외에 있는 가난한 이민촌 출신이었다. 아버지 겐시치(源七)
는 심한 생활고에 시달려 경성의 일본인 지주들을 원망하고 있었다. 그
러나 미모가 뛰어난 두 딸들은 경성으로 시집을 가게 된다. 남자는 병으
로 죽었다는 오시게의 무덤에서 밤마다 아기의 울음소리가 들리는 것을
수상히 여겨 조선인 지게꾼을 고용하여 묘지를 파헤쳐 봤다. 그런데 거
기에는 무덤 속에서 출산한 것으로 보이는 아사(餓死)한 남자 아기가 있
었다. 이 아기를 무덤 속에서 키우기 위해, 오시게는 유령이 되어서도 떡
을 사러 경성을 돌아다녔던 것이다. 이 괴담을 들은 "나"는 오시게의 언니
오나카가 왜 귀신이 되어 우체통 근처에 나타나게 된 것인지를 조사하게
된다. 오나카는 경성 광부에게 시집을 갔지만, 광산 붐으로 주머니 사정이
좋아진 남편은 여자 놀음에 빠져 집에 돌아오지 않았다. 이에 애를 태우던
오나카는 밤마다 우체통에 "내 남편을 돌려주시오"라는 편지를 매일 기생
에게 보내고, 마침내 미쳐서 죽고 말았다. "나"가 화학자 C씨를 찾아가
이 괴기담을 전하자, "언젠가 유령의 존재도 과학적으로 설명할 수 있
다"라는 영혼 불멸을 설명하는 C씨의 말로 이 이야기는 끝을 맺는다.

배현미, 「조선후기의 복원도작성을 통해 살펴본 서울 도시의 원형재발견에 관한 연구」,
『서울학연구』 5호, 서울학연구소 1995, p.287, 지도 1 참조

2. 식민지의 유령

작품 제목에도 드러나 있듯이 이 작품은 괴담으로 창작되었다. 이 괴
담의 핵심은 경성의 새벽 2시에 나막신 소리를 내며 배회하는 여자 귀신
들의 출현이다. 두 귀신은 일본인 영역이 확대되어 가는 경성의 일본인
거리21)를 돌아다니는데, 그들의 이상한 모습은 두부장사 남자에게 목격
되었다. 실제로 1912년부터 경성부에서는 본격적으로 시구 개정이 시작
되었으며, 제1기, 2기를 거치며 점차 일본인 거리는 도시적 공간으로 변
화하고 있었다. 이 시구 개정은 1936년까지 이어지는데, 작품 속에 빨강
우체통 장소가 "옛 하나조노초(旧花園町)"로 표기된 것도 이 시구개정 사업
에 인한 도시 공간 변화라 할 수 있다. 다음 인용문은 일본인 거리를 무
대로 하여, 남자가 수상한 여자를 목격하는 장면이다.

> 나는 그 당시 두부를 팔아 끼니를 연명하고 있었다. 그것은 어느 늦가
> 을에 벌어진 일이었다. 코가네초(黃金町)에서 와카구사초(若草町), 에이라
> 쿠초(永樂町)에서 메이지초(明治町), 난산초(南山町), 야마토초(大和町)으로
> 아침 일찍부터 팔고 다녔던 두부도 오늘은 어쩐 일인지 네 개 팔렸을 뿐,
> 어깨를 짓누르는 무거운 짐은 가벼워지질 않는다. (…중략…) 나는 두부
> 때문에 무거워진 어깨를 겨우 겨우 당기며 집 근처의 우체통 자리까지
> 다다랐다. 그러자 문득 어디선가 카랑코롱하고 아주 가벼운 왜나막신 소
> 리가 들려왔다. 무심코 철도 선로에 통하는 골목 쪽을 바라보자 아직도
> 한물 지난 미인 향기를 아련하게 풍기는 마루마게(丸髷, 일본식 올린 머
> 리)를 한 새하얀 여자가 이쪽으로 방향을 바꾸어 걸어오고 있었다. 스쳐
> 지나가며 그 하얀 석고상과 같은 얼굴에 눈을 향하자 여우처럼 눈꼬리가

---

21) 이은애 · 심재현, 「일제강점기의 도시정책과 서울의 공간구조화의 상관성에 대한 연구」,
『도시설계』 Vol.14 No.2, 한국도시설계학회지, 2013, pp.71-80.

치켜올라간 그 눈은 거의가 눈과 같은 순백색이었으며, 검은 눈썹은 하나
하나 셀 수 있을 정도였고, 그 하얀 눈 속에 갈색의 눈동자가 작게 움직
이고 있었다.

갑자기 마치 물을 뒤집어 쓴 것처럼 공포가 내 몸을 엄습해, 나는 어깨
를 짓누르던 짐의 무게조차 느끼지 못할 지경이 되었다. 그때 덜컹하고
뒤에서 소리가 났고, 나는 그 소리에 아무 생각 없이 뒤를 돌아보고 말았
다. 그곳에서는 아까의 여자가 붉은 우체통에 편지를 던져 넣고는 홱 하
고 내 쪽으로 몸을 돌려 걸어오고 있었다. 그 바람에 놀라서 나는 갑자기
고개를 들었고, 그 순간, 눈에 별이 반짝!(…후략…)[22]

이 인용문은 식민지화에 의해 모던한 모습으로 변화한 경성을 상징하
는 "붉은 포스트"의 근처에서 "카랑코롱"이라는 왜나막신 소리를 들은
남자가 이상한 모습의 여자와 조우하고, 그로 인해 등에 물을 뒤집어 쓴
듯한 공포를 체험하는 장면이다. "카랑코롱"이라는 의성어는 산유테이
엔초(三遊亭圓朝)의 라쿠고 「괴담모란등롱(怪談牡丹灯籠)」[23]으로 유명한 왜나
막신 소리로 "카랑코롱"이라는 왜나막신 소리는 그 자체로 이미 듣는 이
에게 귀신을 연상시킬 정도로 괴담에는 빼놓을 수 없는 하나의 효과음으
로 여겨져 왔다. 밤거리에 울리는 '카랑코롱, 카랑코롱'이라는 소리는 "여
자"의 "흰 석고상과 같은 얼굴"이나 "여우처럼 눈꼬리가 치켜올라간"과

---

22) 「봄의 괴담 경성의 새벽 2시」, 『조선공론』, 조선공론사, 1922년 4월호, pp.144-145.

23) 산유테이 엔초(三遊亭圓朝)(1839-1900)의 「怪談牡丹灯籠」은 중국 명나라 시대에 저술된
괴이 소설집 『전등신화』에 수록된 「牡丹灯記」의 번안작이다. 젊어서 인기를 얻은 엔초
였지만, 한 무대에서 스승인 산유우 엔세이가 자신의 특기를 먼저 공연해 버린 것을
계기로 "다른 사람의 이야기는 결코 하지 않겠다."고 결심하고, 괴담이나 인정담 창작
에 몰두했다. 「眞景累ヶ渕」의 원형 「累ヶ渕後日怪談」, 「怪談牡丹灯籠」, 「菊模皿山奇談」는
엔초가 20대 초반에 창작했다고 전해진다. 「怪談牡丹灯籠」의 유령 "오시게"는 조용히 모
란무늬의 등을 들고는 '카랑코롱'하는 왜나막신 소리와 함께 등장하는 것으로 유명한데,
발이 없는 귀신에게 '카랑코롱'이라는 기발한 소리의 연출하여 관객의 주의를 끌었다.
이 '소리'가 청중에게 굉장한 공포감을 주어 '카랑코롱'이라는 왜나막신의 소리는 이 괴
담의 전형이 되었다. 立川談四樓, 「圓朝と怪談」, 『國文學: 解釋と教材研究』, 學燈社, 2007.9.

같은 외모에 더해져 여자가 이 세상의 존재가 아닌, 즉 귀신인 수도 있다는 것을 시사하고 있으며, 이는 두부장수가 어깨에 짊어지고 있었던 무거운 짐조차도 공포를 통해 순식간에 가볍게 만든다. 그리고 동시에 독자에게도 이런 장치를 통해 이 이야기가 괴담임을 인지시키고 있는 것이다.

그렇다면, 거리를 방황하는 또 한명의 여자 귀신은 어떤 모습으로 그려져 있었을까. 다음은 본문에 나타난 여성 유령의 묘사 장면이다.

> 이윽고 때가 되었다. 부족한 전기가 빛을 비추고 있는 길거리에 마침 그때 한 줄기의 밤바람이 소리를 내며 일고, 버려져있던 신문지가 뱅글뱅글 처마의 높이에게까지 올라가 팔랑팔랑 춤을 추다 땅으로 떨어진다. 서른 몇 살쯤 돼 보이는 존재감이 거의 없는 창백한 여자가 소리 없이 서 있었다. "정말 죄송하지만"이라고 말하며 융희(隆熙) 4년의 동전을 꺼내 떡을 달라고 말한다. (…중략…) 나는 그녀를 자세히 살펴보았다. 여자는 쓸쓸한 표정으로 눈을 내리깔고 서 있다. 머리카락 사이사이에 푸른 풀과 같은 선이 숨겨져 있고, 귀밑머리 역시 어지럽게 꼬여 있다. 여자는 떡을 받아들고는 큰절을 하고 가게를 떠났다. 나는 지체 없이 그 뒤를 쫓았다. (…중략…) 얼마간 뒤를 쫓아가자 나는 등골이 서늘해졌다. 삼거리의 빨간 우체통이 벌써 코앞으로 다가오고, 여자는 그 앞을 통과하려다 문득 멈춰 서 있었다. 네그루의 포플러 나무가 바람에 소리를 내며 기괴하게 흔들리는 아래에서 여자는 문득 북쪽을 바라보며 히쭉 웃었다. 하얀 조개껍질 같은 이를 보이며 환하게 웃던 그녀는 얼마 지나지 않아 그대로 다시 걷기 시작했다. 나는 공포로 순식간에 온몸이 얼어붙었다가 다시 거친 피가 도는 것을 느꼈다.[24]

"쓸쓸한 표정으로 눈을 내리깔고 서 있"거나 "귀 밑 머리가 어지럽게

---

24) 「봄의 괴담 경성의 새벽 2시」, 『조선공론』, 조선공론사, 1922년 4월호, pp.150-151.

꼬여있는" 여자의 모습과 "문득 북쪽을 바라보며 히쭉 웃었다"거나 "조개껍질 같은 이를 보이며 환하게 웃"는 그녀의 이상한 행동은 여자가 이 세상 사람이 아님을 느끼게 한다. 앞서 서술한 바 있는 라쿠고가 엔초는 괴담에 심취하여 유령화를 수집하는 취미를 가지고 있었다. 에도 시대에 그려진 유령화에 주로 등장하는 여자 귀신은 대부분 흰 옷을 입고 지친 얼굴이나 무서운 형상을 하고 있으며, 생기 없는 몸을 굽힌 채 버드나무 아래에 서 있는 모습으로 그려져 있다. 이는 경성의 유령으로 등장하는 두 여자 귀신에게서도 드러나 있으며, 이렇게 볼 때 이 이야기 속의 경성의 유령들에게는 에도 시대부터 전해져 온 전형적인 여자 유령의 이미지가 그대로 표현되어 있다고 할 수 있을 것이다.

그리고 남자가 떡을 사는 여자 유령의 뒤를 밟아 쫓아가면 유령은 공동묘지였던 "수철리(水鐵里) 묘지" 속으로 사라져 버렸다. 남자는 여자의 무덤 근처에서 밤마다 아이의 울음소리가 난다는 이야기를 듣고 여자의 정체를 밝히기 위해 무덤을 파내게 된다.

> (…전략…) 어쨌든 오시게 씨의 무덤이 수상하다고 말하여, 두 지게꾼을 문에서 고용해 오보 씨와 저와 마키에 씨가 한데 모여 무덤을 파 보기로 했습니다. 그런데 말입니다. 놀라지 마세요. 무덤을 파 보니 임신했던 오시게 씨 곁에는 생후 3개월 정도 된 잘 자란 아이 하나가 부처처럼 죽어 있었던 것입니다. 불쌍하게도 오시게씨는 관 속에서 아이를 낳아서 그 아이를 기르기 위해 그녀의 아버지가 노잣돈으로 넣어준 융희 4년의 동전으로 떡을 사서 아이를 먹였던 것 같았습니다. "그래서 어젯밤은 아이의 울음소리가 들리지 않았어요." 오시게 씨의 정강이 아래에는 겨우 2푼 정도의 같은 동전이 남아 있을 뿐이었습니다. 인간의 영혼이라는 것은 무서운 것입니다. 육체가 사라지고 없어도 세상에 나와 물건을 사고 아이를 기르다니. 하지만 왜 그녀가 아버지의 집에서 떡을 요구했는지 그것은 영원한 수수께끼로, 저도 의문시하고 있는 부분입니다.[25)]

밤마다 수척해진 모습으로 떡을 사러 오는 여자를 미행하고, 그녀가 공동묘지로 사라져 가는 것을 목격한다. 그 무덤에서는 아이의 울음 소리가 났지만 신기하게도 여자가 무덤으로 사라지자 순간, 울음소리는 멈춰 버린다. 수상히 여겨 무덤을 파헤치자 관에서 사후 출산된 것으로 보이는 아이가 어머니의 유령이 사 준 떡을 먹으며 목숨을 이어가고 있었다. 인용문에 등장하는 내용은 '육아 유령'[26]담으로, 일본 각지의 전설에 남아 있는 이야기이기 때문에 일본인에겐 꽤나 친숙한 소재라 할 수 있다. 이는 귀신이 되어서도 굶주린 아이를 키우기 위해 밤마다 무덤과 가게를 오가며 엿이나 떡을 사 주는 부모의 애정의 깊이를 전달하려는 괴담의 일종이라 할 수 있으며, 「봄의 괴담 경성의 새벽 2시」에서 등장하는 여자 유령의 설정은 예전부터 구전되어온 이러한 전통적인 일본의 괴담이나, 만담에서 나타나는 유령의 이미지를 중심으로 구성되어 있는 것을 알 수 있다.

앞서 서술한 바와 같이, 이 작품은 에도괴담에서 보이던 설정이나 구성을 상당부분 따르고 있어 여타의 괴담과 다르지 않은 평범한 일본의 괴담에 불과하다고도 할 수 있을 것이다. 그러나 경성의 거리를 헤매는 이 여자 유령들이 실은 식민지 조선에서의 가난한 '이주촌(移住村)'의 농민 출신이며, 경성 일본인에게 착취당하는 하층민으로 그려져 있다는 점에서 이 작품이 다른 괴담과는 달리 당시의 식민지 상황을 배경으로 하고 있음을 알 수 있다.

또 무덤에서 낳은 아이를 유령이 된 어머니가 키우는 인용문의 '육아

---

25) 「봄의 괴담 경성의 새벽 2시」, 『조선공론』, 조선공론사, 1922년 5월호, p.131.
26) 「육아 유령」은 일본각지에 파생되어 있는 민담이다. 이는 중국 남송시대의 홍매가 편찬했던 『이견지(夷堅志)』의 「떡을 사는 여자」의 번안물인 것으로 보인다. 加藤徹, 『怪力亂神』, 中央公論新社, 2007.

유령'의 전개에서는 종래 일본에서 전해져 온 설화에서 등장하는 '무덤에서 태어난 아기는 후세에 훌륭한 인물이 됐다'라는 긍정적 결말과는 반대로 "생후 3개월 정도 된 잘 자란 아이가 부처처럼 죽어 있는 것입니다."라고 말하고 있으며, 그 부정적 의미 부여에는 당시 큰 폐해로 인식되어온 조선식의 매장을 문제시하는 시선 등이 작용하고 있는 것으로 보인다. 1912년에 조선 총독부로부터 내려진 '묘지 화장장 매장 및 화장 단속 규칙'의 제10조에는 "시신 및 유해는 묘지 밖에 안장 또는 개장할 수 없다"라는 조례가 있긴 하나, 그 제정의 이유에 대해 당시 경찰관 아오노 요시오(青野義雄)는 "묘지에 관한 전통적으로 존재해온 악습이나 미신을 타파하는 이들에 관해서 생기는 분규나 쟁의를 막을" 목적이었다고 말한 바 있다.[27] 이 점을 감안한다면 당시의 식민지 조선에서의 장례 문제는 곧 매장의 문제이며, 그 매장에 따른 다양한 의식과 전통은 미신으로 정의되고 있었음을 알 수 있다. '매장'과 '화장'을 대비하여 "아이가" "죽어있는 것입니다"와 같이 정형의 설화에 반해 부정적인 필치로 전개되어 있는 이 작품은, 이렇듯 식민지의 사회 문제에 대한 시각 역시도 포함하고 있었던 것이라 할 수 있다.

이런 의미에서도 이 작품은 기존의 여자 유령의 복수담을 중심내용으로 하는, 여성의 집념과 인과응보를 강조하는 괴담들과는 선을 긋고 있다고 할 수 있다. 작가는 이 괴담을 통해 식민지 특유의 일본인 사회의 양상이나 일본인의 눈에 비친 조선 사회를 그려 내는 한편, 이를 토대로 식민지에서의 여자 유령이라는 독자적인 유령 이야기를 만들어 내고 있는 것이다.

---

27) 『조선총독부 시정연보』, 조선총독부, 1912, p.92.

1) 재조일본인과 타자의 문제

(1) 이국의 타자

그렇다면 이러한 특이한 사회 공간으로서의 '식민지 조선'은 일본인에게 어떠한 공간으로 인식되어 왔는가. 조선에 살았던 재조 일본인에게 있어 타자란 어떠한 존재이며, 그것들은 작품 속에서 어떻게 그려져 있는가. 이러한 문제는 작품의 첫 부분부터 시작해 작품 전체에 걸쳐 의식적 혹은 무의식적으로 그려진 다양한 타자의 양상에 대한 분석을 통해 파악 가능할 것으로 보인다. 일본인에게 있어서는 이국이라 할 수 있는 '조선'은 낯선 외국이면서 동시에 식민화를 추진해야 하는 그들에게는 언제나 개척해야 하는 미지의 공간이기도 했다. 종주국 일본과 식민지 조선이라는 두 곳의 복잡한 공존 공간은, 서두 부분의 "나"와 "남자"가 만나 괴담 이야기가 시작되는 "시나 빵집(支那パン屋)"의 장면에서 잘 드러나 있다. 다음은 작품의 초반부를 인용한 것이다.

　　"경성에 발을 들인 꼭 17년이 됩니다. 그래서 이 오랜만에 발생한 사건도 여간한게 아닙니다만" 하고 나의 얼굴을 물끄러미 바라보면서 이 남자는 이야기하기 시작했다. 나는 이 남자와 말을 나누기 전에 호기심이 동한데다 배고픔까지 느껴, 근처의 시나 빵집 안으로 뛰어 들었다. 지금까지 중국 빵의 맛도 전혀 모르고 있던 내가 갑자기 일어난 일이라고는 해도 무의식적으로 이 빵집 안으로 들어가게 된 것도 무슨 인연이 있는 것임에 틀림없다. "爐內生金", "福壽生財"라고 먹으로 쓴 진홍 색지가 붙여진 벽을 등지고 파랗게 질린 얼굴에 노란 탁한 눈동자를 부라리며 중국인은 나를 맞이했다. 그때 어스름한 빵집의 구석에서 게걸스럽게 큰 빵을 먹고 있는 50대 정도의 일본인이 눈에 띄었다. 그 외에는 한명의 손님도 보이지 않았다. (…중략…) 더러운 창문 밖에는 석양 빛에 얼굴을 물들인

조선인들이 빈번히 돌아다니고 있었다.28)(밑줄 인용자)

인용문에서 "나"는 '조선'에 살면서도 평소 중국인 빵집에는 한 번도 들른 적이 없었다. "배고픔"과 "우연한 호기심"이 일어나 우연히 이 빵집에 들른 것이었지, 그렇지 않다면 이 시나(支那) 빵집은 당연히 지나치는 장소인 것이다. 또 이 빵집의 "더러운 창문 밖에는 석양 빛에 얼굴을 물들인 조선인들이 빈번히 돌아다니고 있었다."라는 표현에서는 이곳이 일본인 거주 구역 밖에 있는 '조선인'의 거주 공간이라는 사실을 알 수 있다. 이런 이국이라는 타자적 공간은 첫 대면에서 "나"와 "남자"가 '일본인'이라는 공동체 의식을 형성하는 계기를 제공하고 있다. 그러나 여기서 그들 이외의 등장인물에게 "시나 빵집" 주인이나 "더러운 창문 밖을 끊임없이 오가는 조선인"과 같이 고유의 개성체가 아닌 타자의 공간을 표상하는 역할밖에 주어지지 않고 있다는 점은 주목할 필요가 있다. 이러한 표현은 작품 속에서는 일관되게 등장하고 있으며, 예를 들어 무덤을 파기 위해 "문"에서 일하는 두 명의 "지게꾼"이나 "성벽29) 주위에서 구두 염색공을 하는 조선인", 혹은 경성 교외에 있는 이민촌 "인근의 내선인"과 같이 작중 인물과는 직접적인 관계를 가지지 않는 단순한 배경으로 그려지고 있다. 그리고 이러한 인물들은 언제나 일본인의 공간 밖, 즉 경성 '밖'의 공간에 존재하는, '말하지 않는 자' 혹은 '일하는 자'와 같은 것으로 표상되고 있는 것이다. 작품 초반부의 "시나 빵집"이 비

---

28) 「봄의 괴담 경성의 새벽 2시」, 『조선공론』, 조선공론사, 1922년, 4월호, pp.142-143.

29) 조선의 수도였던 한성부는 1910년 한일합병 이후 조선 총독부 지방관제에 따라 경성부로 개칭되었다. 한성은 왕궁 터를 중심으로 성벽으로 둘러싸 만들어진 성곽 도시였다. 배현미, 「조선 후기의 복원도 작성을 통해 살펴본 서울 도시의 원형 재발견에 관한 연구」, 『서울학연구』 5호, 서울학연구소, 1995, p.287 그림1 참조.

록 경성의 성벽 안에 존재하고 있었다고 해도, "조선인들이 끊임없이 오가는"장소이기 때문에, 그것은 확대되어 가는 일본인의 거주 공간 '밖'[30]에 존재하는, 심지어 일본인의 관심 '밖'에 존재하는 것으로 그려지고 있다. 이러한 '조선'과 '조선인'에 대한 표상은 일본인의 거주 공간에서 또 일본인의 관심에서 소외된 타자로서 '조선'과 '조선인', '중국인'이 포착됐음을 시사하는 것이라 할 수 있다.

(2) 비운의 여인들

그런데 '조선'과 '조선인', '중국인'을 관심 밖에 두었던 재조 일본인 잡지 속 칼럼과 르포, 문예란의 읽을거리에서 중점적으로 관심을 둔 것은 여성에 관한 것이었다. 「봄의 괴담 경성의 새벽 2시」에서 드러나는 여성에 대한 묘사에서도 이러한 여성에 대한 관심은 분명히 나타나고 있다. 이 작품은 원한을 가진 여자 유령의 복수담을 집중적으로 그려낸 에도 괴담과는 변별된 모습을 보이며, 여러 여자의 신상에 대한 이야기와 그들의 불우한 삶이 반복되어 등장한다. 이러한 여성의 표상에는 어떤 의미가 담겨져 있는가. 다음은 작품에서 등장한 '비운'의 삶을 살았던 우체통의 유령 오나카의 이야기이다.

> 밤마다 그녀는 비틀거리며 나타나 탁! 하고 편지를 던지고는 사라져 갔다. 하지만 12일째 되는 날 결국 그녀는 죽어버리고 말았다. 아사히초(旭町)의 포주 집에서 놀라 달려가던 데쓰조(鐵造)도 영 기분이 좋지 않았다. 북한산이 뚜렷하게 옅은 푸른색의 하늘에 드러나던 날 오후, 일렬로

---

30) 이민 정책으로 증가한 일본인 이민은 남산을 중심으로 한 남촌 지역으로 거류 관할지역이 정해져 주요 지역에 거류민회, 일본인회가 설치되었다. 거류지에는 일본식 지명이 생겨났으며 경성에서는 혼 정, 신 정, 야마토정, 히지 정, 코토부키 정, 화원정, 코가네 정등이 있었다. 高崎宗司, 전술서 p.96.

늘어선 장례행렬은 조용히 광희문 밖으로 향했다. 잠시 뒤 저녁 노을에
물든 수철리 송산에서 푸르스름한 연기가 피어올랐다. 단지 그뿐이었다.
<u>연희면 밖의 초가집 창문에 져버린 복숭아 꽃처럼 허무한 운명이었다.</u>[31]

(밑줄 인용자)

경성에 살던 남성에게 시집을 간 오나카는 남편의 부정으로 인한 신
경증을 앓게 되고, 우체통에 서신을 투고한 끝에 죽고 만다. 덧없이 죽어
버린 오나카의 장례식은 화장으로 이뤄지며 소각장에는 "창백한 연기"가
"뭉게뭉게" 올랐다. 여기서 주목해야 할 것은 그의 인생이 가난한 이민
촌의 집 앞에 있는 "복숭아 꽃"처럼 "허무한 운명이었다"라고 묘사되어
있다는 점이다. 오나카 뿐만 아니라 이 작품에는 여자 귀신 둘을 포함해
유령에 관계된 여성까지 모두 6명의 여성이 등장하지만, 이들 모두가 이
런 '덧없고 박복한 여성'으로 그려지고 있다. 예를 들면, 오나카의 자매
인 "오시게"는 이주촌에서 경성으로 시집을 갔으나 젊어서 병사하고, 결
국 사후에 무덤 속에서 낳은 아이 때문에 공동묘지에서 경성의 일본인
거리에까지 떡을 사러 다니는 불쌍한 어머니로 묘사되어 있으며, "남자"
에게 유령의 뒷조사를 의뢰한 떡집의 아름다운 딸은 "첩"의 신세였다.
더욱 오나카의 하녀 "오시즈"는 오나카가 죽은 후 마치 죽는 오나카의
유령에게라도 쓰인 것처럼 부정한 남편 데쓰조에게 복수를 하지만 결국
병사하고, 그 유골은 '내지' 일본의 오빠에게 전달된다. 귀신이 된 두 언
니의 성장 과정을 두부 장수에게 전하는 막내딸 "마키에" 역시 폐병을
앓은 후에 "조선 부자의 첩"으로 들어가 "동소문 밖의 백의의 사람"이
되었고, 결국 일본인 사회에서 일탈할 수밖에 없었다. 이렇듯 이 작품은

31) 「봄의 괴담 경성의 새벽 2시」, 『조선공론』, 조선공론사, 1922년, 5월호, p.134.

여성의 비운이 집중적으로 조명되고 또 그려진 작품이라 할 수 있다.[32]

이처럼 여성과 '불운', '비운'을 연계시키는 묘사의 배후에는 운명에 농락되는 여성의 약한 모습을 관찰하는 남자의 차별적 시선이 숨겨져 있다고 할 수 있다. 또한 여기에는 여성을 일방적인 남성의 시선으로 정의하여 타자화 하는 당시의 남성 사회의 의식 구조가 드러나 있다. 그러나 이러한 남성 중심의 시선에 관한 문제 역시 이 작품 속에서는 단순히 남녀 차별 문제를 넘어 조선에 건너온 여성의 특수 상황에서 파악해야 할 것으로 보인다.

당시 식민지의 일본인 여성 중에는 제국주의와 그에 따른 가부장제 이데올로기에 의해 본인의 의지와 무관하게 이주한 이들이 대부분이었다. 여기에는 제국의 공창 제도 도입에 따라 이동한 화류계 여성, 총독부 직원, 식민지에서 사업을 하는 남편을 따라온 가정주부나 가정부와 같은 직업을 찾던 하층민 여성들이 포함되어 있었다.[33] 『조선공론』의 '애화'나 '화류계 소식'에도 이러한 화류계나 하층민 여성의 '윤락', '타락'을 이야기한 것이 많았으며,[34] 여성은 세간의 관심의 주 대상이자, 성적인 가치와 연결되는 존재였다. 또한 가정주부로서 조선으로 넘어온 여성들 중에는 식민지라는 이국 생활에서 오는 정신적 불안감 때문에 히스테리에 빠

---

32) 「봄의 괴담 경성의 새벽 2시」, 『조선공론』, 조선공론사, 1922년, 5월호, p.135.

33) 이승신, 「재한 일본어 미디어와 도한 일본인 여성-한일합병 전후의 일본어 문학에 나타난 예기·한인 아내를 중심으로」, 식민지 일본 문학 문화 연구회, 『제국의 이동과 식민지 조선의 일본인들』, 도서출판 문, 2010, p.368.

34) 타카하시 유파(高橋幽波), 「실화 저주받은 소녀의 이야기」, 『조선 공론』, 1921, 8월호, p.150에는 "오세키는 아직 열 다섯 정도의 소녀였다. 사회적 지위도 낮고 물질적으로 풍부하지 않은 건널목지기를 아버지로 두고, 폐병을 앓는 이를 어머니 둔, 오세키의 일생도 참으로 참담한 것이었다."고 불우한 소녀가 병을 앓는 친아버지의 아이를 임신하여 내지로 보내진다는 내용이 있다. 갈 곳을 잃은 오세키는 그 배에서 투신자살 했다는 이 이야기가 실제로 있었던 일이라는 것이 앞부분에 기술되어 있다. 그 외에 도 여성의 전락과 타락을 이야기의 '볼거리'로 한 책들이 많았다.

지는 경우도 많았다고 한다.[35] 작품 내에서 오나카는 남편 데쓰조가 유
곽에 틀어박혀 집에 돌아오지 않자 신경병이 심해져 결국 죽음에 이르는
것으로 묘사되어 있다. 이는 『조선공론』의 다른 괴담에서도 빈번히 등장
하는 소재로, 이를 통해 공창 제도가 가정 붕괴로 이어지는 폐해를 드러
냈음을 알 수 있다. 재조일본인 남성들에 의해 여성이 타자화되어 그려
지는 배경에는 '내지'일본이상으로 확산된 제국주의 이념과 그에 따른 가
부장 제도의 억압 밑에 놓여 있던 식민지 일본 여성의 현실이 있었다고
하겠다.

2) 이민촌을 향한 시선과 수도경성

앞서 서술한 바와 같이 이 작품의 특징 중 하나는 '이민촌'을 그리고
있다는 점에 있다. 1910년 전후부터 일본에서는 지방과 농촌을 그리려
하는 문학적 시도가 증가했다. 낯선, 자신들이 모르는 타자를 그리는 것
은 그들을 이해하는 것과 통한다. 그러나 동시에 그 다른 사람을 하나의
이미지로 고착시켜 사회 구조 속에 포함시켜 버린다는 작용[36]도 동반될 수
있다. 그리고 이러한 풍조는 이 괴담에서도 묻어난다. 당시 식민지의 이민
촌은 어떤 곳이었는가. 다음은 본문에 등장한 이민촌에 대한 묘사이다.

---

35) 김효순, 「『조선』의 '문예란'에 보이는 도한 일본 여성의 현실」, 『제국의 이동과 식민지
    조선의 일본인들 일본어 잡지 『조선』(1908~1911)연구』, 도서출판 문, 2010, pp.327-335.
36) 나카네 다카유키(中根隆行)는 '지방'이 근대 일본에서 주목 받기 시작해 지적 풍토가 구
    축되는 과정을 문화 사조에서 검토하고, 그것이 얼마나 '조선' 표상과 관련되어 왔는지
    를 말했다. 그중에서 지방 농민이 그려지는 방식이 배경과 풍경을 통해 농민이 야만적
    이미지인 것에 대해, 이러한 표상이 타자를 일괄적인 하나의 이미지로 치부해버리는 사
    회 인식의 틀을 만들어왔다는 것을 지적했다. 「第3章健全な靑年と地方像の創出」, 「第6章地
    方農村と植民地の境界」, 『<朝鮮>表象の文化誌』, 新曜社, 2004.

경성 시가에서 서쪽으로 4리 정도 벗어난 고양군 연희면 밖에 오이타현 우스키 군에서 이주해 온 하나의 이민촌이 있었다. 여송의 작은 언덕을 등지고 앞쪽으로는 광활한 논과 밭을 앞두고 있는 이 이민촌에는 총 11채, 28명 정도의 인원이 살고 있었다. 그 마을에 겐시치라(源七)는 노인이 아내를 여의고 세 딸과 함께 가난하게 살아가고 있었다.[37](밑줄 인용자)

인용문에서 나타난 "총 11채, 28명 정도의 인원"이라는 마을의 규모나 "세 딸과 함께 가난하게 살아가고 있었다."와 같은 표현에서도 알 수 있듯이 '이주촌'에는 부유하지 않은, 생활고에 시달리는 이들이 주로 거주하고 있었다. 잡지『조선공론』의 독자층이 총독부의 관리와 같이 고소득의 지식인층이라는 점에서, 수도 경성에서 비교적 유복하고 안정적안 생활을 하던 그들에게는 날씨와 일손 부족에 의해 굶주리는 농촌의 생활은 상상이 되지 않는 것이었을 것이다. 다음은 겐시치의 입을 빌려 묘사되는 농민의 가난과 그 원인인 경성인들의 착취가 충격적으로 고발되고 있다.

그렇지만 마누라가 죽었을 때는 지금 생각해도 참 불쌍하단 말이여! 강 위쪽의 둑이 터져서 밭은 다 흘러내리고, 비가 계속 내리니 감자나 참외 류는 다 썩어버리고, 그 뒤에는 바로 강바닥까지 다 말라붙을 정도로 햇빛이 쨍쨍하니 밭벼는 실처럼 말라비틀어졌었지. 하나에서 열까지 불운의 연속인 이 액년에, 경성의 지주마저 가혹하게 구니 겨우겨우 고생해서 수확한 쌀은 다 뺏기고, 태어나서 처음 종이봉투에 5홉의 쌀을 사러 수색리(水色里)까지 갔단 말이여! 내가 연못 옆을 지나면서 몇 번이나 몸을 던져버릴까 하고 생각했는지 몰라. 하지만 마누라는 병으로 누워 있고, 귀여운 니들을 남기고 이 몸이 연못에 목숨을 버린들 안심이 될 리가 없으니, 울먹이면서 5홉의 쌀을 사러간 거지. 약도 제대로 먹지 못하고 마누라가 그만 죽어버렸어. 나는 정신도 못 차리고 너희 세 명을 품고 하루

---

37) 「봄의 괴담 경성의 새벽 2시」,『조선공론』, 조선공론사, 1922년, 5월호, p.128.

종일 울며 지냈단다. 정말로 부자가 밉고 미워서 평생 한번은 원한을 갚고 싶어서 항상 그 생각을 하고 있었다. 다카기(지주의 이름)도 우리가 벌어줬으니까 지금과 같은 부자가 되었지 평소에는 고분고분하게 받아가 놓고 정작 사정이 나쁠 때는, 이쪽은 목숨이 걸려있든 말든 태연히 규정만 지키려하니. 그러고도 사람이냐. 너희들도 경성에는 이런 인간이 얼마든지 있으니 조심하거라.[38](밑줄 인용자)

당시 동양 척식 주식회사[39]의 이민 사업의 일환으로 농민의 이주가 연결됐지만, 농민의 대부분은 조선에 오면 지주가 되는 편이 이득이라는 것을 깨닫고 농업을 떠나버려 최종적으로 농민으로 정착한 일본인은 극소수였다.[40] 겐시치가 딸들에게 "그러고도 사람이냐. 너희들도 경성에는 이런 인간이 얼마든지 있으니 조심하거라."라고 경고하는 말에는 교묘하게 토지를 취득하여 돈 벌이에 성공한 경성의 일본인에 대한 증오가 가득 차 있는 것이다.

작가는 이처럼 일견 겐시치에게 동정적인 시선을 보내고 있는 듯 보이지만, 과연 작가가 정말로 착취에 시달리는 농민의 현실을 자신과 동일시하여 사회에 고발하고 있는가에 대해서는 생각해볼 필요가 있다. 이러한 문제의 해결을 위해서는 특히, 작품 속에서 농민이 표상되는 방법 그 자체에 주목해야 할 것이다.

　어느 봄날이었다. 높고 맑은 하늘 아래에 이민촌의 집들은 낮은 언덕

---

38) 「봄의 괴담 경성의 새벽 2시」, 『조선공론』, 조선공론사, 1922년, 5월호, p.128.
39) 일본 제국의 국책 회사인 동양 척식 주식회사는 1908년에 설립된 조선 만주에서의 토지 매입과 농민의 이민 사업을 계획했으나 실패하여 결국 매수한 토지에 현지 조선인 소작농을 고용하여 지주 경영을 하고 있었다. 黑瀬郁二, 『東洋拓殖會社－日本帝國主義とアジア太平洋』, 日本経濟評論社, 2003.
40) 高崎宗司의 전술서, p.122.

자락에 엎어져 있었다. 겐시치는 행랑방의 찌부러질 것 같은 헛간의 토방
에 멍석을 깔다 놓고 일손 부족으로 가을부터 그대로 있던 볍씨를 절구
에 빠뜨리고, 세 딸은 그것을 빻고 있었다.[41](밑줄 인용자)

　여기에서는 이민촌의 집들이 "높고 맑은 하늘 아래에 이민촌의 집들
은 낮은 언덕 자락에 엎어져 있다"라고 묘사되어 있으며, 이는 "높은 하
늘"과 대조적으로 농민은 "땅을 기는" 것 같은 존재로 표현되어 있음을
의미한다. 이는 일본에서의 농민 문학에 그려진 농민[42]과 마찬가지로,
문명적 경제 도시와 그 반대의 미개 지방이라는 구도에 의해 이 격차는
더욱 강조되어 나타난다. 당시 『조선공론』에는 '이민촌 통신'이 르포 형
식으로 여러 차례 연재되었는데, 그곳에서는 이민촌의 농민과 경성은 어
떻게 표상되고 있었는가. 다음은 경성시장에 갔다 돌아오는 농민의 모습
을 묘사하고 있는 부분이다.

　　3리 정도 떨어진 경성 시장을 향해 가고 있습니다. 시계는 아직 5시
몇 분. 시장에서 도시 근성에 진력나서, 쓸쓸히 돌아 오는 길에 산 저편을
멍하니 보는 모습은 한층 더 불쌍하기도 하다. 그러나 A마을 B마을 사람
들과, 우리 귀여운 아이들의 얼굴을 잊지 않고, 사랑스러운 딸의 모습을
잊지 않고, 고개의 찻집에서 5전 3푼의 과자 봉지를 사서 품에 넣고 집에
가까워지면 기대하는 아이들의 달려오는 발걸음과 매달리는 모습, 내려다
보는 얼굴, 장지의 그늘에서 겨울옷의 바느질을 멈추고 바라보는 부인.

41) 「봄의 괴담 경성의 새벽 2시」, 『조선공론』, 조선공론사, 1922년, 5월호, p.128.
42) 나카네 다카유키는 센다이 지방 농촌을 그린 眞山靑果「南小泉村」(『新潮』第六卷第五号,
　　1907.5)을 분석해보니, 그가 농민들을 "땅을 기어 다니는 벌레"처럼 그리며 문화적 열
　　등자를 내려다보는 시선으로 '타자'화 하고 있다고 말했다. 그것을 통해 독자에게 자
　　신들과는 이질적인 농민의 생활환경에 대한 동정, 연민, 경이 등을 심어 주고, 이윽고
　　독자의 인식에 정착하여 지적 풍토를 만들어내는 것이라고 설명하고 있다. 나카네 타
　　카유키의 책, pp.184-185.

<u>단란한 일가의 마음은 곁눈질로 봐도 부럽습니다.</u> (은평면에서 목동자)[43]

여기서 이민촌 사람들은 '가난하지만 즐거운 우리 집'의 이미지로 표현되고 있다. 인용문의 "도시 근성에 진력나서"라는 부분과 같이 자본주의가 대두되고, 시구 개정에 의해 도시화된 경성에서는 맛 볼 수 없는 소박하고 단순한 농촌 생활은 도시의 지식인에게 "부러운 것" 혹은 "청량제"였음에 틀림없다. 그러나 이 칼럼은 이민촌의 농민 스스로 게재한 것이 아니라 경성의 지식인의 시선에 의해 도시 경성에서는 낯선, 혹은 그리운 농촌의 풍경을 동정과 연민의 시선 하에 표현하고 있는 점을 간과해서는 안 된다.

실제로 경성의 재조 일본인은 그 대부분이 관리, 촉탁, 교사, 지주, 청부업, 상인으로 구성되어 있었고 이들 중에 농민은 거의 없었다. 경성의 인간에게는 농민인 일본인이 경성의 성벽 밖의 타자로서 등장하고 또 이민촌의 인간에게 경성은 식민지 조선의 정치적 중심지가 아니라 자신들의 "가난한 생활"을 부각시키는 자본주의 사회의 중심이기도 했다. 한일합병 후에는 조선에서 재력을 쌓은 장기 체류 중이던 일부 부유층이 정착하고, 이에 따라 다수의 하층민이 생겨나 일본인 사회 내에서 계층 차이가 발생했다.[44] 경성 일본인과 조선인의 경계선이 거주 구역과 성벽에 의해 나누어진 것처럼, 재조일본인 간에도 직업과 계층, 빈부의 차이에 따른 뚜렷한 경계선이 존재했던 것이다.

또 "경성"에는 관료, 지주 외에도 우체통에 나타나는 유령 오나카의 남편으로 대표되듯이, 식민지에서 일확천금을 노리는 조선으로 건너온

---

43) 목동자, 「이민촌통신」, 『조선공론』, 조선공론사, 1921년 12월호, p.120.
44) 조선인을 대상으로 고리대금을 해서 담보로 잡은 토지를 집적하여 지주가 된 사람이나 동척의 국책 사업으로 지주 경영을 하는 등 일본인은 식민지를 통해 부를 축적했다. 趙景達, 『植民地朝鮮－その現實と解放への道－』, 東京堂出版, 2011, pp.159-160.

일본인이 수많은 식민지의 경제적 이익으로 인해 부를 축적한 경우도 많
았다. 광산업을 하던 오나카의 남편 또한 식민지 조선에 매장된 텅스
텐45)을 노려 사업에 성공했다. 이렇게 생긴 경제적 계층 차이는 하층민
에 대한 상대적 우월감으로 경성의 사람들의 의식에 자리 잡았으며, 작
품에서도 이민촌의 농가를 보고 "기울어져 가는 폐가", "이민가옥", "남
자는 더러운 집이구나! 하고 조용히 중얼거렸다."46)라는 오나카의 남편
의 말에서도 알 수 있듯이 이 작품에는 농민을 타자화하는 차별적 시선
으로도 나타나고 있다.

"전쟁이 본격화되어" "호경기"가 된 광산사의 남편은 "주지육림에 탐
닉"하여 집에도 돌아가지 않게 되었다. "데쓰조의 방탕함이 점점 심해진
다." 오나카는 그것을 견디다 서서히 정신병을 앓게 된다. 그 이유는 "자
신은 농민의 아이였기 때문에 잠자코 있었다."47)라는 것이었다. 그녀는
"농민의 아이"라는 것에 열등감에 느낀 것이다. 이것은 당시의 경성이
"농민의 아이"라는 신분에 대한 차별이 존재하는 사회였다는 것을 시사
하고 있으며, 재경성일본인 사회 속에는 이러한 계층 의식에서 비롯된
자기 우월감도 강하게 존재하고 있었던 것으로 보인다.

이에 대해 다바타 가야(田端かや)는 식민지 조선에서의 일본인 여성의
경험에 관한 연구48)에서 지방에서 경성으로 이주해온 한 일본인 여성의

---

45) 텅스텐은 용해도가 가장 높은 금속으로 포탄, 장갑차 등의 무기로 사용되는 빈도가 높
  은 광물이다. 당시 조선에서는 일본 본토보다 많은 텅스텐이 발굴됐다. "전쟁이 본격화
  되면서 호경기가 된다."라는 구절은 전쟁으로 인한 수요에 따른 텅스텐이 채굴되고 있
  었다는 것을 의미한다. 「봄의 괴담 경성의 새벽 2시」, 『조선공론』, 조선공론사, 1922년,
  5월호, p.132.
46) 「봄의 괴담 경성의 새벽 2시」, 『조선공론』, 조선공론사, 1922년, 5월호, pp.132-133.
47) 「봄의 괴담 경성의 새벽 2시」, 『조선공론』, 조선공론사, 1922년, 5월호, p.133.
48) 다바타 가야(田端かや), 「식민지 조선에 거주하던 일본 여성들의 생활과 식민주의 경험
  에 관한 연구」, 이화여자대학 석사논문, 1995, pp.46-47.

체험담을 제시하고 있다. 그 일본인 여성은 당시 경성 생활을 회고하며 "지방 도시에서 볼 수 있었던 서로 돕고 돕는 정신이나 일본인의 미덕이라는 것이 경성에서는 전혀 느껴지지 않았다. 경성 사람은 모두 식민지에서 "하고 싶은 대로"라는 노골적인 이기주의에 차 있으며 일본인 거리에는 기모노 모습으로 "일본인인 양" 행세하는 여성들이 왜나막신 소리를 울리며 왕래하고 있었다."고 말했다. 그녀는 경성 일본인 특유의 우월감에 위화감마저 느꼈다고 했다. 이 역시 재경성일본인에게 정치적, 경제적으로 식민지의 중심이라는 우월감이 강하게 내면화되어 있었음을 보여주는 한 예라 할 수 있을 것이다.

3) 유령이라는 고발장치

이 작품에서 재경 일본인이 인식한 타자라는 것이, 종주국 일본의 식민 의식이 만들어 낸 '조선', 운명에 농락당하는 역할이 주어진 '여성', 이민촌의 '농민' 등이라는 것을 알 수 있었다. 그러나 이들은 결코 타자라는 단어 하나로 획일화될 수 없는 것으로, 각각 복잡한 식민지 사회 양상과 얽히면서 조선에 거주하는 일본인의 의식 속에서 발견된 것이다. 또 이러한 재조 일본인의 의식 구조와 함께 주의해야 할 것은 이 이야기가 농민의 고통을 그린 농민 문학이나 프롤레타리아 문학이 아니라, 어디까지나 괴담이라고 하는 '이야기'라는 사실이다. 괴담이란 "독자 측에 모종의 책임을 강요하는 것이 아니라, 읽고 무서워하고는 바로 그것을 잊어버리는 단순한 기분전환", 즉 오락거리라 할 수 있다.[49] 따라서 이

---

49) 「新たなる怪異の發生-平山夢明インタビュー」, ─柳廣孝・吉田司雄 편저, 『ホラー・ジャパネスクの現在』, 靑弓社, 2005, p.33.

민촌의 비참한 생활상이나 남성의 시선에 노출된 여성들, 노동력으로 표상된 조선인의 현실조차도 이 작품 속에서는 '카랑코롱, 카랑코롱'이라는 상투적인 귀신담과 공동묘지에 나타나는 '육아 유령'이라는 괴담 플롯에 따라 "읽고 무서워하고는 바로 그것을 잊어버리는" "기분전환"이라는 이야기의 형태로 소비되는 것이다. 즉 이는 타자의 문제를 괴담으로 이야기하는, 혹은 "기분전환"으로 소비하는 행위 그 자체가 재경성 일본인의 일상 속에서 타자화라는 차별 의식으로 내재되어 있었음을 시사하고 있는 것이다.

그러나 '죽은 자는 말이 없다'라는 말처럼, 말할 수 없는 죽은 자의 원한을 대변하는 것이 유령의 역할이라고 한다면, 이 작품에서의 유령은 괴담 이야기의 연출 외에도 그 기능이 있다고 할 수 있다. 야스나가 도시노부(安永壽延)는 유령의 출현은 "제도에 따라 재판 받지 않는 사적인 원한의 고발"이며, 그것이 때로는 "제도라는 악 그 자체의 고발로 전환될 수 있다"라고 주장한 바 있다.[50]

이렇게 볼 때, 이 이야기에서 이민촌 출신의 여성 귀신이 '카랑코롱'이라는 왜나막신 소리를 경성에 울리는 광경은 경성이라는 도시에서 소외된 이민촌 농민, 또는 윤락 여성으로 일방적으로 회자되는 식민지 여성들의 경성 사회 제도에 대한 고발의 표상인 것이다. 따라서 "오시게"와

---

50) 야스나가 도시노부는 "유령은 인간에게 하는 질문으로 인간의 마음에 숨겨진 자신도 모르는 심부의 거무튀튀한 추악함이나 부정을 투시하고 규탄한다. 그것을 정신의 어둠 속에 몰래 봉인하고, 빛의 주인에게는 숨겼다고 할지라도 어둠의 주인의 눈에는 숨길 수 없다. 그러나 이 고발은 어디까지나 사적인 것이다. 시대의 '제도'에서는 비록 용인되어 사회 제재는 면한 죄업에 대해 유령은 '제도'에서 비어져 나와, 어디까지나 사적으로 추구하고 몰아붙임으로써 그 추구는 때로는 제도라는 악 그 자체의 고발로 전환할 수 있다"라고 귀신 출현의 의미를 말하고 있다. 安永壽延, 「幽靈, 出現の意味と構造」, 『國文學』, 學燈社, 1974.9, pp.45-51.

"오나카"의 유령은 그들이 출현하는 행위 그 자체로 빈부의 차이를 만들어 낸 경성의 자본주의 사회, 혹은 여성을 타자화하는 남성 중심의 사회를 고발하고 있다고 할 수 있을 것이다.

그러나 과연 이 '카랑코롱'이라는 유령의 왜나막신 소리가 단순한 괴담으로서의 연출에 지나지 않는가. 분명 '식민지 조선'에 있어서 이 왜나막신 소리가 가지는 의미는 일본에서 빈번히 등장하는 '카랑코롱'과는 그 성격이 다르다. 일반적으로 '카랑코롱'이라는 효과음은 상투적인 괴담의 음향 효과에 지나지 않으며, 매우 자연스럽게 사용되는 묘사의 하나일지도 모르지만, 경성이라는 공간이 '내지' 일본과는 구별되는 식민지임을 감안한다면 거기에는 또 다른 의미가 부여된다. 박광현은 이에 대해 재경 일본인이 '경성'의 역사성을 무시하고, 시구 개정에 의해 확대되어 가는 거리의 이름을 일본식으로 붙이고, 또 거기에 일본의 '벚꽃'을 보려는 '경성'의 '일본화'에는 '정서적 폭력'이 수반되고 있었다고 설명한다.[51] 이렇게 보면 일본인의 귀에는 익숙한 '카랑코롱'이라는 왜나막신 소리도 경성의 '밖'에 있는 피식민자가 있는 장소에서는 자신의 나라에 낯선 '일본인인 체하는 일본옷을 입은 여성이 왕래한다」는 '정서적 폭력'의 소리이자, 일본인이 멋대로 드나드는 수부 경성을 표상하는 식민지의 소리가 되어 버리는 것이다.

앞부분에서 서술한 "더러운 창문 밖에는 석양 빛에 얼굴을 물들인 조선인들이 빈번히 돌아다니고 있었다."라고 하는 조선인 밀집 거리 풍경은 '카랑코롱' 소리 울리는 일본인 거리와는 대조적으로 획일적이고, 그러면서 어딘가 활발하게 오가는 수많은 조선인의 무리였다. 도쿄 일본인

---

51) 박광현의 전술서, p.181.

의 작품에 그려진 '조선인'은 항상 이야기에 직접 관련된 것은 허용되지 않았다. 그리고 일관된 배경적 존재로서 의식적으로 '일하는 사람'의 표상으로 자리 매김하고 있다. 이는 노동력 제공지로서의 '조선'의 존재가 일본인과 조선인이 식민자／피식민자로 존재하는 식민지 공간에서 일본인에게 식민자라는 의식을 자각시키기 위해 빼놓을 수 없는 하나의 구성요소였음을 보여 준다. 게다가 그들이 비록 이민촌과 타자화된 여성들과 마찬가지로 경성 '밖'의 타자라 할지라도 결코 이민촌과 식민지 여성처럼 제도 고발 기능을 가진 유령으로써 이야기되지는 않았다.

재경성 일본인의 의식은 성벽 '밖'의 '조선인', '재조 일본인 농민'을 자신들이 모르는 낯선 타자로서 파악하고 표상하도록 했다. '조선인'과 '이민촌의 농민'이라는 양자는 비슷하게 낯선 타자였을 것이다. 그러나 작가는 이민촌을 적극적으로 묘사함으로써, 그 빈곤을 알리고 동정과 연민을 촉구하고는 있어도, 그 한쪽으로 존재했을 '조선'의 빈곤, 착취에 의한 비참한 처지 등을 그리는 일은 없었다. 이민촌의 "겐시치"는 착취에 의한 비참한 생활과 경성 지주에 대한 증오심을 독자에게 장황하게 말할 수는 있었어도, 작품에 적힌 '조선인'에게 그들의 생활에 대해 말하는 것은 허용되지 않았다. 왜냐하면 착취당한 '조선'의 빈곤을 고발하는 것은 식민자인 자기를 고발하는 것이며, 동시에 그것은 '일본 제국'을 고발하는 것에 연결되어 있기 때문이다. 그리고 그것은 '식민지 조선의 일본인' 이라는 정체성의 해체를 의미한다. 그래서 살아 있어도 피식민자는 죽은 자처럼 '말이 없다'를 강요받고 있었다는 것이 이 작품을 통해 보이는 식민지의 현실이었던 것이다.

이를 고려하며 박광현이 지적하는 '조선의 부재'[52)의 의미를 다시 한 번 생각해 보면, 그것은 식민자의 피식민자에 대한 멸시와 무시, 또한 향수에 의한 경성의 자기화(일본화)와는 이질적인, 어떤 의미에서 정치적이라고도 할 수 있는 피식민자의 '삭제'이기도 하다. 그리고 이것은 이 '조선'의 의식적 '삭제'에 의해 유지되고 있던 것이며, 나아가 그들의 정체성의 근본이라고도 할 수 있을 것이다.

『조선 공론』에 게재된 괴담이나 신기한 이야기는 모두 조선에서 창작된 이야기 혹은 칼럼이다. 그러나 그중 어느 작품도 일본인 거리의 마을 이름을 쓰는 등, 실제 장소의 설정은 경성의 마을이면서도 작품 「돌사자의 괴이(石獅子の怪)」[53]를 제외하고는 '조선인'의 이야기는 등장하지 않는다. 「돌사자의 괴이」는 '조선인'을 통틀어 '미신을 좋아하는 민족'으로 파악한, 문명론이 짙게 반영되어 있는 작품으로 조선 왕조의 민비를 주인공으로 그리고 있으며, 이는 '조선'의 현실적인 일상생활과는 거리가 있다고 할 수 있다. 이 작품 외에는 「인간에게 재앙을 주는 집(人間に祟る家)」[54]이라는 작품에 폐병으로 죽은 남자의 집을 소독하는 인부로 '정체불명의 조선인'이 등장하지만, 나머지 작품에선 조선인은 전혀 등장하지 않는다. 거기에는 타자로 조선인을 차별하고 무시하는 차원을 넘어 '조선'의 현실은 언급하지 않는 '의식적 소거'라는 전제가 깔려 있다고 할 수 있다. 그것은 실제로 '조선'의 현실을 괴담이라는 읽을거리로 그려내기에 조선인과 일본인의 관계가 피지배자와 지배자라는 식민지 사회적 구도로 자리 잡고 있었기 때문으로 보인다. 즉, 당시의 조선인의 현실을

---

52) 박광현은 「재경 일본인의 텍스트와 재경 의식」에서 재조 일본인의 경성을 그린 텍스트, 삽화에는 현실의 조선 사람들의 현실 생활이 그려지지 않고 경성은 풍경으로써 그려져 있는 것 등을 제시하고 거기에 보이는 '조선'의 생략, 그리고 '조선'의 삭제라는 의식이 일본인의 노스텔지어에 의한 '경성'의 '자기화'라는 의식 구축과 더불어 있음을 지적했다. 박광현의 전술서, pp173-181.

53) 京童, 「石獅子の怪」, 『조선공론』, 1921년 3월호 게재.

54) 佐田草人, 「人間に祟る家」, 『조선공론』, 1921년 12월 게재.

괴담으로 담아내는 것은 정치적으로 너무 무거운 소재였다는 것이다. 또한 "총독부 식민지 정책을 보좌한다."라는 잡지의 근본적 취지나, 문예란을 담당하고 있던 잡지 기자가 재조 일본인 사회의 지식층이었던 만큼 식민지의 '현실'을 적극적으로 그리는 것은 암묵적으로 꺼려졌을 것으로 보인다. 이러한 '암묵적 동의'가 내재하고 있다는 점이 『조선 공론』에 있어서 이 괴담의 큰 특징이라고 할 수 있다.[55]

3. 마치며

지금까지의 논의를 토대로, '카랑코롱'이라는 유령의 왜나막신 소리로 식민지의 '이민촌'과 '여성' 그리고 '조선'이라는 경성 '밖'에 존재했던 타자들이 사회의 구조를 중심으로 연결된 괴담 「봄의 괴담 경성의 새벽 2시」가 식민지 수도의 재경 일본인의 다층적인 타자관을 알 수 있는 작품임을 확인했다. 여기 그려진 경성의 타자들은 전혀 다른 양상을 띠면서도 식민지라는 동일 공간에 존재하고 있으며, 재경성 일본인의 정체성 형성과 깊이 관여하고 있었다. 이 작품은 이 사회의 어두운 부분을 밝히는 기능을 지니고 있는 괴담이라는 장르적 특성에 의해 일본인 사회의 "이민촌"에 대한 시선이나, '식민지 여성'에 대한 남성의 차별적 시각 등을 부각시키고 있다. 그러나 식민지에서의 양극적 현실, 즉 '식민자'와 '피

---

55) 『조선 공론』에서 동시대에 게재된 '괴담' '신기한 이야기'에는 (石森久彌,「(實說) 本町怪談」, 1918.8), (동작가,「怪談-子の愛に引かされて」, 1918.9), (變影子,「色町情話」, 1919.5), (작자미상,「不思議な三味線」, 1919.5), (名島浪夫,「靑白い人魂」, 1921.2), (京童,「石獅子の怪」, 1921.3), (佐田草人,「人間に巢る家」, 1921.12) 등의 작품이 있다.

식민자'라는 사회 구조에 대해서는 '조선'에 대한 무시와 멸시, 무관심이라는 단순한 인식을 내포하고 있을 뿐만 아니라, 그 근저에서는 '조선'의 '의식적 소거'라는 암묵적 동의 역시 보이고 있다. 그리고 이는 앞서 서술한 바와 같이 이 작품이 재조일본인 지식인층에 의해 창작되었다는 점과 밀접한 관련을 지니는 특성이기도 하다.

괴담을 말하고 듣기를 즐긴다는 일본인의 괴담 취미는 식민지에서도 일본인의 오락이라는 목적 하에서 큰 역할을 하고 있었다. '무서운 이야기를 듣고 오싹해지고 싶다.'고 하는 괴담 취미는 재조 일본인의 일상생활을 이화시켜 경성의 괴담을 창작시켰다. 그러나 그 오락과 취미 속에는 경성 일본인만의 '상상의 공동체' 의식이 여실히 반영되어 있었으며, 이는 곧 그들이 지닌 '조선'에 대한 현실 인식의 결여와 밀접하게 관련되어 있었다고 할 수 있을 것이다. 이를 토대로 판단해볼 때, 그들은 식민지에 대한 책임을 느끼지 못한 채 그저 괴담이라는 이야기 자체를 즐기고 있었던 것이다. 특히 『조선 공론』의 이러한 창작 괴담은 지금까지 재조 일본인의 문예 연구에서 잘 논의되지 않았던 '조선'의 부재가 지니는 의미를, 타자화의 문제 속에서 다루고 있는 것이라 할 수 있다. 이를 식민지에 살았던 일본인의 정체성과의 관련하여 고찰하는 것은 재조일본인의 문학에서의 조선 표상을 단순화하는 시점에서 벗어나 이를 보다 입체적인 시점에서 고찰할 수 있는 계기를 마련하는 시도가 될 것이다.

제11장

식민지 일본어잡지 속의 〈미신〉

『경무휘보』의 〈미신〉관련 기사를 중심으로

이충호

1. 서론

1910년 한일병합 이후 조선총독부는 식민지통치를 위한 정책선전의 목적으로 기관지를 발행하게 된다. 이들 총독부의 기관지는 크게 신문과 잡지로 나누어 볼 수 있는데, 전자로는 일어판 『경성일보(京城日報)』[1]와 한국어판 『매일신보(每日申報)』[2]가 있었고, 후자로는 일어판과 국문판이 함께 발행되었던 『조선(朝鮮)』[3]과 같은 잡지 형태의 기관지가 있었다. 이

---

1) 1906년 3월 조선통감으로 부임한 이토 히로부미(伊藤博文)는 통치의 철저와 조선문화의 향상을 꾀하기 위해 총독부의 기관신문의 발행을 기획하여, 당시 서울에서 발행되고 있던 일본어신문 『한성신보(漢城新報)』(1895년 창간)와 『대동일보(大東日報)』(1904년 창간)를 매수하여 스스로 『경성일보(京城日報)』라 명명하고, 이토 유칸(伊東祐侃)을 초대 사장으로 1906년 9월 1일부터 발행했다. 이 신문의 목적은 한일간의 융합과 인심의 선무(宣撫)·작흥(作興)에 힘써, 1910년 한일병합 후에도 이어서 조선총독부의 기관지로서 발전했다(國史大辭典編集委員會編, 『國史大辭典』, 吉川弘文館, 1979-1997 참조).

2) 조선총독부의 기관지로 국권침탈 후 영국인 배설이 창간한 『대한매일신보(大韓每日申報)』를 『경성일보』에 통합한 형태로 발행되었다.

3) 월간종합지적 성격을 갖는 『조선』은 조선총독부가 직접 발행한 선전지로서, 합병 직후인 1911년 6월 『조선총독부월보(朝鮮總督府月報)』로 창간된 뒤, 1915년 3월부터 『조선휘

들 기관지는 식민지 초기에는 주로 식민통치에 필요한 기초자료를 수집
하고, 식민지 조선에 대한 정보를 필요로 하는 일본인들에게 정보를 제
공하기 위해 간행되었는데, 식민지배가 궤도에 오른 이후에는 주로 병합
이후 조선에 들어와서 정착한 재조일본인4)들과 식민지 조선인들에게 총
독부의 정책을 홍보하고, 피지배자인 조선인을 계몽·교육하여 내지일본
인들에게 동화시키기 위한 목적으로 발행되었다.

식민지 조선에서는 총독부의 기관지뿐만 아니라, 재조일본인들에 의한
일반대중독자들을 대상으로 한 신문과 잡지도 발행되고 있었다. 일제의
식민지배가 본격화되어 감에 따라 통치와 정책홍보를 목적으로 한 총독
부의 기관지뿐만 아니라, 19세기 개항 이후 조선총독부의 이주정책에 따
라 한반도에 들어오게 된 일본인들에 의해『조선공론(朝鮮公論)』5)이나『조
선급만주(朝鮮及滿洲)』6)와 같은 일본어 종합잡지가 간행된다. 이들 잡지는
재조일본인들이 자신들의 권익을 대변하고 정보를 교환하며, 본국의 소
식을 조선에 전달하거나 또는 본국에 조선의 소식을 전달하기 위한 도구

보(朝鮮彙報)』로 개칭하였다가 다시 1920년 7월부터『조선』으로 개칭되었다(조형근·박
　명규,「식민권력의 식민지 재현전략 : 조선총독부 기관지『朝鮮』의 사진이미지를 중심으
　로」,『사회와 역사』제90집, 2011, p.179.).
4) 개항 전후 시기부터 한국을 식량 및 원료공급지로 주목하고 있었던 일본은 러일전쟁
　직후에 '만한이민집중론(滿韓移民集中論)'과 같은 만주와 한국으로의 이민을 적극 추진하
　는 이주식민정책을 통하여 일본인들을 꾸준히 조선으로 유입시키고 있었다. 병합 이후
　에는 총독부를 중심으로 한 관료들뿐만 아니라, 식민지 지배를 위한 내지 일본인의 이
　주정책이 더욱 강화되어 많은 수의 일본인들이 식민지로 옮겨와 정착하게 되는데, 이
　를 재조일본인이라 한다.
5) 1913년 4월에 창간되어 1944년 11월까지 발행(통권 380호)된 일본어잡지로 일제강점기에
　간행된 대표적 일본어 종합잡지이다. 지면은 공론, 잡총, 잡록, 사회 등으로 구성되었고
　여기에 문예잡사, 또는 소설 등 문예란이 포함되기도 하였다(김청균,「일본어잡지『조선
　공론(朝鮮公論)』(1913-1920)의 에세이와 한국인식」,『翰林日本學』제18집, 2011, p.101).
6) 1908년 3월에 창간되어 1911년 11월까지 발행되었던 일본어잡지『조선(朝鮮)』을 개칭한
　것으로 1912년 1월부터 1941년 1월까지 간행되었고, 시사평론, 논설, 잡찬(雜纂), 문예
　등으로 구성되었다(전게, 김청균, 2011, p.101).

로서 주로 일본인들을 대상으로 한 것이었다.

이처럼 식민지 조선에서는 총독부의 기관지뿐만 아니라 재조일본인들에 의해서 다양한 일본어 잡지들이 발행되고 있었는데, 이들 일본어 잡지에는 식민지시기 한반도의 다양한 사회상 및 총독부와 재조일본인들의 식민지 조선에 대한 인식을 엿볼 수 있는 기사가 게재되어 있어, 식민지기의 일제의 식민지정책과 일본인들의 조선인식을 규명할 수 있는 자료로서의 가치가 높다고 할 수 있다.[7)]

당시 일제는 메이지유신을 통하여 조선보다 앞서 문명을 개화하고 이미 제국주의의 길로 들어서고 있어, 제국주의적이고 인종주의적인 관점에서 조선인을 열등한 민족으로 보고 있었기 때문에, 조선의 개발과 조선인을 일본인과 동화시키는 것을 급선무로 생각하고 있었다. 이와 같은 제국의 식민지 경영의 관점에서 〈미신〉을 비롯한 조선의 민간신앙은 미개한 것으로 여겨졌고, 통치의 편의를 위해서라도 〈미신〉은 타파되어야 할 대상 중 하나였다.

이방원(2006)의 연구에 의하면, 일제의 〈미신〉타파정책은 무단정치기 동안은 '경찰범처벌규칙(警察犯處罰規則)'을 근거로 경찰력을 동원함으로써, 1920년대의 문화정치기에는 무속인 조합을 묵인하는 완화된 방식으로, 1930년대 이후의 황민화시기에는 다시 '민족말살정책'의 수단으로 이루어졌고, 이처럼 일제의 〈미신〉타파정책이 식민통치정책의 변화에 따라 다르게 나타났으나, 결국 일제의 목적은 일관되게 한국인을 '일제에 순

---

7) 재조일본인들은 경성과 부산, 평양과 같은 도시에 일본인 거주 지역을 중심으로 독자적인 일본인사회를 형성하고, 식민지조선에 정착하여 지배계급인 관료와 피지배계급인 조선인 사이에 위치하는 경계자로서 다양한 방면에 종사하면서 여러 가지 활동을 전개하게 되는데, 이들이 발행한 일본어 잡지에 그려진 조선의 이미지는 재조일본인과 내지 일본인 독자들에게 제시되어 조선을 인식하는 도구로서 이용되었다.

종하는 바람직한 식민지민'으로 개조하는 것이었다고 한다(p.282).

따라서 일본제국의 시각을 적극 반영하고 있던 총독부의 기관지는 통치의 측면에서 조선의 <미신>을 타파되어야 할 대상으로 보고 부정적인 관점에서 논하는 경우가 많았다. 그리고 일제의 조선의 <미신>에 대한 이와 같은 인식은 일본어 잡지의 <미신>관련 기사에도 그대로 반영되게 되는데, 총독부의 기관지뿐만 아니라 일반대중독자들을 대상으로 한 재조일본인들이 발행한 잡지에서도 <미신>에 관련된 기사는 다수 게재되고 있었다.

이들 식민지기 일본어잡지의 <미신>관련 기사를 살펴보면, 특히 식민지 경찰의 기관지인 『경무휘보(警務彙報)』8)에 <미신>관련 기사가 많다는 것을 알 수 있는데, 이는 일제가 '경찰범처벌규칙'을 근거로 경찰력을 동원하여 '미신타파'정책을 추진하고 있었고, 일제에 의한 <미신>을 비롯한 민간신앙과 민속의 조사가 경찰력을 동원하고 있는 것에 기인하고 있다.

이 글에서는 위와 같은 관점에서 식민지기에 발행된 다수의 일본어 잡지 중에서도 특히 식민지 경찰의 기관지였던 잡지『경무휘보』에 주목하여, 많은 수의 <미신>관련 기사들이 어떤 경로를 통하여 『경무휘보』를 비롯한 일본어잡지에 게재될 수 있었는지, 그리고 그 기사의 성격은 어떠했는지를 규명하고자 한다.

이를 규명하기 위한 구체적인 방법으로는 한일병합을 전후로 하여 이

---

8) 조선총독부 경무국(警務局) 조선경찰협회(朝鮮警察協會)에서 발행한 월간지로, 1910년 7월 25일 『경무월보(警務月報)』의 이름으로 창간되어, 1913년 1월 제40호부터 『경무휘보(警務彙報)』로 이름을 바꾸어 식민지기말까지 발간되었다. 내용은 경무총장의 훈시와 법령과 예규, 판결례 등을 게재하고, 이에 더하여 잡보(雜報)에는 경찰의 동향 등을 소개하였으며, 1930년대 이후에는 문예란도 더해져 단가(短歌)나 센류(川柳), 한시(漢詩) 등을 소개하고 있다.

루어진 일본총독부의 조선관습조사와 식민지 〈위생경찰〉의 등장과 〈위생경찰〉의 단속으로 인하여 조선에 전해오던 의료민속의 〈미신〉화 과정을 살펴보고, 이에 더해 『경무휘보』의 〈미신〉관련 기사들의 내용을 『조선위생풍습록』과 같은 경찰의 조사보고서와 비교분석함으로써 총독부와 경찰에 의해 행해진 의료민속의 조사가 어떤 형태로 기사화되어 독자들에게 전달되어 사회적으로 확산되어 갔는지를 고찰하고자 한다.

2. 본론

1) 〈미신〉타파와 식민지 위생경찰

식민지조선에서 발행된 일본어잡지에 많은 수의 〈미신〉관련 기사들이 게재될 수 있었던 배경에는 당시의 조선총독부와 일본인 개인연구자들[9]에 의한 방대한 양의─〈미신〉을 포함한─민간신앙과 민속에 대한 조사 자료가 있었기 때문에 가능하였다고 볼 수 있다.

구한말에서 한국에 대한 보호정치가 이루어지는 시기까지의 일본인의 조선에 대한 조사는 주로 군사적, 상업적 목적의 조사가 이루어졌다면, 1906년 이후에는 본격적인 식민지 통치를 위해 기틀을 다지는 시기로

---

9) 당시 조선의 무속에 관심을 가진 대표적인 일본인으로는 비교종교학적인 시선으로 조선의 무속신앙을 일본 종교에 비추어서 접근하여 〈살만교론(薩滿敎論)〉을 주창했던 아유카이 후사노신(鮎貝房之進), 1910-20년대에 일선동원(日鮮同源)이라는 시각에서 조선의 무속과 일본의 신도(神道)의 유사점을 찾기 위해 조선의 무속에 주목하였던 도리이 류조(鳥居龍藏), 1930년대 조선총독부의 촉탁으로 민간신앙부분의 조사를 담당하고 있던 무라야마 지준(村山智順)을 들 수 있다.

조선총독부 중추원에 의해 조선의 문화와 풍속에 대한 조사가 실시된다. 특히 3·1운동 이후 1920년대에 접어들어 일본제국의 조선통치의 방침이 식민지를 본국(本國)의 연장으로 인식하여 같은 법령과 정책을 시행하는 내지연장주의(內地延長主義)로 전환되고, 관제 개정을 통해 학무국에 종교과와 고적조사과를 설치하고, 조선의 관습에 대한 조사에 본격적으로 착수한다. 이에 조선총독부의 중추원을 중심으로 실시된 소위 <구관조사(舊慣調査)>는 식민지 주민들의 사회, 문화, 역사에 대한 간접적인 이해와 더불어 식민지를 효율적으로 지배하기 위한 방편의 하나였다(허영란, 2007, pp.211-246).

구관조사의 실시에 따라 1921년에 설정된 옛 관습의 항목으로는 크게 민사관습(民事慣習), 상사관습(喪事慣習), 제도, 풍습 등이 있는데, 그중 풍습 조사항목의 세부내용을 살펴보면, 무속과 <미신>과 같은 유사종교행위에 대해서도 조사를 실시하고 있었다는 것을 알 수 있다.[10]

일본제국은 메이지유신을 통하여 조선보다 앞서 문명을 개화하고 이미 제국주의의 길로 들어서고 있었기 때문에, 민속조사과정에서 식민지 조선의 민간신앙에 대해 일종의 문화적 우월성을 가지고 바라보고 있었다. 따라서 조선 고유의 민간신앙의 하나인 무속 역시도 미개한 <미신>의 일종으로 이해하고 타파되어야 할 대상으로 여기게 되었다. 식민지기 이전인 조선시대에도 무속과 관련된 <미신>을 <음사(淫祀)>라고 하여 엄격하게 단속하여 왔지만, <미신>은 여전히 조선인들의 실생활에 깊이 뿌리를 내리고 생활의 모든 분야에 영향을 미치고 있는 실정이었다. 이와 같은 상황 속에서 식민지 조선을 개발하기 위해서는 조선인의 일상생

---

10) 1921년 중추원은 과거부터 현재까지의 풍속을 조사하기 위해 자세한 조사항목을 설정하였는데, 그중 제14장이 <미신>에 관한 것이었다.

활과 밀접히 관련된 무속을 비롯한 〈미신〉에 대한 조사와 연구는 필수 불가결한 것으로 인식되었다고 볼 수 있다.

특히 경찰은 식민통치의 편의를 위해서라도 〈미신〉타파를 위한 교육과 계몽에 적극적으로 개입하여 지도, 계발 활동을 행해야 하는 입장이었고, 이러한 경찰의 입장은 경찰의 기관지였던 『경무휘보』에 그대로 반영된다.

예를 들면, 『경무휘보』의 「미신타파와 경찰관(迷信打破と警察官)」이라는 기사에서 "특히 우리 조선은 세계에서도 유명한 미신의 나라이고, 유언비어의 향토로 알려져 있다(殊に我朝鮮は世界に有名なる迷信の國、流言飛語の郷土と知られているのである。)."(池内生, 1925)고 단언하고 있듯이, 외국인들의 눈에 구한말의 조선인의 생활은 거의 〈미신〉의 축약판으로 보였다. 실제로 구한말의 조선은 왕족과 양반계급으로부터 평민과 천민계급에 이르기까지 〈미신〉에 현혹되어 있었고, 음사사교(淫祀邪教)는 당당하게 권세를 휘두르고 시대를 풍미하여 민심을 어지럽히고 있었다. 특히 무당의 세력은 궁중에까지 그 마수를 뻗쳐 정사와 인사에 관여하고 세도와 민심을 어지럽힐 정도로 그 병폐가 컸으며, 세상이 계몽되어 가는 데도 불구하고 〈미신〉만이 여전히 민심에 침투해 있었으므로, 〈미신〉의 타파를 위해서는 교육과 계몽을 더욱 필요로 했다.

「미신타파와 경찰관」의 기사내용을 좀 더 살펴보면 〈미신〉을 대하는 경찰의 태도에 대해서도 언급하고 있는데, "하지만 당면한 급무로서는 민중지도의 제일선에 서 있는 경찰관으로 하여금 이러한 악폐를 타파하는 것이 매우 적절하고 또한 그 중대한 임무가 있다는 것을 느끼지 않을 수 없다.(されど當面の急務としては民衆指導の第一線に立つ警察官に依つて此惡弊を打破するの極めて適切にして且つその重任あるを感ぜざるを得ない。)"(池内生, 1925)라고 하여, 미신타

파를 위한 교육과 계몽에 경찰이 적극적으로 개입하여 지도, 계발 활동을 행해야 한다고 주장하고 있다. 이처럼 『경무휘보』에서 <미신>타파를 위한 경찰의 역할을 강조하고 있는 것을 반영하듯이, 『경무휘보』에는 1920년부터 1930년까지의 10년간을 중심으로 하여 다른 일본어잡지에 비해 비교적 많은 약 20여 편의 <미신>관련 기사들이 게재되어 있다.

이와 같이 식민지 경찰의 기관지인 『경무휘보』에 <미신>에 관련된 기사가 다수 게재될 수 있었던 것은 식민지에만 존재했던 <위생경찰>이라고 하는 독특한 제도가 있었기 때문에 가능했다고 볼 수 있다. 식민지의 경찰 조직 안에 의료를 담당할 부서를 설치하여 보건과 방역 활동에 경찰을 투입하는 것을 <식민지 위생경찰>이라 정의할 수 있는데, <식민지 위생경찰>에 대해서는 정근식(2011)의 선행연구에서 식민지 경찰의 형성부터 변화과정을 상세히 고찰하고 있다(pp.221-270). 식민지 조선에서는 독립적인 위생행정기구가 없이 경찰에 의해 위생행정이 독점되고 있었고, 이는 일본의 서구의학의 수용에서 발전하여 대만이나 한국 등의 식민지로 이식된 것이었다. 일본에서는 특별한 지정을 받았을 때만 경찰이 위생업무를 담당했던 것에 비해, 조선에서 시행된 위생경찰제도는 일본에서 실시된 제도와는 다른 것이었기 때문에 이를 <식민지 위생경찰>제도라고 부를 수 있다.

<식민지 위생경찰>의 주된 업무는 주로 전염병의 예방, 음식물의 검사 및 청결의 집행 등 공중의 건강을 유지하는 것이었는데, 특히 의료기관의 보급, 상하수도의 개선, 전염병원과 격리병사의 설치, 오물소제(汚物掃除) 등 공공의 이익을 증진하기 위한 국가의 행위를 위생경찰의 범위로 해석할 수 있다(박윤재, 2005, p.337).

<위생경찰>이라는 식민지의 독특한 경찰제도 아래 매우 다양하고 폭

넓은 업무영역 그리고 조선인과 빈번하고 직접적으로 접촉해야 했던 경찰들의 입장에서 조선인과 조선풍속에 대한 이해는 필수적이면서도 절실했다. 따라서 초기의 〈식민지 위생경찰〉체제하에서 경무총감부나 각 도의 경무부는 한편으로는 조선인의 위생관습을 조사하고, 다른 한편으로는 위생강습회를 통해 일선 경찰들에게 의학지식이나 위생행정에 관한 기초지식을 제공하였다.

경무총감부는 병합 직후 경무부를 통해 조선의 관행이나 풍습을 조사하고, 〈미신〉의 각성을 위해 이 중에서 위생과 관련한 것들을 모아 책으로 편찬했는데, 이 책이 1910년대 조선총독부 경무총감부에서 최초로 조선의 전국적인 위생풍습을 조사하여 편찬한『조선위생풍습록(朝鮮衛生風習錄)』이다.『조선위생풍습록』에 대해서는 신종원과 한지원(2013)이 한국어로 번역하고(pp.1-310), 선행연구에서 그 내용에 대해서 상세히 분석하고 있다(한지원, 2012, pp.133-174).『조선위생풍습록』은 5천여 명이 넘는 각 도의 〈위생경찰〉을 동원하여 조선전역에 걸친 의료민속 전반을 조사한 성과물로써, 전국 각 13개도의 경무청 위생과에서 "격언, 속담, 민간치료, 미신치료, 관행, 일반풍습"을 조사하여 지방의 풍속에 따라 일상적, 비일상적인 양생과 위생풍습, 질병의 예방과 민속적 치료행위가 조선 전역에 걸쳐 생생하게 반영되어 있다(한지원, 2012, p.142).

이처럼 식민지 조선에서는 〈식민지 위생경찰〉제도가 성립되어 공중위생을 주된 업무로 하면서 조선인의 위생관습을 조사하고, 조선인과 조선풍속에 대한 이해를 위해『조선위생풍습록』과 같은 조사보고서를 편찬하는 등 위생과 경찰은 분리시켜 생각할 수 없는 관계였고, 조선총독부가 1912년 〈경찰범처벌규칙〉을 제정하여 무속을 비롯한 유사종교를 단속하고 있었기 때문에,[11] 이러한 이유로 경찰의 기관지였던『경무휘보』에는 <미신>관련 기사들이 다수 게재되게 되었다고 볼 수 있다.

2)『경무휘보』와 질병에 관련된 <미신>

『경무휘보』의 <미신>관련 기사를 살펴보면, 특히 천연두와 적리(赤痢), 장티푸스와 한센병과 같은 구체적인 병명과 관련된 <미신>기사가 많다는 것을 알 수 있는데, 이는 앞에서도 언급했듯이 식민지만의 독특한 경찰제도인 <위생경찰>의 역할에서 연유한 것이라 볼 수 있다.

경기도경찰부(京畿道警察部)에 의해『경무휘보』에 게재된「두창과 미신(痘瘡と迷信)」(『경무휘보』208호, 1922.9)에서는 두창, 즉 천연두와 관련된 조선의 <미신>을 소개하고 있다. 이 기사에는 두창으로 사망자가 발생했을 때 전염을 막는 방법으로서의 <미신>과 실제로 터무니없는 <미신>이 퍼져 사람들이 따랐던 예 등을 소개하고 있는데, 그 내용을 살펴보면 두창에 걸렸을 때는 12일간 아무것도 복용하지 않고서 방치하면 13일째에 반드시 쾌유한다고 하여 13일째에는 무당을 고용하여 떡과 과자 등의 공물을 준비해 성대하게 기도를 행하는 풍습이 있다. 그리고 이 병을 '손님'이라고 하여 병에 걸렸을 때는 '손님이 들어오셨다.'라고 하고, 정성스

---

11) 일본에서는 1880년에 형법이 공포되고, 형법의 위경죄, 제427조 제11항, 12항에 금염기도(禁厭祈禱)는 형사사건의 대상이 되어 명확한 벌칙이 만들어졌다. 그리고 1908년 신형법의 성립과 함께 <경찰범처벌령>에 의해 <미신>은 처벌의 대상으로 규정된다. 그 내용을 살펴보면, 제2조에서「제16항 사람을 현혹하는 유언부설, 또는 거짓 정보를 흘리는 사람 / 제17항 함부로 길흉화복을 점치고 또는 기도(祈禱), 부주(符呪) 등을 하고, 또는 부적류로 사람을 현혹하는 자 / 제18항 병자에 대한 금염, 기도, 부주 등을 행하고, 또는 신부(神符), 신수(神水) 등으로 의료를 방해하는 자」에 대해서 벌칙이 규정되어 있다. 이처럼 일본에서도 <미신>은 의료방해, 금전의 착취, 남녀혼효에 의한 풍속문란 등의 이유로 탄압받고 있었고, <미신>과 관련된 <경찰범처벌령>은 식민지 조선에도 그대로 적용된다.

럽게 냉수를 퍼 와서 높은 곳 혹은 산에 올라 제사를 지낼 것, 험담을
하지 않을 것, 세탁을 하지 말 것, 짐승을 죽이지 말 것, 자택이나 이웃
에 못을 박지 않으면 큰 흉터는 생기지 않는다는 것 등의 〈미신〉이 있
다고 소개하고 있다. 특히 두창은 호구별성(戶口別星)이라는 신이 사람에게
옮겼을 때 발병하는 것이라 하여, 즉 두창은 신이기 때문에 환영하지 않
으면 안 되므로 다른 의약품을 사용하지 않고 청수를 준비해 이를 바꿔
가면서 환자에게 절해야 한다고 설명하고 있는데, 이러면 14일째 호구별
성의 신이 사천석국(四天釋國)으로 돌아가 병이 완치되고, 그때 송별의 뜻
을 나타내기 위해 목마, 종이우산, 볏짚으로 만든 여행도구에 의류, 밥,
과일을 넣어 이것을 나뭇가지 달아둔다고 한다.

　『경무휘보』에서 이처럼 두창에 관련된 〈미신〉을 소개하는 것에는,
1910년대 조선총독부 경무총감부에서 최초로 한국의 전국적인 위생풍습
을 조사하여 편찬한 『조선위생풍습록』의 영향이 크다고 할 수 있다. 『조
선위생풍습록』에서 경기도지방에서 조사한 두창에 관련된 〈미신〉내용
을 보면,

① 두창에 걸렸을 때는 '별상마마(別上媽媽)'가 오셨다고 하여 가족들은
　그 귀신을 각별히 존경하는 뜻으로 고기를 먹지 않으며, 말을 삼가고
　외출을 하지 않는다. 병이 나았을 때는 떡과 과일을 바치고, 주문을
　외우며 지푸라기로 떡과 과일 및 곰보딱지를 싸서 목마에 태워 길가
　에 버린다.
② 조선인은 두창을 이름 붙여 마마라고 하는데, 원래 이것은 귀한 사람
　을 존경하는 대명사이다. 두창은 '강남대완국(江南大婉國)'의 신이 아이
　들 숫자를 조사하기 위해서 오는데 그 조사를 받는 아이는 곧 두창에
　걸린다고 믿는다. 그래서 환자가 열이 나서 울거나 소리를 지르면 신
　이 노한다고 하여 마치 환자에게 신을 향해 용서를 비는 것처럼 몸을

구부려 절하고 위로하는 예가 있다. 이렇게 13일째가 되는 날에는 신이 아이들을 모두 헤아리고 돌아간다고 하여 온갖 음식을 베풀어 제사를 지낸 뒤 목마를 만들어 재물을 실은 뒤 가까운 산에 버리고 돌아오는데 이것을 전송(餞送)이라고 한다.(이하 생략)(신종원·한지원, 2013, p.187)

라고 하여, 『경무휘보』의 두창에 관한 <미신>관련 기사와 일치하는 부분이 많은 것으로 보아 『경무휘보』가 『조선위생풍습록』의 내용에서 많은 부분을 참조하고 있다는 것을 알 수 있다.

한편으로 조선총독부의 촉탁이었던 무라야마 지준(村山智順)12)이 1929년에 간행한 『조선의 귀신(朝鮮の鬼神)』에서는 두창신(痘瘡神)을 민간에서 믿고 있는 귀신의 일종으로 소개하고 있는데, 그 내용을 보면,

천연두가 조선에 전래된 것은 이조 초기 중국으로부터인 듯하다. 따라서 두신도 <강남호구별성(江南戶口別星)>, <강남호구객성(江南戶口客星)>, <호귀마마(胡鬼媽媽)> 혹은 <서신(西神)> 등으로 불리워져 전적으로 중국 지방에서 전해진 역신으로 생각하고 있었다. 그런데 이 귀신은 매우 결벽하고 신경질적이어서 불결하고 부정한 행위·술·생선·고기 또는 더러운 냄새가 나는 것, 시끄러운 연회라든가 제사 등은 절대로 삼가지 않으면 당장에 환자를 사망에 이르게 한다. 따라서 이 귀신이 찾아온 집에서는 줄곧 근신하고 경의와 환대로 정성을 다하고, 또한 쾌유되어갈 때는 행장을 잘 차려서 보내지 않으면 안 된다는 매우 까다로운 신으로 알려져 있다. (김희경, 2008, p.145)

---

12) 무라야마 지준(村山智順, 1891-1968. 이하 무라야마)은 1919년 조선으로 건너와, 조선총독부의 촉탁으로서 1941년까지 조선의 민간신앙과 향토신사(鄉土神祀)를 조사·정리하여 일련의 보고서를 내놓았다(김희영, 「무라야마 지준(村山智順)의 조선인식」, 『일본문화학보』 제43권, 2009) 조선총독관방총무과(朝鮮總督官房總務課)의 위촉을 받아 <조사자료 제25집>으로 1929년에 간행된 『조선의 귀신』은 <민간신앙 제1부>에 해당한다(김희경역, 『조선의 귀신』, 동문선, 2008).

라고 하여, 두창신(痘瘡神)을 믿고 있다는 점에서 『경무휘보』와 『조선위생 풍습록』의 천연두 관련 〈미신〉의 기사내용과 거의 일치하다는 것을 알 수 있다.

이처럼 무라야마 지준의 『조선의 귀신』과 『경무휘보』의 기사 내용이 흡사한 것에는 무라야마 지준이 무속의 조사에 경찰력을 동원한 것에 기 인하고 있다고 보인다. 무라야마 지준은 조선의 민속과 〈미신〉을 조사 함에 있어 1920년대 초반에 『경무휘보』에 게재된 기사와 같은 기존의 조사 성과를 충분히 활용하면서 그 위에 추가로 조사를 진행시켰을 것이 라 짐작해 볼 수 있다.

『경무휘보』의 기사들이 주로 1920년대 초반에 작성된 것으로부터 판 단해 보면, 경찰조직의 조선무속에 관한 조사는 무라야마 지준과는 별개 로 『조선위생풍습록』과 같이 주로 위생을 목적으로 하여 이전부터 행해 지고 있었다는 것을 알 수 있다. 즉 『경무휘보』의 〈미신〉관련 기사가 주로 1920년대 초반에 게재되어 있던 것으로 보아 질병에 관련된 〈미 신〉의 조사는 경찰력을 동원했던 무라야마 지준의 무속조사가 이루어진 1927년부터 1930년의 시기보다 앞서 이미 이루어지고 있었던 것으로 보 인다. 이에 비해 무라야마 지준의 연구는 『경무휘보』와는 별개로 1927년 에서 1929년 사이에 각 도의 경찰부 위생과에서 조사한 위생관련 풍습 조사보고서와 밀접한 영향관계에 있었다고 볼 수 있다. 조선총독부 경무 총감부는 『조선위생풍습록』뿐만 아니라, 조선총독부가 직접 발행한 기관 지인 『조선(朝鮮)』에 1927년부터 전국 13개도의 경찰부 위생과에서 해당 지역의 위생풍습을 조사한 위생관련 풍습조사보고서를 게재한다. 이후 무라야마 지준이 『조선』의 편집을 맡으면서 이 풍습조사보고서의 내용 은 『조선의 귀신(朝鮮の鬼神)』 가운데 민속적 치료 부분의 주요 토대 자료

가 되었다(신종원 · 한지원, 2013, p.75).

　한지원(2013)의 연구에 의하면, 『조선(朝鮮)』은 총독부의 시정방침을 알리는 기관지로서 조선총독부를 구성하는 각 기관에 배포되어 각급 행정직원들이 의무적으로 강독하였고, 조선 내에 거주하는 내지인과 일본 본국의 공직자 및 민간인에게 식민지 조선사회를 소개하려는 목적이 컸으므로, 결론적으로 이는 조선인의 위생에 대한 계몽과 교화가 목적이 아닌 조선인의 전통 민간의료지식을 불결하고 미개한 것으로 규정하여 선전하기 위한 것이었다고 한다(p.170).

　이어서 『경무휘보』의 적리(赤痢)에 대한 <미신>관련 기사에는 적리에 대한 인식이 내지 일본과는 다른 점에 대해서도 언급하고 있는데, 이 부분은 『조선위생풍습록』의 내용과 비교해 보았을 때 지역에 따라 편차가 있다.

　경기도경찰부(京畿道警察部)가 게재한 「적리와 미신(赤痢と迷信)」(『警務彙報』 210号, 1922.11)에서는 적리와 관련된 다양한 미신을 소개하고 있는데, 조선인 중 일부는 조선의 적리가 흔한 병으로 내지 일본의 적리와는 다르고 사망률도 내지인에 비해 매우 낮으므로, 전염병이라 생각하지 않고 아무렇지 않게 환자에게 접촉하며 두려워하지 않는다는 점에 주목하고 있다. 그리고 조선인들이 믿고 있는 적리의 미신적인 치료법을 소개하고 있는데 그 내용은 다음과 같다.

> ① 과식으로 최초에 먹는 음식에 소량의 소금을 넣어 검게 구운 후에 끓인 맹물에 녹여 복용하면 낫는다.
> ② 개의 뼈를 검게 구워 그 재를 복용하면 낫는다.
> ③ 사발 담긴 물에 설탕을 넣어 삼키면 설사가 멈추고 완치된다.
> ④ 2, 3년 전의 말린 감을 먹으면 낫는다.

⑤ 엿을 온돌 입구의 재와 섞어 먹으면 완치된다.

⑥ 소나무 껍질을 말려 가루로 만들어 잘 섞어 먹으면 낫는다.

⑦ 아편재를 물에 녹여 마시면 효과가 있다.

⑧ 소나무 꽃가루를 물과 함께 마시면 효능이 있다.

⑨ 토끼똥을 보리차로 마시면 효과가 있다.

⑩ 비릉이라는 풀을 달여 고추액에 섞어 먹으면 바로 낫는다.

⑪ 계란 3개를 식초에 절여, 이틀 밤 정도 이슬을 받아서 다음 날 마신다.

⑫ 돼지기름을 음용하거나 벚나무 뿌리에서 채취한 액체를 사용하면 낫는다.

⑬ 송화가루에 꿀을 섞어 하루에 몇 번에 걸쳐 마시면 치료가 빨라진다.

⑭ 굴뚝에 부착되어 있는 그을음을 단물에 섞어 마시면 효과가 좋다.

(京畿道警察部, 1922)

이와 같은 민간요법에 의한 미신적인 치료법은 조선보다 먼저 문명화되어 서양의 근대의학이 이미 도입되어 있던 일본인들의 시선에는 황당무계한 것으로 의학적인 근거가 전혀 없는 것으로 비추어졌을 것이다.

한편 『조선위생풍습록』에 기록된 적리에 관련된 〈미신〉내용을 보면,

① 적리에는 미나리 생즙을 마신다.(경기)

② 적리병 치료를 위해서는 갈분에 꿀을 섞어서 따뜻하게 마신다.(강원)

③ 적리병에 걸렸을 때는 옻나무의 숯을 가루로 내어 물에 타서 복용한다.(경남)

④ 적리병에 걸렸을 때는 서여(薯蕷)를 많이 먹어서 일시적으로 설사를 유도한다.(경남)

⑤ 적리병에 걸렸을 때는 딱딱하게 탄 밥을 다량으로 먹는다.(경남)

⑥ 적리병에 걸렸을 때는 송화가루를 두 숟가락 정도 생수와 마시는데 위험하다.(경남)

⑦ 적리병에 걸렸을 때는 지렁이를 삶아 먹는다.(경남)

⑧ 적리병에 걸렸을 때는 머리카락을 찐 다음 검게 태워서 복용한다.(경남)

⑨ 적리병에 걸렸을 때는 자기 스스로 기르는 소의 발톱을 검게 태워서
복용한다(경남) (신종원·한지원, 2013, pp.172-175)

라고 하여 다양한 민간요법의 내용을 소개하고 있는데, 이 중에서 ②번
의 꿀을 사용하는 것과 같은 경우는『경무휘보』와 일치하는 부분도 있
지만, ⑥번의 송화가루를 이용하는 민간요법에 관련해서는『조선위생풍
습록』에서는 생수와 같이 마시는 것이 위험하다고 설명하고 있는 반면
에,『경무휘보』의 기사에서는 송화가루에 꿀을 섞어 하루에 몇 번에 걸
쳐 마시면 치료가 빨라진다고 하여 서로 정면으로 배치되는 내용이 게재
되어 있는 등 적리에 관한 <미신>에 대해서는 일치하는 부분이 거의
없다는 것을 알 수 있다. 이는『경무휘보』의 기사는 경기도경찰부가 경
기지역을 중심으로 조사한 것인데 비해『조선위생풍습록』의 내용은 주
로 경남지방에 조사한 내용으로 적리에 관한 <미신>은 지역에 따라 차
이가 있다는 것을 알 수 있다.

이어서 경기도경찰부는「장티푸스와 미신(腸チブスと迷信)」(『警務彙報』211号,
1922.12)에서 장티푸스와 관련된 <미신>을 소개하고 있는데, 장티푸스
환자의 치료법에 얼음을 사용해서 몸을 식히는 것은 이전부터의 치료법
과 다르다고 하여 순화원(順化院)13)은 살인원(殺人院)이라고 악평하는 사람
이 많을 정도로 장티푸스에 관해서는 <미신>에 의존하는 사람이 많았
다고 한다.

장티푸스에 관련된 <미신> 중 일반적인 것이 장티푸스에 걸렸을 때

---

13) 순화원은 일제강점기에 설립된 대표적인 전염병 전문병원이다. 1909년의 콜레라 유행 이
후 설립된 순화원은 법정전염병 환자를 우선적으로 수용하는 避病院으로 식민지시기 한
국을 대표하는 전염병 전문병원이었다가 해방 이후에는 결핵 전문병원으로 운영되었다
(정민재,「일제강점기 順化院의 설립과 운용」,『한국근현대사연구』제57집, 2011, p.33).

는 패독산(敗毒散)을 복용시키고 따뜻한 온돌에서 땀을 내게 하면, 일가 내의 연장자부터 순차적으로 전염하니 회복이 빠르지만, 연소자부터 연장자로 옮기게 될 때는 거의 낫지 않는다고 한다. 기사에서는 주로 장티푸스의 전염을 막는 방법과 환자를 치료하는 방법으로서의 〈미신〉을 소개하고 있는데, 우선 장티푸스의 전염을 막는 방법으로는 장티푸스가 발생하면 이웃집에서는 면화 열매를 환자의 집을 향해 태우거나, 새싹을 물에 담근 것을 환자 집의 굴뚝 옆에 버리고 굴뚝에 계란 하나를 넣어두거나, 창목(蒼木)이라 불리는 한약을 화로에 넣어 이것을 입구에서 태우면 전염되지 않는다고 한다. 그리고 연고가 없는 무덤 위의 탱자나무 가지를 꺾어 문 앞에 걸어두면 전염되지 않고, 가족이 병에 걸리면 마당 가운데 구멍을 뚫어 되에 3분의 1정도의 소금을 넣어 인일(寅日)에 묻어 두면 다른 가족에게 전염되지 않고 환자는 약을 먹지 않고도 낫는다. 그 외에도 여러 가지가 있지만 환자집 앞을 지나지 않고 주변에 사는 사람은 맛있는 요리를 만들지 않는데, 이는 귀신에 의해 걸리는 병이라서 맛있는 냄새에 전염된다고 생각했기 때문이다. 이어서 장티푸스 환자를 치료하는 방법으로는 말똥을 삶아 마시거나, 개똥을 검게 태워 물에 녹여서 먹으면 낫고, 노상에 소똥 위에 개똥이 있는 것을 햇볕에 건조해 환자에게 사용하면 특효가 있다는 등 똥을 이용한 치료법에 대한 〈미신〉이 많은 것이 특징이다. 이외에도 소고기 덩어리를 온돌 굴뚝에 투입하면 특효가 있고, 요강에 계란을 쪄서 먹든가 인분에 파를 넣어 끓인 것을 먹고 나서 면으로 된 이불을 덮고 땀을 내면 치료 받지 않고 바로 나을 수 있다고 한다.

이에 비해 『조선위생풍습록』에서는 장티푸스에 관련된 〈미신〉으로서 장티푸스에 걸렸을 때는

① 월경을 복용한다.(경남, 평북)

② 땀을 내는 것이 좋은 방법이라 하여 화기(火氣)가 강한 온돌에 눕는다.
(경기)

③ 장티푸스를 1개월 병이라고 이르는데 한 달이 지나면 자연스레 낫는
다고 한다.(경기)

④ 장티푸스에 걸릴 때에는 똥통 밑에 있는 흙을 채취하여 직경 1촌, 길
이 5푼 정도의 방망이 3개를 만들어 여기에 강한 불을 쪼인다. 그 후
그릇에 냉수 약 5홉과 방망이를 넣어두고 일정 시간이 지나면 그 윗
부분에 맑은 액체가 생기는데 이것을 2홉 정도 복용 후 온돌에서 몸
을 데워 땀을 낸다.(전북) (신종원·한지원, 2013, pp.172-173, p.191)

등의 민간치료법을 소개하고 있다. 여기서 경기지방의 치료법으로 온돌
에서 몸을 데워 땀을 낸다는 점이 동일하지만, 월경을 복용한다든지 똥
통 밑에 흙을 채취하여 방망이를 만든다든지 하는 내용은 경기지방과는
다른 내용으로『경무휘보』의 기사에는 반영되어 있지 않고, 반면에『조선
위생풍습록』에는 경기지방의 장티푸스 관련 내용이 하나 밖에 없는 것
에 비해『경무휘보』에서는 장티푸스에 관련된 <미신>의 내용이 대폭
증가하고 있다는 것을 확인할 수 있다. 이것도 앞서 언급한 적리에 관한
<미신>관련 기사와 마찬가지로 경기도경찰부의 지속적인 <미신>으로
서의 민간치료법에 대한 조사가 반영된 결과라고 할 수 있겠다.

이상에서 살펴보았듯이『조선위생풍습록』에도『경무휘보』에 소개된
질병에 관한 <미신>은 이미 소개되어 있었던 부분이 있기는 하지만,
1915년에 간행된『조선위생풍습록』과 주로 1920년대에 게재된『경무휘
보』의 기사에는 5년 이상의 시간차가 존재하는 만큼, 그 기간에 추가로
조사가 진행되어 새로운 내용들이 추가되었다고 볼 수 있다. 즉『조선위
생풍습록』에 두창에 관한 내용이 구체적으로 소개되고 있는 것은 1910년

대에는 주로 두창에 대한 조사가 중점적으로 이루어져『조선위생풍습록』
에 반영된 결과이고, 이후에 적리와 장티푸스에 관한 조사가 이루어져
그 결과가 『경무휘보』에 주로 반영되었다고 유추해 볼 수 있겠다.

이처럼 1910년대의 질병에 관련된 〈미신〉의 조사는 주로『조선위생
풍습록』에 반영되어 있다고 볼 수 있고, 1920년대의 질병에 관련된 〈미
신〉의 조사는『경무휘보』에 반영되어 있었다고 볼 수 있다.[14]

이상에서 살펴본 것처럼『경무휘보』의 〈미신〉관련 기사는 식민지 지
배와 직접 연관되는 위생관련 업무를 수행하는 〈위생경찰〉이라는 입장
으로 인해 아무래도 실무적인 내용이 주가 되었다고 볼 수 있는데, 이는
식민지 조선에서 〈미신〉과 관련된 단속은 경찰이 중심이 되어 행해지
고 있었고, 앞서 언급했듯이 이는 〈위생경찰〉이라는 식민지만의 독특한
제도에서 기인하는 부분이 컸다.[15]

한일강제병합조치가 있은 후인 10월에 시행된 조선총독부 경무총감부
사무분장규정에는 위생과 관련된 경찰의 업무가 더 확대되었고, 위생업
무를 수행하는 주된 기구는 조선총독부 직속기관으로 배치된 경무총감
부였다. 이처럼 〈미신〉관련 기사에 특히 질병에 대한 내용이 많은 것
은, 의료가 식민지의 지배를 위한 식민지정책의 핵심요소이고, 질병에

---

14) 이 글에서는 본격적으로 다루고 있지는 않지만, 1920년대 후반부터의 질병에 관련된
〈미신〉의 기록은 무라야마 지준과 같은 총독부의 촉탁에 의한 자료조사를 바탕으로
간행된 자료조사집(예를 들면 1929에 간행된『조선의 귀신』과 같은 연구서)에 반영
되어 있다고 유추해 볼 수 있겠다.
15) 이처럼 위생관련 업무가 별도의 중앙행정기구가 아닌 경찰의 업무로 귀속되는 식민지
의료체계가 형성되기 시작한 것은 한일병합 이전부터로, 1907년 10월 일본 황태자의
서울 방문하기 전인 9월부터 서울에 콜레라가 유행하는데, 이에 대한 방역작업을 당
시 한국의 위생을 담당한 중앙행정기구인 내무 위생국은 중요한 역할을 하지 못하고,
일본군과 일본이 실질적으로 장악한 경찰이 방역활동의 중심에 서게 되는 것을 계기
로 경찰이 위생업무를 주로 맡기 시작하게 된다(전게, 정근식, 2011, p.228).

관련된 <미신>을 타파하고 근대적인 의료를 보급하는 것은 노동력의 확보와 지배의 대외적 정당성의 확보를 위해서 불가피한 것이었으므로, 조선의 치안을 책임지고 있던 조선총독부의 경찰에게는 질병에 관련된 <미신>을 파악하는 것이 급선무였기 때문일 것이다.

3) 장례와 묘지에 관한 〈미신〉

식민지기 일본어 잡지의 <미신>관련 기사의 또 다른 특징 중 하나는, 일본과는 다른 조선의 독특한 <미신>으로 장례와 묘지에 관한 <미신> 기사들이 많이 소개되고 있다는 점이다. 일제는 유교적인 <효>사상으로 인한 조선인들의 지나친 조상숭배를 경제적으로 정신적으로도 많은 부담을 주는 <미신>의 일종으로 보고 있었다.

일제가 묘지에 관한 문제들을 인식하기 시작한 것은 식민지화의 기초 작업 중 하나인 토지조사를 통해서였다. 1909년에 발행된 『토지조사참고서(土地調査參考書)』는 조선시대 및 대한제국의 토지제도와 각 지방의 토지에 관한 관습을 조사한 보고서로서, 여기에는 '묘지에 관한 관습 개요'가 서술되어 있는데 조선인이 묘를 아주 소중히 여긴다는 지적부터 시작하고, 묘자리의 선정을 풍수에 의하여 결정함으로써 생기는 갖가지 문제점, 금장의 범위, 묘지의 경계, 묘를 만드는 것에 의해 생기는 권리 등에 대하여 자세히 기술하고 있다(다카무라 료헤이, 2000, p.135).

1912년 조선총독부는 '묘지화장장매장급화장취체규칙(墓地火葬場埋葬及火葬取締規則)'을 제정했다. 이 규칙 제1조를 보면, '묘지의 신설, 변경 또한 폐지는 경무부장(경성에 있어서는 경무총장 이하 같음)의 허가를 받아야 됨'이라고 하여 묘지의 관리 또한 식민지 경찰의 업무에 속하는 것을 명시하고 있다. 따라서 경찰의 기관지인 『경무휘보』에 장례와 묘지에 관한 〈미신〉기사들이 많이 소개되고 있는 것은 당연하다고 할 수 있다.

이처럼 『경무휘보』에서는 경찰기관지로서의 성격에 맞게 묘지와 관련된 범죄에 대해서 기사를 게재하고 있는데, 이원찬(李源讚)이 게재한 「범죄원인으로 보는 조선의 특징적 범죄에 대하여(1)(犯罪原因より觀たる朝鮮の特徵的犯罪に就て) (一)」(『警務彙報』 218号, 1924.7)에서

조선은 예부터 선조를 위해서라면 생명재산도 아끼지 않는 관습이 있어, 예를 들면 조상의 묘지의 문제로 재판 또는 그 외의 방법에 의해 분쟁이 일어날 때에는 생명을 걸면서라도 그 목적을 이루지 않고는 그냥 있을 수 없다고 하는 것처럼, 많은 비용을 투자하여 묘지를 구하고, 또 조상의 묘 앞에 분에 넘치는 비석을 세우거나 하는 것처럼 모든 것이 조상을 숭배하는 관습에 의한 것이다. 이로 인해 한편에서는 이익을 얻으려고 하는 자들이 생겨나 단순한 분묘발굴 및 이를 전제로 한 협박은 이상과 같은 원인으로 생기는 범죄인 것이다.(朝鮮は昔より祖先の爲めなら生命財産をも惜まなかつた程の慣習がある, 例へば祖先の墳墓の問題に依り裁判又は其他の方法に依り爭ひを爲す際は生命を賭して迚も其目的を達せずには居られなかつたと云ふが如き, 又は多額の費用を投じて墓地を求め, 將た又祖先の墓前に過分の石物を備へるが如きは, 何れも祖先を尊崇する慣習に依るのである, 如斯關係より一面に於ては是れを奇貨として利欲を得やうとする者が生ずるに至つたのであつて, 單順なる墳墓發掘及れを前提とする, 脅迫は卽ち以上の原因より生ずる處の犯罪なのである。)(李源讚, 1924)

라 하여 분묘의 발굴 및 이를 전제로 한 협박과 같은 범죄가 많은 것은 조선은 예부터 선조를 위해서라면 생명재산도 아까워하지 않는 관습이 있어, 이를 이용하여 협박하는 범죄가 발생하고 있는 것으로 판단하고 있다.

묘지와 관련된 〈미신〉에 관한 다른 일본어잡지의 기사를 살펴보면, 경성부총무부위생과(京城府總務部衛生課)의 이케모리(池盛)는 『경성휘보(京城彙報)』[16]

의 「조선묘지의 유래에 대해서(2)(朝鮮墓地の由來に就て)(二)」(『京城彙報』第247号, 1942.6)에서 조선묘지의 유래에 대해서 묘지신앙과 법규와 관련하여 소개하고 있다. 경기도의 묘지신앙에는 묘지를 잘 써야 자손이 번창한다하여 화장이 일반적이지 않아 토지이용이 비효율적이라고 지적하면서, 이러한 폐해를 막기 위해 규제를 해야 하나, 묘지에 관련된 규칙 중에는 조선인의 습속에 맞지 않는 것들도 있어, 구래의 관습을 인정함과 동시에 각종 제한을 관대하게 하여 수속을 간편히 하고 있다고 설명하고 있다. 여기서는 식민지를 효과적으로 통치하기 위해서 특히 묘지에 관련된 미신은 토지의 효율적 이용에 악영향을 미치고 있기 때문에 이러한 <미신>을 규제하는 것은 당연하나 조선인들의 습속을 고려하여 <미신>에 대해서 신중하게 대처해야 한다는 입장이 나타나고 있어, 『경무휘보』의 묘지와 매장관련 <미신>기사와는 조금 입장을 달리하고 있다.

이어서 이케모리는 경기도를 비롯한 각지의 매장에 관한 관습 및 신앙을 소개하고 있는데, 그 내용은 다음과 같다.

① 경기도에서는 공동묘지에 매장하면 공자의 저주를 받는다고 한다.
② 충청북도에서는 묘지의 범죄로 처벌받는 것은 효행의 일종이고, 화장은 죽은 자를 소생시킬 수 없고, 묘지가 잘 못되면 병이 생긴다고 한다.
③ 충청남도에서는 묘지는 가운을 결정한다고 하고, 나무뿌리가 관에 다다르면 자손에 문제가 생기고 장녀의 시체는 강에 버리지 않으면 그 후의 자손이 발육하지 못한다고 한다.

---

16) 경성부(京城府)에서 월 1회 발간한 50여 쪽의 공보 형식의 잡지로, 내용은 1) 공문(公文), 2) 조사연구, 3) 기사(記事), 4) 잡보(雜報), 5) 정부 뉴스로 이루어져 있다. 공문에는 경성부고시(京城府告示)가, 조사에는 경성부의 실업과 전염병에 대한 간단한 조사 및 각종 통계가, 기사에는 서임(敍任) 및 그 달의 경성부에서 열린 주요 행사에 대한 기사 등이 주로 실려 있다(서울대학교 중앙도서관 해제 참조).

④ 전라북도에서는 신분이 높은 사람은 환갑 때 묘지를 정하고, 사망으로부터 계산해서 기수일에 매장한다. 자산가는 「가빈」이라하여 시체를 9일간이나 50일간 또는 3개월간 집안에 두고 영지에 매장하지 않으면 부락에 재앙이 있다고 한다.

⑤ 전라남도에서는 습기가 있는 것을 꺼려하여 새로운 시체를 오래된 분묘에 합장하면 자손이 번성하지 못하고, 정신병, 나병으로 사망한 자는 합장하지 않고, 공동묘지에 매장하면 공자의 저주를 받는다고 한다.

⑥ 경상남북도에서는 풍수설을 믿어, 공자묘 또는 고위고관의 분묘 경내에 암장하면 자손 중에 학자, 대관이 나온다고 하며, 부락의 전면, 또는 동남부근에 묘소를 설치하면 부락에 악역이 유행한다고 한다.

⑦ 황해도, 강원도, 평안남북도에서는 풍수설을 믿고, 소아의 시체는 대충 처리하는데 관에 넣지 않는 경우도 있으며, 원한이 있는 집의 묘지에 봉을 꽂아 세우면 그 집안은 멸망한다고 한다.

⑧ 함경남북도에서는 매장 후 뼈가 흰 색이 되어야 하고 검은 색이 되면 안 됨으로, 색을 알아보기 위해 매장 후 4, 5년 후에 개장하는 습관이 있다.(京城府總務部衛生課 池盛, 1942)

이처럼 각 지방의 묘지와 관련된 〈미신〉을 소개하면서 조선에서는 이전에는 화장도 널리 행해지고 있었으나, 신라시대에 들어온 풍수설과 유교의 영향에 의해 각 지방에 묘지에 따라 자손의 번성이 결정된다고 하는 〈미신〉이 유행하여, 이는 토지의 경제적 이용을 방해하고 가산을 날릴 수 있는 악폐이며, 국민의 생산력이 저하하여 국가를 피폐하게 하고 있다고 묘지에 관련된 〈미신〉을 타파할 것을 주장하고 있다.

이어서 평안남도위생과(平安南道衛生課)가 총독부의 기관지 『조선(朝鮮)』에 게재한 「묘지 및 매장, 화장에 관한 미신습속(墓地及埋火葬に關する迷信慣習)」(『朝鮮』 第163号, 1928.12)에서도 평안남도지역의 묘지 및 매장·화장 등에 관한 〈미신〉 29가지와 관습 30가지를 소개하고 있는데, 이 기사에서도 묘지와

관련된 <미신>에는 자손의 번성과 관련된 것들이 많다는 것을 강조하고 있다. 지형이 나쁜 묘지에 사체를 매장하거나 묘지의 방향이 잘못되었을 때는 자손이 번성하지 못하고, 묘지의 지형, 지질 등이 좋으면 자손이 출세하고 복을 받고 번성하게 된다고 한다. 그러면서 구체적인 예로 들고 있는 것이 먼저 매장되어 있는 분묘 뒤에 매장할 때는 전자의 자손은 불행해지고, 6일, 16일, 26일에 매장할 때는 자손이 전멸한다. 유아에 관련된 내용으로는 유아의 사체를 관에 넣어 정중히 매장하거나 사체를 동남향의 햇볕이 잘 드는 곳에 매장하면 다른 유아도 사망한다는 것이다. 이외에도 묘지에 관련된 다양한 미신들이 전해져 오고 있는데, 특히 장례식에 관련된 관습에 관한 내용이 많다. 그 내용을 살펴보면 사망자가 어른일 때는 반드시 4일 혹은 8일째에 장례를 치른다. 소아의 장례는 그날 바로 치른다. 그리고 화장은 잔혹하다하여 회피하고 매장을 하며, 부부는 합장을 하고, 묘지의 선정은 무녀에게 부탁하는 등 지역마다 많은 관습들이 이어져 내려오고 있다고 한다.

조선의 묘는 곳곳에 흩어져 있어 토지의 많은 부분을 점유하고 있었기 때문에 식민지개발을 위한 토지이용 사업에 방해가 되었다. 따라서 총독부는 '근대적 공중위생'관념 및 토지의 '효율적 이용'이라는 점을 염두에 두고, 1912년에 '묘지규칙(墓地規則)'을 제정하는데, 이는 특별한 경우를 제외하고는 앞으로의 모든 묘지는 지방의 공공단체가 설치하는 공동묘지에 제한한다는 것이었다. 하지만 이러한 조치는 당시까지 실행되어 오던 조선의 묘지 관행 및 묘지에 대한 심성적 태도와 정면으로 배치되는 것이었고, 조선인들과 사이에 마찰이 일어날 것은 뻔한 일이었다. 이에 총독부는 조선인의 묘지 관습이 <미신>에 의해 발생하는 것이라 파악하고, 이에 대해 총독부의 위생과와 경찰이 조사를 실시하여 수집한

자료가 기사화 된 것이 일본어잡지의 장례와 묘지에 관한 〈미신〉기사라
할 수 있는데, 『경무휘보』에서는 이를 범죄와 관련하여 다루고 있다는
점에서 다른 잡지와는 다른 특징이 있다고 할 수 있겠다.

4) 〈미신〉타파의 교육과 범죄에 관련된 〈미신〉

식민지 조선에서 무속에 관련된 〈미신〉이 단속의 대상이 되었던 가
장 큰 이유 중에 하나는, 무당의 세력이 서민을 현혹시켜 금전을 착취하
는 등의 병폐가 만연해 있었기 때문이었다.

우에마쓰 미쓰히사(上松光久)는 「무녀와 초혼제(巫女と入魂の祈)」(『朝鮮研究』,
1928)에서 "그때 무당은 금전을 교묘하게 뽑아내기 위해 가족들에게 술
을 한잔 돌리고 준비한 동화를 술잔에 넣게 하고, 무당은 눈물을 흘리면
서 가장 돈이 많을 것 같은 친척을 향해 영혼이 들어왔다고 말하여 자기
최면상태에 빠져 마치 내지에서 여우에 홀린 것과 같은 모습으로 '나는
생전에도 너를 잊지 않았다'라고 부르기 때문에, 돈이 많은 친척은 주머
니로부터 몇 원인가 꺼내서 무당에게 건넨다(その時巫女は金錢を巧みに搾る爲め
に, 家族達に酒を一杯渡すと準備した銅貨を酒杯に入れさせて, 巫女は涙を流し乍ら一番金のありさう
な親類に向つて入魂になつたと告げて自己催眠の狀態となり恰も內地の狐憑きのやうな有樣で吾れは
生前にも汝は忘れないなどと呼ぶので金持の親類は巾着の口を緩めて何円かの金を巫女に与えるので
ある。)."(上松光久, 1928)라고 하여 무녀가 사람들로부터 금전을 편취하는 방
법 등을 소개하면서 무녀와 초혼제의 폐해를 설명하고 있다.

여기서는 무녀가 금전을 편취하여 수도와 지방을 막론하고 상류신분이
아니면서 사치를 부리고 있었지만, 근래에는 조선인들도 깨어나서 이러한
전통적인 악폐를 타파하려고 하는 소리가 높아지고 있다고 소개하고 있다.

이처럼 서민들의 일상생활에 있어서 <미신>에 의한 폐해가 많았기에 <미신>타파는 교육에 있어서도 중요한 과제 중 하나였다. 조선공민교육회(朝鮮公民教育會)는 소학교 3학년용 지도지침서에 「미신에 빠지지 말라(迷信におちいるな)」라는 제목으로 미신에 빠지지 말 것을 알리는 교육요령에 대해서 설명하고 있다. 그 내용을 살펴보면 교사의 주의할 점으로 다섯 가지를 제시하고 있는데, 그 내용은 다음과 같다.

1. 본 교재에 취급에 있어 실례는 많이 있겠지만 아동의 일상생활과 관련이 깊은 것부터 타파할 수 있도록 지도해야 할 것이다.
2. 과학적으로 고찰하면 설명이 되지 않는다고 해서 모두 배척할 것이 아니라, 과학적으로 설명할 수 있고, 게다가 유해한 것은 가능한 빨리 배척하도록 지도해야 할 것이다.
3. 고대의 미신이 사회의 풍속·습관이 되어 있는 것이 있겠지만, 유해하지 않은 것은 그대로 두어도 상관없을 것이다.
4. 본 교재의 취급에 있어 미신에 빠지지 말라고 지나치게 강요한 나머지, 아동의 신앙의 싹을 뽑아버리는 일이 있어서는 안 될 것이다.
5. 미신과 정신의 구별은 본인은 물론 아동에 있어서 더욱 어려운 문제일 것이다. 그러면 지도하는 입장인 교사는 확고한 신념을 가지고 있어야 할 것이다(朝鮮公民教育會, 1935).

위에서 제시하고 있는 주의점 중에서 특히 3번과 4번을 보면 '유해하지 않은 것은 그대로 두어도 상관없을 것' 혹은 '미신에 빠지지 말라고 지나치게 강요한 나머지, 아동의 신앙의 싹을 뽑아버리는 일이 있어서는 안 될 것'과 같은 교육요령이 있는 것에서 알 수 있듯이, 일제는 조선의 <미신>이 비록 저급한 것이라고 하더라도 사회의 대중들로부터 지지받고 있는 사회적인 원동력의 하나이므로, 신중하게 대처해야 한다는 입장을 취하고 있었다.

그런데 조선총독부가 교육과 계몽을 통하여 〈미신〉을 타파하고자 한 이유는 조선의 범죄의 특징 중에 하나가 관습에 의한 범죄가 많다는 것이었다.

조선총독부 경무국의 이원찬(李源讚)이 『경무휘보』에 게재한 「범죄원인으로 보는 조선의 특징적 범죄에 대하여(1)(犯罪原因より觀たる朝鮮の特徵的犯罪に就て) (一)」(『警務彙報』218号, 1924.7)를 보면, 〈미신〉과 같은 관습에 의한 범죄로는 과부의 약취와 강간, 과부의 영아살해 및 유기, 분묘발굴 및 협박 등이 있는데, 우선 과부의 약취와 강간에 관련된 범죄가 많은 것은,

> 과부의 약취 및 이에 동반한 강간은, 조선에서는 예부터 남편 있는 여자는 호랑이도 먹지 않는다는 속담이 있는 것과 동시에, 그 일면에는 남편을 잃은 여자는 일반사회로부터 마치 주인 없는 물건처럼 인식되어 이를 약취하는 행위는 범죄로서 취급되지 않았던 것이다.(寡婦の略取及之れに伴ふ强姦は, 朝鮮においては昔より夫を有つ女は虎も喰わぬと云ふ諺があると共に其の一面に於ては又一度夫を失ひたる女は一般社會より恰も一無主物の如く認められたのである故に之れを略取する行爲は別に犯罪として取り扱はなかったのである。)(李源讚, 1924)

라고 하여 과부는 주인이 없는 것으로 과부를 약취하는 행위가 범죄로서 인식되지 않는 관습이 있었기 때문이었다. 이는 열녀 불사이부 또는 일부종사라고 하여 관습상 한 번 과부가 된 이상은 재혼을 할 수 없었고, 본인은 물론 가문도 재혼을 치욕으로 생각했기 때문에 일어나는 범죄로 보인다. 이처럼 과부에 대한 약취는 혼인을 목적으로 하고 있어, 이에 동반되는 강간은 일반적인 강간과는 다소 다른 의미를 가지고 있었다. 이 경우의 강간은 단지 정조를 빼앗기 위함이고, 일단 과부의 몸을 더럽히면 그 과부는 어쩔 수 없이 강간한 남자에 따를 수밖에 없다는 〈미신〉

이 관습으로 내려오고 있었기 때문에 사회통념으로서 용인되고 있었던 것이다.

이어서 야마시타 교손(山下曉村)의 「한센병환자의 약이 된다는 미신에 사람의 생간을 먹는 이야기(天刑病者の藥なりと迷信して身体の生肝を喰った話)」(『警務彙報』3月号, 1925.3)에서는 본인이 직접 근무하고 있던 경상도 동해안에서 인가가 드문 바닷가로 유인되어 희생되려고 하는 아이를 구한 경험을 바탕으로 한센병환자들이 유일하게 믿고 있는 치료법이 사람의 생간을 먹으면 낫는다는 <미신>이 있어 이것이 범죄로서 이어지고 있다는 것을 지적하고 있다. 한센병환자들은 치료를 받지 못하고 삼삼오오 무리를 지어 거지와도 같은 생활을 하면서 죽음을 기다릴 뿐인데, 따라서 그들은 목숨을 걸고 생간을 얻을 기회를 노리고 있어, 어린 아이들이 인적이 드문 강가 등에서 놀고 있는 것을 보면, 아이들을 사탕 같은 것으로 유인해서 산 속 깊은 곳에 데리고 가 살인을 저지르게 된다. 그는 이를 어리석기 그지없는 기이한 관습이라고 하여, 참으로 두려운 이 기이한 관습에 의해 목숨을 빼앗기는 소중한 생명, 어리석기 그지없는 잔혹한 관행의 희생자를 우리의 손으로 구하기 위해 이러한 기이한 관습은 철두철미하게 타파되어야 할 것이라고 주장하고 있다.

이처럼 『경무휘보』에는 식민지 조선에서 <미신>으로 인해 형성되어 이어져 온 관습에 의해 발생하는 특징적인 범죄를 소개하면서, <미신> 타파의 당위성을 주장하면서 대중들을 계도해 나가고자 하는 기사들이 다수 게재되어 있었다.

5) 〈미신〉에 대한 재조일본인들의 양가적 시선

　〈미신〉에 관련된 기사는 『경무휘보』에만 국한된 것이 아니라 다른 일본어 대중잡지의 기사에도 〈미신〉에 관련된 내용은 많이 게재되고 있었는데, 이는 총독부와 경찰에 의해서 진행된 조선의 〈미신〉을 비롯한 민간신앙과 민속의 조사결과가 조사자료집이나 기관지인 『경무휘보』에서의 소개에 그치지 않고 보다 많은 독자들에게 제공되어 사회적으로 확산된 결과라고 볼 수 있다.

　이처럼 식민지기의 일본어 잡지에서 〈미신〉관련 기사들이 많이 보이는 것은 『경무휘보』의 〈미신〉관련 기사에서 '조선은 미신의 나라'라고 단정 짓고 있는 것처럼, 원래부터 조선에는 민간신앙으로서 숭배된 〈미신〉이 많았기 때문이기도 하고, 통치적 이유이든 종교적 이유이든 아니면 개인적인 연구의 관심이든 당시 조선으로 들어온 외부인들이 조선의 〈미신〉에 대해서 높은 관심을 가지고 있었기 때문이기도 했다.[17]

　그렇지만 조사주체가 누구냐에 따라 같은 〈미신〉이라도 통치를 위해

---

17) 식민지기에는 통치를 목적으로 한 총독부의 〈미신〉에 대한 연구뿐만 아니라, 선교를 목적으로 하여 선교사들에 의해서도 조선의 〈미신〉에 대한 연구가 이루어졌다. 박명규(2009)에 의하면 조선총독부는 식민지 초창기에는 미국과의 우호, 협력관계를 유지하기 위해 선교세력에 대하여 견제, 회유 정책을 펼치고 있었지만, 식민권력과 종교, 국가와 사회 형성, 패권제국과 지역체제에 대한 문제에 있어서는 조선총독부와 미국 선교세력 간에는 이른바 헤게모니 경쟁이 전개되고 있었다. 식민지 조선의 사회문화적 영역에서의 개신교 선교세력의 존재는 조선인들에 대한 식민권력의 헤게모니 프로젝트에 있어 일종의 중요한 돌발변수였고, 특히 의료에 있어서 조선총독부와 개신교 선교세력 간에는 헤게모니 경쟁이 있었다(박명규, 「식민 지배와 헤게모니 경쟁 : 조선총독부와 미국 개신교 선교세력 간의 관계를 중심으로」, 『사회와 역사』 제82집, 2009 참조). 이와 같은 의료에 있어서의 헤게모니 경쟁의 연장선상으로 의료에 관련된 〈미신〉타파운동에 있어서도 의료분야는 선교의 효과가 큰 반면 지배의 효과도 크고, 〈미신〉타파는 선교와 통치에 있어서 반드시 달성해야만 하는 것이기 때문에, 조선총독부와 선교사들 간에 헤게모니 경쟁이 있을 수 있었다고 유추해 볼 수 있다.

타파되어야 할 대상과 식민지 이해를 위해 연구되어야 할 대상으로 나뉘고 있는 등 <미신>에 대한 시선에는 양가적인 측면이 있었다.

앞에서도 언급했듯이 『경무휘보』와 같은 경찰의 기관지에서는 <미신>을 타파되어야 할 대상으로 규정하고 경찰이 이에 적극적으로 개입할 것을 주장하고 있는 것에 반해, 일본인 일반연구자들에 의한 연구서와 일반대중독자를 대상으로 한 일본어 대중잡지의 기사에서는 <미신>을 반드시 타파되어야 할 대상으로만 보는 것은 아니었다.

식민지 조선에서 교육자로 종사하고 있던 나라키 스에자네(楢木末實)[18]가 집필하여 비교적 식민지 초창기였던 1913년 10월 경성에서 간행되었던 『조선의 미신과 속전(朝鮮の迷信と俗伝)』(新文社, 1913)의 서문에는,

> 미신 혹은 구비(口碑) 등은 어느 나라에나 있다. 더욱이 미개국일수록 그 믿음이 깊다. 조선에도 없지 않을 것이며 찾아보면 많이 있다. 미신이니 구비니 하니 경시할 수 없다. 조상 대대로 여러 세대에 걸쳐 이어져 내려온 믿음은 뇌리에 뿌리 깊이 박혀 있다. 신문명을 접해보았다고 하는 신사(紳士)라도 조상을 공동묘지에 묻는 일은 절대로 좋아하지 않는다. 20세기의 교육을 받은 숙녀라도 무당의 말을 믿는다. 그러므로 이를 서둘러 없애려 하면 엉뚱한 잘못이 생긴다(김용의, 김희영 역, 2010, p.16).

라고 하여, <미신>은 조상 대대로 오랜 세월을 걸쳐 내려오는 것으로 신교육을 받더라도 쉽게 바뀌지 않는 것이므로, <미신>이라 하여 경시하고 이를 없애려고만 하면 부작용이 생길 수 있다는 점을 환기시키고 있다.

---

18) 1900년대 후반부터 1920년대 사이에 관립평양일어학교, 관립한성외국어학교, 경성고등보통학교, 신계공립보통학교, 함흥고등보통학교, 나남공립고등여학교 등에서 교사로 근무하였다. 생몰년은 미상이고 어떤 경위로 식민지 조선에서 교사생활을 하게 되었는지 구체적으로 드러나지 않았다(김용의·김희영 옮김, 『조선의 미신과 풍속』, 민속원, 2010, p.134).

조선총독부의 촉탁이었던 무라야마 지준도 무속조사에 경찰력을 동원하고 있기는 했지만, 〈미신〉을 반드시 타파되어야 할 대상으로만 보지는 않았다는 점에서 〈위생경찰〉과는 입장을 달리하고 있었던 것으로 보인다. 1929년에 간행된 『조선의 귀신(朝鮮の鬼神)』의 서문에서,

> 조선의 문화를 올바르게 파악하기 위해서는 조선인의 사상을 이해하여야만 할 것이다. 조선인의 사상을 이해하기 위해서는 민간신앙으로부터 출발하는 것이 그 순서이고 자연스러운 방법이리라. (김희경, 2008, p.11)

라고 하여, 무라야마 지준은 민간신앙 속에 민속의 정신이 흐르고 있다는 것을 알고, 조선인의 사상을 이해하기 위해 민간신앙의 연구를 강조했다.

이처럼 무라야마 지준과 같은 조선총독부 촉탁들은 무속을 조선의 고유신앙으로 규정함에 따라 무속이 종교정책으로 이용될 소지를 마련하였다. 이후 1930년대가 되면 〈국민정신작흥(國民精神作興)〉과 〈심전개발(心田開發)〉이라는 명목 하에 심전개발정책을 추진하는데 조선총독부의 촉탁들이 무속을 충분히 이용할 것을 제안함으로써 무속에 대한 조사와 이에 대한 기사화가 이어지고 있었다고 볼 수 있다.

1936년 무라야마는 심전개발에 관한 강연에서 '조선의 고유신앙'을 주제로 연사를 맡는데, 그 강연에서 무라야마가 제안한 것 중에는 '무속을 상당히 정리하여 찾아 내려가면 어떠한 아름다운 보물이 거기에서 나올지도 모른다'라고 하여 무속을 중요시하고 있다는 것을 알 수 있다(최석영, 1999, pp.144-145). 즉 이와 같은 무라야마의 태도로부터도 무속과 같은 〈미신〉에 기반하고 있는 민간신앙에 대해서 반드시 부정적으로만 보고 있지는 않았다는 것을 알 수 있다.

그리고 태평양전쟁이 발발하기 직전인 식민지말기의 1940년에 일제강점기의 친일단체였던 녹기연맹(綠旗聯盟)에서 발행한 『녹기(綠旗)』와 같은 일본어 대중잡지에서는 호소가미 쓰네오(細上恒雄)가 「미신의 해석-인간의 죄악 '나태와 미신'(迷信の解釋-人間の罪惡'懶惰と迷信')」에서 '미신은 버려야만 하는 것인가. 아니다, 허용되어야 하는 경우도 있다는 것이 나의 견해다.(迷信は唾棄すべきものであろうか。 いや許される場合もあるといふのが僕の見方なのである。)'(細上恒雄, 1940)라고 하여 <미신>은 반드시 타파되어야 할 대상이 아니라, 허용되어야 할 경우도 있다는 견해를 밝히고 있다. 그리고 호소가미는 <미신>을 해석하여 일반적으로 <미신>은 신앙의 일종으로 주관적으로는 판단할 수 없고, 객관적으로는 지식신앙과 모순되는 것이라고 정의하고 있는데, 그는 어떤 <미신>이라도 그것이 발생한 이유가 있으며, 이러한 <미신>이 발생하는 원인을 찾는 것은 사회연구의 한 분야이기 때문에, 사회에 폐해가 없고 사회에 다양성을 만들어 풍족하게 해 주는 <미신>은 용인해야 한다고 주장하고 있다. 그리고 사회전체를 계도해가는 의미에서 적극적이고 창조적인 <미신>을 만들어 낼 필요가 있다고 하여 <미신>에 대해 긍정적으로 평가하고 있다.

이처럼 식민지 조선에서의 <미신>을 바라보는 관점은 식민지기 전시기에 걸쳐서 <미신>을 구시대적인 악습으로 간주하여 타파되어야 할 대상으로 보는 부정적인 관점과 이를 긍정적으로 보고 식민지통치에 오히려 활용하고자 하는 관점도 동시에 존재했다고 볼 수 있다. 즉 <미신>을 비롯한 민속을 정책에 이용하고자 하는 입장과 이를 연구의 대상으로 보고자 하는 입장에 따라 <미신>에 대한 해석과 태도는 달라질 수 있다.

이 글에서 주로 다룬 『경무휘보』의 <미신>관련 기사는 식민지 경찰

의 기관지로서 〈미신〉을 타파되어야 할 대상으로 규정하고 경찰이 적
극적으로 개입하여야 하는 것으로 보고 있기 때문에, 〈미신〉을 비롯한
민속에 관한 조사와 연구를 식민정책에 적극적으로 이용하고자 하는 입
장에 더 가깝다고 할 수 있다.

3. 결론

이상에서 식민지 조선에서 발간된 일본어잡지의 〈미신〉관련 기사를
식민지 경찰의 기관지인 『경무휘보』를 중심으로 고찰해 보았다. 그 결과
식민지기에 실시된 방대한 양의 민속관련 구관조사나 개인적인 조사와
연구의 성과물들이 대중적인 읽을거리로 탈바꿈되어 세상에 모습을 드
러낸 것이 일본어 잡지의 〈미신〉관련 기사이고, 그 중에서 특히 총독부
와 경찰의 입장을 대변하고 선전하고 있던 것이 경찰의 기관지인 『경무
휘보』라는 것을 알 수 있었다.

일본어 잡지의 〈미신〉관련 기사들은 조선총독부가 통치의 편의를 위
해 서민들의 일상생활과 밀접하게 연관되어 있는 〈미신〉에도 주목의
시선을 보내고 있었다는 점에서, 식민지 조선의 일상과 사회구조뿐만 아
니라 조선총독부의 식민정책을 들여다 볼 수 있는 또 하나의 귀중한 자
료라고 할 수 있고, 일본어 잡지에 이처럼 많은 〈미신〉관련 기사들이
게재되어 있다는 것은 〈미신〉이 서민들의 일상생활과 밀접하게 연관되
어 있기 때문에, 총독부와 재조일본인들이 식민지 조선의 일상과 사회구
조, 그리고 민중들의 생활을 이해하기 위해서는 〈미신〉을 비롯한 조선
인들의 민속에 주목의 시선을 보내고 연구할 수밖에 없었다는 사실을 유

추해 볼 수 있다.

특히 식민지경찰의 기관지인 『경무휘보』에 수록되어 있는 <미신>관련 기사는 경찰을 중심으로 한 일제의 <미신>타파운동이 식민지배의 정당화라는 수단적 가치를 지향하고 있었다는 점에서 볼 때, <미신>을 비롯한 조선인들의 오래된 관습의 영역을 일제에 의해서 감시되고 교정되어야 할 대상으로 만드는 데 일조했다고 할 수 있다. 총독부가 통치를 위한 회유책으로 <미신>을 비롯한 민간신앙을 허용한 경우도 있지만, <미신>을 비롯한 오래된 관습의 영역은 조선인들의 전통적 생활양식이 자리 잡고 있던 곳, 예컨대 비위생적 생활관습, 나태한 생활태도, 무지 등이 자리 잡고 있던 곳이었기 때문에, 일제에 의해서 감시되고 교정되어야 할 대상이었고, 그 중심에는 식민지의 <위생경찰>제도가 있었다.

이처럼 『경무휘보』에는 <위생경찰>이라는 식민지만의 독특한 제도와 맞물려 질병과 관련된 <미신>을 다수 소개하고 있는데, 이들 기사를 통하여 총독부가 식민지 지배를 위해 시행한 다양한 위생정책의 일환으로 민속적인 치료행위 중에서 특히 그 폐해가 심하다고 판단된 것은 <미신>으로 간주하여 대중들에게 어떤 방식으로 선전해 갔는지를 파악할 수 있었다.

하지만 『경무휘보』와 같은 경찰의 기관지에서는 <미신>을 타파되어야 할 대상으로 규정하고 경찰이 이에 적극적으로 개입할 것을 주장하고 있는 것에 반해, 일본인 일반연구자들에 의한 연구서와 일반대중독자를 대상으로 한 일본어 대중잡지의 기사에서는 <미신>을 반드시 타파되어야 할 대상으로만 보지 않고, 같은 <미신>이라도 통치를 위해 타파되어야 할 대상과 식민지 이해를 위해 연구되어야 할 대상으로 나뉘고 있는 등 <미신>에 대한 시선에는 양가적 측면이 있었다는 점을 잊어서는 안 될 것이다.

제12장

영화 〈하와이 말레이 해전〉과 〈사랑과 맹세〉의 주인공 설정에 대한 비교 분석

제국 – 식민지에서의 국책 반영 양상을 중심으로

함충범

1. 태평양전쟁 시기 일본영화와 조선영화의 연관성 및 작품 속 주인공

1941년 12월 8일 일본의 하와이 공습을 통해 촉발된 태평양전쟁을 계기로, 식민지 본국 일본과 식민지 대상국 조선에서 1937년 중일전쟁 이후 지속되어 오던 전시체제는 더욱 강화되었다. 비슷한 시기 일본과 조선의 모든 정치, 경제, 사회, 문화 체계가 재편되었는데, 일본의 경우 대정익찬회를 중심으로, 조선의 경우 국민총력조선연맹을 중심으로 국내의 모든 조직이 일원화되었다.[1] 특기할 사항은, 1942년 11월 이때까지 독

---

1) 1940년 10월 12일 일본에서는 이른바 '신체제운동'의 결과로 대정익찬회(大正翼贊會)가 발족되었고, 동시기 조선에서는 일본에서의 신체제운동과 발맞추어 '국민정신총동원운동'이 '국민총력운동'으로 전환되면서 1940년 10월 16일 국민총력조선연맹(國民總力朝鮮

립적으로 유지되어 오던 조선총독의 지배권이 본토의 내각으로 이관되었다는 사실이다.[2] 이는 전쟁 수행을 위해 수립된 일제의 일원화 정책이 일본-조선 간의 관계로 확대·적용됨을 의미하는 것이었다. 이에 따라 조선은 '반도'라는 이름으로 '제국' 일본의 일부로서 보다 확실하게 위치 지어졌다.

이러한 변화의 움직임은 영화 분야에도 파급되었다. 일본에서 영화법령 마련과 '영화신체제(映畵新體制)' 구축을 통해 진행되어 오던 영화 분야에서의 전시체제는 '영화임전체제(映畵臨戰體制)'로 보다 강화되었다.[3] 일본의 영화 시스템은 제작 부문에서 1942년 1월 27일 도호(東寶), 쇼치쿠(松竹), 다이에(大映) 등 3개 회사로, 배급 부문에서 1942년 2월 1일 사단법인 영화배급사(社團法人 映畵配給社)로, 상영 부문에서 1942년 4월 1일 홍(紅)·백(白) 2계통상영제(二系統上映制)[4]로 통합되었다. 이러한 양상은 조선영화계로 이어졌다. 조선의 영화 시스템은, 제작 부문에서 1942년 9월 29일 "일본 제4의 제작회사로서의 성격"[5]을 지니는 사단법인 조선영화제작주

聯盟)이 발족되었다.

2) 1942년 11월 1일 일본에서는 척무성(拓務省)이 폐지되고 대동아성(大東亞省)이 신설됨으로써 식민지 관련 행정은 척무성에서 내무성으로 이관되었다. 이때 내무대신은 조선총독부에 관한 사무를 통리하고 조선총독에 대해 '통리 상 필요한 지시'를 할 수 있는 권한을 부여받았으며, 특정 사무에 대해서는 총리대신, 내무대신 이외의 여타 각 성의 대신도 감독권을 지니게 되었다. 그리하여 "종래 모든 대신에게도 행정감독을 하였던 조선총독이 처음으로 피감독자의 지위에 서게 되었다. 이제부터 조선에서의 식민정책도 조선총독과 조선총독부보다 일본정부 특히 일본내 중앙군부의 주도력이 높아졌다." 윤선자, 「조선총독부의 통치구조와 기구」, 한일관계사연구논집 편찬위원회, 『일제 식민지 지배의 구조와 성격』, 경인문화사, 2005, p.186.

3) 중일전쟁 이후인 1939년 4월 5일과 10월 1일에 영화업 허가제 및 영화인 등록제 실시 등을 내용으로 하는 일본영화법이 각각 공포·시행되었고, 일제의 동남아침략 직후인 1941년을 통과하면서는 이를 바탕으로 극영화 제작편수 제한, 상영시간 제한, 문화영화 및 시사영화 강제상영을 골자로 하는 '영화신체제'가 수립되었다.

4) 매주 장편 극영화를 각 계통마다 1편씩 개봉하도록 하는 제도이다. 이로 인해, 당시 2,000여 곳에 이르던 전국 영화관의 반수 이상이 홍·백 양 계통으로 편성되었다.

식회사(社團法人 朝鮮映畵製作株式會社) 및 배급 부문에서 1942년 5월 1일 사단법인 영화배급사의 조선 버전인 사단법인 조선영화배급사(社團法人 朝鮮映畵配給社)로[6] 일원화되었고, 상영 부문의 경우 "조선의 흥행계가 영화 통제의 기운에 응하여" 1942년 1월 7일 조선흥행연합회가 결성된 뒤,[7] 조선영배가 출범하여 활동을 개시한 동년 5월 1일부터는 일본과 같은 방식의 2계통상영제로 통일되었다.

이처럼, 태평양전쟁 시기 조선의 영화 체제가 일본의 영화 체제 속에 편입됨으로써 일본—조선 사이에 '영화일원체제'가 성립되었는데, 바로 이러한 지점에 이전 시기와는 구별되는 일본영화와 조선영화 간의 관계적 조건이 생성되었다. 이에 대해서는 크게 두 가지로 생각해볼 수 있다. 첫째는 일본영화가 조선영화의 전형(典型) 또는 모범(模範)이 된다는 점이요, 둘째는 일본영화에 대해 조선영화가 상대적으로 특수성(特殊性)을 가진다는 점이다. 이로 인해 당시 일본영화와 조선영화는 공통점과 차이점을 동시에 지니게 되는 것이다.

그렇다면, 과연 태평양전쟁 시기 일본영화와 조선영화의 공통점과 차이점은 무엇이며, 그것들은 각각 어떠한 이유로 나타나게 되었는가? 이에 대한 구체적인 답을 구하기 위해서는 그것들을 직접 비교분석해야 할 것이나, 이에 관한 본격적인 연구는 찾아보기 어렵다. 이에, 이 글은 도호영화주식회사(東寶映畵株式會社) 제작, 야마모토 가지로(山本嘉次郎) 감독의 〈하와이 말레이 해전(ハワイマレ-沖海戰)〉(1942)과 사단법인 조선영화사(社團法人 朝鮮映畵

---

5) 高島金次, 『朝鮮映畵統制史』, 朝鮮映畵文化研究所, 1943, p.135.
6) 사단법인 조선영화배급사의 "「정관」을 비롯하여 「배급업무 규정」, 「영화배급에 관한 규약」, 「영화배급위탁에 관한 규약」, 그 외 내부적 「복무 규정」" 등은 대부분 사단법인 영화배급사의 그것들이 그대로 적용된 것이었다. 〈朝鮮の映畵配給興行展望〉, 《映畵旬報》, 1943.7.11, p.48.
7) 高島金次, 앞의 책, p.227.

社)8) 제작, 최인규 감독의 <사랑과 맹세(愛と誓ひ)>(1945)9)를 중심으로 이 시기 일제의 군사정책을 반영한 일본과 조선의 극영화를 비교 분석한다.10) 이 두 작품은 태평양전쟁 이후 일본과 조선 양쪽에서 만들어진, 소년을 당사자(주요 등장인물 및 극장관객)로 하는 군사정책 반영 극영화 가운데 대표작이라는 점에서 비교대상으로서의 적합성 및 가치를 지닌다.11)

이에, 이 글은 주인공의 가정환경 및 인물관계를 중심으로 이들 영화가 주인공의 성격, 행위, 동기, 가치관 등을 어떠한 방식으로 구축하고 묘사하며 이로 인해 내러티브, 표현기법 등의 측면에서 어떠한 공통점과 차이점을 보이는지를 탐구한다. 그럼으로써 두 작품이 대중관객에게 어떠한 선전 메시지 및 효과를 전달하고 창출하는지를 영화를 둘러싼 시대적 배경 및 역사적 상황에 의거하여 고찰한다. 국책영화에 있어 등장인물은, 그 가운데 특히 주인공은 선전 내용과 결과에 가장 많은 영향을 미치는 요소라는 점에서 주목을 요한다. 보드웰(David Bordwell)과 톰슨(Kristin Thompson)의 언급대로, "관객들(그리고 비평가들)은 자주 배우들을 스토리에서 실제 사람들을 표상하는 것으로 취급하려" 하기 때문이다.12)

---

8) 1944년 4월 사단법인 조선영화제작주식회사가 사단법인 조선영화배급사에 흡수되면서 설립된, 당시 조선 유일의 제작-배급 회사이다.

9) <사랑과 맹세>는 최인규와 이마이 다다시(今井正)의 공동연출 작품 또는 이마이 다다시의 연출에 최인규의 보조연출 작품으로 알려져 있기도 하나, 당시 영화 포스터에는 최인규의 이름만이 실려 있다.(≪京城日報≫, 1945.5.20, p.2, ≪京城日報≫, 1945.5.24, p.2 등) 또한 이 영화는 사단법인 조선영화사와 일본 도호의 공동제작 작품으로 알려져 있기도 하나, 현재 한국영상자료원이 소장하고 있는 <사랑과 맹세>의 타이틀 자막 여섯 번째 화면에는 사단법인 조선영화사 제작 및 도호주식회사 응원으로 표기되어 있다.

10) 태평양전쟁 시기 일제의 군사정책을 반영한 일본과 조선의 극영화 경향에 대한 전반적 내용은 함충범, 「전시체제 하의 조선영화, 일본영화 연구」, 한양대 박사논문, 2009, pp.126~149를 참조바람.

11) <하와이 말레이 해전>은 이러한 영화들의 표준이 된 작품이며 <사랑과 맹세>는 조선에서 제작된 이러한 영화들 가운데 유일하게 현존하는 작품이다.

따라서 이러한 과정을 통해 이 글은 태평양전쟁 시기 일본영화와 조선영화의 관계성 및 정체성을 규명하는 데 필요한 단초를 제공하고자 한다.

2. 입대를 통한 '도모타'집안의 가장되기와 '시라이'가족의 일원되기

1)

〈하와이 말레이 해전〉과 〈사랑과 맹세〉의 제작에는 모두 일본 해군성이 깊숙하게 관여하고 있었다. 〈하와이 말레이 해전〉은 해군성의 후원을 받아 대본영 해군보도부가 기획한 영화였다. 신문 지상을 통해 작품 제작에 관한 소식이 일반에 공개된 것은 1942년 4월 10일경이었다.13) 〈사랑과 맹세〉 역시 해군성 및 조선총독부의 후원을 받아 대본영 해군보도부가 기획·지도한 작품이었다. 원제는 〈가미카제(新風)의 아들들〉이었으나 1945년 3월 중순에 배역이 결정됨과 더불어 작품명 또한 변경되었다.14) 여기에, 두 작품 모두 당시 일제의 군사정책 반영 극영화를 주도적으로 내놓던 도호의 각본15) 및 연출16) 인력, 배우진17)과 기술

---

12) 데이비드 보드웰(David Bordwell)·크리스틴 톰슨(Kristin Thompson), 주진숙 외 역, 『영화예술(Film Art)』, 이론과 실천, 1997, p.202.
13) 강태웅에 따르면, 1942년 4월 10일 ≪요미우리신문(讀賣新聞)≫ 등 각 신문에 태평양전쟁에서의 일본군의 활약과 대동아공영권의 단결을 위해 해군보도부에서 도호영화주식회사에 제작을 위촉하였다는 내용의 기사가 게재되었다. 강태웅, 「국가, 전쟁 그리고 '일본영화'−진주만 공습 1주년 기념영화를 중심으로−」, 『일본역사연구』 25집, 일본사학회, 2007, p.112.
14) 〈(연예계)『사랑과 맹세』 출연배역결정〉, ≪매일신보≫ 1945.3.16, 2면.
15) 〈하와이 말레이 해전〉의 시나리오는 이 작품의 감독인 야마모토 가지로와 각본가 야

력이 접목되어 만들어졌으니,[18] 이들 영화가 전반적으로 유사성을 띠고 있다는 점은 어찌 보면 매우 당연한 일일 것이다.

이렇게 <하와이 말레이 해전>과 <사랑과 맹세>는 모두 일제의 군사

마자키 겐타(山崎謙太)가 공동 집필한 것이었다. <사랑과 맹세>의 경우, 일본인 시나리오 작가 야기 류이치로(八木隆一郎)가 각본을 담당한 것으로 알려져 있다. 이에 대해 김윤미는 야기 류이치로의 공식적인 경력에서 이 작품이 빠져 있다는 점과 오영진의 집필 활동 및 그의 지인의 증언 등을 근거로 <사랑과 맹세>의 시나리오가 오영진에 의해 쓰였을 가능성을 제시한다.(김윤미, 「영화 <사랑과 맹세(愛と誓ひ)>와 오영진의 취재기 「젊은 용의 고향(若い龍の郷)」비교 연구」, 『현대문학의 연구』 41권, 한국문학연구학회, 2010) 현존하는 필름 자료에 배역과 배우가 표기되어 있지 않고 시나리오도 남아 있지 않는 상황에서 일리 있는 주장이긴 하나, 현재 위키피디아(http://ja.wikipedia.org) 등 일본어 인터넷 사이트 등에서조차 <사랑과 맹세>는 야기 류이치로의 작품 목록에 분명히 포함되어 있다. 한편, 야기 류이치로는 태평양전쟁 발발 이후 <남해의 꽃다발(南海の花束)>(阿部豊 감독, 1942), <망루의 결사대(望樓の決死隊)>(今井正 감독, 1943), <저 깃발을 쏘아라(あの旗を撃て)>(阿部豊 감독, 1944), <네 개의 결혼(四つの結婚)>(青柳信雄 감독, 1944) 매년 한 편 이상씩 도호에서 제작한 국책영화의 각본을 집필한 바 있었다. 이 가운데 <망루의 결사대>(1943)의 경우 고려영화협회와 도호영화사가 공동 제작한 작품이었다.

16) 각주 9)에서 언급한 것처럼, <사랑과 맹세>의 감독은 최인규다. 그러나 이미 <망루의 결사대>에서 이마이 다다시가 연출을, 최인규가 조연출을 담당한 바 있었다는 점을 감안하면, <사랑과 맹세>의 제작 과정에 당시 도호 소속이던 이마이 다다시의 협업 또는 협조가 있었으리라는 짐작 또한 어렵잖게 가능하다.

17) <사랑과 맹세>에의 출연이 결정된 주요 배역 중에 일본인 출연진으로는 다카다 미노루(高田稔, 白井五郎 役), 시무라 다카시(志村高, 村井信造 役), 오카다 스스무(藤田進, 稻垣乾 役) 등 남성 배우들과 무라타 지에코(村田知榮子, 桂子 役)라는 여성 배우가 있었는데, 이들 남성 배우는 전부 도호에, 무라타 지에코는 다이에에 소속된 유명인들이었다. 독은기, 김신재 등 조선인 배우들은 모두 사단법인 조선영화사 소속이었다. <(연예계)『사랑과 맹세』 출연배역결정>, ≪매일신보≫, 1945.3.16, 2면. 한편 오카다 스스무의 경우, <하와이 말레이 해전>에서도 주요 등장인물인 야마시타 분대장 역을 맡은 바 있었다.

18) 각주 9)에서 서술한 바대로, <사랑과 맹세>의 타이틀 자막에는 사단법인 조선영화사 제작 및 도호주식회사 응원으로 표기되어 있다. 그러나 첫 번째 화면에서 이미 도호주식회사의 명칭과 로고가 전면에 제시되어 있는 것으로 보아, 크게 다음과 같은 사항도 추측해볼 만하다. 첫째, 영화 제작에 있어 실제로는 도호가 주도권을 행사하였을 수 있다. 둘째, 현재의 필름이 중국대륙에서 발견된 것이라면, 영화 수출 및 해외 배급 과정에 도호가 관여하였을 가능성도 존재한다. 요는, 실상이 어떻든 간에 <사랑과 맹세>에는 <하와이 말레이 해전>과 같이 도호의 기술력이 접목되었으며, 이를 통해 이 두 영화는 형식적인 측면에 있어서도 일정부분 공통점을 지닌다는 사실이다.

정책을 반영한 국책영화로서, 관객으로 하여금 보다 적극적으로 전쟁에 참여하고 협력하게 하는 것을 일차적인 목적으로 둔다는 부분에 기본적인 공통점이 있다. 때문에 이들 영화는 유사한 주제의식을 공유하는데, 이는 〈하와이 말레이 해전〉의 초반에 삽입된 "삼가 이 한 편을 하와이 말레이 해전에 산화(散華)된 호국의 영령에 바친다. 제작자일동(謹みて此の一篇をハワイ・マレー沖海戰に散華されたる護國の英靈に捧げまつる。製作者一同)"이라는 내용의 자막과 〈사랑과 맹세〉의 말미에 삽입된 "특공대(神鷲)는 오늘도 적을 태평양의 밑바닥에 침몰시키고 있다. 이것에 이어 적을 쳐부술 자, 그것은 너희들이다. 너희들이 해야 한다(神鷲は今日も敵を太平洋の底に沈めてつゝある。これに續いて敵を破るもの、それは君達だ。君達がやるのだ。)."라는 내용의 자막을 통해 직접적으로 나타난다. 그리고 이러한 공통점은 두 작품이 군인으로 거듭나(려)는 소년을 주인공으로 삼는 것으로 구체화되어 이어진다. 주목할 사항은, 그러면서도 두 작품에 등장하는 소년 주인공들 사이에는 다소의 차이점이 존재한다는 사실이다.

〈하와이 말레이 해전〉의 메인 플롯 상의 주인공은 도모타 기이치(友田義一, 伊東薰 분)이다. 그는 농촌으로 보이는 일본의 한 지방에 거주하는 소년이다. 그에게는 홀어머니(英百合子 분), 누나(原節子 분), 여동생(加藤照子 분)이 있으며, 아버지는 부재하다. 유교식의 전통적인 관점에서, 그는 비록 나이는 어리지만 한 집안의 가장인 것이다. 아버지가 없는 가정의 유일한 남성으로서 또한 가장으로서, 그는 집안일을 도우며 가족들과 유대감을 공유하고 친밀감을 유지한다. 이렇듯 활발하고 부지런한 기이치가 있기에 도모타 가족은 물질적으로 풍요롭지는 않지만 언제나 화목하고 행복하다. 그런데, 이러한 상황에서 기이치는 가족을 떠나 예과련(豫科練)[19]에 지원하려 한다. 가장과 군인 사이에서 역할갈등을 할 만큼 충분한 연령에 이르지 않아 보이는 기이치가 굳이 해군 비행병이 되려는 것에 대해, 영화는 "비행기를 정말 좋아한다"는 어설픈 이유를 제시한다. 그러면서도 기이치의 의지는 매우 확고하다. 이러한 그의 결정에 설득력이 가해지게 되는 이유는 바로 '우수한 군인이 되는 길'과 '훌륭한 가장이 되는 길'이 상통하기 때문이다.

<사랑과 맹세>에서는 주인공 김에이류(金英龍, 김유호 분)가 고아로 등장한다. 그에게는 일본인 양부모와 남동생이 있으며, 더구나 그의 양부는 경성신보사(京城新報社)[20] 국장인 시라이 고로(白井五郎, 高田稔 분)이다. 시라이 부부는 종로에서 방황하던 에이류를 거두어 '친자식과 같이' 키우려 하나, 에이류의 방랑벽은 좀처럼 고쳐지지 않는다. 그는 새로운 가정에 적응하지 못하고 가족의 주변을 겉돈다. 그는 사람들 앞에서 당당하고 떳떳하지 못하다. 그는 마치 원죄를 지니고 있는 듯하다. 그런데, 에이류가 그에게 태생적으로 '부여된' 삶의 무게를 가볍게 하는 방법은 가정 내에 있지 않고 외적인 영역에 존재한다. 그리하여 영화는 에이류로 하여금 고아라는 '출신성분'을 버리고 무엇인가를 결단하도록 유도한다. 그리고 이는 에이류의 '해군특별공격대'[21] 입대로 귀결된다.

이처럼, <하와이 말레이 해전>과 <사랑과 맹세>는 비슷한 시대적

---

19) '해군비행예과연습생(海軍飛行豫科練習生)'의 줄임말로, 일본어로는 '요카렌(よかれん)'으로 발음된다. 태평양전쟁 시기 일본 해군의 비행병 양성 제도의 하나이다. 1930년에 창설되어 1937년과 1943년에 모집개편이 이루어졌다. 만 14~15세에서 20세까지의 소년들이 지원제의 형식으로 들어갔다. 교육 과목은 보통학, 군사학, 체육으로 이루어졌으며, 교육 기간은 처음에는 약 2년이었던 것이 점차 단축되어 태평양전쟁 말기에는 6개월 정도로 짧아졌다.

20) 이 신문사의 명칭은 당시 총독부의 일본어 기관지 ≪경성일보(京城日報)≫(1906.9.1~1945.11.1)를 발간하며 영향력을 행사하던 경성일보사를 연상케 한다.

21) '신풍(가미카제-かみかぜ)특별공격대(神風特別攻擊隊)'로도 불리던, 1944년 10월 21일에 결성된 자살 폭탄공격 부대이다.

배경 하에서 기획되었고, 이로 인해 두 작품은 주제, 소재 등 기본적인 요소뿐 아니라 주인공과 주요관객의 연령대에 있어서도 일정부분 공통점을 드러낸다. 또한, 이들 영화는 주인공의 가정환경에 있어서도 전자의 경우 '결손가정', 후자의 경우 '입양가정'이라는 형태를 통해 불완전성을 노출시키고 있다는 측면에서 유사하다. 그럼에도, 두 작품에서의 주인공의 가정환경은 이러한 기본적인 공통점보다는 세부적인 면에서의 차이점이 더욱 크게 부각되고 있는데, 이는 그것이 주인공의 성격과 직결되어 나타나고 있기 때문이다.

2)

그렇다면, 주인공의 가정환경 설정에 있어 〈하와이 말레이 해전〉과 〈사랑과 맹세〉 간에 차이점이 발생하는 이유는 무엇일까. 그것은 두 작품이 각각 일본인을 대상으로 일본에서, 조선인을 대상으로 조선에서 제작되었다는 데서 찾을 수 있다. 극영화 형식의 국책영화에서 영화를 통해 영향을 미칠 만한 주관객층이 누구냐에 따라 작품 내의 주요인물, 특히 주인공의 환경이나 성격 등이 달라지는 것은 지극히 상식적인 일이다. 극영화에서의 관람효과는 일차적으로 그들을 주인공과 동일시하도록 함으로써 성취되기 때문이다. 따라서 〈하와이 말레이 해전〉과 〈사랑과 맹세〉 사이에서의 주인공의 인물설정에 관한 차이점은 이미 전자가 도모타에 감정이입될 일본인 관객을, 후자가 에이류에 감정이입될 조선인 관객을 상정하여 기획, 제작된 시점에서부터 발생될 수밖에 없는 필연적인 것이라 할 만하다. 그렇다 보니, 〈하와이 말레이 해전〉의 기이치는 동시기 일본인을 대표하는 인물로, 〈사랑과 맹세〉의 에이류는 동시기 조선인을 대변하는 인물로 치환된다.

하지만, 이들 영화에서 사용되고 있는 의미확장의 방식은 동일하지 않다. <하와이 말레이 해전>의 기이치의 모습에는 아버지가 부재할 경우 활달하고 진취적인 성격을 발휘하여 가장으로서의 역할과 임무를 다하는 일본인 소년의 이미지가 투영되어 있는 반면, <사랑과 맹세>의 에이류의 모습에는 고아로 상징되는 (민족적) 기질을 타파하고 열등감을 극복하여 (일본인) 양부모 가족의 일원으로 편입되어야 할 조선인 소년의 표상이 제시되어 있다. 이는 일반적이고 보편적으로 통용되는 일본인과 조선인의 이미지와 표상이라기보다는, 영화를 통해 선전효과를 거두려는 최상위의 제작주체인 일제에 의해 가공되고 조작된 표상이자 이미지라 할 수 있다. 두 작품 모두 해군성의 검열을 받았다는 사실은 이를 뒷받침한다.22) 그렇다 보니, 주인공에 대한 가족들의 심정이나 태도 등도 상당부분 왜곡되어 있다.

<하와이 말레이 해전>에서 기이치는 도모타 가족의 하나밖에 없는 아들이자 남동생이고 오빠이다. 이러한 소중한 존재가 어린 나이에 비행병이 되기 위해 예과련에 지원한다는 것은 가족들로서는 좀처럼 받아들이기 힘든 일일 것이며, 때문에 이는 기이치가 어머니의 반대에 대해 고민하는 장면을 통해 암시되기도 한다. 그러나 예상과는 달리 기이치의 어머니는 그의 입대를 당연한 것으로 받아들이면서, 오히려 "너와 같은 아이가 도움이 될 수 있을지"를 먼저 걱정한다. 기이치의 누나와 여동생 역시 마찬가지이다. 누나는 애초부터 그의 예과련 입대를 응원해 왔으며 입대 후에는 그를 독려하고 어머니를 안심시킨다. 여동생은 그를 매우

---

22) 두 영화 모두 처음 부분에 '해군성검열제(海軍省檢閱濟)'라는 내용의 타이틀 자막이 삽입되어 있다.

자랑스럽게 여김으로써 어머니를 흡족하게 한다. 이렇게, 그의 가족들은 기이치가 집안에 머물기만을 바라기보다는 정성을 다해 그의 결정을 존중하고 그의 활동을 후원한다. 여기서 그의 가족들이 기이치를 진정한 가장으로 인정하고 있음을 알 수 있는데, 이는 비행예과를 졸업하고 실제 군사훈련을 받고 있던 기이치가 보낸 편지를 그의 누나가 가족들 앞에서 진지하게 읽는 장면의 미장센을 통해 상징적으로 드러난다. 그의 어머니, 누나, 여동생은 모두 기모노(着物)를 차려 입고 무릎을 꿇은 채 기이치의 편지의 내용을 경청한다. 그녀들의 시선은 화면 구도 상으로도 우위를 점하고 있는 편지에 집중되어 있다. 특히 편지 뒤쪽에 아버지의 위패가 놓여 있는 불단이 위치함으로써, 그의 편지에는 가장의 권위가 실리게 된다.

한편, 〈사랑과 맹세〉에서 에이류의 양부모는 지인들에게 공공연히 그를 '양자'로 소개한다. 특히 양부 시라이는 에이류를 가리켜 '4년 전에 종로에서 데려와 키우고 있는데 좀처럼 마음을 잡지 못하고 이리저리 떠돌고 있는 아이'로 설명한다. 아이에 대한 양부모의 관심과 배려가 아쉽게 보일만도 하지만, 영화는 모든 책임을 전적으로 에이류에게 돌린다. 집이 있고 아버지, 어머니, 동생이 있는데 왜 밖에서 떠돌고 있느냐는 식이다.[23] 이러한 모습은 시라이의 부하직원인 오쿠무라(おくむら)가 거리에서 에이류를 발견하고 시라이 부부에게 데려가 이야기를 나누는 장면을 통해 두드러지게 표출된다. 시라이는 에이류가 어찌하여 집에 들어오지

---

23) 여기서 에이류가 조선인, 그의 양부모가 일본인으로 설정되어 있다는 것에 주목할 필요가 생긴다. 이러한 이민족 간의 인위적인 가족 구성 하에서 양부모와 양아들의 관계는 일본인과 조선인의 관계로 일대일 대응되어 의미작용하기 때문이다. 이러한 점에서 〈사랑과 맹세〉에서의 주요인물 및 인물관계는 조선인이 아닌 일본인의 시선으로 묘사되어 있다고 볼 수 있다.

못한 채 거리를 배회하고 있었는지에 대해 이미 알고 있음을 피력하며 에이류에게 "너의 집은 이곳이야."라고 강조한다. 시라이의 부인 게이코(桂子, 竹久千惠子 분) 또한 에이류가 집에 들어오지 않을 때 어디에서 지내냐며 "종로에 그렇게 좋은 집이 있어?"라고 반문한다. 이들은 에이류를 호되게 혼내거나 포근히 감싸주기보다는 다소 냉정하게 다그친다. 이러한 냉소적인 대화가 이루어지는 시라이 집의 응접실에서 에이류는 탁자와 의자의 공간으로부터 격리된 채 홀로 화면 외각에 고립되어 있다. 이를 통해 영화는 에이류가 시라이 가족의 진정한 일원이 되기 위해서는 '종로의 길거리'와 같은 과거의 길에서 벗어나 새로운 길을 걸어야 한다는 점을 암시한다. 그리고 그것은 영화 말미에 '진해의 벚꽃 길'로 제시된다. 결국 에이류가 해군특별공격대에 입대함으로써 그는 태생적 한계와 과거의 허물을 벗어던지게 되고, 이를 계기로 양부모로부터 인정받음으로써 비로소 그는 진정한 일본인 가족의 일원이 되기에 이른다.

   3)

   이와 같이, <하와이 말레이 해전>과 <사랑과 맹세>는 둘 다 소년 주인공을 내세워 이들이 일인의 군인으로 거듭남을 그리고 있다. 또한 이들의 가정환경 설정에 있어서도 아버지의 부재와 고아 출신이라는 결핍의 요소가 두드러진다는 점에서도 유사성을 띤다. 그러나 한편으로 이러한 공통점보다는 여러 가지 면에서 다양한 차이점이 노정되어 있기도 하다. 그리고 이는 특히 주인공의 성격 묘사와 연결된다. <하와이 말레이 해전>의 기이치는 아버지는 없으나 아들, 남동생, 오빠로서 자신의 역할과 임무를 다하는 반면, <사랑과 맹세>의 에이류는 양부모는 존재

하나 고아라는 태생적 한계에 봉착하며 가족의 주변을 맴돈다. 그러면서
도 두 작품은 기이치와 에이류의 '입대' 과정을 거치며 동일한 맥락의 주
제를 공유하게 된다. 이때 〈하와이 말레이 해전〉의 '기이치'는 집안의
가장으로서 '도모타'라는 이름으로 가족을 대표하게 되고, 〈사랑과 맹
세〉의 에이류는 시라이 가족의 일원으로서 '김영룡'이라는 조선식 이름
의 한계를 넘어 일본인 '에이류'로 인정받게 된다.[24]

그리고 이러한 변화는, 주인공의 가정환경 내 부분적인 결핍이 일본의
전통적 가족제도인 '이에제도(家制度)'에 의해 희석되고 보완되는 과정을
통해 이루어진다. 일본의 근대적 가족제도는 전통적인 이에제도로부터
파생된 것이었다. 다음의 글에서와 같이, 이에는 친족간의 구성 및 관계
로 이루어진 현대 핵가족과는 상이한 가족 개념이다.

> '이에'는 생활집단이고, '이에'에 소속하여 함께 생활하는 집단이 가족
> 이다. 핵가족을 중심으로 한 혈연집단은 친족이고, 가족은 아니다. 따라서
> 어느 정도 가까운 혈연자이더라도 '이에'를 떠나면 친족이더라도 가족은
> 아니며, 반대로 혈연자가 아니더라도 '이에'의 일원으로서 생활을 함께
> 하면 가족이 되는 것이다.[25]

이는 〈사랑과 맹세〉에서 시라이 부부와 혈연적 관계를 맺고 있지 않
는 에이류가 그들 가족의 일원이 될 수 있는 논리적 근거를 제공한다.
한편, "이에의 계보는 기본적으로 부계(父系)로 이어지며 동족도 '이에'들

---

24) 〈사랑과 맹세〉에 등장하는 남성들은 거의 군복 스타일의 제복을 입고 있는데, 에이
류의 경우 왼쪽 가슴에 '金英龍(김영룡)'이라고 적인 이름표가 달린 옷을 입고 있을 때
가 많다.
25) 김선영, 「'일본적 집단주의'의 사회적 기반에 관한 연구-'이에'제도와 가족국가주의를
중심으로-」, 계명대 석사논문, 1997, p.18.

로 구성되는 한 부계혈연집단으로 구성"26)되는데, 이는 <하와이 말레이
해전>에서 아버지가 없는 집안의 유일한 남성인 기이치를 자기 집안의
가장으로 자리하게 한다. 그럼으로써 이들 영화는 공통된 주제의식을 드
러내게 되는데, 이러한 주제의식은 이에제도 속에 스며진 '가족주의'와 천
황제(天皇制) 이면에 숨어 있는 '국가주의'가 결합되어 생성된 '가족국가주
의(家族國家主義)'의 발현을 통해 제작 의도 및 목적으로 고착되고 확립된다.

3. 전형적 인물 만나기를 통한 군인으로서의 성장과 모범적 인물 알아가기를 통한 국민으로서의 자각

1)

대부분의 침략국이 전쟁을 정당화하기 위해 특정 이념을 내세우는 것
처럼, 중일전쟁을 전후하여 일본은 "서구의 식민지배로부터 아시아를 해
방시키고 일본을 중심으로 하는 새로운 대안적 질서를 건설하자는"27)
내용의 '아시아주의'를 제창하였다.28) 그리고 이는, 태평양전쟁 이후 "신

---

26) 위의 학위논문, p.25.
27) 홍일본의 식민지 '동화정책'에 관한 연구—'창씨개명'정책을 중심으로—」, 서울대 석
   사논문, 1999, p.35.
28) 1934년 4월 17일 일본 외무성은 동아시아 문제는 서양열강의 입장 및 사명과 다를 수 있
   다는 이른바 '아모성명(天羽聲明)'을 발표하였고, 1936년 8월 7일 내각총리, 육군, 해군,
   외무, 대장(大藏) 대신이 참석한 5상회의에서는 일본, 만주, 중국 간의 긴밀한 제휴와 동
   남아시아로의 진출을 통해 미국과 영국에 맞선다는 국책기준을 결정하였다. 1938년 11월
   3일에는 당시 수상이던 고노에 후미마로(近衛文麿)가 직접 '동아신질서(東亞新秩序)' 구상
   에 관한 성명을 발표하였는데, 여기서 그는 동아시아의 안정을 위해서는 신질서를 건
   설해야 하며 이는 일본의 건국정신을 바탕으로 해야 한다고 주장하였다.

질서의 건설과 고도국방국가체제"를 기반으로 "평화체제의 건설을 위한
전쟁"을 통해29) "일본을 지도자로 하는 아시아 공영권"30)을 건설하자는
주장으로 이어졌다. 이때 일본의 아시아 지배를 합리화하는 논리로 활용
된 것이 바로 "천황과 국민의 관계가 부자의 애정에 그치지 않고 본가(종
가)와 분가(家)의 관계로 의제되어 이것이 천황에 대한 국민의 충과 오야
(親)에 대한 자녀의 효가 일치하는 근거"31)로 작용한 가족국가주의였다.
이에 따라 일제는 아시아 각국의 관계를 천황이 존재하는 일본이라는 본
가와 여타 국가인 분가로 서열화하였다.

  '천황제가족주의'라는 단어로도 대체 가능한 가족국가주의는 일본에서
근대화 초기에 도입된32) 이래 제국주의화와 군국주의화를 거치면서 '국체
명징(國體明徵)'33)과 '팔굉일우(八紘一宇)'34)로 개념화되었고, 태평양전쟁 발발
시점에 즈음하여 전쟁 수행을 위해 일본의 모든 체제가 대정익찬회를 중
심으로 일원적으로 개편되면서 현실화되었다. 그리하여, 태평양전쟁 시기
일본 내의 모든 사회 조직 및 구성원은 가족국가주의를 통해 구조화되기
에 이르렀는데, 이로 인해 일본 국민들은 루스 베네딕트(Ruth Benedict)의

---

29) 文部省教育調査部 編, 『大東亞新秩序建設の意義』, 日墨書店, 1942, p.51.(홍일표, 앞의 학위
   논문, p.33에서 재인용)
30) 西村眞次, 『大東亞共營圈』, 博文館出版, 1942, pp.9~10.(위의 학위논문, p.34에서 재인용)
31) 김선영, 앞의 학위논문, p.40.
32) 일본은 메이지유신(明治維新) 3년 후인 1871년 4월 4일 호적법을 제정하였는데, 이를 통
   해 "호주를 '이에'와 국가라는 두 조직체의 접점으로 자리하게" 하였다. 위의 학위논문,
   p.39. 이후 천황제는 지배세력에게 통치의 정당성을 제공하였고 일본인을 하나로 묶는
   도구가 되었으며 일본중심주의라는 국제정책의 근원이 되기도 하였다. 염지혜, 「일본
   적 집단주의 형성과정에 관한 연구-간인주의의 구조화를 중심으로-」, 고려대 석사
   논문, 1993, p.50.
33) 국가의 정체를 명백히 한다는 뜻으로, 천황의 존엄성이 국가 존재의 전제가 된다는 의
   미를 내포한다.
34) 팔방의 멀고 넓은 범위를 하나의 집으로 한다는 뜻으로, 세계를 천황의 지배 하에 둔
   다는 의미를 내포한다.

언급대로 '계층제도'의 신뢰를 통한 '집단주의 문화'에의 순응을 강요받게 되었다. 이는 이에제도가 사회, 국가로 확대되어 부자 또는 형제 간의 서열관계가 천황을 정점으로 모든 개개인에게 하달·적용됨을 의미하는 것이었다. 이러한 양상은 동시기 일본영화에도 상징적으로 적용되었다. 특히 소년을 주인공으로 하는 군사정책 반영 극영화의 경우, 주인공과 그의 본보기가 되는 전형적 인물(들)의 관계 설정을 통해 양식화되었다.

<하와이 말레이 해전>은 1936년 어느 여름날 한적한 마을에 한 명의 젊은 군인이 등장하는 장면으로 시작된다. 경쾌한 음악과 더불어 카메라는 그의 발걸음에 맞추어 그를 트래킹 쇼트(tracking shot)로 따라가고, 기이치의 누나, 어머니, 기이치를 순서로 도모타 가족들은 말끔한 해군 제복을 입고 무거운 가방을 손에 들며 씩씩하게 걸어가는 그와 인사를 나눈다. 그는 다치바나 다다아키(立花忠明, 中村彰 분)라는 현역 해군비행사로, 도모타 가족이 살고 있는 마을 유력가로 보이는 집안의 아들이다. 그런데, 영화 상으로는 다치바나와 도모타 가족의 친분만 나타날 뿐, 이들이 정확히 어떠한 관계로 맺어져 있는지에 대해서는 명확히 드러나지 않는다. 그럼에도 불구하고, 기이치는 그를 '형님(お兄さん)'으로 칭하며 대단히 따르고 의지한다.[35] 그에게 상담을 청하여 가족들에게는 말하지 못하는 고민을 털어놓기도 한다. 중요한 점은, 그 내용이 바로 기이치의 해군 비행병이 되기 위한 비행예과 입대에 관한 것이라는 사실이다. 다치바나로부터 기이치의 마음을 전해들은 기이치의 어머니는 그의 입대를 기꺼이 수락하고 이에 기이치의 누나는 마치 자신의 일처럼 기뻐한다. 영화에서

---

35) 도모타의 다른 가족들은 그에게 존댓말을 쓰며 예의를 갖춘다. 이를 통해, 다치바나와 도모타 가족은 혈연공동체 관계가 아닌 마을공동체, 또는 지주-소작농의 경제공동체 관계로 맺어진 사이라는 것을 추측할 수 있다.

든 현실에서든, 기이치처럼 어린 소년이 자신만의 의지나 논리로 입대를 결정하는 것은 납득되기 쉬운 일은 아니다. 이러한 때에 다치바나와 같은 '롤 모델'이 요구되는 것이며, 이는 소년 기이치의 행위에 동기 및 설득력을 부여한다는 면에서 유효하다. 이 작품에서 다치바나는 명문가 출신의 우수하고 올바르며 강인하고 강직한 청년으로 등장한다. 그럼으로써 혈연 상의 가족의 울타리를 벗어난 가족주의의 확대를 통해 선전효과가 극도로 창출된다.

이러한 관계는 기이치가 비행예과에 들어간 후에도 계속 이어지며, 그 영역은 보다 확장된다. 비행예과에서는 기이치를 비롯한 예과련생들에게 단결과 끈기를 강조하는 반장 사이토(齊藤, 河野秋武 분)도 있고, '분발(頑張り)', '임무의 완수(任務のやり拔くこと)', '공격정신(攻擊情神)', '희생정신(犧牲的情神)' 등 예과련 정신의 함양을 강조하는 분대장 야마시타(山下, 藤田進 분)도 있다. 이들은 비행예과 생도들과 군대식의 서열 관계에 있으면서도 일방적으로 권위적이지만은 않다. 사이토는 예과련생들과 함께 땀을 흘리고 식사를 하며 농담도 주고받는다. 야마시타 역시 엄격한 성품의 소유자이면서도 생도들에 대한 격려를 아끼지 않는다. 이는 기이치가 비행예과를 졸업하고 연습항공대에 들어간 이후에는 다케무라(竹村, 岬洋兒 분) 분대장, 다니자키(谷崎, 淺田健三 분) 소좌 등으로, 항공모함에 배치된 이후에는 선임 비행사로부터 사다케(佐竹, 大河內伝次郎 분) 함장에 이르는 인물들로 확대·적용된다. 이로써 가족주의는 지역사회를 넘어 군대사회로, 나아가 국가 전체로 그 범위를 넓히게 되는 것이다.

이뿐만이 아니다. 그 관계는 결국 시대를 초월하여 역사적인 인물로까지 다다른다. 연습항공대 졸업을 앞두고 고향에 내려온 기이치가 다치바나와 다시 만나 길을 걸으며 대화를 나누는 장면에서, 다치바나는 야간

훈련 도중 자신의 비행기를 뒤따라 오던 입대동기 하야시(林, 澤村昌之助 분)가 항공모함과의 충돌 사고로 사망한 사건으로 인한 자책감 때문에 의기소침해 있는 기이치를 꾸짖으며 그에게 자신의 군사학교 시절 경험담을 이야기해준다. 화면은 플래시백(flashback)되어 매우 신성하게 보이는 석조건물로 다치바나가 들어가는 모습으로 이어진다. 장엄한 음악이 흐르는 가운데 카메라는 다치바나를 응시한다. 어느 커다란 문 앞에 선 다치바나는 그것을 향해 목도와 묵념을 한다. 잠시 후 화면은, 청일전쟁과 러일전쟁을 승리로 이끌어 '군신(軍神)'으로 불리던 해군 제독 도고 헤이하치로(東鄉平八郎)의 초상화와 유발(遺髮)로 연이어 디졸브(dissolve)된다. 현실로 돌아온 다치바나는 기이치에게 "3,000년 예전부터" "전해내려 온 일본인의 피"로서의 "일본의 혼(大和魂)", "군인정신", "국민개조"를 강조하며 흥분한다. 이를 통해 영화는 가족국가주의를 통해 국민 각자로부터 천황까지를 연결시킴으로써 기이치가 '진정한' 군인과 국민이 되어가고 있음을 보여준다. 그러면서, 가족의 일원으로서와 국가의 일원으로서 간의 역할 갈등이 생겼을 경우에는 당연히 후자 쪽으로 선택의 방향을 정해야 한다는 메시지를 암시한다. 그리고 이는, 기이치가 예과련 졸업을 앞두고 휴가를 얻어 집에 돌아오기 직전 장면에 나오는 그의 어머니의 "어차피 그 애는 우리 집 애가 아니다."라는 대사 등을 통해서도 표출된다.

이처럼, <하와이 말레이 해전>은 주인공 기이치의 주변에 본보기가 될 만한 인물들을 배치하여, 주인공이 직간접적으로 그들을 만나고 그들과 소통함으로써 한 명의 훌륭한 군인으로 성장할 수 있게 한다. 그들은 모두 가족의 범위 밖에 있는 사람들이지만, 오히려 주인공의 가족보다도 그의 의식과 행위에 더 많은 영향을 미친다. 그리고 이를 통해 영화 안에서 혈연관계를 기초로 하는 가족주의는 가족국가주의로 확장된다.

2)

이러한 모습은 〈사랑과 맹세〉에서도 발견되는데, 이는 주인공 에이류가 어떠한 혈연관계도 없는 해군특별공격대 소위 무라이 신이치로(村井信一郎, 독은기 분)와 관계를 맺음으로써 구현된다. 하지만, 〈사랑과 맹세〉의 경우 여러 가지 면에서 〈하와이 말레이 해전〉과는 다른 점이 눈에 띄기도 한다.

첫째, 〈하와이 말레이 해전〉에서는 다수의 인물들이 주인공과 예전부터 친밀한 관계를 맺어 왔거나 동고동락하고 있는 데 반해, 〈사랑과 맹세〉에는 주인공 에이류와 친분이 전혀 없는 무라이만이 등장한다. 또한 이 작품 역시 에이류와 무라이가 만나는 장면이 초반에 위치해 있기는 하나, 영화의 처음은 전투 출격을 앞둔 기자 출신 무라이가 시라이를 만나러 경성신보사를 방문하는 장면에서 시작된다. 시라이는 (마지막 만남임을 예감하듯) 무라이에게 사진을 찍어주겠다고 제안하고 두 사람은 건물 옥상으로 향한다. 이때 시라이는 그곳에서 "방랑하던" 에이류를 발견하고 무라이에게 그를 길에서 "주워" 키우고 있는 "타향 출신의 고아"라고 소개한다. 이에 무라이는 에이류에게 사진촬영을 권유하고 이들은 함께 사진기 앞에 선다. 그리고 "특별공격기 몇 대가 하늘을 날고 있을" "전선(戰線)의 하늘과 연결되어 있는" "경성의 하늘" 아래에서의 이들의 우연한 만남은 짧게 마무리된다. 이렇듯 에이류에게 본이 되는 인물은 무라이로 국한되며 이들 간의 만남에 있어서도 한계가 존재하는데, 그럼으로써 에이류에게 무라이는 "일본인이라면 누구에게나 있을 법한 일"36)을 수행하는 일반적이고 전형적인 인물들을 뛰어넘는 '본받아 배울

---

36) 〈하와이 말레이 해전〉 중 앞서 설명한 장면에서의 다치바나의 대사 중 일부이다.

만한' 특별하고 모범적인 인물로 자리하게 된다.

둘째, 두 작품은 주인공이 전형적 인물(들), 혹은 모범적 인물을 닮아가고 따라하는 과정에 있어서도 차이를 보인다. <하와이 말레이 해전>에서 기이치는 이미 자신이 입대를 결정하거나 이를 실행한 상태에서 인물들을 만나 그들과 교류하고 함께하는 반면, <사랑과 맹세>에서 에이류는 무라이의 출신 고장을 방문하여 가족들과 지인들을 만나 그에 대해 알아가고 이해하는 과정을 겪으며 입대를 결심한다. 그렇다 보니, <하와이 말레이 해전>의 경우 러닝타임 110여분 중에 기이치가 예과련에 입대하기 전까지의 시간은 10분도 채 되지 않는 데 비해, <사랑과 맹세>의 경우 전체 상영시간 75분의 대부분이, 다시 말해 내러티브 상의 내용 전체가 에이류의 해군특별공격대 입대 전까지를 다루고 있다. 특히, 중반 이후 에이류가 무라이의 집에 머무르는 동안 영화는 에이류로 하여금 무라이의 주변 인물과의 만남을 통해 삶의 궤적을 살피게 하는 동시에, 무라이의 아내 에이코(英子, 김신재 분)와의 남매지간 여부를 고민하며 정체성에 대해 고찰하게 한다. 그러나 전혀 어울릴 것 같지 않은 이 둘은, 에이류가 해군특별공격대에 입대하여 에이코가 아닌 무라이의 동생이 됨으로써 절묘하게 결합된다.[37] 그리하여 이름의 돌림자나 징표로 지니고 있던 방울 등 에이류와 에이코의 혈연관계의 가능성을 암시하는 여러 가지 요소들에 의한 내러티브 구조가 제대로 정돈되지 못한 채로 주제의

---

37) 사실, 영화에서 이러한 내러티브 상의 균열을 일으키는 대표적인 인물은 에이코이다. 그녀는 에이류의 사진을 처음 본 순간부터 그가 자신의 남동생 '에이큐(えいきゅう)'일지도 모른다고 생각하고 계속해서 관심을 갖다가, 영화 후반부에 이르러 가족의 정을 느껴 마을을 떠나기 싫어하는 에이류에게 "내 동생은 무라이 소위의 남동생이에요. 동생이 살아 있다고 하더라도 정신을 차리지 못한다면 만나고 싶다고 생각하지 않아요." 라고 말한다. 이는 사진을 찍으면서 무라이가 에이류를 향해 "이제부터 너희들이 정신을 차릴 순서"라고 이야기하는 것과도 이어진다.

식에 의해 봉합되고, 관객들은 극적 논리가 아닌 일제가 주입한 당시 '대의명분'에 이끌려 결말을 받아들이게 되는 것이다.

주목할 것은, 바로 이러한 지점에 가족국가주의가 개입되고 있다는 사실이다. 에이류의 입장에서 만약 에이코가 자신의 누나이기만 하면 그동안의 방황이나 열등감은 사라지고 심적으로 안정을 얻을 수 있을지 모른다. 하지만, 영화는 이를 허락하지 않는다. 그렇게 된다면 에이류는 누나를 되찾는 대신 양부, 양모, 동생을 잃을 소지가 있기 때문이다. 무엇보다 에이류의 입대 동기(動機)가 약화될 가능성이 존재한다. 이에, 영화는 에이류를 해군특별공격대에 입대시킴으로써 "이 반도만으로도 셀 수 없을 정도로 많은"38) 소년들과 함께 그를 무라이의 동생이 되게 하고, 동시에 시라이 부부의 아들이자 에이코의 동생이면서 결국에는 일본이라는 '가족국가'의 성원이 되도록 한다. 이는 무라이로 인해 공동체의식을 강화하고 무라이의 경우처럼 입대하는 소년들을 배출하며 그를 환송하는 주민들이 모여 있는 마을의 모습을 통해 더욱 확대된다. 아울러 시라이가 기다리는 자리에서 마을 국민학교의 교장이기도 한 무라이의 아버지(村井信造, 志村喬 분)가 입대를 앞둔 마을 소년에게, 가마쿠라(鎌倉) 말기의 장군으로 고다이고(後醍) 천황을 도와 막부를 멸망시키는 데 공을 세운 구스노키 마사시게(楠木正成)의 예를 들며 천황에 대한 충성심을 강조하는 장면을 통해 완결성을 이룬다. 이렇게, 〈하와이 말레이 해전〉처럼 〈사랑과 맹세〉 역시 가족국가주의를 중심으로 주인공과 주변인물 간의 만남과 소통을 이끌고 그럼으로써 주제를 강화한다.

---

38) 에이류가 진해 해군훈련소 앞 벚꽃 길을 걸으면서 에이코와 시라이 부인에게 전하는 대사 중 일부이다.

3)

그렇다면, 주인공의 인물관계에 있어 <사랑과 맹세>와 <하와이 말레이 해전> 사이에 앞서 언급한 바와 같은 차이점이 존재하는 이유는 무엇일까. 그것은 바로 조선에서 만들어진 <사랑과 맹세>의 주인공이 조선인 에이류로 설정되어 있으며, 이 영화의 주요관객 역시 에이류와 같은 조선인 소년으로 상정되어 있기 때문이다. 소년병 지원을 주제로 삼는 국책영화에서 당사자가 조선인이라는 점은 일본인일 경우와는 다른 방식으로 선전과 선동의 방향을 맞추도록 유도하는데, 여기에는 태평양전쟁 시기 조선인의 전쟁 참여나 동원 양상이 동시기 일본의 그것과 동일하지 않았다는 데 구체적인 원인이 있다.

일본에서는 이미 1873년 1월 10일 징병령이 포고되고 1927년 4월 1일 병역법이 제정·공포되었던 것에 비해,[39] 조선에서 징병제는 태평양전쟁을 계기로 1942년 5월 11일 공포되어 1943년 8월 1일부터 실시되었다.[40] 한편, 당시 '조선군'이라는 명칭으로 조선에 주둔하고 있던 일본군은 1943년부터 전선에 투입되기 시작하였고 전황이 급박해진 1944년부터는 이러한 경우가 빈번해졌다. 이후에는 전세가 더욱 악화되었다.[41]

---

39) 물론, 태평양전쟁 시기 일본에서도 전황이 불리해지면서 병역 관련 사항이 보다 강화되었다. 가령, 1943년 12월 23일에는 징병 연령을 만 20세에서 만 19세로 내렸고, 1944년 10월 18일에는 다시 만 17세로 낮추는 동시에 만 17세 미만의 지원도 가능하게 하였다.

40) 조선에 지원병제도가 도입된 것은 중일전쟁 직후인 1938년 2월 23일 육군특별지원병제가 공포, 4월 3일 시행 이후였으며, 1943년 8월 1일부터는 해군특별지원병제가 실시되었다.

41) 1942년 6월 4일에서 7일 사이에 벌어진 미드웨이해전(Battle of Midway, ミッドウェー海戰)을 계기로 태평양전쟁의 전세는 역전되어 일본에게 불리해지기 시작하였다. 그러다가 1944년에 이르러 전세는 완전히 기울어졌고, 일본 본토가 미군의 사정권 내에 들어오게 되었다. 이어 1945년 1월 필리핀 전체가, 2월에는 이오시마(硫黃島)가 미군의 수중에 들어갔다. 3월부터는 도쿄(東京) 공습이 시작되었고, 오키나와(沖縄)에 대한 공격도

1945년 6월 13일에는 국민의용대가 결성되어 모든 조선인이 '본토결전'을 위해 총동원되기에 이르렀으며, 7월 10에는 국민총력조선연맹이 해체되고 이미 이틀 전에 세워진 국민의용대총사령부가 그 자리를 대체하였다. 문제는, 일제의 입장에서 조선인을 '황군(皇軍)'으로 이용하기 위해서는 이들을 통제할 만한 강력한 정신적 토대가 요구되었다는 점이다. 이에 일제는 1930년대부터 동화정책의 슬로건으로 내걸어 오던 '내선일체(內鮮一體)'를 더욱 강화하였다. 조선인이 진정한 일본군이 되기 위해서는 먼저 진정한 일본인이 되어야 한다는 논리에서였다. 이러한 점들은 당시 조선영화에도 반영되었는데, 이때 만들어진 영화가 바로 〈사랑과 맹세〉였다.

이에, 〈사랑과 맹세〉가 에이류의 모범적 인물을 그와 친분이 없던 무라이로 설정한 것은 급박한 전시상황에서 지원병제 및 징병제에 응하는 이들을 영웅화하고 신비화화기 위함이며, 에이류로 하여금 무라이의 마을을 방문하여 그를 알아가고 이해하게 한 것은 지원병제 및 징병제가 도입된 지 얼마 되지 않은 시점에서 내선일체를 강조하기 위함으로 이해된다. 〈사랑과 맹세〉에서 내선일체는 무라이와 에이코의 '내선결혼(內鮮結婚)'이나 시라이의 에이류 양육을 통한 이른바 '내선가정(內鮮家庭)'의 형태로 강조되고 있다. 영화는 이를 통해 에이류를 진정한 국민인 '신민(臣民)'으로 '자각'하게 한다. 가족국가주의가 조선인에게도 적용되기 위해서는 우선 그들이 일본이라는 국가의 국민, 즉 일본인이어야 한다는 전제가 요구되는 바, 이러한 과정은 적어도 논리상으로는 필수불가결해 보인다. 때문에 영화는 먼저 에이류가 일본인이 되도록 이끌고 이를 바탕으로

개시되었다. 이에 1945년 4월 7일 고이소 구니아키(小磯國昭) 내각이 사직하고 스즈키 간타로(鈴木貫太郎) 내각이 본토결전 준비 또는 명예로운 강화라는 목표와 함께 출범하였다. 그리고 1945년 5월 8일 일본의 오랜 동맹국이던 독일이 연합군에 항복하였다.

그로 하여금 훌륭한 군인이 될 수 있는 자질을 갖추게 하는 것이다.

이와 같이, <하와이 말레이 해전>과 <사랑과 맹세>는 주인공이 가정 환경을 넘어 그를 견인할 만한 인물(들)과의 관계를 맺음으로써 가족국가 주의를 실현하도록 한다는 점에서 공통점을 지닌다. 하지만 그 안에서도 차이점이 존재하는데, <하와이 말레이 해전>의 경우 주인공이 전형적 인물들과의 만남과 소통을 통해 한 명의 군인으로 성장하는 과정을 다루고 있다면, <사랑과 맹세>의 경우 모범적 인물을 알아가고 이해함으로써 한 명의 국민으로 자각하는 과정을 담고 있다. 이러한 각기 다른 특징은 주인 공을 둘러싼 보다 많은 등장인물들로 점차 확산된다. <하와이 말레이 해전>에는 비행예과, 연습항공대, 그리고 실전부대라는 무대를 단계적으로 거치며 주인공과 동일한 생활을 하는 수많은 젊은이들이 등장하고, 이들은 하나같이 훌륭한 군인으로 성장하며 또 다른 전형적 인물이 되어간다. 한편 <사랑과 맹세>에는 무라이의 전사나 마을 소년의 입대를 통해 내선일체를 깨닫는 마을사람들이 등장하는데, 에이류는 먼저 마을사람들처럼 국민으로 자각하고 다음으로 무라이와 마을 소년처럼 모범적 인물이 되어간다.[42] 그리고 이는 스크린 밖으로 이어져, 관객들은 제2의 기이치, 제2의 에이류 등과 같은 전설적 인물이 될 것을 종용받게 된다.

---

42) 두 작품은 이러한 특징을 배경, 의상, 소품 등 미장센을 통해 간접적으로 드러내기도 한다. <하와이 말레이 해전>에서 일사분란하게 모여 있는 예과련생들이 입은 군복은 군인으로서의 성장이, <사랑과 맹세>에서 마을 집집마다 꽂혀 있고 사람들의 손에 들려져 있는 일장기는 국민으로서의 자각이 표출된 사례로 볼 수 있다.

4. 결론

극영화에서 등장인물, 그 가운데서도 주인공이 차지하는 비중은 매우 크다. 특히 국가의 정책을 홍보하고 관철하기 위해 기획, 제작되는 국책 영화에서의 주인공은 대중에게 특정한 선전 메시지를 전달하는 가장 직접적인 매개체가 된다는 점에서 더욱 그러하다. 따라서 주인공 캐릭터는 대개 영화가 상정하는 선전대상과 그것이 추구하는 선전효과가 어떻게 설정되었느냐 등에 영향을 받으며 구축된다. 이는 태평양전쟁 시기 일제의 군사정책을 반영한 일본영화 〈하와이 말레이 해전〉(1942)과 조선영화 〈사랑과 맹세〉(1945)의 경우도 마찬가지이다. 이들 작품은 모두 소년 주인공을 전면에 내세워 비슷한 연령대를 위시한 대중의 전쟁 참여와 협조를 꾀하고 있기 때문이다.

그렇기에, 이들 영화 속 주인공 설정에 있어서도 기본적으로는 공통점이 발견된다. 〈하와이 말레이 해전〉의 기이치와 〈사랑과 맹세〉의 에이류는 가정 요소의 결핍 및 주변인물과의 관계를 통해 일본 국민 및 군인으로 거듭나고 있다는 점에서 궤를 같이한다. 그리고 여기에는 이에제도를 기반으로 하는 일본식 가족주의와, 이것과 국가주의가 결합되어 확장된 가족국가주의가 이념적 토대로 작용한다. 하지만, 세부적인 면에서는 일본에서 제작된 〈하와이 말레이 해전〉과 조선에서 제작된 〈사랑과 맹세〉 간에 여러 가지 차이점이 보이기도 하는데, 이는 당시 일본과 조선, 일본인과 조선인이 처한 시대적 배경 및 역사적 상황이 동일하지 않았기 때문이다. 두 영화의 제작 및 개봉 년도가 그러한 것처럼, 일본(인)과 조선(인)의 태평양전쟁 참여 및 동원 양상이 약간은 달랐고, 이로 인해 전쟁 참여 및 동원의 대상이 되는 관객의 또 다른 자아인 주인공 설정에 있어서도 차이가 드러나게 되었던 것이다.

1) 내러티브에서 영상기법으로

눈여겨볼 점은 주인공의 가정환경 및 인물관계 설정 상 두 작품 사이에 존재하는 여러 가지 차이점이 표현기법과도 결부되어 나타난다는 사실이다. 영화 양식의 다른 요소들은 일반적으로 "인물들에 감정과 사고를 표현하는 힘을 부여하며 또한 그것들을 다양한 율동적 형태로 창조하기 위해서 역동화시"[43]키기 때문이다.

가령, <하와이 말레이 해전>에서 기이치가 예과련에 들어간 이후부터 카메라는 주인공의 독점적 지위를 파괴하고 단체체조, 정신교육, 보트시합, 체력단련, 스모연습, 럭비경기 등을 함께하는 생도 전체에게 주목한다. 특히 하와이─말레이 출격을 다룬 후반부터는 내러티브의 극적 구조를 느슨히 한 채 공습에 참가하고 있는 비행병 개개인을 조명한다. 여기서 기이치는 하와이 연안의 미군 기지를, 다치바나는 말레이 해안의 영국 군함을 공격하는 수많은 군인 중에 하나로 등장할 뿐이다. 이는 라디오를 듣고 있는 항공모함 내의 군관들의 모습이나 본토(후방) 기이치 가족들의 모습이 나오는 장면들과 교차편집(cross cutting)되기도 한다. 이것들은 훌륭한 군인이 되어 가장으로서의 지위를 획득하고 전형적 인물이 되어가는 기이치의 모습과 맞물려 의미를 발산한다. 요컨대, 이 영화는 이러한 화면 및 편집 기법을 통해 가족국가주의로 연결된 작품 내의 모든 등장인물들을 주인공화함으로써 그 영향력을 관객으로까지 다다르게 한다.[44] 그리고 이는 특수 촬영기법[45]으로 이어져, 특유의 시각

---

43) 데이비드 보드웰·크리스틴 톰슨, 주진숙 외 역, 앞의 책, 같은 쪽.
44) 이에 관해 강태웅은, 영화 속 훈련 장면에서 카메라는 대개 인물(들)의 뒤편에 위치하며 "이는 영화를 보고 있는 관객도 그 행동을 같이 하고 있다고 느끼도록 하려는 의도적인 배치"로서 이를 통해 '육체적 훈련'을 따라할 수 없는 관객은 '정신적 훈련'의

적 스펙터클을 창조한다. 그러면서도 이 영화의 비행 및 전투 장면은 실제를 방불케 하는 사실성을 획득한다. 아울러, 이 작품은 자막 삽입을 통해 각 시퀀스에 연도, 계절 또는 사건명을 표시하며 배경음악이 이를 보조하기도 한다. 흥미로운 점은 기이치를 비롯한 소년들이 예과련에 들어간 시점과 중일전쟁 발발 시점이, 이들이 비행연습대에 들어간 시점과 일본의 동남아 침략 시점이, 그리고 이들이 전투비행사가 된 시점과 태평양전쟁 발발 시점이 절묘하게 일치한다는 사실이다. 이처럼, 〈하와이 말레이 해전〉은 촬영, 화면, 편집, 자막 기법 등을 통해 내용적 차원에서 개연성을, 주제적 차원에서 정당성을 획득한다.

한편, 〈사랑과 맹세〉의 경우 카메라가 시종일관 에이류를 따라다니는 것은 아니지만, 그가 혈육을 찾고 양부모에게 인정받으며 진정한 국민이 되어 가는 과정 하나하나를 내러티브 선상에서 제쳐놓지 않는다. 그럼으로써, 영화는 주인공을 모범적 인물로 등극시켜 관객들로 하여금 그에게 집중하고 동화되게 한다. 그렇다 보니, 소품, 음악 등의 사용이 다소 감성적인 효과를 불러일으키며, 화면 구성과 편집도 인물(들)의 감정선에 따라 이루어질 때가 많다. 또한, 이 작품에는 정확한 역사적 시기와 정황을 파악할 만한 내재적(diegetic) 요소는 물론 자막이나 음악 등 외재적(non-diegetic) 요소들도 찾아보기 힘들다. 마지막 장면에 삽입된 자막은 내러티브와 단절된 채 선전구호처럼 사용되고 있다. 다만, 영화에 나오는 전투 및 출격 장면은 〈하와이 말레이 해전〉과 같이 스펙터클과

효과를 요구받았을 것임을 지적한다. 강태웅, 앞의 논문, p.116.
45) 이 영화의 특수촬영은 도호의 특수기술과장 쓰부라야 에이지(円谷英二)가 맡았다. 한편, 이 작품은 1942년 5월 30일에 크랭크인된 반면, 특수촬영을 위한 준비작업은 이미 동년 1월부터 이루어지고 있었다. 〈「ハワイ・マレ-沖海戰」撮影日誌〉, 《映畵旬報》, 1942.12.1, p.88.

리얼리티가 살아 있는 바, 여기에는 도호의 기술력이 상당부분 투입되었을 것으로 추정된다. 그러나 삽입 분량을 차치하더라도, <사랑과 맹세>의 경우 무라이 소위의 자폭 장면은 철저히 내러티브 안에 머물러 있고 에이류의 입대 후의 출격 장면은 완전히 내러티브를 벗어나 있다는 점에서, <하와이 말레이 해전>의 비행 및 전투 장면이 내러티브의 경계를 넘나들며 다큐멘터리적 효과를 견지하고 있는 것과는 대조되기도 한다.

그런데 보다 거시적 관점에서 보면, 두 영화 간에는 영상기법 상으로도 일련의 공통점이 눈에 띈다. 먼저, 주인공을 비롯한 특정 등장인물과의 동일시를 통해 관객의 감정이입을 유도하(려)는 표현수법이 메시지의 주요 전달수단으로 사용되지 않는다. <하와이 말레이 해전>에서 기이치는 "주인공임에도 불구하고 영화전반에 있어서 클로즈업되는 경우도 거의 없고, 다른 훈련병이나 병사들의 얼굴과도 구별하기 힘들"46) 정도이다. <사랑과 맹세>의 경우 배우의 "정적인 연기와 과묵한 대사"47) 및 "주로 풍경이나 사물을 통"한 "감정의 표현"이48) 두드러진다. 이는 집단(성)의 가치와 개(個)인의 인내를 강조하기 위한 영화적 장치라 볼 수 있다. 다음으로, 이러한 정제된 스타일이 '숭고한 희생'과 '달콤한 비애'를 강화한다. <하와이 말레이 해전>의 진주만 공습 장면이 "패닉상태에 빠진 적군"을 제외한 채 "미군 기지에 자폭"하는 일본 전투기 묘사로 채워져 있는 것은 전쟁에서의 "희생은 일본군의 독점물이"라는 점을 드러낸다.49) <사랑과 맹세>에는 출격 직전 남긴 무라이의 음성 녹음을 그가

---

46) 강태웅, 앞의 논문, p.117.
47) 문재철, 「일제말기 국책영화의 스타일에 대한 일 연구—<사랑과 맹세>와 <조선해협>의 정서표현을 중심으로—」, 『영화연구』 30호, 한국영화학회, 2006, p.88.
48) 위의 논문, p.90.
49) 강태웅, 앞의 논문, p.121.

전사한 후 아버지와 아내가 듣는 장면이 나오는데, 여기서 무라이의 아버지와 아내는 "희미한 웃음"과 "희미한 미소"로 "시선을 교환"하며 감동을 나눈다.[50] 그러면서 두 작품은 미국 할리우드영화의 문법이나 독일 국책선전영화의 미학 등과는 구분되는 형식적 특성을 담보(하려)한다.

반면, 동시에 한계 또한 노정된다. 〈하와이 말레이 해전〉과 〈사랑과 맹세〉의 기법적 특징이라는 것이 결국 서양영화와의 철저한 단절과 분리를 통해 형성되지는 못하였다는 점이다. 오히려 두 작품의 전투 장면에서 보이는 스펙터클하고 리얼리티적인 화면구성 등은 서구 대중영화와 궤를 같이하고 있었다.

이러한 징후는 이미 두 영화의 감독인 야마모토 가지로와 최인규의 전작 활동을 통해서도 확인 가능하다. 두 감독은 각각 1938년과 1940년에 소학교 4학년생의 수기를 소재로 한 아동영화 〈작문교실(綴方教室)〉과 〈수업료(授業料)〉를 통해 반향을 일으켰다.[51] 특히 〈수업료〉가 "일본 아동영화 제작 붐에 편승하기 위해 〈작문교실〉을 롤 모델로 설정하며 기획되었다"[52]는 부분은 둘의 상관관계를 대변한다. 더욱 흥미로운 점은, 이들 아동영화의 제작 경향이 이미 1930년대 초반부터 유행하기 시작한

50) 문재철, 앞의 논문, p.94.

51) 1924년 도아키네마(東亞キネマ)에서 〈조각구름(斷雲)〉으로 메가폰을 잡기 시작하여 마키노키네마(マキノキネマ), 다카마쓰・아즈마프로덕션(タカマツ・アズマプロダクション), 닛카쓰(日活)를 거쳐 1934년부터 도호의 후신인 PCL영화제작소(P.C.L.映畵製作所)에서 연출 활동을 하던 야마모토 가지로가 도호 설립 후 대중적으로 자신의 진가를 발휘한 작품은 다름 아닌 〈작문교실〉(1938)이었다. 1937년 녹음작업 참여를 통해 영화계에 입문한 최인규 역시, 고려영화협회 소속으로 1930년대 후반 유행하던 향토색(local color)을 가미한 멜로드라마 〈국경〉(1939)으로 감독데뷔한 후 자신의 이름을 알린 작품이 〈수업료〉(1940)였다.

52) 함충범, 「1940년대 초반 식민지 조선영화에서의 언어 상황의 변화 양상과 특수성(1940〜1941)―영화사적 흐름에 대한 거시적인 고찰을 중심으로―」, 『아시아문화연구』 30집, 가천대학교 아시아문화연구소, 2013, p.290.

소련, 독일, 프랑스, 그리고 미국 아동영화의 그것과 직간접적으로 맞닿아 있다는 사실이다.53) 이후 야마모토 가지로는 국책영화 <말(馬)>(1941)로 호평을 받은 뒤 <하와이 말레이 해전>을 거쳐 1944년에는 <가토하야부사전투대(加藤隼戰闘隊)>와 <뇌격대출동(雷擊隊出動)>을 내놓으며 자신의 '전쟁 3부작'을 완성한다. 최인규의 경우, 아동 국책영화 <집 없는 천사>를 연출하고 <망루의 결사대>에 조연출로 참여한 뒤 <태양의 아이들(太陽の子供たち)>(1944)에 이어 <사랑과 맹세>를 만들었다.

<하와이 말레이 해전>과 <사랑과 맹세>에서의 영화적 공통점은, 이렇듯 감독 개인 및 영화 회사의 활동 이력은 물론 당대 국내외적 영화 제작의 흐름, 그리고 동시기 영화계 상황과 시대적 배경이 종합적으로 작용한 결과로 인해 파생된 것이라 할 만하다. 무엇보다 두 작품 모두 전쟁의 소용돌이 속에서 군인으로 성장하는 소년의 모습과 과정을 그렸다는 점은, 이들 영화가 '일본/조선'이라는 단일 공간을 경계로 (주요)관객층을 구분 또는 한정하였던 게 아니라 오히려 유통과 소비의 권역을 '제국-식민지' 전 공간으로 확장하여 상정하고 있었음을 반증한다.

53) 박현희에 의하면, 소련영화 <인생안내(人生案內, Путевка в жизнь)>(1931), 독일영화 <제복의 처녀(征服の處女, Mädchen in Uniform)>(1931), 미국영화 <데드 엔드(デッドエンド, Dead End)>(1937), 프랑스영화 <창살 없는 감옥(格子なき牢獄, Prison sans Barreaux)>(1938) 등 유명 아동영화들이 1930년대 후반에 일본과 조선에서 집중적으로 개봉되어 당대 영화 제작에도 많은 영향을 미치게 되었다. 특히, 비슷한 시기에 제작된 일본영화 <미카에리의 탑(みかへり)の塔)>(淸水宏 감독, 1941)과 더불어 '고아 구제사업'을 다룬 최인규 감독의 <집 없는 천사(家なき天使)>(1941)의 경우 미국영화 <소년의 거리(少年の町, Boys Town)>(Norman Taurog 감독, 1938)를 차용한 것으로 보이는 부분이 많았다. 박현희, 「제국의 집 없는 천사들 : 최인규 영화의 고아 문제」, 『조선영화의 자리를 말한다 : (탈)식민, 시선, 운동』(제17회 학술대회 자료집), 영상예술학회, 2012, pp.57~62 참조.

2) 차이가 아닌 차별로서의 '다름'의 본질

　〈하와이 말레이 해전〉는 "예정대로" "대동아전쟁 1주년 기념일"[54] 즈음에 완성되고 홍계(紅系)로 전국에 "일제개봉"되어[55] 흥행에 대성공을 거둠으로써, "국민영화의 사회적 가치를 끌어올"려 "이후 영화의 표준이" 되었다.[56] "정보국 국민영화에 참가하여 정보국 총재상을 수상"하게 된 것이다.[57] 이 영화는 조선에서도 공개되어[58] 3개월째에 이미 50만 명 이상의 관객을 동원하기도 하였다.[59] 〈사랑과 맹세〉는 1945년 5월 27일부터 성보, 대륙, 경극, 명치 극장에서 "일제개봉"되어 "일본 최초의 특공대 영화",[60] "반도에 들끓어 오르는 청소년의 바다에의 결의를 묘사하는 영화"[61]로서의 역할을 담당하다. 워낙 전쟁 말기에 나온 터라 자세한 내용을 파악하기는 어렵지만, 동시기 일본에서 배급, 상영이 계획되거나 실행되었을 가능성도 배제할 수 없다.[62] 이렇듯 두 작품은 '내지영화',

54) 大橋武雄, 〈所感 −「ハワイ・マレー沖海戰」をおくる言葉−〉, ≪映畫旬報≫, 1942.12.1, p.44.
55) 당시 포스터를 통해, 이 영화가 백계(白系)의 〈동양의 개가(東洋の凱歌)〉와 같이 '특별 제공'으로 배급되었음을 알 수 있다. ≪映畫旬報≫, 1942.12.1, p.83. 사와무라 쓰토무(澤村勉) 감독의 〈동양의 개가〉는 육군성의 감수를 받아 뉴스・문화영화를 담당하던 사단법인 일본영화사(社團法人 日本映畫社)가 제작한 전쟁 개시 1주년 기념 국책 기록영화였다.
56) 加藤厚子, 『總動員体制と映畫』, 新曜社, 2003, p.133.
57) 강태웅, 앞의 논문, p.111. 아울러, "이 영화의 개봉날인 12월 3일에 '동경국민영화보급회'가 결성되었고, 제1회 우량영화로 이 영화가 선발되"기도 하였다. 위의 논문, p.115.
58) 조선총독부의 일본어 기관지 ≪경성일보≫ 12월 2일자 2면 하단 광고는 이 작품이 홍계(紅系)에 속한 경성극장(京城劇場)과 경성보총극장(京城寶塚劇場)에서 당일 처음으로(本日初日) 개봉됨을 소개한다. ≪京城日報≫, 1942.12.2, p.2. 한편, ≪경성일보≫ 12월 1일자 2면 하단에 게재된 〈동양의 개가〉 광고는 이 작품이 백계(白系)에 속한 명치좌(明治座)와 약초극장(若草劇場)에서 다음날 개봉될 것임을 알린다. ≪京城日報≫, 1942.12.1, p.2.
59) 〈社團法人朝鮮映畫配給社槪況〉, ≪映畫旬報≫, 1943.7.11, p.36.
60) ≪京城日報≫, 1945.5.24, p.2.
61) 〈映畫物語「愛と誓ひ」(1)〉, ≪京城日報≫, 1945.5.25, p.2.
62) 일례로, "다이에・도호・쇼치쿠의 협력을 얻어"(≪京城日報≫, 1943.12.2, p.2) 사단법인

'반도영화'라는 이름으로 칭해지며 일본과 조선을 비롯하여 '대동아공영권' 어느 곳에서든 '일본영화'의 영역에 포섭되었다.

그럼에도, 이들 영화를 받아들이는 일본인과 조선인의 자세와 반응은 각기 다를 수밖에 없었을 것이다. 그 이유는 출정을 통해 자아실현을 하는 <하와이 말레이 해전>의 기이치와 입소를 통해 자기발견을 하는 <사랑과 맹세>의 에이류 사이의 민족적 비균질성이 당시 일본인과 조선인 간에도 분명히 존재하였기 때문이다. 당시 조선인은 기이치가 겪었던 자기단련과 더불어 에이류가 경험하였던 자아부정의 단계를 동시에 밟아야 하였는데, 이는 내선일체라는 허울 속에 숨어 있던 '차별'의 족쇄가 얼마나 정밀하고 견고하였는지를 반증한다.

이러한 차별에 의한 서열관계는 태평양전쟁 시기 일본-조선, 일본인-조선인 사이의 관계에서뿐만 아니라 일본영화-조선영화 간에서도 적용된다. 당시 일본영화가 '제국'의 모든 영화를 아우르며 식민지 조선영화를 견인하듯 하면서도, 결국 그것들이 봉합 불가능한 간극을 노출시키며 한계를 보인다는 것은 이를 뒷받침한다. 즉, 이 시기 조선영화는 여러 가지 방면에서 직간접적으로 일본영화로부터 영향을 받았지만, 결과적으로는 '우수영화'의 지표로 제시된 일본영화의 수준에 도달하며 그것과 '동등'해지지는 못하였다. 아니, 그렇게 '허락'되지 않았다.

중요한 점은 당시 일제에 의해 생성되고 구축된 일본영화에 대한 조선영화의 식민지적 특수성을 통해 상당수의 조선인이 막대한 피해를 입었다는 사실이다. 다시 <사랑과 맹세>로 돌아가 보자. 영화에서 무라이

조선영화제작주식회사가 제작한 <젊은 모습(若き姿)>(1943)의 경우, "1943년 12월 1일 일본과 조선"에서 "동시에 개봉"한 바 있었다. 김려실, 『투사하는 제국 투영하는 식민지』, 삼인, 2006, p.319.

처럼[63] 입대를 하였고 마을 소년과 에이류처럼 입대를 하며 국민학교 아이들처럼 입대를 해야 할 사람들은 바로 조선인이었다. 조선인들에게 일본인이라는 허울을 씌워 자신들의 전쟁에 희생양이 되도록 하는 것, 이것이야말로 일본영화와 조선영화의 관계 규정을 통해 일제가 취하려 하였던 궁극적인 목표였던 것이다. 해방 70주년, 이를 계기로 일제강점기 조선영화－일본영화, 조선문화－일본문화에 대한 보다 다양하고 심도 있는 비교 연구가 이루어져 관련 학문 분야에서도 과거에 대한 철저한 규명과 미래지향적 논의가 더욱 활성화되었으면 하는 바람이다.

---

63) 이와 관련하여, 극중에서 일본인 무라이 신이치로 해군특별공격대 소위의 역할이 조선인 배우 독은기에게 주어진 데에 주목할 필요가 있다.

제13장

1910년대 재부산 일본어신문과 일본인 연극

홍선영

1. 들어가는 말

1876년의 「강화도조약(병자수호조약)」 이후, 한국에 외국인 거류지[1]를 형성하기 이전인 조선왕조시대부터 부산의 왜관이 한·일 외교의 거점이었던 점은 잘 알려진 사실이다.[2] 특히, 1900년대 중반 이후, 부산지역

---

1) 엄밀한 의미에서 외국인 거주지역의 존재형태에는 거류지(居留地 concession)와 조계(租界 settlement)의 두 가지가 있다. 그러나 1910년 이전부터 부산지역의 일본인 거주지역의 형태는 인천과 같은 조계지(租界地)가 아니라 실질적인 면에서 거류지였던 것으로 보인다. 1913년 12월 조선총독부령에 의하면 부산부의 관할구역에 구일본거류지(日本租界)와 중국인 거류지(淸租界)가 포함되어 있다. 『부산시사』 제1권, 부산시사편찬위원회, 1989, p.928 참조.
2) 1607년경까지 부산의 두모포가 왜관이었다가 1678년에 부산의 초량으로 왜관이 이전했는데 1876년 강화도조약(병자수호조약) 체결 이후 초량왜관은 폐쇄되어 대신 초량항의 일구가 전관거류지(專管居留地)로 변경되었다고 한다. 『부산시사』 제1권, p.755~p.760 참조.

을 중심으로 한 영남지역에는 부산과 시모노세키를 연결하는 연락선 항로의 개설과 함께 이 지역에 거주하거나 왕래했던 일본인은 상당한 인구가 될 것으로 추측된다. 그러나 현재의 조사로는 부산지역의 일본인 거류상황을 짐작할만한 기초자료가 상당히 불충분하다. 강화도조약 이후, 한국의 인천, 부산, 원산을 중심으로 한 지역에 일본인사회가 형성되고, 청일전쟁, 러일전쟁을 계기로 한국거주 일본인의 인구는 더욱 급증하게 되고 1910년 당시 서울에 거주하는 일본인은 약 3만 8천여 명(1910년), 인천 1만 3천여 명(1910년), 대전 2천 5백여 명(1909년), 대구 7천 3백여 명(1910년), 광주 5천 6백여 명(1912년), 전국 체류자수는 약 17만여 명(1910년),3) 1919년에는 약 35만 여명에 이르러 해외거주일본인 중 최다규모에 달했다. 뿐만 아니라 어떤 형태로든 부산을 중심으로 한 영남지역과 각 도시에 체류하거나 떠돌던 일본인의 수는 상당수에 이를 것이다.

부산과 시모노세키를 연결하는 연락선 항로개설은 대체로 1906년에서 1908년 사이인 듯하다. 서울・부산을 잇는 경부선 개통 이후,4) 부산─시모노세키간 연락선이 1908년 전후부터 격일제로 운항되기 시작하여 1909년에는 4척으로 증가되었다. 당시 내왕인원 중 대부분이 일본인이었는데, 1908년에 약 12만 명, 1910년경에는 약 15만 명, 1916년 말, 현재 7척

---

3) 인천지역 1910년 일본인 거주인구는 호수 3,446가구, 인구 13,315명. 「각국의 영사관 설치와 조계(租界)설정」, 『인천개항100년사』, 인천직할시사편찬위원회, 1983의 「연도별 일본인 호수표 인구표」에 의함. pp.142~144 참조 대전지역은 1909년경 일본인 인구는 2,482명. 「일본인의 경제적 침탈의 시초」, 『대전시사』 제1권, 대전시사편찬위원회, 1992, pp.587~591 참조 대구지역은 1910년 7,392명. 「일본거류민단의 실태」, 『대구시사』 제1권, 대구시사 편찬위원회, 1995, pp.890~893 참조 광주지역은 1910년에 1,314명 1912년에는 5,684명. 「일본인의 광주입주」, 『광주시사』 제2권, 광주시사편찬위원회, 1993, pp.94~95 참조
4) 한반도의 철도부설권을 차지한 일본은 러일전쟁 직후, 1904년11월 경부선의 공사를 완료하고 1905년1월 영등포-초량 간의 열차 운행을 시작했다. 「경부철도」, 『부산시사』, 부산시사편찬위원회, 1989, p.861참조

의 연락선이 운행, 한국과 일본을 왕래한 인원은 총 31만 8천여 명, 그
중 한국행이 20만 2천여 명, 1921년에는 무려 46만여 명의 한국인과 일
본인이 부관연락선을 이용하여 부산을 통해서 한국과 일본을 왕래하고
있었다.5) 당시 부산의 일본인 경영신문사인 朝鮮時事新報社에서 초빙되어
온 芥川正, 鳥田歸와 같은 언론인들이 1906년 10월 부산지역에서 일본어
신문을 발행하는 일을 시작하기 위하여 부산에 건너올 때 이용한 것이
바로 관부연락선이었다.6) 이상의 사실에서 부산은 1910년대 초부터 이
미 조선 최대의 항구도시였음이 확인된다. 부산지역 거주 일본인의 정확
한 인구나 존재형태를 짐작할만한 자료가 불충분하나, 현재까지 파악된
사실을 정리해 보면, 당시 부산거주 일본인들이 그들의 자녀교육을 위해
교육기관을 설립하여 1919년 한국인을 위한 공립보통학교가 482개교였
음에 비해 일본인을 위한 초등학교(당시 소학교)가 380개교였다고 하니,7)
부산지역에 이미 상당수의 일본인이 거주하고 있었음을 알 수 있다.
1914년 당시 이미 현재의 광복동, 신창동, 동광동, 창선동, 대교동 일대
에 일본인 거주지역을 형성하였고, 이 지역들은 일본어지명 辯天町, 琴平
町, 西町, 本町, 常磐町, 幸町, 北浜町 등으로 불리고 있었다.8)

---

5) 1909년도 약 12만 명, 1910년도 약 15만 명, 1911년도 약 20만 명으로 기하급수적으로
   증가하고 있었다. 「부관연락선(칸푸關釜) 항로 실적표」 당시 부관연락선은 일본철도청
   소관이었다. 1913년 부산부두의 준공으로 승객은 더욱 늘어나 일본철도원은 연락선을
   더 증대하게 된다. 1916년 말, 현재 7척의 연락선이 한국과 일본을 왕래한 인원은 무려
   31만 8천여 명이나 되었다. 한국 행 20만 2천여 명, 일본행 11만 5천여 명「부관연락선
   과 한·일인의 이동」, 『부산직할시사』 제1권, 부산직할시사편찬위원회 1989, p.956~
   p.957 참조.
6) 『釜山日報』, 1915년 4월 3일 1면 기사.
7) 1867년 수재학교(修齋學敎), 부산 초량의 초량심상초등학교가 설립되었고, 1906년, 부산
   고등소학교, 1906년 부산공립고등학교가 설립되어 1907년 부산교육회가 조직되어 활동
   하고 있었고 「통속강연」 등을 시행하기도 했다고 전해진다. 『부산직할시사』 제4권, 부
   산직할시사편찬위원회 1991, p.41 참조.
8) 「행정구역의 변천」, 『부산직할시사』 제1권, 1989, p.928-p.933 참조.

1910년을 전후한 시기에 부산지역에는 일본인이 경영하는 극장, 요세(寄席), 활동사진관 등의 무대공연시설이 생겨났다. 본 연구는 1910년대 전후의 시기에 부산지역에 이입된 일본연극에 관한 조사를 토대로 일본인이 경영하는 극장의 흥행내용, 일본인 극단의 연극활동, 공연내용을 밝혀 언어·문화를 달리하는 지역에서의 이문화(異文化) 간의 접촉과 충돌을 고찰하기 위한 작업이다. 이를 위해서는 1910년대 전반에 부산지역에서 활동한 일본인극단의 연극활동, 구체적으로는 극단, 흥행주, 극장, 무대장치, 흥행시스템, 공연형태 등에 관한 기초적인 조사가 우선되어야 한다. 그러나 불행히도 1910년대 전후를 알 수 있는 당시의 1차 자료 상당부분이 산실되었거나 묻혀져 있다. 따라서 본 연구의 조사방법으로 당시 부산지역에서 발행되고 있던 일본어신문 중 현존하는 『조선시보(朝鮮時報)』와 『부산일보(釜山日報)』의 문예란과 기사에 상당부분 의존할 수밖에 없었다. 그리고 본 연구의 방법으로서 희곡이라는 문학텍스트의 연구 이전에 1910년대의 한국에서 활동한 일본인 연극과 그것에 긴밀히 관여되어온 극장, 극단, 관객이라는 제반요소와의 상관관계를 중시하며, 인적·문화적 교류를 뒷받침했던 물질적인 기반에 대한 실증적인 연구를 추구한다. 그리하여, 한·일 연극사에서 공백에 가까운 1910년대 전후의 한국, 특히 부산지역에서 활동한 일본인 연극을 재조명하고 그들의 연극활동이 양국의 연극사에 제대로 자리매김하는 밑거름이 되고자 한다.9)

---

9) 졸고, 「<新派> から<シンパ(신파)>へ—韓國における日本新派劇と翻案劇—」, 『明治から大正へメディアと文學』, 筑波大學近代文學研究會編, 二〇〇一年 참조.

2. 부산지역 일본어신문 『조선시보(朝鮮時報)』와
『부산일보(釜山日報)』의 문예란

부산지역의 일본어 신문으로 우선 주목할 만 한 것은 『조선시보(朝鮮時報)』[10]이다. 이 신문은 1894년과 1941년 사이에 발행된 신문으로 1894년 당시에는 구마모토현 출신 安達謙藏[11]가 경영에 관여하였고 사장 겸 편집국장을 今川龜之助가 역임했다. 이 신문은 인쇄체제 1면 14단 활자포인트 7포인트 석간 6면의 형태였고, 1941년 6월 1일 『남선일보(南鮮日報)』와 함께 『부산일보(釜山日報)』에 통합되었는데, 이는 일도일지제(一道一紙制)라는 당시의 신문통합정책에 의거한 것으로 추측된다. 보급부수는 1939년 현재 3,096부로 그중 일본인이 2,377부, 한국인이 716부이다. 한편 『조선시보(朝鮮時報)』의 광고란[12] 등을 보면, 한글 광고문안이 함께 들어있는 기사를 발견할 수가 있는데, 이것은 한국인 독자가 상당수 있었을 것이라는 추측을 뒷받침해주는 것으로 이 신문이 한국인 독자도 고려하고 있었다

---

10) 이 신문은 1892년 7월 11일 창간된 상업정보지 『부산상황(釜山商況)』이 전신이며 1892년 12월에 『동아무역신문』으로 제호가 변경되었다가 1894년 7월에 다시 『조선시보』로 개제되었다. 1912년 당시 조선시보사는 부산 辯天町(지금의 광복동)에 위치했다. 이 밖에도 1912년 당시 부산에는 상업기관에서 발행하는 잡지가 다수 간행되고 있었다. 예를 들어 『釜山商業會議所月報』, 『朝鮮海水産組合月報』, 『穀物市場月報』, 『田中善商況』, 『高瀨商報』, 『ビワコ屋商報』, 『大道』, 『靑見商報』, 『殖民地より』 등의 월간지가 있었다. 「刊行物」(森田福太郎, 『釜山要覽』釜山商業會議所, 1912) pp.335~338 참조. 「개항기 부산의 문화 2. 신문」, 『부산시사』 제1권(부산직할시사편찬위원회 1989) pp.918~922 참조. 한편 부산 최초의 일본어 신문은 『조선신보(朝鮮新報)』로 알려져 있다. 이 신문은 1881년 12월 10일 창간된 신문으로 1879년 8월에 설립된 일본인 부산 상법회의소가 간행하는 정기간행물이었다. 같은 책, p.918 참조.

11) 서울에서 발행한 『한성신보(漢城新報)』에도 관여한 인물로 『조선시보』 창간 당시에 경영에 참여한 듯하다. 당시 사장 高木末熊, 지배인 若宮末彦 주필 村松祐助 등의 인물들이 활동했다고 한다. 「刊行物」, 森田福太郎, 『釜山要覽』, 釜山商業會議所, 1912, p.336 참조

12) 『조선시보(朝鮮時報)』, 1915년 9월 21일 광고란.

는 점을 우선 지적해 두겠다.

한편 『부산일보(釜山日報)』[13] 역시 일간지이면서 1판에서 8판에 이르기까지 하루에 여러 판을 발행하고 있었고 또한 현재의 경상남도, 경상북도 지역을 아우르는 영남지역의 소식을 전하고 있다.[14] 게다가 지역판도 동시에 발행하고 있어서 예를 들면, 1면에 『부산일보(釜山日報)』라는 제목이면서 동시에 『경북일보』라고 쓴 면이 있는가 하면, 김천판, 남해판 등도 볼 수 있어, 구독층의 지역적 분포가 상당히 넓었음을 짐작케 한다. 그리고 영남권을 소개하는 여행기가 상당한 지면을 차지하는 점도 특색이다. 『부산일보(釜山日報)』의 전신으로 『조선시사신보(朝鮮時事新報)』가 1905년 11월 3일부터 발행되고 있었는데,[15] 당시 朝鮮時事新報社로부터 초빙되어 온 인물이 芥川正(熊本출신), 그리고 芥川이후에 鳥田歸라는 인물이 사장을 역임한 것으로 알려져 있다.[16] 그러나 본 조사에서는 『釜山日報』의 전신인 『조선시사신보(朝鮮時事新報)』의 1910년대 이전의 지면을 확인할 수 없었다.[17]

---

13) 이 신문은 현재 부산시립도서관에 소장되어 있고 필자가 확인한 바, 1915년 1월에서 4월 사이에 2668호에서 1762호까지 발간했다. 2676호, 2692호~2714호, 2738호가 결호로서 일부가 누락된 상태이다. 1915년 2월 2692호~2714호, 5월에서 6월 사이에 2763호~2814호가 발행되었고 7월과 8월사이에 2815호~2871호, 9월에 2872호~2899호, 10월에서 12월까지 2900호~2961호까지 발행되었다. 1916년 1월에서 2월사이에 2961호~3016호가 발행되었는데 2969호가 결호이다.

14) 1905년 1월 『朝鮮日報』로 창간했다가 동년 11월 3일 『조선시사신보』로 개제하여 1907년 10월 1일 조직혁신과 함께 『釜山日報』로 개제했다. 1912년 당시 사장겸 주필에 芥川正, 편집주간에 久納重吉과 같은 인물이 관여했다. 당시부터 대구, 마산, 진해, 진주, 울산, 서울 등 각지에 지국과 통신원을 두고 신문의 판로를 개척하고 있었던 것으로 보인다. 「刊行物」, 森田福太郎 『釜山要覽』 釜山商業會議所, 1912, p.337 참조. 1915년 1월경에는 葛生修吉, 上田黑潮 등이 경영에 참가하고 있고 1915년 현재 발행인 겸 편집인은 河野光이다. 『釜山日報』, 1915년 4월 3일 1면 「懷旧漫錄」 참조.

15) 『釜山日報』, 1915년 4월 3일 「思出の記」.

16) 사장을 역임했던 內山守太郎(1907년 1월~), 鳥田는 『東京日日新聞』의 특파원 시절 조선에 건너와 갑신정변에 관련되었던 인물이라고 한다. 그 후, 『九州日日新聞』의 기자를 거쳐 1905년 부산에 건너온 것으로 추측된다. 주필에 蕃淵, 그 밖에 櫻亭 등의 이름이 곳곳에 보인다. 『부산일보(釜山日報)』, 1915년 4월 3일 1면 기사 「懷旧漫錄」 발전 5년 기념호

『조선시보(朝鮮時報)』의 소설란에는 1914년 11월초에서 1914년 12월말 사이에 三島霜川[18]의 「悔恨」[19]가 연재되고 있었다. 이어 1915년 2월 3일 신소설의 예고와 함께 2월 5일부터 小栗風葉[20]의 「義人と佳人」의 연재가 시작되어 3월 31일까지 45회분이 연재되었고 1915년 12월 22일 江見水蔭 「波の鼓」(上中下)라는 단편소설이 실렸다.

한편 『부산일보(釜山日報)』의 소설란을 보면, 1915년 1월 1일 소설란에 무기명 「印度に於ける歷山大王」이라는 단편소설이 실렸는데 이 소설은 「ブルーターク英雄伝」에 의하라는 부기(附記)가 있는 것으로 보아 번역으로 짐작된다. 그리고 うめか라는 필명으로 「或る一夜」라는 2단 길이의 단편이 실렸다. 이어 1월 12일 <경북일간>(부록)에 木村生 「人の人生」(續)가 1월 13일 3회분의 단편이 실렸다. 6월 6일 <부록 경북일간>에 무기명 「薄田隼人正」(150석)라는 강담(講談)이, 9월 30일자에는 4면에 江見水蔭[21]의 장편소설 「男きんせい」가 연재 중에 있다. 이 연재소설은 1916년 1월 25일에 이르기까지 74회분이 연재되고 있었고 그 사이에 1915년 10월 23일까지 弔川이라는 필명의 「別れるまで」(8회)의 단편소설도 보인다. 이처럼 『부

---

17) 단, 이 연구조사과정에서 확인한 바로는 여기에서 기초자료로서 사용하는 『조선시보(朝鮮時報)』가 『釜山日報』와 섞여서 소장되어 있는 관계로 『조선시보(朝鮮時報)』가 『釜山日報』의 전신인 『조선시사신보(朝鮮時事新報)』의 약칭으로서 동일한 회사의 신문이라고 여길 수 있지만, 이 두 신문은 별도의 신문이다.

18) 미시마 소센(1876~1934) 메이지·다이쇼시대의 소설가. 硯友社동인. 메이지 40년(1907) 『中央公論』에 단편소설 「解剖室」를 발표하여 주목을 받은 바 있으며, 다이쇼 2년(1913) 『演芸畫報社』입사 후에는 가부키비평 등의 활동을 하게 된다.

19) 1914년 12월 11일 三島霜川 「悔恨」 43회, 1914년 12월 12일 三島霜川 「悔恨」 44회, 1914년 12월 14일 三島霜川 「悔恨」 45회분이 실려 연재 중에 있었다.

20) 오구리 후요(1875~1926) 메이지·다이쇼 시대의 소설가. 尾崎紅葉의 문인(門人)으로 장편소설 『靑春』(『讀賣新聞』1905년~1906년 연재)이라는 소설로 메이지 말기 청년독자층의 대중적인 인기를 얻었다.

21) 에미 수이인(1869~1934) 메이지·다이쇼 시대의 소설가. 硯友社의 동인, 대표작 『女房殺し』(1894년) 등으로 호평을 받았다.

산일보(釜山日報)』의 소설란에는 영어권 문학의 번역에서 일본인 중견 작
가 혹은 무명작가의 장편, 단편소설과 강담 등을 망라하여 다양한 면모를
보이고 있었고 연재소설에는 삽화가 반드시 곁들여져 있는 등, 문예란이
비교적 안정적으로 확보되어 있었다. 뿐만 아니라 문예관련 기사로서 주
목할 만한 것은 「新しい女」를 둘러싼 지상논쟁이다. 1915년 1월 23일 5면
에 山崎於紅[22]의 「「新しい女」に就て」라는 제목 하에 1월 29일(1면)까지 6회
에 걸쳐 연재된 것을 필두로, 이 연재기사에 대한 반박기사가 2월 2일 「長
手通り」에 사는 필명 「古き女のしげる」가 쓴 「「新しい女」に就てを讀みて」가 실
리고 이어 袋川의 「しげる樣へ」(上)과 (下)가 2월 6일과 2월 7일 실리는 등
「新しい女」를 둘러싸고 신문지상에서의 논쟁을 불러일으키게 된다.

여기서 특기할 만한 점은, 『조선시보(朝鮮時報)』와 『부산일보(釜山日報)』의
소설 연재란을 담당했던 작가들의 면모이다. 특히, 江見水蔭, 三島霜川, 小
栗風葉의 등장은 여러 가지 측면에서 시사하는 바가 있는데, 우선 이들은
공통적으로 硯友社동인 출신이다. 江見水蔭은 일본근대연극 신파(新派)와
인연이 깊고, 한편 三島霜川은 1913년 이후『演芸畵報社』에 입사, 가부키
비평 등의 활동을 하고 있던 것으로 알려져 있다. 霜川이 작가로서의 삶
이 그다지 순탄치 않았던 이 시기에『조선시보(朝鮮時報)』에 소설을 연재
하고 있었던 사실은 특이하다. 그리고 小栗風葉 역시 紅葉의 대표작인 장
편소설『金色夜叉』의 연극 각본을 썼으며 메이지·다이쇼 시대의 연극
신파(新派)가 대중극으로서의 신파(シンパ)를 모색하는 과정에서 주목할 만
한 인물이다. 이들의 부산지역 일본어 신문에 연재한 장편소설에 관한
분석이 선행되어야 하겠으나, 메이지 시대의 문학그룹인 硯友社 동인들

---

22) 山崎於紅라는 인물은『부산일보』의 여성기자로서 신문의 「社會雜觀」란 등을 담당하고
    있었다.

의 부산의 일본어 신문에 등장한 사실은, 메이지 말기 이후의 일본문단
에서의 변화 움직임, 그리고 일본 연극계에서 신파(新派)의 위상변화23)의
문제가 한국에서 이루어진 일본인의 문예활동과 어떠한 연관관계를 갖
는가 라는 과제를 던져주고 있다.

3. 부산 일본인 경영 극장과 연극의 실태 :
「演芸界」, 「演芸だより」

『조선시보(朝鮮時報)』와 『부산일보(釜山日報)』는 극장공연소식을 상세하게
안내하고 「演芸界」혹은 「演芸だより」24)라는 문예란이 신문의 3면, 4면, 5면
에 확보되어 공연내용 안내, 극단과 배우의 소개, 관극기 등을 상세하게
담아내고 있었다. 이 두 신문의 「演芸界」 혹은 「演芸だより」에 의하면, 부산
지역의 일본인 경영극장으로서 가장 오래된 것은 釜山座25)이다. 1906년
전후에 개장된 것으로 짐작되며 大池, 山本, 中村, 五島 등에 의해 건설되어
1915년 9월경 개축공사가 진행되었다. 1915년 1월과 11월 사이의 「演芸
だより」에 의하면, 釜山座에서는 「貴女秘密」나 「化地藏」26)와 같은 신파극,27)

---

23) 메이지40년대에 신파극의 위상을 둘러싼 일본연극계의 담론에 관해서는 졸고 「「通俗
演劇」をめざすこと―明治末期の演劇界における新派劇の定位―」, 『文學研究論集』 20호, 筑波大
學比較・理論文學會, 2002 참조.

24) 『부산일보(釜山日報)』, 1915년 11월 23일 5면 「釜山座の自然劇　三輪實の一行」
　▲自然劇と名乗つて六年振に新派の三輪實の一座が來た、　三輪の一座と云つても前の座に居た連中は殆
んど入れ替はつて居る、前には西万兵衛など云ふ達者ものが居たが今度は其の代りに水谷十太郎、水野
勇、香月晃、生駒綾之助、都島美文、藤田早苗など云ふ腕利き揃ひである(…후략…)

25) 『조선시보(朝鮮時報)』 1915년 9월 14일 「釜山座の大改良」.

26) 아사노시로(淺野四郎)(東京小西寫眞館)감독 단편영화 「둔갑한 지장보살」(1898)는 일본 최초의 영화
로도 알려져 있다. 요모타 이누히코(四方田犬彦), 『일본영화의 이해』, 현암사, 2001, p.52 참조

연쇄극,28) 마술29) 등이, 宝來館은 가부키(구극)30)와 활동사진,31) 기타32)를, 旭館에서는 활동사진,33) 조루리(淨瑠璃)34)를 상연하고 있다. 그리고 이후 활동사진상설관으로서 幸館이 11월말에 신축되었다35). 다음은 「朝鮮第一と誇る 活動常設館＝釜山幸舘の新築＝」라는 제목하에 실린 幸館신축에 관한 기사의 일부이다.

▲ 劇場幸座の取拂　劇場幸町一丁目にあつた劇場幸座は老齡に達し危險なりとて昨年來休場中なりしが過般取毀ち其の跡へ活動寫眞常設館を建設する事となり目下其の基礎工事中であるが今回の建築はルネサンス式總建坪百二十余坪の二階建で屋根は亞鉛引鐵板葺で表側は壁なるも兩側は板張りである。

▲ 都會風の常設館　舞台の幅は四十一尺で繪畫の映る幕迄は舞台正面の框から九尺二寸の間がある其兩側に辯士の出入口があつて幕の後方に囃子方の居る處がある平

---

27)『부산일보(釜山日報)』, 1915년 11월 20일 5면, 「釜山座の新派劇 二十一日より三輪實一行」
昨年十月北村生駒の一行新派劇が釜山にて開演以來一年の間之と云ふ新派劇を見ざりしが今回三輪實一行內地より乘込み今二十一日華々しく町廻りをなし午後五時より釜山座にて開演する筈なり.

28)『부산일보(釜山日報)』1915년 10월 15일 3면, 演芸だより
▲釜山座　水野觀月一行の連鎖劇は開演以來每夜の大入好人氣なるが咋二十三日夜より三の替はり連鎖劇芸題は新乳姉妹二十場四幕其の他旧劇養士伝, 喜劇等なり.

29)『부산일보(釜山日報)』, 1915년 11월 5일 5면,
●天勝は十二日頃　奇術師松旭齋天勝孃一行は今五日仁川に乘込み六七兩夜同地歌舞伎座に開演の筈なるが当地釜山座にての開演は來る十二日頃初日なるべしと云ふ.

30)『釜山日報』, 1915년 10월 15일 3면, 「演芸だより」
▲宝來館 [前略] 松之助一座の忠臣藏を映寫.

31)『부산일보(釜山日報)』, 1915년 1월 29일 5면, 演芸だより
▲宝來館　本社揭載中の旧劇水戶三郎丸は大好評あんる上本社の愛讀者優待等に依り每夜八時頃は滿員の盛況

32)『조선시보(朝鮮時報)』, 1915년 2월 3일, 「演芸界」, 宝來館 淸原花蝶一行(雲峰, 小壽)

33)『부산일보(釜山日報)』, 1915년 10월 15일 3면, 演芸だより.
▲旭館 [前略] 泰活劇「運命」三卷.

34)『부산일보(釜山日報)』, 1916년 2월 3일 5면, 「演芸だより」.
▲旭館 休業中なりし旭館は一日二日素人淨瑠璃會にて滿員の盛況を極めたり.

35)『부산일보(釜山日報)』1915년 10월 25일 3면, 「朝鮮第一と誇る活動常設館 ＝釜山幸舘の新築＝」
『부산일보(釜山日報)』1915년 11월 5일 5면,
▲幸座 去る三十一日上棟式を行ひ目下頻りに工事を急ぎつ, あれば本月中には竣工に至るべしとの事

場を開放するから一千人位のお客は十分も経たぬ間に出て仕舞ふことは■合であると謂ふて居る右の外札賣場辯士室，音樂室，賣店等も都合好く案配されて居るが本工事は当地埋立新町の中島丈次郎氏が請負來る十一月末迄にが完成せしむるのだと力んで居つた

▲ 舘主は迫間氏　舘主は当地の富豪迫間房太郎氏で建築費として一万二千円を投ずる予算であるが［中略］内地及び京城，仁川等の各地をも視察した上其の長所を採り苦心したのであるから当館が完成の上は設備其他便利な点では慥に朝鮮第一であると思ふ云々(『釜山日報』 1915년 10월 25일)

이 기사에 의하면 迫間房太郎라는 부산거주의 부호가 연극장이었던 幸座를 활동사진상설관으로 개축하였음을 알 수 있는데, 이 새로운 건축물은 르네상스식 건축이며 건평 120여 평의 2층 건물로 대형스크린을 볼 수 있는 대형 무대에 변사대기실, 음악실, 매점 등 내부시설과 공간이 충실하고 관객 천여 명을 수용할 수 있는 규모를 자랑하는 등, 「도회풍」의 활동사진관 출현이라는 당시의 대중오락으로서의 활동사진의 인기를 가늠케 한다. 그리고 나니와부시(浪花節),[36] 落語[37] 등을 공연하는 요세로서 11월초 정도부터 辨天座[38]의 이름이 연예란에 등장하게 되고, 1916년 1월에는 蛭子座[39]라는 공연장의 이름이 등장하는 것으로 보아 나니와부시의 인기도 활동사진과 함께 짐작할 만하다. 그 밖에 특기할 만한 것은 1915년 전후에 이미 노(能)공연장으로서 부산에 芳千閣[40]과 대구에 錦座[41]가 있었

---

36) 『부산일보(釜山日報)』, 1915년 1월 29일 5면, 「演芸だより」
▲辯天座　浪花節芝居浪花福助一座は毎夜大人氣なり

37) 『부산일보(釜山日報)』, 1915년 5월 26일, 「演芸だより」 辨天座　三遊亭円遊　(東京落語二代目)落語

38) 『부산일보(釜山日報)』, 1915년 11월 8일 5면.
▲辨天座　京山若丸滿州よりの歸途六日夜よりお名殘として開演中なるが毎夜大入なり.

39) 『부산일보(釜山日報)』, 1915년 1916.1.29(5) 演芸だより.
▲蛭子座　牧の島同座は浪花節芝居片岡鶴之助の一行にて今二十九日夜より開演する筈.

40) 『부산일보(釜山日報)』, 1915년 11월 3일 5면.

다는 사실이다. 1915년과 1916년 사이에 부산, 대구지역을 포함한 영남
지역의 일본인 무대공연 시설과 공연내용을 정리해보면 다음과 같다.

1915년

2월 2일 錦座(대구) いろは會 「十二ヶ月」「櫻田勇吉」[42]

2월 3일 宝來館 淸原花蝶一行(雲峰, 小壽)[43]

2월 13일 村田正雄一座 新派劇「俠艶錄」[44]

2월 24일 錦座(대구) いろは會「松山嵐」전8장 「松風村雨」전5장[45]

4월 20일 김천연예회 三浦 大津 『曾我兄弟』(演舞)「ピストル强盜淸水定吉」

4월 23일 (상주)상주연예회 劍舞 新派劇 雨後の月(數幕) 狂言喜劇

4월 24일 (상주)劍舞 桂文三 落語 講談 新派劇「血染の軍刀」喜劇「アイラ
ブユー」[46]

5월 26일 辨天座 三遊亭円遊 (東京落語二代目) 落語[47]

6월 20일 釜山座 宇宙軒旭昇 少年浪花節 辨天座 吉田寅右衛門 浪花節[48]

8월 11일 釜山座 大澤義賢「勝閧」(『大阪朝日新聞』연재소설)[49]

10월 15일 釜山座 水野觀月一行 連鎖劇 新乳姉妹二十場四幕 旧劇義士伝 喜劇
宝來館 松之助一座 忠臣藏(활동사진) 旭館 泰活劇「運命」三卷[50]

10월 28일 釜山座 連鎖劇 新時鳥(しんほととぎす) シーザ外伝 トリンスの戀 滑
稽 犬に引かれて川の中 子故の改心 籠と處持品 海底探檢 像の曲
芸 コメデーパック 壺坂寺[51]

能樂會場の變更 南浜町芳千閣となる 今三日午後六時より催す釜山宝生會主催の金澤佐野吉之助氏
一行及び東京本間廣淸氏の能樂は觀覽申請申込多數に上り會場手狹に付南浜町芳千閣に變更したり)

41) 『조선시보(朝鮮時報)』, 1915년 2월 2일, 「大演劇會開會」錦座 いろは會「十二ヶ月」「櫻田勇吉」.

42) 『조선시보(朝鮮時報)』, 1915년 2월 2일, 「大演劇會開會」.

43) 『조선시보(朝鮮時報)』, 1915년 2월 3일, 「演芸界」.

44) 『釜山日報』, 1915년 2월 13일, <付錄慶北日刊> 朝寢坊「村田劇を見て」.

45) 『조선시보(朝鮮時報)』, 1915년 2월 24일, 「優待演劇會」.

46) 『부산일보(釜山日報)』, <부록 경북일간>, 1915년 4월 20일.

47) 『부산일보(釜山日報)』, 1916년 5월 26일, 「演芸だより」.

48) 『부산일보(釜山日報)』, 1915년 6월 20일, 「演芸だより」.

49) 『조선시보(朝鮮時報)』, 1915년 8월 11일.

50) 『부산일보(釜山日報)』, 1915년 10월 15일 3면, 「演芸だより」.

11월 3일 芳千閣 金澤佐野吉之助氏一行 東京本間廣淸氏の能樂(宝生流の催能)[52]

11월 20일 釜山座 三輪實一行(水谷十太郎, 水野勇) 新派劇「月魄」[53]

1916년

1월 8일 釜山座 三輪, 水谷の新派劇「貴女秘密」喜劇「化地藏」辯天座 京山恭爲 浪花節 大黒座 忠臣藏(활동사진)[54]

1월 29일 宝來館 旧劇 水戸三郎丸(活動寫眞) 辯天座 浪花節 浪花福助一座 幸館 映畵 活劇「鐵道女」史劇「堀部安兵衛一代記」蛭子座 牧の島同座, 片岡鶴之助 浪花節[55]

2월 3일 旭館 素人淨瑠璃會 淨瑠璃[56]

위의 공연내용에서 각 공연장의 성격을 유추해보면, 釜山座는 연극공연장(신파극 외에 연쇄극과 마술도 공연), 宝來館은 연극공연장(가부키, 활동사진 상연도 겸함), 幸館은 활동사진관, 旭館 역시 활동사진관(淨瑠璃공연도 겸함)이며, 辨天座와 蛭子座는 요세(寄席)이고 芳千閣, 錦座가 노(能)공연장이다. 1910년 전후시기에 개장된 서울지역의 일본인 경영극장들과 비교했을 때 부산지역의 일본인경영극장은 공연장의 성격이 점차 뚜렷해지고 있음을 알 수 있고, 1910년대 중반에는 이미 일반 극장에 비해 활동사진관의 수가 많아지고 있음도 차이점이다. 반면 부산지역의 일본인 공연극단들의 성격은 서울지역 과 마찬가지로 일본, 한국, 만주, 상해 등을 이동하며 공연하는 극단들이었다고 추측된다.[57] 예를 들어 『부산일보(釜山日報)』 문예란에 의하

---

51) 『부산일보(釜山日報)』, 1915년 10월 28일 5면.

52) 『부산일보(釜山日報)』, 1915년 11월 3일 5면.

53) 『부산일보(釜山日報)』, 1915년 11월 20일 5면.

54) 『부산일보(釜山日報)』, 1916년 1월 8일 5면, 「演芸だより」, 『부산일보(釜山日報)』, 1916년 1월 8일 5면, 「演芸案內」.

55) 『부산일보(釜山日報)』, 1916년 1월 29일 5면, 「演芸だより」.

56) 『부산일보(釜山日報)』, 1916년 2월 3일 5면, 「演芸だより」.

57) 1910년 전후 서울지역의 일본인 연극에 관한 연구는 졸고, 「一九一〇年前後のソウルに

면, 1915년 2월 13일 村田正雄가 일본을 떠나 조선만주에서 활동하고 있
는 사실을 보도하면서 항간에서 그것이 신파극단으로서의 명성에 위배되
는 행동이 아님을 변명해주는 기사를 볼 수 있는데, 여기에서는 그의 활
동을 「滿鮮巡業」라는 말로 표현하고 있다.[58] 또한 1915년 4월에는 상주(尙
州)와 김천(金泉)에서 각각 「연예회(演芸會)」가 열려 「ピストル強盗淸水定吉」라
는 신파극의 인기물이 상연되고 있어서 이동극단들의 연극활동이 영남지
방의 농촌에까지 확대되고 있음을 알 수 있다.[59]

4. 맺음말

1910년 전후의 부산은 일본의 시모노세키와 연결하는 연락선 항로 개
설과 서울·부산을 잇는 경부선 개통으로 조선 최대의 항구도시로 부상
하게 된다. 이후, 부산지역을 왕래하는 일본인은 1910년경 약 15만여
명, 1916년경 약 31만 8천여 명이었다. 이들 중 일부는 부산의 현재 광
복동, 신창동, 동광동, 창선동, 대교동 일대에 일본인 사회를 형성하였고,
그리고 이 일대에 일본인들의 문화공간들이 생겨나게 된다. 부산지역을
중심으로 형성된 일본인이 경영하는 극장에 극장 2개소, 요세(寄席) 2개
소, 활동사진관 3개소 등으로 釜山座, 宝來館, 旭館, 幸館, 大黑座, 芳千閣,
辨天座, 蛭子座와 같은 공연장이 확인되고, 그곳에서 일본인극단과 흥행
단이 부산, 대구, 김천, 상주 등의 영남지역에서 신파극, 가부키, 죠루리

おける日本人街の演劇活動—日本語新聞『京城新報』の演芸欄を中心に—」, 『明治期雜誌メディアに
みる＜文學＞』, 筑波大學近代文學研究會, 二〇〇〇年 참조.
58) 『釜山日報』, 1915년 2월 13일, ＜付錄慶北日刊＞, 朝寢坊 「村田劇を見て」.
59) 『釜山日報』, 1916년 4월 20일, ＜부록 경북일간＞.

(淨瑠璃), 나니와부시(浪花節), 연쇄극, 활동사진, 다이도게(大道芸) 등 다양한 장르의 무대공연이 이루어지고 있었다.

　이 논문은 일본근대연극사에서 가부키와 같은 구극(旧劇)에 대항하는 신연극으로서의 신파(新派)가 더 이상 새로운 성격을 창출해내기 어려웠던 1910년 이후, 일본인 공연단의 조선진출은 무엇을 의미하는가라는 문제를 이후의 연구과제로 남겨놓고 있다.

편저자 소개

김계자 | 고려대학교 일본연구센터 HK연구교수. 일본근현대문학, 한일문학의 관련양상 전공.
『근대 일본문단과 식민지 조선』(저서, 역락, 2015), 『전설의 평양』(공역, 학고방, 2014), 「『동트기 전(夜明け前)』을 둘러싼 장편소설 공방, 그리고 '일본'」(『일본학연구』 2013.5), 「번안에서 창작으로-구로이와 루이코의 『무참』-」(『일본학보』2013.5) 외.

이선윤 | 고려대학교 일본연구센터 HK연구교수. 일본근현대문학, 문화연구 전공.
「동아시아의 근대와 노예선의 표상」(『일어일문학』 제65집, 2015.2), 『괴물과 인간 사이-아베 고보와 이형의 신체들-』(저서, 그린비, 2014), 『내 어머니의 연대기』 (역서, 학고재, 2012), 『조선속 일본인의 에로경성조감도(공간편)』(공편역, 도서출판 문, 2012) 외.

이충호 | 부산외국어대학교 일본어창의융합학부 조교수. 일본근세문예, 비교문학문화 전공.
『일본 고전문학에 나타난 삶과 죽음』(공저, 보고사, 2014), 『植民地朝鮮の日本語雑 誌における怪談・迷信』(공편, 학고방, 2014), 「近世期における韓日の英雄伝説の比 較-民衆の英雄としての金德齢と由比正雪」(「アジア遊學」163, 勉誠社, 2013) 외.

집필진 소개

김보현 | 고려대학교 중일어문학과 박사과정. 일본근현대문학, 식민지기 재조일본인의 전통 운문 전공.
『재조일본인과 식민지 조선의 문화 1』(공저, 역락, 2014), 『일제강점기 식민지 조 선 '풍토'의 발견과 단카 속의 '조선풍토'-시각화된 풍토와 문자화된 풍토의 비교 고찰』(『인문연구』제72호, 2014.12) 외.

김 욱 | 고려대학교 대학원 중일어문학과 박사과정. 일본근현대문학 전공.
「유진오의 일본어 문학에 나타난 조선적 가치의 재고-일본어 소설 「南谷先生」을 중심으로」(『차세대인문사회연구』 제11호, 2015.03), 『재조일본인과 식민지 조선의 문화 1』(역락, 2014.05), 「유진오의 이중언어문학에 투영된 조선 표상-일본어 작 품 〈황률(かち栗)〉, 〈기차 안(汽車の中)〉, 〈할아버지의 고철(祖父の鐵屑)〉을 중심으 로」(『인문학연구』 제47집, 2014.02) 외.

김효순 | 고려대학교 일본연구센터 부교수. 일본근현대문학, 문화전공. 식민지시기 조선문예
물의 일본어 번역양상 전공.
『재조일본인과 식민지조선의 문화 I 』(편저,역락, 2014), 『조선 속 일본인의 에로경성
조감도(여성직업편)』(공역, 도서출판 문, 2012), 「한반도 간행 일본어잡지에 나타난
조선문예물 번역에 관한 연구」(중앙대학 일본연구소 『일본연구』 제33집, 2012.8) 외.

나카무라 시즈요 | 홍익대학교 조교수. 일본근현대문학, 식민지 괴담연구 전공.
「植民地朝鮮と日本の怪談−日韓合併前後における「怪談」概念の変容をめぐって−」(『日
本學硏究』 44輯, 2015.1), 「在朝日本人の怪談と探偵小説研究−怪談における〈謎解き〉
と京城記者を中心に−」(『翰林日本學』 25輯, 2014.12), 『식민지 조선 일본어 잡지의 괴
담·미신』(공편저, 학고방, 2014), 『재조일본인과 식민지 조선의 문화 1』(공저, 역락,
2014) 외.

양지영 | 숙명여자대학교 강사, 한일비교문화론 전공.
『근대 일본의 '조선 붐'』(공저, 역락, 2013), 「'조선미'와 이동하는 문화」(『한일군사문
화연구』, 2013.4), 『동아시아의 기억과 방법으로서의 서사』(공저, 역락, 2012), 「『시라카
바』(白樺)와 「민예」 사이의 조선의 위상−「조선민족미술관」 설립운동을 중심으로−」(『일
본학보』, 2009.5) 외.

엄인경 | 고려대학교 일본연구센터 HK교수. 일본 고전문학, 한일비교문화론 전공.
『문학잡지 『國民詩歌』와 한반도의 일본어 시가문학』(저서, 역락, 2015), 『마지막
회전』(역서, 학고방, 2014), 『일본 중세 은자문학과 사상』(저서, 역사공간, 2013),
「일제강점기 재조일본인의 '향토' 담론과 조선 민요론」(『일본언어문화』 제28집,
2014.9) 외.

이현진 | 고려대학교 일본연구센터 연구교수. 일본근현대문학 전공.
『제국의 이동과 식민지 조선의 일본인들』(공저, 도서출판 문, 2010), 『경성의 일본
어 탐정소설 탐정 취미』(편역, 도서출판 문, 2012), 『동아시아 문학의 실상과 허상』
(공저, 보고사, 2013), 『경성의 일본어 탐정 작품집』(공편, 학고방, 2014) 외.

정병호 | 고려대학교 일문과 교수. 과경(跨境) 일본어문학·문화 전공.
『일제강점기 일본어 시가 자료 번역집(전6권)』(공역, 역락, 2015), 『근대초기 한반도
간행 일본어잡지 자료집(전18권)』(공편, 도서출판 이회, 2014), 『동아시아문학의 실
상과 허상』(공저, 제이앤씨, 2013), 『요오꼬·아내와의 칩거』(역서, 창비, 2013) 외.

함충범 | 고려대학교 일본연구센터 연구교수. 동아시아영화사 전공.

「1920년대 중반 식민지 조선에서의 일본인 영화 배우에 관한 연구」(『동아연구』 제 34권 1호, 2015.2), 「1940년대 식민지 조선에서의 〈일본뉴스〉」(『인문과학』 제54호, 2014.8), 「1940년대 식민지 조선에서의 영화 상영의 제도적 기반 연구」(『인문과학 연구논총』 제38호, 2014.5), 「1940년대 초반 식민지 조선영화에서의 언어 상황의 변화 양상과 특수성 (1940~1941)」(『아시아문화연구』 제30호, 2013.6) 외.

홍선영 | 한림대학교 일본학연구소 연구교수. 한일비교문학, 한일연극교류사 전공.

『현대일본희곡집 6』(공역, 연극과 인간, 2014), 「1940년대 아쿠타가와 문학상 수상작 과 도쿄문단 : 외지문학의 중앙진출과 '문화역류'의 의미」(『일본연구』, 2014.8), 「경성 의 일본인극장 변천사」(『일본문화학보』, 2009.11), 『일본잡지 모던일본과 조선 1940』 (공역, 어문학사, 2009) 외.

일본학총서 31
식민지 일본어 문학·문화 시리즈 33

재조일본인과 식민지 조선의 문화 2

초판1쇄 인쇄 2015년 6월 15일
초판1쇄 발행 2015년 6월 22일

편저자 과경 일본어 문학·문화연구회 김계자·이선윤·이충호
펴낸이 이대현
편 집 오정대
디자인 이홍주
펴낸곳 도서출판 역락
　　　　　서울시 서초구 동광로 46길 6-6 문창빌딩 2층
　　　　　전화 02-3409-2058(영업부), 2060(편집부)
　　　　　팩시밀리 02-3409-2059
　　　　　이메일 youkrack@hanmail.net
　　　　　역락블로그 http://blog.naver.com/youkrack3888
　　　　　등록 1999년 4월 19일 제303-2002-000014호

ISBN 979-11-5686-195-9 94810
　　　　979-11-5686-055-6(세트)
정 가 25,000원